个月零1天

Twelve Months and a Day

〔美〕路易莎·杨（Louisa Young） 著

吴迪 译

中国出版集团
中译出版社

TWELVE MONTHS AND A DAY

Copyright © 2022 by Louisa Young

The simplified Chinese translation copyright © 2023 by China Translation & Publishing House

ALL RIGHTS RESERVED

著作权合同登记号：图字01-2023-2698号

图书在版编目（CIP）数据

12个月零1天 / 路易莎·杨著；吴迪译. —北京：中译出版社，2023.11

书名原文: TWELVE MONTHS AND A DAY

ISBN 978-7-5001-7436-3

Ⅰ. ①1… Ⅱ. ①路… ②吴… Ⅲ. 长篇小说-英国-现代 Ⅳ. ①I561.45

中国国家版本馆CIP数据核字（2023）第129533号

12个月零1天
12 GE YUE LING 1 TIAN

出版发行：	中译出版社
地　　址：	北京市西城区新街口外大街28号普天德胜主楼4层
电　　话：	（010）68359827；68359303（发行部）；68359725（编辑部）
传　　真：	（010）68357870　　电子邮箱：book@ctph.com.cn
邮　　编：	100088　　　　　　　网　　址：http://www.ctph.com.cn

出 版 人：	乔卫兵	总 策 划：	刘永淳
策划编辑：	范祥镇　钱屹芝	责任编辑：	钱屹芝
营销编辑：	吴雪峰　董思嫄		
版权支持：	马燕琦	封面设计：	潘　峰

排　　版：	中文天地		
印　　刷：	北京盛通印刷股份有限公司		
经　　销：	新华书店		
规　　格：	880 mm×1230 mm　1/32		
字　　数：	308千字	版　　次：	2023年11月第1版
印　　张：	13.5	印　　次：	2023年11月第1次

ISBN 978-7-5001-7436-3　　　定价：78.00元

版权所有　　侵权必究

中 译 出 版 社

献给米歇尔·法伯尔

带着爱意与感谢

致敬我们

睡梦中的晚年

"假设亡者会思念,任何事物是很可笑的。"

——玛里琳·鲁宾逊基《基列家书》

1 该死的船

二月

伦敦

罗伊辛·肯尼迪——33岁，观察力敏锐，聪明伶俐，长相略带些乡村风（现在发梢染成了蓝色，留着点儿刘海），待在美食酒吧的花园里，沐浴在苍白的阳光下，感觉还不错。她的未婚夫尼科·特里安达菲利德斯——36岁，胡子修剪得很精致，穿着干净的白衬衫，即使在星期六的午餐时间，模样也像个小伙子。他们俩那个星期没怎么见面。他一直在通宵工作，而她的剪辑室里有个任务快到截止日期了。两个人最近的关系并不算太好：三个月来，他们一直向对方承诺，找个时间讨论是否要孩子，尽管他们其实都不想谈论这件事。他们俩都以为，对方在这件事上有着不同的感觉，并且暗暗地对此事感到不安。事实上，两个人都错了，而且都在暗地里感到心烦意乱。所以，在这个小长假的早晨，拥有一次出人意料的激情澎湃的性生活，以及一顿早餐，实在是令人心神愉悦。

这是春日里第一个阳光明媚的早晨：对于番红花的盛开来说还为时过早，但已经有了明显的迹象。阳光让人的呼吸都变得轻快了；甚至伦敦市里沾满烟灰的乌黑墙壁和洒满灰尘的灰色路沿石，也给人一种春天急切到来的感觉。微风吹起头发,阳光照在肌肤上,暖洋洋的。公园里的天鹅盘起了脖子,花摊上有在售卖含羞草。她吃的早餐里有鳄梨和饮料;他吃的则是全英式的早餐——三倍浓缩咖啡,还加了个黑布丁。

"这周有没有发生什么有趣的事情?"她朝他抛出话题。这是他们的老习惯,一个保证可以调节心情的方法——如果有需要的话,还可以改善心情——就这样,他们开始讲一系列愚蠢的笑话。她的姐姐内尔曾说,"Leiderhosen"这个词——和"Lederhosen"比起来只是多了一个"i"。"Lederhosen"是欧洲阿尔卑斯山民所穿的一种十分著名的背带皮短裤,但也有人认为这种工装裤风格令人遗憾——而在德语中,"Leiderhosen"的字面意思就是"令人遗憾的裤子"。仅此一点,就带来了不少欢乐。"是的,我以前有过几条这种裤子。"尼科说,他们还回忆起,他还有一件棕色粗花呢套装,穿起来像个困惑的牧羊人。

"或者像是爱尔兰知识分子,"罗伊辛体贴地说。

"才不要是爱尔兰人!"尼科抗议道。这很合理,毕竟他的长相是地地道道的希腊人——从棕色眼睛和毛茸茸的胸膛,再到他引人发笑的古怪嘴巴,还有他想要拥有像他祖父那样的小胡子的愿望,而这个想法貌似已经是公开的秘密了。

"所以,'民谣裤'就是用来唱经典德国民歌的吧?"尼科说。接下来,他们的谈话就一发不可收拾了。

她建议在城市游泳池里穿"游泳池裤"。

"你去克劳奇恩德的时候可以穿它们,"他说,"在气垫床上时,就换上'气垫裤',或许还是可充气的那种。"

"脂肪裤,"她提议,"那种能让你变瘦的裤子。"

"我们不需要那个。"他说,"拉格裤,用来喝拉格啤酒!与原来的短皮裤没有啥区别。"

"鲁格尔手枪裤,"她说,"带有内置枪套的那种。"

长筒防水靴裤,上面连着钓鱼时穿的长筒雨靴。同性恋雷达裤、尤达大师裤、数据裤、小鳄鱼裤,就像《小鳄鱼之歌》里那么生机勃勃。

怀恨者裤,适合推特上的键盘侠;拉丁美洲国家的青少年向父母讲话时,会穿妈妈裤和爸爸裤;如果你想要穿出瘦腿的效果,就试试直腿裤。那时的他们已经玩疯了,周围的人纷纷转头看向他们。结婚15年后变得无话可说的夫妻,齐刷刷地看着这对不停傻笑的夫妻。并不是因为这些笑话真的那么好笑——显然它们都是些冷笑话,但是,他们度过了如此美好的时光。他甚至卷起袖子,假装他们在伊萨卡岛某个阳光明媚的蓝色海湾旁,身处沐浴在早晨阳光下的弗里克斯,喝着苦咖啡,吃着果仁蜜饼——天哪,夏天如此遥远——随后,他的笑声出现了一些变化,接着她开始大声地呼喊。

在接下来的21分钟里,她和女服务员轮流给他做心肺复苏,直到救护车到来。医护人员不知道,他其实也是他们中的一员。但每个人都知道,已经无力回天了。她的眼里还带着被他逗笑的泪水。她觉得,当她的头发还染着这种愚蠢的蓝色时,他的死亡是不合时宜的。她想亲吻他,可是一旦专业人士到达,她就无法再靠近他了。心肺复苏,是我们的最后一吻。

过了一会儿,她几乎是偷偷摸摸地独自坐在急诊室的手推车旁,从食指上取下父亲的结婚戒指,戴在了他的手指上。左手,无名指。

她摘下了他那愚蠢的摇滚风银色骷髅戒指，给自己戴上了。

"我愿意，"她说，"你也愿意。"

他们本来打算这么做的。实际上，在他们相遇的那一天，他就向她求婚了：在格拉斯顿伯音乐节[①]，人群在泥地中蹦蹦跳跳，到了弗雷泰利斯乐团[②]的演奏时间，伴随着《切尔西匕首（Chelsea Dagger）》（"听着，"他说过，"走开"）的歌声，一个醉酒的陌生人开始为难她，然后尼科从中干预了。由这件事而引发的一句玩笑话，最终演变为他在那里向她求了婚。一年后，他送给她一颗钻石。这一次没有泥了。但他们从来没有举办过一次真正的婚礼。实际上他们确实准备结婚了，这似乎很荒谬。一件浪漫的出乎意料的事情悄悄降临在他们身上。这就是爱。每天都是如此，相互支持着对方。主要是我支持他，她常常想，但是他知道的。这颗钻石现在与骷髅戒指紧密地贴合在一起，就像别在耳朵后面的一朵小花。将它牢牢握住。

* * *

她站在甲板上，穿着一件有着黑白斑点印花的假皮草大衣。她认为这件衣服适合今天这个场合。好吧，你到底穿的是什么？她想，为了表示出勇气、不顾一切的渴求以及决心，我今天要挺过去，我会的，我也必须办到。

---

① 格拉斯顿伯音乐节（Glastonbury Music Festival）：世界上规模最大的音乐节之一，也是世界上规模最大的露天音乐节，多在英国阿瓦隆岛举行，风格偏摇滚。

② 弗雷泰利斯乐团（The Fratellis）：一支来自苏格兰格拉斯哥的独立摇滚乐队，创建于2005年10月。

她剪了头发，因为她不知道该怎么做，于是"谋杀"了自己那用过氧化氢漂白过的、有着蓝色发梢和歪歪斜斜的小刘海的头发，然后把它寄给了儿童癌症救助慈善机构。现在，她的头上长着一层柔软的、天然的深棕色绒毛。她觉得自己看起来像年轻时的希妮德·奥康娜①。虽然希妮德很美丽，但当人们把她的棺材推到船上时，她却不想让人们想到的是她的发型。不过，她现在已经这么做了，所以就这样吧。

在东北方向，她看到红白相间的灯塔傲然矗立在蓝天下。在西南方向，广阔的地平线一直延伸到大西洋。在这个明亮得可怕的、阳光异常明媚的早晨，有大约一百个人在她身后，他们一起乘船在索伦特河上航行。所有人都在说："我不知道他居然想要被埋在海里！"但这就是年轻时去世的好处，因为还有很多朋友来参加你的葬礼。看，亲爱的，他们都来了！他们都在这艘该死的船上！

谁又能知道呢！

她同意让他的妈妈玛丽娜安排关于葬礼的一切。她并不想大惊小怪，但玛丽娜给她打电话，想知道她是否觉得应该问一问负责海葬的人，能不能把麦粒扔进海里，毕竟尼科没有坟墓了。还是说，他们应该什么都不问，直接这样做就行？罗伊辛对此没有意见。

没有人知道他的遗嘱在哪里。

他的很多家人都在葬礼上，在面包上点燃蜡烛，为尼科恸哭。她的家人来了23个。德克兰用他的好嗓子唱了一首《离别之酒》；

---

① 希妮德·奥康娜（Sinéad O'Connor）：著名的爱尔兰流行歌手和歌曲作者，生于1966年，除音乐以外，她以反传统的行为（尤其是其光头）和有争议性的观点而闻名。

德米特里用更动听的嗓音唱了另一首歌,讲的大概是"我给了你玫瑰水,你却给了我毒药"。一首接一首。他死了。该死的,你这个彻头彻尾的小王八羔子——当然,人们背诵了康斯坦丁·卡瓦菲的《伊萨卡岛》,就像是固定的表演项目。但路上不要过于匆促,最好多延长几年……她几乎听不见外界的声音;内心里没有任何空隙来考虑这是多么的不合适。随后大家又朗读了阿尔弗雷德·丁尼生的诗:日落星辰眨眼,将吾召唤!沙洲不闻浪拍岸,出海登船……穿着制服的友善的人将百合花暂时放在一边,又将旗帜拂开。尼科的棺材——用普通的新木做的,很重——上面钻的洞比她预想的要多。它沉没的速度太快了!男人们把棺材倾斜着放入了海里。近处的海水是绿色的,波涛汹涌,远处的海水则是水银色,该死的大海,你无法相信它。棺材就那样沉没了。她没有哭,因为她不想惹人生气,也不想让泪水升高海平面。她看着气泡摇晃着上升。再见!我的朋友[①],再见[②]!

不管怎样,其他人都哭了。朋友和亲戚开始往海面上扔花。海鸥不知从何处而来,姿态优美地飞翔着,在小船上方盘旋。有那么一瞬间,她觉得有一只手放在自己脖子后面。她跳了起来——但身后空无一人。

不知是谁给了她一杯威士忌。她把酒倒下了船,朝着他的方向。

你为什么会死?但她知道他为什么会死。死亡就是人们会做的事情,他们会在上帝赐予的所有时间里喝酒、抽烟、争论和工作。结果证明,这世上存在一种尚未找出原因的心脏病。无论如何,这

[①] 此处为希腊语:Αντίο φίλε μου。

[②] 此处为爱尔兰语:Slán。

都是她的错。是她让他笑得太过开心。

就连她自己也意识到这是愚蠢的。如果你觉得这是你的错，这种想法很正常，但也真的很愚蠢。

* * *

罗伊辛仰面躺在床上。找不到一个让她舒服的姿势。因为他的离开，她的身体仿佛打了一个结。"你在哪儿？"她喊道，"看在上帝的分上，尼科，你在哪里？"

她做了人们通常会做的事情。她点燃了蜡烛，这样的话，他的灵魂如果在四处游荡，就可以看到光亮。她还去做了弥撒！这一点不像她，但没有什么比死亡更能让你信仰宗教了。几十年来，《圣母经》对她来说不曾有过吸引力。求您现在和我们临终时，为我们罪人祈求天主……她站在富通格林路上的塞恩斯伯里超市的过道上，盯着她在他戒酒时为他买的圣培露矿泉水，看着她不需要再买的瓶装番茄酱，因为喜欢番茄酱的那个人是他。逛超市令她感到宽慰。她买了三种奶油和奶酪，没有拿洗涤液。

她去了汉普斯特德西斯公园的女士游泳池。她平常每个星期天都会去那里游泳，这次尼科没有在男士游泳池，之后他们也没有一起喝咖啡，她穿上她的氯丁橡胶材质的小袜子和手套，还有她的羊毛帽子，所有这些把她的肤色映衬得更加惨白，然后她准备滑入能够包容一切的冰冷的水中。但是游泳池的排水系统通向河流，而那河流又将汇入大海……她从台阶处跳下去，思考着就这样待在那里，待在水下，待在黑暗中；那种自然界动物的感觉，以及《旧约》中的奇异光芒。

当她从水里浮上来时,一只知更鸟停在栅栏上,侧过头来朝她做了个特别的表情。

在更衣室里,她盯着镜子里的自己。她的脸又圆又白,眼睛又圆又蓝,嘴巴小小的。一切都很正常,一切又都不正常。

她的朋友们都很棒。她的姐姐内尔一天会给她打五次电话。"你不能靠酒精和杏仁糖为生,"她说,"你必须吃些蔬菜。喝点儿汤什么的。"听到蔬菜汤,罗伊辛哭了。

"你还好吗?"内尔问道,"发生了什么事?"

"简单来说,就是蟒蛇进鸡窝,卖鸡蛋的跌跤——完蛋。"罗伊辛说。

"哦?"内尔说。

"我查了一下没有遗嘱会发生什么,猜猜看结果是什么,它说:'当事人在没有留下遗嘱的情况下去世时,以下人无权继承:未婚伴侣'。"

"遗嘱会出现的。"内尔说。

"也许吧。"罗伊辛淡淡地说。

她什么也没做,这对她来说出乎意料的简单。但这种情况并未持续多久。后来,到了凌晨四点,她惊恐地醒来。

在工作中,她善良的同事就像知更鸟一样,对她侧头表示同情。她的桌子上放着不少他们送来的白色信封,当一个人过生日或是离职时才会收到的那种。而寄到家里的卡片里,有一张卡片上有一朵淡紫色的鸢尾,闪闪发光。起初她之所以打开这些卡片,是因为她想读到人们不得不说的关于尼科的各种好话。人们费尽心思想要找到些漂亮的辞藻来形容他,即使他可能是个难以相处的讨厌鬼,这往往会令她发笑。"尼科是独一无二的""这样难得的人物""我从未见过像他这样的人"。在某种程度上,幸好如此,她想。

她发现,原来很多人都承受过令人心碎的损失。但有的人着实令她没想到!在楼下工作的那个电脑技术人员,平日里是个相当呆呆木木的男生,也害羞地拿着一本名叫《拯救你的生命的诗》的小书来到她面前,然后把他在学校的男朋友安瓦尔的事告诉了她。她原本不知道,自己周围的生活中竟然出现过这么多死亡。你也是,嗯。她的老板阿伊莎给她端来了一杯茶,并说:"你慢慢来。"罗伊辛想起了护士给她端来的那杯茶。她回家了。

* * *

"内尔,"罗伊辛在电话里说,"你知道的,不管发生了什么,他总是整天给我发短信,而现在他没再发了——所以我会觉得他遇到了什么意外,即使他确确实实遇到了意外,我对此非常清楚,但我的思绪就是……就是……所以我是个白痴吗?"

她的姐姐说:"你还没有缓过来。你今天吃东西了吗?"

"杏仁蛋白糖①……"罗伊辛喃喃道。她意识到,她的悲伤让朋友和家人感到厌烦了,而且他们希望她能克服它。"妈妈让我回家住几天。"

"你想回吗?"

"不想!"罗伊辛喊道。

"那就别回。"

---

① 杏仁蛋白糖(Marzipan):又作"马司盼杏仁膏",是一种由杏仁和糖制成的杏仁蛋白软糖,是风靡欧洲的甜食。

这并不是因为她不爱她的家人。但是，至少会有五个人来到她面前，谈论他们的姐夫的死亡是多么的可怕。她只想要安静一会儿。即使是把帽子弄掉这样的小事，内尔也会为了她从黑斯廷斯赶过来。她已经那么做了，好几次。

"你现在需要做的，"内尔说，"就是——"

"我不需要顾问。"罗伊辛说。

"顾问对你有好处，"内尔说，"但我不会强迫你的。不会的，你想要的，是遇到那些和你在同一条船上的人。你搜过那些丧亲互助小组吗？"

"滚开，内尔，"她说，"行行好吧。"

* * *

她有一种感觉——他就在另一个房间里，目光掠过她的肩膀。她曾经做过这样的梦：他把一个小孩放在汽车后备箱里；他们在废弃的城市里踏上一次光荣的冒险之旅，从树藤上跳下来，不停地跳舞，最后和约翰尼·卡什一起去了一家廉价酒吧[①]；他们在一朵闪亮的云彩上接吻，小鱼像蜻蜓一样在他们头顶飞来飞去。就在她醒来之前，他开始不断缩小，朝着她心脏的位置跑来，并且在她的胸口打开了一扇门走了进去，一边走一边愉快地向她招手。

某一天她提前下班了，因为她听到了（她发誓她真的听到了）他的声音在说："现在到我身边来，我需要你。"于是她跳上了火车，

[①] 廉价酒吧（dive bar）：又作"地下酒吧"，低端定位、以服务邻里为主的酒吧。一般都会提供常见品牌的啤酒和洋酒、经典款鸡尾酒等，有些会提供选择十分有限的葡萄酒和气泡酒，有些会提供小吃。

乘坐渡轮去怀特岛，抱着一捧风信子，走进雨中，准备把它们从甲板扔进中心航道。她的心中想念着他，挥舞着手中的风信子，它们是象征着他眼睛的珍珠——它们想必是很可怕的珍珠吧，颜色那么糟糕，甚至比不上她在工艺品市场的摊位上看到的闪闪发亮的紫色珍珠。虽然后者看起来就像血疱，或是由瘟疫引起的腹股沟淋巴结炎。她想要提醒自己，他已经死了，因为她无法停止想念他，而他在自己的思念中是那样的活力十足，这令人难以忍受。那样的——充满真实感。她在公共汽车上时，会毫无预警地闻到他的套头衫的味道——一股混杂着羊毛和香根草的气味，以及他身上总是带着的那种防晒油的气味。她还在床上发现了他的 T 恤，但是那件 T 恤明明不该在那里的。虽然她的确还没有换床单，是的，她当然知道自己应该把床单换掉，但他曾经也睡在这些床单上。某天晚上，她独自待在小小的厨房里，听着收音机，醉醺醺地跳舞。在这间厨房里，他们俩曾经如此莽撞而懵懂，完全不知道命运将为他们安排什么。她强烈地感觉到，他刚刚好像溜进了她的怀里，于是她也拥抱了他。一次又一次，辛蒂·劳帕[①]这样唱道，在某种程度上——什么程度呢？即使到现在，她也依旧感到困惑——她抱着他，不停哭泣，而他抱着她，双臂搂着她的肩膀，感受它们的重量。她和他一起跳舞，跟随着慢摇滚一起，将手伸向另一双看不见的手，就这样来来回回。举起她的手臂，向外旋转，懒洋洋地转回他并不存在的怀抱。仿佛有星星在她的头上翻滚，月光般的情绪弥漫到全身。然后她上床睡觉，喃喃自语地念着童年时的祈祷——现在我让我躺下睡觉——如

[①] 辛蒂·劳帕（Cyndi Lauper）：美国创作歌手、制作人、演员。2015 年，辛迪·劳帕入驻创作人名人堂，以表彰其对流行音乐做出的杰出贡献。

果你迷路了——我会在那里——求你现在和我们临终时,为我们罪人祈求天主——我会找到你的。她被一只鞋绊倒了——他的一只黑色切尔西靴——那只鞋为什么会在那里?——碰到了她的脚趾。然后他又出现了。他的重量压在床边,躺在她身边。她感觉到他的手放在她的肩上,她半睡半醒地伸手去握,感觉异常甜蜜。但紧接着她醒了,颤抖着跑到浴室里,躲起来哭泣。即使知道悲伤会令人不安,却无法阻止它继续令人不安。

第二天晚上,她熬夜观看了油管(YouTube)上关于大象的视频。在泰国,有人为他们演奏德彪西的钢琴曲。这很好,但她很担心,一只大象在摇摆,她不确定它现在是"沉醉在德彪西的旋律中"的那种摇摆,还是"我的压力大到快让我疯掉了,你可不可以停掉这一直在吵我的该死的旋律"的那种摇摆。不管怎样,罗伊辛没有入睡。她一直记得,在他的葬礼上,似乎感到了什么东西在触摸她的脖子,但她告诉自己,那都是幻觉。拜托,大脑,你能不能停下来。她曾经读过一本关于幻觉和鬼魂的书。也许,因为压力而发疯的不是大象,而是她自己。老实说,在很多时候,她的大脑都像是系在一根绳子上飘荡。

大象会悲伤,不是吗?理性主义只是另一种主义。谁死了,然后让理性为王?我们只是动物。

2 自然规律

三月

格拉斯哥

拉斯穆斯,一个瘦长而邋遢的神秘音乐人,正勉强支撑着疲惫的身躯。他在杰伊病床旁的椅子上睡着了,就在她选择——她选择了吗——离去的那一刻。过去的几天里,他几乎没有睡觉,始终睁大眼睛,等待着这一时刻的到来。

选择!这算什么选择啊?她才 38 岁。

永远停留在了 38 岁。

他们用尽了所有力量去与它抗争,但是有些力量是他们所不具备的。他们花掉了大部分钱,用光了所有的运气。每次他们做爱时,都达成一个共识:这可能是倒数第三次。他们在试图避免那些不可避免之事。听到死神回荡在路上的沉闷脚步声,是否让接受死亡变得更容易呢?他们仿佛观看了一场慢动作的死亡,它正在以"分期付款"的方式,攫取着一位年轻女性的生命;而这种迫在眉睫的死亡,则给他们带来了强烈而惊人的亲密关系。毕竟,每段婚姻都需要一个项目。而他们的项目是:死亡。

他永远不会知道了。没有什么可以与之相比的。你一生中不会再经历一次这样的死亡。你也不再会拥有一次这样的爱情。他们在一起17年了，这段感情始于青春年少时；两个摆脱困境和失落而走到一起的孩子，并在此过程中为彼此牺牲和相互救赎。生活不允许这样的事情再次发生，时间也不允许。

她一定是做出了选择。他希望她会做出选择。如果她没有，应该是因为他让她失望了。

发生了这一切，他想，我让你失望了吧。

* * *

根据以往的经验，他知道加纳人会举行体面的葬礼，而且他清楚自己做不到。什么？把杰伊的尸体放在冰上，然后带她飞回阿克拉？协调大约50个人的时间，而他们可能来自世界上40个不同地区？安排好他们曾为她妈妈举办葬礼时所做的一切，在他几乎不认识的300个人面前，听他们谈论他又弄错了什么，他当然会弄错了，作为一个外国佬，把事情弄错是他的其中一个"**任务**"，这能为阿姨们创造一些可以亲切取笑他的谈资。或者，把大家都邀请到岛上，将阿姨们安置在青年旅社、草棚和观鸟屋里，每天提供炸鱼和薯条。

在他们生活七年的家中，他看着烤面包机，感到很困惑。在她生病之前，他的一生都在他的脑海里、工作室里和音乐中度过，而杰伊一直是当地的全科医生。她一直是那个知道该怎么做的人。她给拉斯穆斯留下了指示。她理所当然这样做了，但他已经失去了一切气力，甚至无法理解那些指示——直到她的哥哥夸梅对他说："去做你想做的和需要做的事情吧。妈妈和爸爸走了，所以你完全不用考虑非洲阿善堤的那些事儿。"

在举办杰伊爸爸和妈妈的两场葬礼时,拉斯穆斯、夸梅、埃弗亚和杰伊坐在一起:日复一日地在花园和教堂里奔忙以及接听电话。葬礼上有一排排的椅子,还有鼓手、礼物、合唱团和自助餐。酷热难耐的时候,杰伊在露台偷偷地把一瓶冰凉的矿泉水倒在胸口。"这姑娘,"德洛丽丝姨妈严厉地说,"受不了这种热天儿。她离开家,搬到了苏格兰,居然是因为气候原因!"夸梅和杰伊没有让拉斯穆斯穿上女婿本该穿的传统服饰——那种衣服会露出瘦骨嶙峋的肩膀,让他看起来像个笨蛋。他们都知道,他不可能用一整条肯特布的织物将自己包裹起来穿在身上,以及正常活动。这需要一定的技术,而拉斯穆斯没有。"可以穿肯特马甲。"夸梅提议道,并得到了阿姨们的同意。"外国佬①的特权。"杰伊这样说。她从裁缝那里订购了三件,为了在不同的纪念日正确地穿上红色、黑色或是白色的服饰。

拉斯穆斯眨了眨眼。他想起德洛丽丝姨妈咂了咂嘴,然后对杰伊说:"你知道你现在也是外国佬了吗?"这让杰伊很受伤。

后来在照片中看到自己,与他的容光焕发、肌肉发达的小叔子们站在一起。他们是医生、音乐人和信息技术从业人员,各自从安大略、拉各斯、百慕大和伦敦回到老家来。拉斯穆斯有点儿希望当时他能够更自信一些,而不是和他们肩并肩站在那里,脸色苍白,像个书呆子。

她住在外赫布里底群岛,但在阿克拉仍然有认识的裁缝。她好像属于任何地方。他拥有丹麦和阿根廷血统,在数不清的英国小镇里长大。他只属于他所热爱的音乐,也属于她。

---

① 外国佬(Obroni):非洲西部阿善堤地区的人对外国人的称呼,尤指白人。

杰伊喜欢做正确的事,而他也愿意为她做这些事。但实际上他能做的最好的事情,就是承认这种悲伤所带来的无能。失去杰伊之后,他几乎变成了行尸走肉。他知道格拉斯哥郊区有一个小火葬场,但是对于一个曾经如此充满活力的女人来说,那里太小了,也太冷了。如果没有夸梅接手的话,他连把杰伊送去火葬场这件事都无法做到……好吧,他很感激。前来参加葬礼的人比他预想的要多:朋友、表亲、从岛上来的病人。夸梅在爱丁堡找到了一个非洲阿善堤的鼓手。拉斯穆斯同意以加纳人的方式站起来:让每个人排着队和他见面,与他握手,分享他们爱的力量。德洛丽丝姨妈寄来了一些祈祷卡,上面有杰伊穿着毕业装的照片,椭圆形的,有些失焦。有人将卡片放在每个座位的上面。拉斯穆斯一整天都不得不将目光从那甜美的笑容上移开。那天阳光明媚,苏格兰展现出了难以预料的美丽景色,湛蓝的天空是那样广阔而壮丽。他眼底尚未完全落下的泪水,让他目之所及的地方都闪烁着彩虹般的微光。

维多利亚时代风格的酒吧里有一个多功能厅,那里装饰着无光玻璃和镶板,显得相当气势磅礴。房间里飘荡着苏格兰的歌声,还供应脆脆的煎芭蕉块,旁边放着一品脱烈性啤酒和几杯夏敦埃酒。拉斯穆斯穿了一件肯特背心——但哪一件是正确的?她不在,没人来告诉他,所以他也不知道。黑色代表悲伤,红色代表哭红的眼睛,白色代表葬礼后的清澈心灵……他选择了黑色和红色。

在回岛上的小飞机上,他感到自己心律失常了,因为他和她第一次没有身处于同一片陆地。在道吉用车把他从斯托诺韦载回来的路上,他一句话也没说。后来,他待在临海石屋的家中,淋浴时因为鼓声而大哭。猫站在那里,看着他,仿佛在说:"你对她做了什么,你这个混蛋？"

于是他躺在床上，蜷缩成一团，浑身紧绷，喘着粗气，哭泣着，呼唤着她的名字。"你在哪儿？"他低声说，"杰伊，你在哪儿？"

有那么一瞬间，他以为自己听到了她的声音，于是愤怒地拍了拍自己的头。

* * *

她的骨灰从火葬场运回来时，装在了一个纸质骨灰筒里，看起来就像免税店里的一瓶威士忌，筒身上还印着落日沉入大海的图案。当拉斯穆斯转动纸筒时，海平线似乎永远延伸下去，一圈又一圈，没有尽头。他把它倒了过来，想看看是否会变成日出的景象，结果并没有。

他实在无法忍受那个该死的骨灰筒。一个女人的最终归宿不应该是一个该死的纸筒。她不应该是这样的结局……唉，她就不应该迎来结局。这就是他全部的想法。

随后，他在他们俩的卧室里找到了那个雕花木盒。那是他们从阿克拉的手工艺品集市一起买回来的。也许一个女人的最终归宿，应该是这样的木盒？他之前从来没有把它拿出来过，也从未看过盒子里的东西。如今，他第一次打开了这个盒子。里面放着各种耳环、发夹、梳子，都是她的。他再次关上了盒子。那里有她身上的气味。

不，也不能在那样的盒子里。

你是想要我把你的骨灰洒出去，对吧？

她曾说："把我放在堆肥箱里就行"，但她并不是真的要他这样做，只是希望身后事"一切从简"。但是葬礼本就是为生者准备的，而生者总是想要小题大做。

他走到屋外，盯着外面杂乱放着的堆肥箱，低矮的箱子里杂草丛生。确切地说，更像是个荨麻堆。当病魔成为这个家的不速之客时，所有的工作和家务都被搁置了。他转身回到菜地，许久未翻动的土里，本该播下种子，种出些什么来。如今，他却想撒下一把可怕的种子。也许，会长出一群战士，就像希腊神话一样，播种下巨龙的牙齿后，土里就会冒出全副武装的士兵。亦或者会长出郁金香——也许就是传说中由鲜血滴落化作的那种鲜花？是的，猩红色的郁金香。

到底会长出什么呢？什么都不会，那里什么都不会出现。

到了最后，他才走出四周砌有石墙的院子，沿着柔软的绿色草地和沿岸沙地，来到宽阔的白色沙滩。此时，潮水涨上来了。在他身边，海水像祖母绿一样，泛着清冷的光；而在海平面附近，涌动着紫晶色和蓝色的波纹。海岬层层叠叠，而天空却是永恒的。横亘在他和哈得孙湾之间的，只有塔兰赛岛。然而，潮水终究会退去。她的骨灰，却不该再跟着他回去了。于是他回到屋里，等着潮水上涨。这件事似乎是完全正确的，却又是极其荒谬的。但是拉斯穆斯已经深思熟虑过这个问题。他知道，无论他将她的名字呼喊多少遍，她都不会再回来了。生老病死，自然规律，每天都在发生，每个人都是如此。

当他再次踏上岩石时，落日已在海面上洒下一片耀眼的光芒。潮水到达了最高点，像一条躁动的狗，在沙滩上无精打采地盘卧着，似乎很快就会下决心撤退。他勇敢地站起身，将那个愚蠢的筒盖，从同样愚蠢的筒身上拔了下来。但是，正当碎浪准备离开海岸时，邪恶的风却突然变了向,一阵急风袭来,她的骨灰被刮到他的外套和手上,沾在了他的身上。也许她并不愿离开,他想。

于是,他停了下来,无比希望自己根本没有扔掉那些骨灰。即使这片大海是如此的美丽,空气是那么的柔软芬芳,即使他觉得自己早已从逻辑上理解了死亡的本质,他又怎么能把她扔进海里呢?后来,天空飘起了雨,他便回去了。拖着冰冷的四肢,穿着运动裤和连帽衫,走进了自己的录音室。他弹起了钢琴,想要写一首关于风向的歌,却什么都写不出。大脑和心脏仿佛都被塞满了,又像是被掏空了。杰伊还在世的时候,她总是有办法找到完美的词句,帮他把歌词填充完整,还可以为他唱和声。而现在,他的脑中还回荡着另一首曲子。那是一首古老的海岛之歌,讲的是一个女人在等待一个未曾归来的船夫。有时,一首歌可以在脑海中逗留许多天。就像清醒时分的哀悼者,或是永不满足的鬼魂。

他一夜又一夜地和衣躺着,无法入睡。因为上一次他睡着的时候,发生了他不愿看到的事。

他强迫自己去洗澡,然后骑车到城里买吃的:5袋真空包装的羊杂碎,打了半价,够他吃10天了。当他不得不去格拉斯哥时,他买了42英镑的印度外卖,把它们打包好,以免在飞机上洒漏。回到岛上之后,带回的食物让他吃了13天,他忽略了所有电子邮件和信件,对植物也不管不顾。他们在这里的生活,终究是疯狂的。因为在他们共同居住的房子周围,除了岩石、羊群、流沙和大海,什么都没有。但是,一旦决定离开,就代表决意让生活继续,而他还没有下定决心。

**

在某个海浪喧嚣的清晨,他在 A859 公路上骑行时,被一只死鹿从自行车上撞了下来。事故发生后,他躺在路边时还在想,这怎么可能呢?

他之前在骑车的时候,就注意到那头鹿在他身旁奔跑。他侧过头看了看它,欣赏它的力量和优雅,以及在雾气中泛着古铜色的诗意。当这个生物突然像疯子一样,跳到他前面的路上时,拉斯穆斯尽可能迅速地刹车和转向,设法避过了它,但是,一辆汽车从马路的另一头朝他们开过来——在一个近乎奇怪的、不可能的时刻,汽车和鹿相撞了。鹿高高地飞到了空中,等它落下时,击中了拉斯穆斯,直接将他撞倒在地。它的速度如此之快,甚至有些超越现实,以至于对拉斯穆斯来说,虽然疼痛和震惊是绝对存在的,但他感觉到更多的是荒谬。

车停了下来,鹿已经死了,司机想把拉斯穆斯带到莱弗堡——或者是斯托纳威——去检查一下。

"我没事。"拉斯穆斯说。

他跌落的地方大部分是覆盖着草皮的路肩,没有撞到头。他伸展了一下手指,又小心翼翼地检查了修长的躯干,然后跺了跺脚,并没有觉得身体有哪里不舒服。

这一次并不像上次那样。他们到了医院,还能做些什么呢?他没有告诉那位心烦意乱的司机,自己再也不想去医院了,无论是斯托纳威、格拉斯哥或者伦敦,任何地方的医院都不想去。如果他的身体被撞到马路另一边,好吧,也许那会抵消他身体上一次被撞到马路另一边的情形吧：那是 2001 年在纽约的时候，这个世界对他实施了毁灭性的打击。

不，并不像上次那样。

他把自行车留在原地，然后走了七英里回到了家。之后，他就再也没有离开过房子，但是他有在写歌，算是在写吧。这能够让他再坚持一两个星期。一直以来，他似乎都更关心过程，而不是结果，所以他不会奢求更多。

* * *

他们曾经谈论过他未来可能拥有的新恋情。他会摇摇头，然后低头微笑着看向自己的膝盖，她则会说"甜心，甜心"。有一次，她对他喊道："不要阻止我思考未来！不要阻止我帮助你啊！"她给他的更多是许可，而不是命令：到了适当的时候，当他觉得自己准备好了，就可以出去，然后……她的话戛然而止。理论上，她可以在心里想要这件事发生，但她无法说出来。

他们谈论过他可能的恋爱对象。她说，他会离开这个岛，搬到格拉斯哥去，然后遇见一个更年轻的玩音乐的女孩。他需要确认她是善良的，因为对于一个孤僻而厌世的隐士来说，他有时真的很天真，太容易信任别人。

"你要把它放在我的个人资料里吗？"他说。

"可以，如果你愿意的话，"她说，"可能会吸引一些勇敢的冒险者……"

她写的简介是这样的：

瘦弱的音乐人，

可爱的丈夫，古怪中透着英俊，

除了煎饼什么都不会做，

疼爱妻子的，衣衫破旧的，干净的，聪明的，有经济能力的，丧偶的，

浪漫的，

反社会的，

接吻高手，

会写关于你的歌，

然后寻求你的鼓励。

"真是个如意伴侣！"他说。她则会说："你最好相信这一点。因为已经有了一些可怕的家伙。"

可怕的家伙，现在一想到她这么说，他还是会情不自禁笑起来。

"我写了一些别的东西给你，"她说，"嗯——不是给你的。是让你送给……送给……等你找到某个合适的人时。"

"别说了！"他说。

她会暂时作罢，但之后还会重新拾起这个话题。

* * *

白天和黑夜轮转不休，雨下个不停。仿佛有什么人在敲门，但他并不想和任何人说话。反正他也无话可说。这种半睡半醒的状态持续了很久，令人沮丧。有时他会用水壶烧水，但是在好几次把水烧干之后，他就不再这样做了。他不想喝茶，可能是饿了吧，但这

似乎并不重要。

他有时候睡在沙发上,有时候睡在床上。睡在另一张床上,梦中……她随时都可能出现在梦中,最好做足准备。

她在梦中对他说:"这一切比你想象的要复杂得多……"

猫咪叫着要食物,所以他就喂了它。

他的牛仔裤变宽松了。

他试图从床上跳到浴室里,结果失败了。

与其说他失去了平衡,不如说他完全没有平衡。于是他崩溃了,穿着宽松的牛仔裤平躺在地板上,像马路上的青蛙一样张开四肢。然后他就在那里睡着了。

如果入睡就能办到。

嗯,一定是这样,看,我做梦了……

"甜心!"她说着,紧紧抓着他,"我记得是这样:你的手放在我的床上,如果我伸手去抓你,你就随时准备好握住我的手。你的头靠在我肩膀上……"

他回想了那个场景,继续做着梦。

他没有回复她。或许回复了?

世界静悄悄的,他能听到外面的海浪冲刷着岸边,沙沙作响。接着是门砰地一声。雨还在一直下着,各种声音,她的声音。

然后像是舞台转场一般:突然的移动,焦点的改变。活动,面孔,在他周围有条不紊地进行着。接着是欢快的呼唤。他嘴里被放进了什么东西。咳嗽,却无法醒来。他被捆绑了起来,然后向前滚动,视野里的东西都从身边溜走了。接着,他就来到了该死的医院,打着该死的点滴,仿佛他就是一个月前的她。

"你需要吃东西和喝水,拉斯穆斯。"他们说。他按照他们的要求去做了,不是因为他们说的是对的,而是因为这是离开那个鬼地方的唯一途径。

* * *

等他回到家时,道吉已经把食物拿进了屋,厨房里到处都是小袋子。松饼、香肠卷和土豆,还有一盒图诺克牌点心,祝福他。清洁布是湿的,可以用它来擦东西。一堆从地里摘来的羽衣甘蓝。我得去好好答谢他,他想。现在还不能死。

所以这意味着他得把胡须剃了。他的颧骨下有深深凹陷的线条,让他看起来就像个圣人。他皱起了眉头,你看起来苍老了许多,他想。

我的三个悲剧,他想,我的妈妈、乐队、杰伊。他狠狠地摇了摇头。我的三个荣誉:使我坚强和富有同情心的苦难、我的音乐、我对亲爱的妻子的爱。

很显然,是道吉叫了救护车。拉斯穆斯当时并不知道发生了什么。没关系,他陷入了某种由饥饿引起的……是什么呢……大概是神奇的想法?一些超出我理解的天赋。最好不要问我为什么。就像是布莱克在佩克汉姆的树梢上看到了天使①。而我感觉到,她与我同在。

外面的时间一直在流逝,混蛋,已经是春天了。天空看起来似乎更高了,落叶松上出现了小簇的浅绿色丛生植物,颜色是带着玫

---

① 威廉·布莱克(William Blake)曾在佩克汉姆那里看见一棵树上长满了天使,明亮的天使翅膀像星星一样缠绕着树枝。

瑰色的淡草绿①，就像一首诗，他想。但不是歌词。他不会写一首关于它们的歌。他拿出一首在住院前一直在写的歌——《悲伤跟随着我》。它讲述的是躺在你心爱的人身边，以及疾病和临终病榻的故事。他会为她创作出那首歌。"无论你走到哪里，悲伤都会跟随着你。"

"我记得的是这样。"她说。

但他感觉自己充满了奇异的幸福：悲伤也许会跟随着我，但我不会主动邀请它进来。

他想很快把文森特牌摩托车拿出来，毕竟现在天气暖和了一点儿。在寒冷的阳光明媚的早晨，没有什么比摩托车更好的了。

毕竟，他最不缺的就是时间了。

最好做点儿什么。

他在厨房桌子上腾出空间，拿出刀叉、盐和胡椒。他煎了两个鸡蛋吃，又吃了点儿吐司和石托酱②。夸梅来参加葬礼时，带来了一些德洛丽丝姨妈做的酱。"你会需要那个的。"他说。

他把鸡蛋吃掉了。为了你，我的爱人，我不再在吃饭问题上"掉队"。他端起第二杯茶，拿到办公桌前，瞟了一眼杰伊的笔记本电脑。电脑放在那里，上面落满灰尘……他打开了它，但是——不行，不要在今天。看她的消息已经毫无意义了，只会永远成为垃圾邮件。慈善机构的邮件、一条关于紧身裤的邮件，是大数据某种算

---

① 此处原文为 Pistachio tinged with rose，其中 pistachio 有淡草绿色的意思，也有开心果的意思；rose 既有玫瑰也有玫瑰色的意思。所以后文才说不会写一首关于 pistachios and roses 的歌曲。

② 石托酱（Shitoh sauce）：又作"Shito"或"shitor"，是加纳（一个西非国家）美食中常见的辣酱，由鱼或植物油、姜、鱼干、虾、甲壳类动物、西红柿、大蒜、辣椒和香料组成。

法确信她想要这种商品。

等哪一天我们都死了,算法仍然会大肆向我们发送垃圾邮件,不断地将这些垃圾发送到整个宇宙,试图用生理期内裤和在线吉他课程来折磨任何看到的人……

当他登录自己的笔记本电脑时,猫咪盘在他的腿上。他查看了来自银行和律师的电子邮件,于是他不假思索地回复:就按你认为的最好方式来吧。他还收到了一封来自专利注册服务的邮件:为很久以前歌曲支付的版税到账了,让他还能维持生计。还有一小撮有着俄罗斯名字的女孩想让他"找点儿乐子",以及一封来自变调夹乐队的主唱乔治的邮件。

3 鬼魂是被允许存在的吗？

二月

伦敦

那只是一个重症监护室，尼科以前见过。

蓝色窗帘后面靠着一把椅子，电线连接着仪器，支架上放着一个空杯子，以及一具身体，平躺着，电源已经拔掉了。那是一具尸体。他以前也见过这些。

是他自己。

但我明明在这里。

他上前一步。

他已经死了。

呀！

我之前是在酒吧里——

罗伊辛在哪儿？

他一直在美食酒吧里吃早饭，突然间所有人都疯狂地跑来跑去。罗伊辛在人群的中央，凝视着他。她一直抱着他。然后呢？

我死了？

天哪，这就是发生在我身上的事吗？

她现在不在。

他不记得发生了什么事！天啊，发生了一堆麻烦事，你居然都不记得了。

该死的！

尼科是一个逻辑性很强的人，训练有素，十分专业。我遇到了脑神经电化学事故，他想，我正在经历一场濒死体验——神游症状。

但是那具身体已经死了。没有反应，没有胸部起伏……应该死去还没多久，还没有变成太平间里的那种蜡质的冰冷尸体……

他把手放在那具身体的手腕上，想给自己量一下脉搏。结果他的手就像雪花一样落下：几乎没有接触的实感，也感觉不到任何东西。

他和它都没有呼吸。

好吧，是的，就是这样。我现在只需要溜回去。他们就是这么说的，不是吗？飘浮在天花板上，看到每个人都在哭泣，有人在光明之处召唤你，你说不了，谢谢，伙计，还没有到时间，检查一下是否有研究人员在橱柜顶部藏了什么东西，然后就又溜回了自己的身体。

突然，他在遗体旁边的塑料椅子上坐了下来。他发现自己正在对着那具身体微笑，对着自己微笑。"好吧。"他喃喃道。他曾经目睹过这种事情的发生——当你以为自己已经失去了某人时，突然间听到了断断续续的自主呼吸声，随后就是周围人的宽慰和笑声。但是应该怎么做呢？有点儿像是……猛扑进去？他有多少次站在另一头，说服人们回到他们自己的身体里，坚持住，来吧，不要离开我们……将他的呼吸灌注到他们的肺部，实施心肺复苏术，使用电击除颤仪和自动体外除颤器①，大喊"让开"！

重新启动他们的心脏。

没有人为他这样做过。

他似乎没有办法猛扑或者滑进自己的身体。

他小心翼翼地躺在自己身边，全神贯注。这是心理上的。

当你无法呼吸时，很难集中注意力。

多年前，罗伊辛曾告诉他一个爱尔兰的习俗：如果一个人在没有举行最后仪式的情况下死去，你必须亲吻死者并吸一口气，然后等牧师到达，你再以一个吻将这口气还给死者，这样牧师就可以趁死者还有气息的时候，赦免其罪过。

这里没有气息。

什么都没有。

他想知道，她是否在他死时亲吻了他，她是否为他保留了一丝气息。

他注意到躺在那里的身体，手指上戴着她父亲的戒指，就是她一直戴着的那枚。

在死亡过程中的"无人之地"，在某个特定时期，你肯定是处于或生或死的状态吧？他肯定注意到那枚戒指戴在了他的手指上吧？

左手无名指，那是戴结婚戒指的手指。

罗伊辛！是你做的？你这颗小钻石——你在没有我的情况下做到了！

该死，我希望我为了那件事而活着……

---

① 自动体外除颤器（AED）：一种便携式的医疗设备，它可以诊断特定的心律失常，并且给予电击除颤，是可被非专业人员使用的用于抢救心脏骤停患者的医疗设备。

我的意思是，我不会想要错过那件事。

过了一会儿，他把手搭在了自己身体的肩膀上。他看着他的手：它像是某种非实体的存在。有那么一瞬间，它停留在他的身体上，然后开始慢慢地穿过，就像蜂蜜从静止的水中落下。没有任何东西将它们联系在一起，或是结合在一起。它们并没有相互混合。他把前额贴在自己身体的脑袋后面，感受到它在自己的半月板上滑动。那种空虚感让他惊恐无比地逃开了。

无可否认，他死了。

什么，结束了？

他坐起身来，凝视了一会儿，感受个中神奇。

那么，我在这里做什么呢？

没有其他的可能性，伙计——你就是只鬼。他将手臂举到身前。看起来有点儿半透明。

但我不相信有鬼。

好吧，那就回去告诉科学调查组。

他的心中涌起一阵恐慌。我没有资格成为鬼！我的意思是，为什么？在哪里？我要在某个地方阴魂不散吗？在这里吗？

他看了看四周。啊，难道要附身在条形照明灯和洗手液机上吗？鬼往往需要烟雾和灯光、嘎吱声和时隐时现。未竟之事，绝望的报复。

未竟之事！嗯，是的。这很明显。就像是，我的整个人生。

我会被看到吗？或者看不到？哪个更糟呢？我应该做什么？他把生活安排得有条不紊，始终都知道自己该做什么——拯救生命。噢，真他妈的讽刺。

就在他这么想的时候，罗伊辛出现了，从病房的尽头朝他走过来。她穿着同样的条纹裤子和小套头衫，脸色苍白得像亚麻布一样，在蓝色的刘海下，有一双大大的眼睛。他想着：我并不孤单！他冲向她——然后停住了自己的脚步。她能看到他吗？

不能。

好吧。所以就是这样。

于是他伸出手臂搂住她，将大腿靠在她的大腿旁，然后紧紧地抱住她。如果他现在还是人的话，这样的动作会把他们俩都绊倒的。

他的手臂从她身上滑过，他哭了起来。

罗伊辛继续前行，在他的身体旁边坐下。她握住了那具身体的手。尼科迅速地跪在她身边，将他作为鬼魂的手，放在她和自己身体的手上面，像婚礼上的传教士一样抱着他们。感受我！感受我！我在这里……感受我，看在上帝的份上，我在这里……他努力地集中了注意力。而他的手也没有滑过去。

啊，感谢上帝，他想，当他的手成功地停留住，放在了应该在的地方时，他微笑了起来——然后她突然瑟缩了一下，晃动着身体，猛地摇了摇头——然后他发现，自己已经把手抽走了。

如果她真的能够感觉到他，那就……他不知道。

他看见她坐在蓝色的椅子上，向前弯着腰，就像在寂静的灯光下哀悼的圣母玛利亚。

* * *

几个小时后，当男人们走过来，把他的身体翻过来，咔哒咔哒地抬着它走下走廊时,他跟着队伍走在她身后。其中一个人在门边的金属盒子上敲了密码,然后他们就继续前进。门在他面前晃了晃,直接穿过了他,荡起了一阵风。

哇!

他大喊。

没有人抬头张望。

他跟在她身后冲出了门。

我还能爱她吗?他想。鬼魂是被允许存在的吗?他确实爱她。他的心脏可能已经死了,在那冰冷的身体里停止跳动——

不管怎样,这具尸体曾爱过她。不管怎样,我现在是爱你的。至少,他知道。

***

他跟着她回家,在街上陪着她走。他看着她为他点燃一根蜡烛。他看着她站在富通格林路上的塞恩斯伯里超市的过道上,盯着不远处的圣培露矿泉水和番茄酱的瓶子。他看着她在超市里找到了一些安慰。他坐在她的床上,当她坐在沙发上时,他躺在她的脚边,把头靠在她的膝盖上。他看着她洗澡,看着她睡觉。他没有再碰她,一次也没有。他害怕会吓到她。

每天晚上,他都和她一起躺在床上,但睡觉似乎不是鬼魂会做的事。第一晚,他盯着紧锁的卧室门:他用来画东西的展板,他的白毛巾还挂在钩子上。那就这样溜过去吧,他想。他把一只手放在门把手上。然后穿过了展板。他的另一只手、手臂、肩膀和其他身体部位都跟着穿了过去,他震惊地站在走廊上。

我是怎么做到这一点的？我为什么不会从家具、地板或地球表面掉下来？

*　*　*

他以前从来没有和她一起去过理发店。她似乎和那个女理发师很熟悉，还跟其他几个人打招呼。看到她在个人生活中的样子，尼科有些触动，这是过去的他永远无法看到的，因为他绝对不会来到这里。也许这会让她更容易待在这个地方吧，他想。

她总是在改变头发的颜色——随着季节而变，或是随着心情而变，染成粉色、深橙色、铂金色，然后把照片晒到该死的照片墙上。在某段时期，她的发色很有意思，锡灰色的头发，周围有一些挑染，与她的玉兰色皮肤和深蓝色眼睛相得益彰。后来，她把头发染成从一种颜色褪色成另一种颜色，并称之为"渐变[①]"，还有一次是"大扫除"，带有喜剧性的法国口音。他至今仍不知道如何拼写这个单词，不管它是什么意思。为了逗她发笑，他称它为"大勺粗[②]"。"你也去染发吧。"她说。但是怎么会有人染一头像她那样的卷发呢？"徒手染。"她说。徒手！他想象到他们和嬉皮士一起做这件事，就像那种徒手文的文身，不借助任何工具，直接画在皮肤上。

"演示给我看看，"她说，"在我身上画。"于是，他在她身上画了一朵攀缘而生的玫瑰，环绕着她的腰，一直延伸到肩上，拥抱着

[①] 渐变（ombré）：在法语中的字面意思是"阴影"，是一种色调与另一种色调的混合，通常将色调和阴影从浅色移动到深色。此处意为描述染发的色调。

[②] Baileyidge：生造词，是男主人公故意读错 balayage（大扫除）一词的发音用来开玩笑的。

她。当她尝试去看那朵玫瑰时,卷发落在皮肤上痒痒的,让她止不住咯咯地笑。

＊＊＊

"那我要给你用墨水上色吗?"他问。她说:"走开,不要让你那些可怕的针头靠近我。"

我的小玫瑰①,他想。我的小玫瑰。

现在,他惊讶于她的悲伤,惊讶于她到底有多爱他。并不是因为她没说,也不是他不相信她,而是——他如今亲眼看到了。

当罗伊辛解释她想要什么发型时,理发师卡拉的眼里含着泪水。

她的卷发又长长了一些,湿漉漉地铺散开来。他想起她从游泳池中走出来,或者从淋浴间出来的时候,湿漉漉的头发贴在身体上。他原以为那些发梢是绿松石色的卷发会立刻被剪掉,成为掉落在地板上的湿哒哒的死物。然而,卡拉却小心翼翼地把它们擦干,用梳子不停地梳理,然后用吹风机烘干,足足花了半小时,才让它们松散成一股一股的。接着,她把它们绑成一个马尾,将顶部和底部都捆上。然后嘎吱一声,就将头发整齐地剪了下来。她把头发放在一个透明塑料袋里,然后和罗伊辛相视一笑。这些头发是准备为没有头发的孩子——接受癌症治疗的儿童制作假发用的。就好像她在捐献自己的器官一样,他想,只不过她并非死者,她已经失去了我,如今她在这里,再度放弃了自己的一部分。

随后,卡拉叫来了一个男人:毕竟剪四分之一英寸的头发不是她所擅长的技能。他们似乎达成了一个基本的共识——这是正确的

---

① 原文此处为希腊语 Rosakimou。

做法。剃刀在罗伊辛漆黑的脑袋上平稳地嗡嗡作响。二号长度（大约6.35毫米），看起来很漂亮。她露出献祭般的表情，她的悲痛变得积极了起来，就连她的悲伤也是仁慈的。

不过，妈妈不会喜欢的。

哦，天哪，妈妈。

* * *

当他说他想要一场海葬时，其实并不是认真的。他从没想过，真的会有人严肃地对待这件事——你知道的，就像是圣诞套头衫之类的，你并不是真的想要，只是在开玩笑罢了。所以，他的确喜欢航海和游泳，并且为自己祖籍在伊萨卡岛而感到自豪，但是现在，他却只能看着自己的妈妈，试图从她已经放弃的宗教中拯救出一些传统，然后把它们整合在一起，看着自己的遗体被放进船里，放逐到了英吉利海峡，因为那里是她唯一可以进行海葬的地方，除了诺森伯兰郡附近的另一个地方，但她认为那里太冷了——天哪，妈妈，它们都不是爱奥尼亚南部，是吗？

无论如何，现在她正在为葬礼制作科利瓦①：把法罗（faro）煮熟，这是她能找到最接近古代小麦的东西，烤小茴香、八角和芫荽籽，与蜂蜜和一把血红色宝石般的石榴籽搅拌在一起，又放了欧芹、肉豆蔻和盐。科利瓦是没问题的，因为妈妈说，它比教堂出现的时间还早：它象征着希腊神话中的得墨忒耳（谷物）、珀尔塞福涅（石榴）和哈得斯（欧芹）。不可以在教堂做礼拜，因为教堂里的每个人

---

① 科利瓦（koliva）：是一种以煮熟的小麦为基础的菜肴，在东正教教堂的礼仪中用于纪念死者。

都是贪财的豺狼。坟墓是能接受的,因为你可以拜访那里,而且如果没有坟墓的话,牧师第三天又如何能通过打破盘子来释放你的灵魂呢?我说话前后不一致?别开玩笑了,我是一个悲伤的母亲。海葬是可以的,因为她的那位热爱岛屿和航海的男孩,必须拥有他想要的一切;如果他们没有他想要的东西,他们就不会离开,直到得到那样东西。三天后,她自己会乘另一艘船出海,在船尾将盘子打破。她会在船的尾流中撒下玉米。尼科只有在航行时才会感到自由。他过去常说,在航行时,他可以专注于海风、浪潮、水流和船帆,这就意味着在那时,不可能有其他事情打扰到他。那是他能够永远拥有的。没有什么能打扰到他。哪个母亲会愿意她漂亮的男孩无法拥有自己梦寐以求的东西呢?

他们把他放在殡仪馆。每个人都过来亲吻他。好的,妈妈。

罗伊辛正在帮助她。眼泪掉进了科利瓦。

我的这场不完全是希腊式的盛大葬礼。

* * *

他可以清楚地看到船甲板上的罗伊辛。她在蔚蓝的天空下迎着风站着,显得那样醒目,身上白底黑斑的大衣在风中飘扬。他知道她为什么穿那件外套。他知道她有多生气。他知道当男人将白色的百合花递给她,让她把它们投到水面上时,她的身体在轻轻地颤抖。确实是作品!亲爱的,谢谢你照顾我的遗体。他从未见过她如此坚强又如此脆弱的样子。她的脖子是那样的赤裸。她和妈妈手挽着手,相互扶持。

当她退后一步,让其他人走上前去扔花时,他完全无法阻止自己的冲动。或许她不会注意到呢,这就像是轻风的抚摸,什么样的人,什么样的鬼,不会……在他自己的葬礼上……尼科走上前,将手轻轻放在她的后颈处,那个她的头发本该在的地方,那个她总是会感到寒冷的地方。她迅速地转过身,几乎跳了起来。"天哪!"她说——但那里什么都没有。后来,有人递给她一杯威士忌,她抖了抖身子,但眼神又飘回到他所在的地方,依旧感觉很惊慌。

有那么一刻,出现了很了不起的感觉:他触摸了她,她也感觉到了他。随后,他又觉得很可怕。我不能那样做。

她将威士忌倒进了海里。那是给我的吗?他想。类似于祭祖?敬我的一杯离别之酒。他想知道自己是否想要这杯酒。他不知道如何形容这种感觉。因为他确实做到了……但又没有。

* * *

我可以吃东西吗?他想。

你死了,尼科。

我知道,但是——

在守灵的酒吧里,他发现自己正盯着他们端上来的金黄酥脆的炸鱼,炸鱼的边缘发出噼啪声。挤点儿柠檬汁吧,他想。他闻不到它们的味道,但他依旧可以渴望食物。他就像个扒手一样,迅速而谨慎地去捏住了一个。如果有人在葬礼的茶会上看到炸鱼飘浮在空气中,说不定会导致心脏病发作,这是他不愿看到的。是这样做吗?他们能看到吗?他觉得不能。虽然这样会很有趣。他本来并没有打算尝试,但是,好吧,现在是时候了……毕竟是特殊场合……

他看了看,集中注意力,摸向一条小炸鱼。他的手指滑过了它。他集中了注意力。毕竟,她会感觉到他的抚摸。这不合逻辑,到底是什么呢？情绪吗？我究竟有多想要它呢？

他轻声说："我好想要你，小炸鱼。"他又摸了摸，试图感受它，又推了推它。来吧。有那么一刻，他感觉到了它的存在——但仅此而已。没有饥饿感，也不需要去吃它。

这很公平。摄取食物是为了活着。

那我需要摄取什么？

他回到了屋里。希腊人现在都在角落里唱着《我爱你》，喝着白兰地，吃着科利瓦。"我爱你，因为你就是你自己，我爱这个世界，因为你就在这世界里。你的窗户还关着，打开一扇窗户吧，这样我就能看到你。"

妈妈和罗伊辛坐在一起，十分错愕，好像扑克牌 Q 里的皇后。

哦，妈妈。

我……爱……你……[①]

内尔看起来非常痛苦。他们的妈妈也是。

* * *

他搭上罗伊辛和内尔的车一起回家，以一种隐形和半存在的状态，折叠身子坐在她的菲亚特 500 的后座上。他没有感到任何不适，除了当车子开到减速带时，他的腿穿过了前座，脚伸到了内尔的膝盖上，这让他不得不惊恐地把脚飞速移开了。他轻轻地练习着：让双脚穿过车门；然后又把脚抵在车门上；把手放在旁边的座位上。

[①] 我爱你（S'agapo）：希腊语中的"我爱你"。

***

当水壶沸腾时,他靠在厨房里;当电话响起时,他坐在沙发上。

她仰面躺在床上,精疲力竭,呼唤着他的名字。他发现自己可以躺在她头顶上方的半空中。她突然坐了起来,撞进他不存在的怀里。

他看到她害怕现在的她会让朋友们感到厌烦。他注意到她无法忍受音乐,除非是在跳舞的时候。有很多次,他都克制住了自己去抚摸她额头的冲动:别碰她。他低声说着些安慰的话,尽管他没有感觉有多少安慰的作用。他所感受到的,只有失去一切:失去了那些他曾经拥有的,失去了那些他不经意间假设过将来会拥有的。"我觉得也许湖区会很适合,"当她把水壶放在炉子上时,他说,"作为我们度假的地点,或者婚礼。孩子们,也许,毕竟——我们为什么不好好谈谈呢?——你觉得呢?或者是威尼斯?"在这个世界上,一直都有他本该要解决的事情。未竟之事,现在他并不知道是什么。

"怎么啦,宝贝?"他在沙发上喊道,而她在厨房里。整个晚上,她都在和他说话,他又听到了自己的名字。她在和他说话,是的,但她没有回应他。当他回应她时:嘭,像是碰上一堵砖墙。这真的算不上是一场谈话。

然后,广播里又在放该死的辛蒂·劳帕的歌了。他跳起来,走进厨房。哦,这是她给的音乐线索:她果然就在那儿,站在红色的亚麻油地毡上。水壶里的水沸腾着,而她的泪水顺着脸颊流下来,她慢慢地晃动着腰臀。他站在她面前,那样的近在咫尺,他觉得他们之间的阻隔是如此的微弱,她一定能感觉到他。哪怕只是一种细微的感觉。就像你练气功的时候，双手合十时会感到轻微的颤抖，发出某种无声的蜂鸣。她会有这种感觉吗？

他感到无法忍受了。于是他伸出了自己的手，以一种充斥着意念的强烈方式放在她的手上，以确保手不会从她的身体里穿过去。他把手臂滑到了她的腰上，冒着会吓到她的风险。因为如果她真的感觉到了，肯定就会知道，来安慰她的人就是他！他抬起手臂，带着她旋转，也许只是巧合，她也同步动了一下，当她转过身来时，就仿佛是在他怀里跳舞一样，真的，它们有什么区别吗？在某一瞬间，他将自己的下巴抵在了她的头顶上。他过去常常会这样歇息，因为她的个子很娇小。这个动作总会把她逗笑。

或许他只是迫切地希望，这一切都是真的。以至于他为了摆脱这种感觉，在厨房里跳起了自己那支有趣的希腊左巴舞。有疑问的话尽管取笑吧。它总是会让她发笑，但她这次没有笑。当然没有。她根本不知道他的存在。

4　飘浮的巫术

二月—三月

格拉斯哥

杰伊确实做出了选择。

她已经计划了一段时间。悲伤而安静地躺在病床上,她几乎失去了所有的生活乐趣,只能紧紧抓住仅剩的一点点。你缺乏履行最终承诺的勇气,她告诉自己:你甚至不能让它发生,你对自己撒谎的时候,甚至不能说服自己。因为她确确实实地知道,没有人真的想死。而现在,也许,如果其他选项……令人难以接受……但其实并非如此。她不认为一个人只要想就能做到。

我在拖延。这意味着我不并想这样做。我想继续躺在这里,让他的一生沉浸在苦难之中,然后等待一个不复存在的奇迹。

奇迹没有来临。

我知道,奇迹根本不存在。

但我是普通人,我并不想死。

那天晚上,当拉斯穆斯在椅子上睡着时,她心想,能听到他入睡后的呼吸声,真是太令人舒心了。这些年来,她经常听到他睡得不好。夜里失眠时,他从床上爬起来,而他会尽可能不吵醒她,或是轻轻翻个身，或是把枕头翻个面，然后小声地叹气。她自己失眠的时候，则是会流汗和发烧。所以当他在椅子上睡着的时候，她心想，如果我们俩能在一起休息，哪怕就一会儿，肩并肩地靠着，就像我们本应该的那样，该有多美好啊。

那是她的选择。这个念头足以帮她渡过难关。也许这只是一种放弃罢了。她只是停止去做任何让她留在原地的事情。亦或者，这也许就是正确的时刻。你们要留心、警醒和祈祷，因为你们不知道何时会来到命定的时刻。①

不管怎样，她当时没有意识到这一点。直到她醒来的时候，才发现自己没有百分之百地醒。她的身体还没有醒来。

然而，她在这里，仍然在这里。算是吧。

算是吗？

她静静地躺着。有些东西变得不一样了。

她站了起来。

嗯，这很新鲜。她已经好几个星期没有站起来了。有些头晕目眩！

她动了动手臂。上面没有插管。也感觉不到疼痛！这是一个奇迹！

没有费力的呼吸。一点呼吸都没有！没什么。吸气时，肋骨没有局促的肿胀，呼气时，肩膀也没有滑动。没有咚咚作响、杂乱无章的心跳。她心中闪过一系列恍然大悟的想法：这个念头应该令她

---

① 原文为 Take ye heed, watch and pray, for ye know not when the hour is.：来自《圣经》马可福音 13：33，也有译本翻为"你们要谨慎，儆醒祈祷，因为你们不晓得那日期几时来到"。

感到气愤——但她并不觉得气愤。这应该令她震惊——但她并不感到震惊。她几乎是松了一口气。她已经死了。但我为什么还在这里？我不应该去某个地方吗？

她回头看了看床。

杰伊当然没有想到，自己会不得不眼睁睁地看着死亡临近。她想知道，死者是否会感到悲伤和失落。结果她什么都没有等到：一种很确定、也很特别的虚无。她的选择是什么呢——天堂，地狱，还是遗忘？那就选遗忘吧，那是自然的。

死亡来临时短暂的清醒，窗户关上了，自我不再存在，如果她还有什么期待的话，应该是一种平静和安宁。她以为，在现实生活中，她的死亡会让其他人感知到些什么。具体的说，是拉斯穆斯。他会感知得到。

但是如今看来——还没结束。她的心怦怦直跳。拉斯！她哭了，他在椅子上睡着了，他的长腿伸出来，塌着长背——等他试图站起来的时候，应该会感觉到疼的——他的喉咙裸露着。

他看起来多么脆弱啊。

天哪，这是怎么一回事？

拉斯？还没结束！

她看着自己可怜的身体，一股怜惜之情涌上心头。可怜的、亲爱的身体。她非常温柔地摸了摸自己的鼻尖。那并不算是真的触摸。最多算是一个姿势。她若有所思地坐在床沿，床并没有因为她的重量而往下陷。

她看着他呼吸的样子。我们从未相隔如此遥远，甚至是在我们相遇之前，我们之间的距离也并没有那么远，因为我们正朝着彼此靠近。

她再次小心翼翼地站起来，转身弯下腰去，轻轻地蜷缩在他的腿上。她一时间停住了动作：如果我也碰不到他怎么办？如果……？

如果什么？她轻松地用双臂搂着他，把头靠在他身上。这不像是肉体之间的接触，但又不像是什么都没有。她读到过一本书，亦或是看过一部电影，讲的是拉丁美洲的两条河流：当它们相遇的时候，你会看到它们的水流相互交融，水势是那样的湍急，但它们并没有合二为一，依旧是两条独立的河流，一条是棕色，一条是蓝色，并排地流动着，扭曲着，汇聚在一起，但显然并未真正融合，相互连接，但又彼此分开。他们其实也不是那样的。毕竟拉斯穆斯没有——有吗？——回应她的存在。

她把手放在他的胸口上。她的手看起来就像一个海洋生物——并不完全在那里，仿佛来自于异世界。她把手放在包裹着他的手臂的柔软的棉布袖子上，放在他头顶竖起的头发上，放在他疲惫的脸上。她仿佛置身于他们对彼此的爱与关怀之中，被他们之间的亲密所支撑着。

她要看着他像这样受苦吗？

是的，她是这样打算的。

就算她预料过未来，也决不会是这样。毫无感觉。

* * *

她和他一起回到岛上，一边走，一边探索她到底发生了什么。地面是坚固的。长凳、床、椅子和飞机座椅都是坚固的，各种物体都是坚固的，除非她不希望它们这样。他也是坚固的。她自己，她的手在她面前张开，并不是坚固的。格拉斯哥机场的墙壁和隔板并不是坚固的，只要她想要从中穿过。这只需要一点儿意志和意图。安检门不会注意到她。重力对她的影响比以前少了很多。在广场中央时，她突然被内心的狂喜所击中了。她还在这里！她比多年来更坚强、更自由。她跳到空中，举起双臂，笑得像个傻瓜。她翻了个跟斗：一个，两个，三个。然后又像蒲公英一样轻轻降落。又一次冲出去：用一连串的侧手翻，落在脏兮兮的地板上；又轻弹到一排座位的靠背上，跳呀跳，跳呀跳，然后在自动扶梯的扶手上踮起脚尖，像是音乐盒中小小的芭蕾舞演员塑料玩偶，努力保持平衡。接着，在他坐下来的那一刻，又飞回他的怀里。

你能感觉到我吗？你知道我在这里吗？

她觉得他的怀里很安全，可以蜷缩在他的大衣里，但她知道，对于活着的人来说，这个世界可能仍然可靠，对于她来说却不是。

* * *

上帝啊，但是火葬场真的很冷。谢谢夸梅你可以过来；非常感谢你让拉斯放心，他不必完全按照加纳的规矩来操办葬礼。谢谢你让阿姨们不那么难过。感谢你在 Zoom 开会，而且没有强迫拉斯加入。她很高兴她的妈妈和爸爸不用白发人送黑发人。

我还能再见到他们吗？这个想法昙花一现。太奢侈了。

她告诉拉斯，把她扔到堆肥箱就行。一个女孩肯定会在某个地方存在着弱点。而她的弱点在于，她对于自己的身体已经死去的想法感到厌恶。她很爱自己的身体。她已经把它照顾得很好了。为了保持丰盈的头发和健康的皮肤，有多少颗椰子奉献了椰子油？她不想把这具身体扔掉。她想对他说,留住我的头发,留住我的骨头。也许,留住我的手指——你可以把它们风干,留住我的心——用酒泡起来。无论如何,它始终是属于你的。她还记得她年轻时的手臂。在拉巴迪的海滩上,她光滑而黝黑的手臂沾满了海水蒸发后留下的盐晶;当她小口品尝着爷爷花园里的水果时,手上甜软的芒果的汁水滴落到肘部;巨大的黑蝴蝶在树上飞舞,品尝着散发着光泽的成熟果实。如今,大西洋依旧冲刷着拉巴迪和拉斯肯太尔的海岸。该死的大海。这种感觉统一而又分裂。

继续,她对自己说,告别你的遗体吧。

她想知道自己是否可以。

只有一种方法可以找到答案。

于是,她站在了放在轮床上的棺材的顶端,等着它被推进焚化炉。接着,她将自己朦胧的手伸向抛光过的棺木。她溜进了棺材里面。她看着那具身体的脸,吻了吻她冰冷的青灰色额头。她回想起,她曾经是个闪闪发光、丝质柔软的孩子,后来也是个女王般的女人,她为自己的身体最终变得这样痛苦和畸形而感到悲伤。现在,瞧瞧她:装在一个盒子里,准备送走。

这只是一件物品。她现在知道了。谢谢你,过去的自己。

甚至连真正的火焰都没有。

她当然不想要任何宗教形式的东西。当她追求科学时,就自然而然地远离了宗教。她从小就没有预见到任何审判,她当时预见到的审判是旧约圣经,受到文艺复兴时期的画作影响,手拿岔子的恶魔咯咯笑着,悬挂的赤裸的灵魂的喃喃低语,被上帝一时兴起而抛向蔚蓝的天空。也许爸爸终究是对的,只有 14.4 万个好人的灵魂能够上天堂。她知道自己并不是这世间14.4万个最优秀的人类之一。或者，也许只有当你在相信的时候，才能够上天堂——她没有这种信仰，即使在她生病期间，最黑暗的那段时间也是如此。她确实想到了耶稣，她儿时的朋友，以及她在教堂里做洗礼的蓝眼睛的孩子。

好吧，耶稣，我努力去做那些重要的事情。我并没有为流浪汉提供多少庇护，但让我们面对现实吧，我确实治愈了不少病人，给饥饿的人提供过食物，而且我相当肯定，我也安慰了陷入困境的人。

但是，需要宗教吗？不了。

夸梅、道吉以及所有能够过来的阿姨和表亲们都参加了她的葬礼，十分悲伤。她将一只手放在他们的肩膀上，然后靠在拉斯穆斯身上。在葬礼过后，他在外面的矮墙上坐了很久。那是星期五的中午12点，阴天，一会儿可能会下雨。她坐在他身边，把手放在他的膝盖上。其他人已经去酒吧了，他之后会加入他们。你去哪里，我就去哪里，她想。

* * *

道吉开车把拉斯穆斯从斯托诺韦送回了小屋。这条路是柏油路，横跨于天鹅绒般绿色和金色的斜坡，穿梭在银色的湖泊和水湾形成的图案之间。杰伊一直仰面躺在车顶的行李架上，感受着光线、云影和大海在视野中进进出出，看着天空中的老鹰。这条路真的很熟悉。

回到石屋——他们的家之后，她坐在挡风玻璃上敲打着自己的腿，而拉斯穆斯并没有邀请道吉进屋喝杯茶。我死了有多久了？只有一个星期。我想我的骨灰会被送回来，放在壁炉架上，和你在一起。

无论如何，我还在这里！

她的家里不再有她的存在——屋里落满灰尘，木头失去了光泽，植物快要死去，原木堆变得低矮，再也没有人把沙发上的靠垫拍得鼓鼓的，未开封的信件散落在地板上，厨房的水龙头还在滴水。她想知道，在她生病期间到底还有多少当时都没有注意到的烂摊子，而她的这个地方就已经"半死不活"了。除了那只猫，它抬起头，看了看她，又蜷缩了回去。

她坐在马桶座上，听到拉斯穆斯在淋浴时哭泣；她站在钢琴凳后面，听到他哼着奇怪而简单的旋律，先是试奏和弦，然后潦草地写下来。当他弹到 F7 和弦时，她捕捉到了他微弱的微笑和叹息。他把 F7 和弦称为赫敏。他给所有的和弦都起了名字。G 和弦是詹姆斯——正直而高贵，G 小调是路德，D 小调是约阿希姆，A 和弦是克莱尔，Bb 小调是赫布，C 和弦是纳尔逊。它们的真名让他感到不悦。赫敏是一个可以提升任何歌曲质量的魔法和弦。

她看到了他乱糟糟的头发。在过去，她总会深情地用手指帮他梳开。如今，他看起来真的就像是欧洲防风草——高高的、长长的欧洲防风草，上面还长着一簇簇叶子。还有他苍白的脸，也像粗糙的防风草一般，如此美丽。她把头靠在他的头旁边，下巴靠在他的肩上。随着他的重复弹奏，旋律逐渐稳定下来。这是一首可爱、悲伤又开放式的曲子。她用轻柔而忧郁的和声低声吟唱，他抬起头，似乎受到了惊吓。

***

当拉斯肯泰尔的风向变了的时候，她正在路对面的小山上。脚下的紫色岩石滚向大海，滚向名为"塔兰赛之声"的海湾，还有一只小小的金雕，像一根掉落的睫毛，在头顶蔚蓝的天空中做弧线运动。她感觉不到明亮的天空昭示出的寒冷。她满眼皆是美景，她深爱着这个地方，并为之倾倒。我还是不想死。她从岩石上跳下来，感觉自己的双脚在腾空，然后像燕子一样降落在闪闪发光的水面上。她还发现自己居然可以后空翻，那些我曾经在梦中做的所有事情，现在的我都可以做到了，她想。我没有重量，但我很强壮，我能飞，这是一个了不起的每日奇迹，一个新的现实。

她看到拉斯穆斯在涨潮时来到了沙滩上。看着他！看呐！他朝着岩石走去，胳膊下夹着她的那管荒谬的骨灰，一边爬上岬角，一边伸手保持平衡。到了海岬上面，他像小巨人一样站立着，三面环海。他把管子高高举过头顶，背对着风，试图倒出她的骨灰，让它随风而去，飘向潮水、螃蟹和黑色的海草；她看到她的骨灰被风吹了回来，海湾淡绿色水面上涟漪阵阵，泛着银光；她看到他目睹了水边突然出现的近乎侮辱的混乱场面之后，微微有些踉跄；她看到他选择了放弃，走到海浪里把手冲洗干净，将水拍到自己冷峻的脸上；她看到他的手湿漉漉的。

* * *

她坐在他身旁。他把照片拿了出来。有一些真正的相片，有一些则是屏幕上的"数字鬼魅"。他一遍又一遍地看着她的视频片段，然后"砰"地合上笔记本电脑。他们初遇的那个夜晚，在威廉斯堡的屋顶上，她穿着那件60年代风格的焦橙色缎面连衣裙。他说，她看起来应该和雷·查尔斯一起唱歌。他是对的！在变调夹乐队巡演的片段里,那几个月的每个晚上,她都在他身边唱歌,从布鲁克林到新奥尔良,从奥斯汀到蒙特雷。她看到他们共享一个麦克风,看到他们在微笑,看到他们在比尔街的布鲁斯俱乐部通宵之后,又来到孟菲斯的艾尔格林教堂外——靠在一块写着"全福音帐幕圣殿"的石头标志上。没有照片足以定格那美好的时刻——当她让自己爱上他的那一刻。那是驶在某个南方城市和另一个城市之间的旅游巴士上,那个南方城市拥有一个诗意的名字,但她并不能体悟到这样的诗意。她的大腿一直会粘在巴士座位的人造革上,所以她把一件T恤叠起来,然后坐在上面。她正看着他,他抬起头,看了她一眼。就这样!他们的目光相遇了,她就这样知道了。头微微一动,表达方式的转变,事情发生了变化。无论后来发生了什么事,也不管每个人都说了什么,她依旧觉得,选择拉斯穆斯是一个多么正确的决定。

在布鲁克林的迪卡尔布医院急诊室里,他失去了知觉,外面的樱花树正在盛开,而他成了一个倒下的士兵。事故发生时,她并没有和他在一起。她打断了那段回忆,让它在脑海中停留了片刻,然后又把它送走,转而去寻找一段更快乐的回忆:你和我住在岛上的日子,那时我们刚搬到这里不久,在斯卡里斯塔以外的路边,我们第一次发现了野生覆盆子,它们在雨中散发出刺鼻的气味,我们就站在那里,一起把它们全都吃掉,它们是如此甜美,还沾着灰尘,而在我们头顶上,是赫布里底群岛的巨大天幕,仿佛我们站在了世界的边缘,雨滴散落,黑鸟歌唱……

* * *

拉斯穆斯躺在小床上,蜷缩着,呼唤着她的名字。"你在哪儿?"他低声说,"杰伊,你在哪儿?"

"我在这儿,"杰伊坐在他身边,轻声说道。而他恼怒地拍了拍自己的头。

她小心翼翼地躺下,将头埋在他的胸膛上。他稍微动了一下,如果他能感觉到她的重量,他可能就会这样。她在他身边躺了一夜,好几个晚上,一夜未眠。我在这里,我一直在。我不知道我在哪里。

日子一晃而过,她常常不知道,窗外到底是黎明还是黄昏。熟悉的声音,是风吹过烟囱后发出的呼啸和嘎吱声,它的呻吟和喃喃自语。她回忆起拉斯穆斯试图用风的音乐①记录它们。首先,他将麦克风安装在烟囱上,然后他开始痴迷于设置赫布里底风弦琴,并且自己制造了一架,它日夜在外面呻吟着、叹息着,伴着风吹出的天使般的曲调——像是飘浮的巫术般的柔软的声音……虽然这可能会让人抓狂,但它确实就在那里——然后他把这堆管子挂在马铃薯培植床的旁边,在一个暴风雨的晚上,它们立刻就吹响起来,他很高兴。"整个岛屿都是乐器,"他说,"听啊,风在吹奏"——他是对的——大海和草坪,鹅卵石和风信子……时间在她的脑海中倒流。当她还小的时候,加纳的风暴似乎能将整个世界冲走。巨大的绿色的棕榈树,黑白条纹的树干,在突如其来的闪电的照耀下,它们时而剧烈摇晃着,时而消失在黑暗中。雨水汇成的无形的河流,在红色的道路上哗啦啦地倾泻而下。她和她的母亲待在停在路边的车里,一直坐着等着一切结束。她的妈妈有着柔和的脸颊和弯弯的睫毛,

---

① 此处原文为 Ceòl na gaoithe,苏格兰盖尔语(属于凯尔特语族盖尔亚支的一种语言,也被称为高地盖尔语或高地苏格兰语,从古爱尔兰语演化而来)中意为"风的音乐"。爱尔兰语中意为"管乐音乐。"

低头看着她说,没关系,宝贝,只是一场雷雨。她的话是那样的庄重和正式。他们送她去那所英国寄宿学校,上帝原谅他们——他们认为这是最好的,也许是吧——参加无挡板篮球的比赛,亲爱的上帝,那里还有一位善良的年轻老师,当她教她编织雏菊花环时,给她带来了一束久违的阳光。当时她12岁,晚上躺在床上,梦见了加纳食物:孔托米尔炖菜和煎芭蕉块、馥馥糕①和汤。她的初潮到来时,她没有人可以诉说。小姑娘现在是大姑娘了!当她终于回到阿克拉时,听到了这样的话。

因为在詹姆斯敦跑来跑去,在摊位上吃肯肯而惹上麻烦,与渔民家的孩子交朋友,那次她乘坐亮蓝色的独木舟出去了,船头上写着"向未知"几个字,这是一条让她很受用的建议:"朝着你的目标,虽然你还没有达到它。②"海浪是那样的高,天上的云是那样的厚,男孩们的技术是那样的娴熟。到处都是烟熏鱼的热热的、甜甜的香味……哦,但是奶奶很生气。她的愤怒交织着许多的恐惧和爱意……然后她年纪渐长,好好读书,享受到了学习和获得高分的乐趣,并且很高兴自己能让人们感到自豪(让一些人感到惊讶,让我们面对现实吧)。这位骄傲的公主18岁了,她终于自由了。让他们失望的是,她跑到了美国,成为了一名歌手,还爱上了一个外国佬。不仅是外国佬,而且是个白人。你们在期待什么呢?是你们把我送

---

① 孔托米尔炖菜(kontomire):一种由椰子叶制成的加纳炖菜,通常在家中烹制,配以各种菜肴,包括蒸米饭、熟山药和车前草。煎芭蕉块(kelewele):一种加纳食物,由用香料调味的油炸大蕉制成。馥馥糕(fufu):一种西非面团状食物,主要原料是木薯、可可豆。

② 英文原文为:Head TO your goal though as YET you have NOT reached it。船上的标语是:To Yet Not。

到白人国家的白人女子学校的呀！

为什么我还在自己的脑海里和他们打架？她想，不管了，我有的是机会，我拥有某种"人间天堂"，在这里，和他在一起，之后，我就不得不接受"人间地狱"了。

她思绪飘荡着，做了一个梦：她和拉斯穆斯在伦敦的一辆公交车上，他们俩都比现在年轻得多，身上穿着树叶做的衣服。在梦里，她想要的只是身体上的亲密。在梦里，她与你爱的人同一时间身处于同一个地方，那种快乐如此简单，如此平凡，如此无价——能够坐在公交车上。

* * *

当他骑着车进村时，她像女武神一样站在他身后的挡泥板上。她越来越习惯于这样移动，像一个想象中的朋友，像一个跑酷女王。

在他骑自行车被撞倒的那天，她看到鹿的灵魂从它的身体中升起，盘旋而上，就像一支空中舞蹈，亦或是一场马戏表演。当尸体撞向拉斯穆斯时，她看到鹿的幽灵的黑眼睛中充满了迷惑，随后它朝一片落叶松树林飘去。

她在路上看到拉斯穆斯蜷曲着长长的背，看到他脊椎上的金属，还有他们上次给他缝针留下的伤疤。她看到他的骨架在皮肤下蜿蜒的样子，看到他站起身和红色小轿车的司机握手。她冲他大喊，告诉他其实不是很好，然后宽慰地大笑——还好他没有死。而且在她活着的时候，她告诉他照顾好他自己时，可是他从来没有听进去，所以他现在怎么会听她的话呢？

直到后来，她坐在小屋火炉旁的旧座位上，才开始思考：那只鹿撞倒他的时候，如果他死了，他现在就可以和我在一起了。我们就可以死在一起了。

她哭喊着。亲爱的上帝，她想，那行得通吗？可以办到吗？

再后来，她想：鹿的灵魂去哪儿了？

为什么我的灵魂没有去往某个地方呢？

***

时间并不可靠，它是曲折的。如果你没有睡眠或吃饭，就无法知道日子是怎样过去的。这让她想起了没有时钟的拉斯维加斯赌场，那里的白天和黑夜，都消失在无法度量的永恒之中。还有她在医院里服药的无数个长夜。她往往会根据他睡觉的方式和时间来判断时间，但这种方法并不牢靠，而现在就更糟了。某一天早上，她看着他在黎明前就起床，坐飞机去格拉斯哥会见律师。这里有好多人，他们走来走去，穿过了她，像是一条蜿蜒的小溪。那些人带着各种目的和文件来来往往。这些都是她所没有的。他们的身体，也是她所没有的。

她已经不再想念自己的那具身体了，能够摆脱掉痛苦是一个奇迹，她还记得自己呼吸时的剧烈疼痛。这真是一种解脱啊，她再也不用拖着那个可怜的躯壳了——彻底放弃了它。这是我这一生中最大的解脱。也许算是，我的来生？

她看到他在用带回来的印度食物充饥，看到他的髋骨瘦得突出来。瞧瞧这家伙，把猫喂得饱饱的，自己却没有好好吃饭。她看到邻居来敲门，道吉和桑迪——哦！还有苏琪，拉斯穆斯的前女友，她来这里做什么？她明明住在曼彻斯特。这……还为时过早吧。不可以这样。走开，你这秃鹫。你是他现在最不需要的。见他没有应门，他们就把炖锅留在门口走了，他并没有把他们迎进门。她看到他还没有做好决定——是生，还是死。

当她的病开始显露出迹象时，她就给他写了一封措辞严谨而充满爱意的信，上面是一系列指令，告诉他在行动和情感上如何度过这一阶段：她的密码和银行账户的详细信息，各类物品存放在何处，如何重新开始生活。她已经把这封信的事告诉了他，他们俩还拿这件事开玩笑。她没有在信中告诉他关于"吃东西"的事。她曾以为那没有必要。她没想到，他会在照顾身体这件事上如此崩溃。他们曾一起参与其中。直到他们生死相隔。

不要这样做，她说。这不是解决办法。

有时，他好像真的能听到她的声音。当他抬起头的那一刻，或者他们因为同一件事而会心一笑——猫从院子里的墙上掉了下来，以一种并不优雅的姿势落地，然后尴尬地看了看四周，然后带着那种这件事仿佛从未发生过的表情走开了。但她真的不确定，她是否通过某种方式触及了他。曾经也出现过这种"断线"的感觉。那是多年以前，她的手臂骨折了，而现在的情况让她想起了那种奇怪的、恶心的、摇摇晃晃的感觉。如果你不假思索地靠在一只手或肘部，而它正好与其他骨头和骨骼没有恰当地连接在一起时，就会产生这种可笑的突然站不稳的感觉——仿佛坠入深渊。

但我本就应该在深渊中。

如果有人像他现在这般模样进入她的手术室，她会想到营养不良、厌食症、社会服务……这与逻辑无关，这是一种悲伤。他们说，悲伤是爱的一种，但却是失去对象的爱。而她在这里凝视着她所失去的东西,就像他凝视着他所失去的她一样。

他甚至没有看过她的指令清单。她怎么才能提醒他呢?这么多年来,她什么时候连这点儿事都没法提醒他了?

她走到了他躺着睡觉的地方。现在的他脸色苍白,有些蜡黄。他上次吃东西是什么时候?她摸了摸他的额头和他的脉搏。他上次喝水是什么时候?他是她见过的唯一一个以毫升为单位测量他喝下去的东西的人。"哦,我早餐喝了200毫升水,"他会说,好像他已经掌握了她所熟悉的医学精度。当她坐到床沿上时,他正好在睡梦中翻了个身,仿佛要为她腾出空间。她在他耳边轻声说:"拉斯穆斯,你要去看医生。你要吃饭喝水,并且寻求帮助。你要向你的朋友和邻居敞开大门。不过,不包括苏琪,你并不喜欢她。但是那些炖锅已经发霉了。"

她感觉到他醒了。

"你似乎忘记了你的计划……"她说。

他干涩地咽了口唾沫。她用自己那双医生的眼睛,清楚地看着他。

在厨房里,她举起双手,想起了什么。到目前为止,她还不能举起任何东西。她尝试过,失败了。但是厨房的水龙头还在滴水。

她伸出双手,放在水龙头下面,像一个巴洛克式喷泉的水盆,仿佛在恳求水。流下来,她低声说。拜托了。水滴了下来,甚至不是穿过她的手指,而是完全穿过了她。

她感觉到,身处于另一个房间的他已经变得无精打采。

拜托了。

她发现自己的手里好像积了一点儿水。她瞥了一眼放在厚盖玻璃罐中的糖,以及被封在透明有机玻璃管中的盐。

拜托了。

小小的一摊水在她的掌心滚动。她把它像祝福一样带到他躺着的地方,然后倒进了他的嘴里,水从他的嘴角流了下去。

醒醒吧,她想。

他已经很久没有照顾自己了,他一直在照顾我,直到我们的生活摔了一跤,他也摔了一跤。我没有照顾好他。

他不应该一个人待在这里。

她的医疗包——里面有喂食注射器吗?它就放在后门旁边的冷冻箱里。

它不在那里。反正她也没法使用。

没必要去莱弗堡的诊所。这里到斯托诺韦只要一个小时。

我不能把他抱在怀里然后带他过去吗?她的脑海里突然有了一个画面,他们像夏加尔的画里那样飞过天空。

还有山羊,它在拉小提琴。是哪一部电影来着?朱莉娅·罗伯茨和休·格兰特[①]……

她做不到。

床上传来一声响动:拉斯穆斯正努力起身,跟跟跄跄地走向浴室,然后崩溃了。

她作为医生的专业素养开始发挥作用。外部危险——没有;反应——她无法检查他是否有反应;气道——看起来是通常的;呼

[①] 电影《诺丁山》有一段关于夏加尔画作的台词:"你喜欢夏加尔?""感觉爱情就该像那样,飘浮在湛蓝的天空,还有山羊拉小提琴,没有山羊拉小提琴就不算幸福了。"

吸——很浅，但很平稳；然后是血液循环。她看着他的手腕，把她的耳朵贴近他的脖子，但她无法确定任何事情，无法让他处于"复苏体位"，她帮不了他。

他在呼吸，他的脸朝下。好的。

她寻找着电话，然后集中精神。她能否敲响听筒，集中注意力，将指尖放在按钮上呢？

她不能。

他没有受伤，只是虚弱而已。如果她只能抬起他的脚，帮他盖上毯子，给他喂点儿糖水。《斯托诺韦小报》[①]和《这是怎么回事》[②]这类报纸，就会发表一个关于幽灵医生从死神手中拯救她丈夫的故事……

如果我自己不能提供帮助的话，就必须去寻求帮助。

她不太清楚自己是怎么来到道吉家的。他站在他的大屏幕电视前，穿着背心，正在做举重训练。他举着一组杠铃上下运动，脸色通红，发达的肌肉上汗水亮晶晶的。

她站在他面前说，"道吉，道吉，道吉。道吉，我需要你。道吉。道吉。道吉。"

他喘着粗气。

"道吉，看在上帝的份上！"

还是没有反应。

[①] 《斯托诺韦小报》(*Stornoway Gazette*)：一份苏格兰当地报纸，主要报道苏格兰西部群岛的新闻。

[②] 《这是怎么回事》(*Dè tha Dol*)：一份苏格兰当地报纸，主要报道哈里斯岛的新闻。原文为苏格兰盖尔语，意为"这是怎么回事？"

道吉的猫在那里。她想起了自己的猫。她盯着它,朝它走近。它给了她一个和善但却不太信任的眼神。

她对着它咆哮,朝它跳过去,甚至坐在它身上。

它从沙发上跳下来,仓皇而逃。道吉放下杠铃,咒骂了一声。他似乎回过神来了。

"去找拉斯穆斯!他需要你!"杰伊喊道,"去找你的朋友。"她挥动着双臂。"去找他。"一声巨响传来——

一只马克杯从架子上掉了下来。一定是我弄的……

"快去拉斯家吧,"她说。"去拉斯家。快去。快去。快去。"

道吉看着杯子,以及地毯上留下的一滩茶渍。他越过肩膀,瞥了一眼窗外,然后突然跑去抓起他的连帽衫和车钥匙。

"拉斯穆斯,"她在他身后高呼,"拉斯穆斯。"

她不知道自己是怎么回到房子里的,然后和拉斯穆斯一起躺在地板上,但是她终究是回去了。那时,他处于半昏迷半清醒的状态。

"今天早上我梦见了你,"他说,"或者说,是昨晚?"

"你会再次梦见我。"她说。

"我会一直梦见你。"他说。

"你注定要去找另一个女孩,"她说,"一个活着的女孩。"

"你还活着吗?"

"不,我的爱人,"她说,"不,我死了。"

"可是你的眼泪还是湿乎乎的?"他说,他的手放在她的脸颊上。

"我没有呼吸了。"她说。

"哦,"他说,呼吸是长长的,活生生的。

她只是告诉他,"事情比你想象的要复杂得多……"

"甜心,"她接着说,"我记得的是这样:你的手放在我的床上,如果我向你伸出手,就随时准备好握住我的手。你的头靠在我肩窝上……拉斯,我确实做出了选择。听到你入睡后的呼吸声,真的很令人舒心。这些年来,我经常听到你睡得不好,因为失眠而从床上爬起来,努力不去吵醒我。无论是翻身,还是翻枕头,或是静静地叹息……"

他沉默了一会儿。她能听到外面的浪声和雨声,以及海浪来来回回冲击海岸的声音。有一扇门被风吹关上了,砰地一声。

厨房里的水龙头在滴答响。

道吉的车停下来的声音。

* * *

"是我的妻子,"他对医护人员说,尽管每个人都知道,他那可怜而娇小的医生妻子已经死了。

"她在这里,不是吗?"他对道吉说,"不是吗?"

他是酒鬼吗?医护人员很疑惑。可能是精神病?那就更有理由照顾他了,这个可怜的家伙。

* * *

拉斯穆斯在医院病床上睡着的时候,杰伊在看着他。等他坐在医院的椅子上吃东西的时候,杰伊还在看着他。每时每刻的快乐都增加了一份。充满天真的幻想。我很害怕你会完全停下脚步,然后就这样消失。像我一样死去。但我想要你活着。这很奇怪吗?这似乎很奇怪。

杰伊一直以来都喜欢看人们吃饭：餐桌上的盘子，各种冒着热气的食物，以及相互问候"你今天过得怎么样？"当他们第一次聚在一起时，在与变调夹乐队一起巡演期间，她正在朋友的公寓里为他做饭，他们第一次在一起的一个晚上，她喊道，"你能帮忙铺桌子吗？"他态度十分冷淡。"不能，"他说。此时此刻，炉子上放着咝咝作响的煎锅，水槽里放着盛放着热气腾腾的意大利面的滤锅，烤箱里有正在加热的盘子，她刚刚用屁股关上了冰箱门。她惊讶地望向他。

"我不能。"他说。

她当时太忙了，没有顾得上解决这个问题，这种震惊始终存在。他不是一个高高在上的人。他几乎没有男人和女人的刻板印象，可以说比她见过的任何男人都要少——这也是她爱他的原因之一。她曾和夸梅谈过这件事。什么鬼，他说。

几天后，她又回到了这个问题。"到底是为什么呢？"她问，"很明显我已经听明白了——到底是怎么回事？"

当拉斯穆斯说他不能时，他的意思就是字面意义上的"不能"。因为他不会铺桌子。他不知道该怎么做。在他的童年时代，吃饭就是指，盛着一些妈妈扔在盘子里的烤面包片，然后端着盘子回房间里去吃，如果你有房间的话。"铺桌子"是维多利亚时代戏剧中的仆人所做的事情，或者后来，当唱片公司开始邀请他们外出表演时，高级餐厅的服务生会做的事情。对他来说，就连坐在铺好的桌子上都十分困难，尤其是面对那些大小不一的刀叉、餐巾纸、各种形状的勺子、一排排不同功能的玻璃杯，都被特地摆在桌子上，暴露出用餐者的无知，公然昭示着他不属于"那群人"。几个世纪以来，那群人设计和发展这种折磨人的规矩，纯粹是为了筛选出像他这样的人，并将他们排除在外。

杰伊知道被排除在"那群人"之外是一种什么感觉。她在世界各地都觉得自己格格不入：在欧洲她是黑人，在加纳她是半个外国人——到过伦敦，到过美国，已经被白人的生活方式"同化"了。在美国，她是奇怪的外国人，因为她说英语的方式就像是她刚从某一部维多利亚时代戏剧穿越过来。但是，拉斯的这种反应让她觉得过于极端了。

"我只是说，"她说，"我现在忙不过来了，所以你能不能帮忙把刀叉放在桌子上。也许还有盐、胡椒和石托酱，以及我们要喝的那些东西。

他说："好吧，我能做到那件事。"

"和平时一样。"她说。

他扮了个鬼脸。

"对你来说，也许和平时不同。"她恍然大悟。

他说："我发现，我的童年与许多其他人都完全不同。"

"我们最好谈谈这件事。"她说。他的目光再次飘到角落里。

那是在事故发生之前。后来，他在纽约遭遇不测，不得不卧床几个月，接着乐队就抛下他继续往前走了。

她想念食物。虽然她不饿，但她感到了一种渴望的回声。

* * *

杰伊看着他刮胡子。

他看起来还可以。

我觉得,她想,我是说……

其实不好,他并不好。有些人独处时并不好。很多时候,有些人看起来好像没事,只是因为他们可以应付眼下的情况,但能够应付并不意味着一切都很正常。这可能只是意味着,压力山大且持续存在。有些人与现实的关系不是很稳定。这并不要评判他们的好坏——这只是人类的本性。人类的内心并不完全……平衡……如果他以前不平衡,他现在肯定也不平衡。只有道吉还不够。那些送炖锅的人——苏琪!天啊,他不会。但是他会吗?

她砸了咂嘴。

但他在写歌。一个意想不到的奇迹。如果他在工作,在某种程度上说明他还好。工作会让他活下去,直到渡过最糟糕的时期。我觉得。

5 我还好

三月—四月

伦敦

喝了半瓶白兰地之后,罗伊辛在谷歌上搜索了丧亲支持团体。很多都是老人。"热辣年轻寡妇俱乐部",这个有线上的,明尼阿波利斯还有线下的。天哪,那是小众色情吗?不,只是聪明的美国人罢了。她并不认识其他寡妇。当然也不认识什么热辣年轻寡妇,甚至连年老的都没有。

请上帝原谅我,但是,如果你是老了之后才成为寡妇,情况就不同了。

她坐了一会儿,为那些老人而感到心疼。

"丧偶&年轻",到处都有这种团体。脸谱网上。在看到一个专门为有孩子的寡妇组建的团体时,她的心开始感到疼痛。她们是幸运的,有孩子的幸运寡妇。可以在你的小孩身上看到酷似爱人的眼睛。

后来她坐了一会儿,又开始为那些有孩子的寡妇感到难过。可以在你的小孩身上看到酷似爱人的眼睛,但是却得看着你的孩子在没有父亲的情况下长大,她们不得不想办法同时成为父亲和母亲。

我甚至找不到能够成为我自己的方法。

接着,她又坐在那里,为那些孩子们感到难过。

反正她也不想去。尼科死了,我会永远感到悲伤。

为什么要去和其他悲伤的人交谈呢?反正他们也会像自己一样,永远悲伤下去。

在卡姆登的一家酒吧楼上的房间里,人们举办了一个见面会。他们称之为"交谊会(mixer)",这个名字正好有调酒饮料的意思,类似于汤力水。好吧,也许我可以喝点汤力水。她告诉了内尔,她说:"你想让我和你一起去吗?"

"不用了,"罗伊辛说,"我才是寡妇。所以我必须一个人去。"

* * *

她喜欢维多利亚时代酒吧的楼上那些很高的二楼房间:高高的窗户,泛着黄色光泽的木制品,天花板上螺旋形的石膏吊顶装饰。布满褐色斑点的镜子。这里看起来像是从1975年以来都没有人碰过了,棕色图案的地毯,沃特尼牌的烟灰缸之类的,但也许他们这样布置只是为了展示一种时代风格。谁会需要一个烟灰缸呢?里面有一扇门,上面有一个推门用的横条,门外通向一架铁制的防火梯,专供吸烟者使用。她可以听到他们在外面谈论着胸膜炎之类的东西。在他们周围,到处都是排水沟和铅瓦。

她不是那里面年纪最小的。目光所及之处,有一个看起来很尴尬的印度女人;一个穿着莱卡骑行服的长发男子,看起来有一种诡异的中古世纪风格——他的紧身裤前面有某种褶子,而且她觉得,他的头发可能是染过的;还有一个身材丰满的金发女郎,眼睛通红,正努力地在自己的包里翻找着什么。对于他们中的任何一个人,她都没有像小学时那样,感受到那种瞬间的吸引力——我想坐在你旁边;我希望你当我的朋友。相反,她感受到了巨大的排斥力——赶紧他妈的回家吧,然后安安静静地哭泣。你为什么和一堆陌生人在这里?

现在时不时就会有人走上前来,对她友善地问好。

他们跟在她身后。"我喜欢你的头发,"他们说,"你想要来点杜松子酒和汤力水吗?"

是的,她做到了。

"亚历克斯,"那个人说,轻轻地指了指心脏,"你是新来的?"

"是的。"她说。

"彻丽马上要开始发表励志演讲了,"亚历克斯说。"然后就是自由交际时间。"

一位四十多岁的女人站了起来。她长得有点像普拉提教练,头发沙沙作响。我要走了,罗伊辛想,但她现在在喝杜松子酒,而且不想对亚历克斯无礼。这里的很多人似乎都相互认识。

我来这里还为时过早,她想。总是为时过早。反正我不想要认识新的人——他们不认识他。等这个人说完,我就走。

"我们都知道,悲伤是我们为爱付出的代价,"彻丽说。听口音,她是加拿大人。

我并不是讨厌你,罗伊辛一边想,一边拨弄她的指甲。它们如今变得坑坑洼洼。是悲伤破坏了我的维生素吗?骷髅戒指戴在她手上,感觉很重。烟灰缸让她想起了香烟。她真的很想要来一根。很好的结果——重新开始吸烟!现在消防通道上还有一些人。但我现在可以为所欲为……我可以他妈的为所欲为……

但我什么都不想做。

我只是想和尼科说话。

"每个人都知道,"彻丽继续说,"因为女王曾经引用过这句话。我们只是因为爱过,所以才会感到悲伤。没有爱,就没有悲伤。这是数学。就是这么简单!但是这件事还有另一面,我花了更长的时间才明白这一点。是这样的:没有悲伤,就没有爱。让我来解释一下第二层含义……"

反正你都要走了……

"悲伤也是我们为即将到来的爱而预先付出的代价。"她停顿了一下,好像想看看他们是否熟知这个想法——似乎没有。"如果我们没有悲伤,及时放手的话,我们将永远无法再次去爱。我们付出的代价是沉重的悲伤和正常的哀悼,我们必须——我们必须这样做,然后才能继续前进并再次去爱……"

再次去爱?

罗伊辛并不是故意发出轻声嘲笑的。她知道每个人都有自己的方式。人们告知她这件事,并且毫无疑问这是事实——世事多变。是啊,是啊。

***

她开车沿着南方大道经过亚历山德拉宫回家,雨点散发出微光,折射着路旁的灯光,挡风玻璃的雨刷器随着芝加哥的《如果你现在离开我》的旋律摆动,水花飞溅。

好吧,谢谢你,收音机,她想。虽然播放音乐的不是收音机,而是她的手机。她和内尔曾经玩过一个他们命名为"iPod音乐随心转"的游戏——你问一个重要的问题,按下随机播放键,看看iPod之神会给你什么答案。"我应该邀请某某出去吗?我应该应邀和某某出去吗?",你会得到《停!以爱之名》。或者是达斯蒂·斯普林菲尔德的那首歌,只为了他而改变发型①……

好吧,她当然不想听那首该死的《如果你现在离开我》。

手机放在仪表板上的手机支架上,她伸出手轻轻敲着,凝视着前方的黑夜。芝加哥乐队②温柔的小号声和沙球声渐渐弱了下去,然后——

"仅仅因为你很强大,并不意味着它很容易……"

罗伊辛泪流满面。她猛踩刹车,手机掉了下去。随着一声闷响,后面的车撞到了她的车尾。她不假思索地打开车门,跳了出来,跑到路边,坐在雨中哭泣。而汽车停在路上,车灯仍亮着,引擎还在运转,车门也没有关。乔治·维希滕的声音是如此优美,如此温柔,

"仅仅因为你在哭泣,并不意味着你很软弱",发自内心的歌唱。

后车的司机走了过来——是一个心烦意乱的年轻人。他刚才一直在大喊,但现在他说,"你还好吗,伙计?"

"不怎么好,"罗伊辛说,"抱歉……"她摸索着找纸巾。

"你想要一杯水吗?"他有些滑稽地说。

"不用了,谢谢,"罗伊辛说,"我没事。"她抬头对他微笑,虚

---

① 出自英国歌手达斯蒂·斯普林菲尔德(Dusty Springfield)的歌曲《愿望和希望(Wishing and Hoping)》。

② 芝加哥乐队(Chicago):1967年成立于芝加哥,音乐风格主要是轻摇滚和爵士摇滚。

弱地揉了揉后脑勺。空气中有一种奇怪的气味，有铃兰和香烟的味道。让她想起了妈妈。她打了个嗝，站了起来。"你的车怎么样了？"她说。

"是我追尾了你，伙计，"他说，"你的车情况如何？"

他们俩的车都没有问题。他们俩都向对方表达了抱歉。男生让罗伊辛记下了他的电话号码，以防她后来感觉不太好的时候会需要他的详细信息。

"好吧，"罗伊辛说，"如果你没事的话——"

"是的，"男生说，"干杯。"他微微一笑，回到自己的车上。

她坐着，呼吸，吞咽，试图消化所有的人类情感，然后驶下山坡，进入混合着灯光、雨水和黑暗的湿滑杂乱的瘴气之中。

6 开放和弦

四月

小岛

乔治致信来说,他和乐队听说了杰伊的死讯。他们对此感到十分遗憾。她是一个可爱的女人和一个迷人的歌手,但拉斯不需要乔治来告诉他这一点。癌症是最糟糕的,但拉斯同样不需要乔治来告诉他这一点。

拉斯穆斯闭上了眼睛。她不是死于癌症。

现在对于拉斯来说,思考任何事情可能都为时过早。但乔治无论如何都想由他来参与,因为它可能是——好吧,让它自己说话。就是这样:他们正在为乐队成立20周年筹备一些活动点,如果拉斯不想参与其中,他也表示理解,但他们真的很想让他加入。

你感到内疚了,拉斯穆斯想,终于到了这一步。为了甩掉我,为了让其他人加入,以及所有的其他人,为了不等我状态转好之后叫我回来,为了让我和自己的才华被抛弃在荒野中,而你却在我为了第一张写了那么多好歌之后,制作了一张比一张糟糕的专辑……

之后将会有一场巡回演出,尤其伦敦的那场演出——不是在体育场,因为他们希望演出更私密,也更特别,所以把地点设在了阿尔伯特音乐厅——

这是他们第一次在伦敦演出的地方，比舞厅或酒吧后面的磨砂黑色房间大一些——

他们会演奏整个乐队生涯的作品，包括《坚强》那张专辑里的作品，当然也包括他的歌曲——

我记得，这里面的歌曲有的依旧是你们的热门单曲——

他们希望他可以再次和他们一起演奏——

这件事令他犹豫了。

或者，如果他有自己的作品，并且想做一些独奏，作为组曲的一部分——

哦。

也许和乐队一起——

哦……

或者一组单独的曲子，一个助演，如果他更喜欢这样的话——乔治很明白，现在可能完全是错误的时机，但也许它可能就是正确的时机呢？但无论如何，他们都非常想提供这个机会，并且真心希望，拉斯会觉得自己可以做到这件事。那么，他和乔治见一面如何？乔治会来岛上，或者去格拉斯哥，如果这样更容易的话——

那个乔治，从不去任何地方或者做任何事情来解决问题。那个乔治，当拉斯穆斯背部骨折躺在医院里，而一张巨额账单的支付迫在眉睫时，甚至没有去医院探望过他。那个乔治，说服了自己，并试图说服其他人，让他们相信拉斯穆斯并没有真的写了那首肯定是他写的歌。那个乔治，本应该甚至早就应该被拉斯穆斯起诉的，如果拉斯在手术后没有被麻醉类药物淹没并且只能在床上躺了九个月的话。那个乔治，在上台接受因为拉斯穆斯创作的专辑而获得的水星奖时，甚至没有提到他的名字……

毫无他妈的道理。

光是想想，就让拉斯穆斯浑身难受。疼痛发作。压力倍增。

他把手伸进抽屉里，想要找止痛药。我很清楚，工作至少是解决办法的一部分。这是唯一有价值的东西。我们谈论过那个问题。我会做她想让我做的事情。我会做的。但不是这件事情。

关于她不会回来的这个事实，在他身边飘来飘去。他当然知道。好吧，他的大脑知道这一点。他的心却不这么觉得。总感觉还是一丝希望的。

她可能会想要我抓住这个机会。

但是站上舞台？

他不能再和乐队一起演奏了，他知道。

他现在能出去吗？走上舞台，在所有人面前表演？光是想到这里，他的身体就开始微微颤抖。

不行，去他的乔治。

但是。好吧。他也曾经质疑过自己照顾生病妻子的能力，但他做到了，他该死地做到了，而且他并没有让她失望。

他缓步回到钢琴前，把猫从凳子上赶了下来，然后让手指飘到另一首新歌的开放和弦上，或者可能放在第三节的开放和弦。他想到了一段歌词：一个再见太多了，一个你好太少了，什么什么什么，嘟嘟嘟嘟，我爱你……一首老派的民谣。达斯蒂·斯普林菲尔德可能唱过类似的歌，亦或是艾米·怀恩豪斯或阿黛尔。

"你觉得怎么样，亲爱的？"他说。

7 幻想

四月

小岛

杰伊跳了起来。"我喜欢,"她回答说。"歌手可以随着这首歌飞起来。"

夜里,拉斯穆斯生了火。即使天气放晴之后,房间的角落总是潜伏着潮湿。他本来在读着书,现在已经睡着了,小猫卧在他的腿上。他躺在那里,喉咙和颧骨裸露着,书还是打开的状态。他突然而剧烈地颤抖起来,猫站起了身,有些恼怒,而拉斯穆斯在睡梦中,笑了。

炉火正在熄灭,但她无法拉动风箱,也不能帮忙加木头。至少在物理上她做不到,而且她也不想让他感到困惑。鬼魂可以轻而易举地让一个人出现自我怀疑,即使鬼魂自己没有这样做的意图,依旧自然而然地做到这一点。事实证明,一个幽灵仍然会热衷于让自己的房屋洁净,渴望着清洗和擦亮物品的表面。菜地现在的情况让她心烦意乱。她确实有几次尝试扔掉皱巴巴的纸巾——那些纸巾像西部高速公路上的风滚草一样布满了整个房子,但她那无力的手指并不听话,根本无法做到这这件事,而也无法对炉火做些什么。

理智告诉她,她并不是解决这个问题的人。但是理智也同样告诉她,她并不存在。所以,她到底有什么理由去听从于理智呢?杰伊很善于解决那些糟糕的情况,也善于治好糟糕的人……

他不能留在这里,留在这种孤立无援的环境中,感到孤独而心碎,总是向着过去凝视。湿气会爬上他的裤腿,苔藓会盖住他。他会慢慢腐烂,开始发臭。他必须离开这个岛,他必须找到一个女人。

在某个阶段。

当她飘过房间时,手抚过他的头发。

他的笔记本电脑是打开的。在生活中,她永远不会未经允许就看他的作品或是电子邮件。但他无法邀请我。她没有打算看。

但她瞄了一眼,并在屏幕上的电子邮件中看到了乔治的名字。

该死,我是鬼。规则无效。

她停了下来。

她读了下去。

好吧。

她很清楚,他必须这样做。这是多么难得的机会!非常理想!接着,她又非常清楚,他一定不能去。症结就在于乔治——那个鬼鬼祟祟、自命不凡的乔治。

所以她想到了乔治,想到了过去、变化和机会。想到了一个人必须先给予或是接受,才能开始给予和接受的过程。这是必要的。她在黑暗中低着头坐了一会儿,然后开始在脑海中起草答复。亲爱的乔治,杰伊会这样写。

我不反对。告诉我更多吧。

如果拉斯穆斯醒来,抬起头,会认出她昏暗的身影吗?那是寒冷的黎明开始蔓延时，显示出的一点轮廓。她瞥了他一眼。他正在笨拙地窝在沙发上睡觉，像一头骆驼，又像一把平行尺。我亲爱的男人。她飘过去，躺了下来，非常轻柔地把头靠在他的头旁边，在他耳边轻声说：答应乔治，答应他，我希望你去做，答应他。

接着，她产生了疑虑。我应该先去看看乔治的情况，她想，在我让拉斯穆斯参与进来之前。

我应该去找到乔治，亲自看看情况。

拉斯穆斯翻了个身，叹了口气，站了起来，走到厨房。在经过笔记本电脑时，他懒洋洋地伸手关上了它。

她在他的颧骨上落下一个鬼魅般的吻，然后离开了。

* * *

她乘坐了公共交通工具，步行到公共汽车站，登上去往勒沃堡的巴士，转乘另一辆去往斯托诺韦的公共汽车，然后是去往阿勒浦的渡轮，去往因弗内斯的长途汽车，去往爱丁堡的火车，她坐在王子大街的一个公共汽车候车亭的顶上，一边等待夜班列车，一边摆动着双腿，凝视那些候车亭里的女性。那里的女性有年纪轻轻的，醉气熏天的，还有疲惫万分的。穿着派克大衣的瘦女人正在在门口与人争吵。公交车司机眼睛大大的，显得十分耐心。公共汽车站后面的酒吧外聚集了一群女人：杰伊看着她们来到这里，看起来孤独而紧张，于是她怀着好奇心飘了进去。其中一个人戴着徽章，上面写着："寡妇联盟：你可以跟我说话"。她笑了：巧了！好吧，毫无疑问，世界上到处都是寡妇，你只是没有注意到。她们的短外套放在长椅上，手提包放在桌子上的西班牙餐前小吃中间，抓着球形矮脚大酒杯，使得杯中的霞多丽酒变热了。看在上帝的份上，握住杯脚吧。这样的话，酒保持冰凉的时间能更长。他们的情绪随着美酒的下肚而溢了出来。当她们的笑声变得沙哑时，杰伊觉得很喜欢，当这些笑声变成眼泪时，她会眨眨眼睛。一个人说，他（亡夫）的咖喱香料还放在厨房橱柜里，但她并不做咖喱。一个人说，在他逝世一周年的时候，她试图爬上他们度蜜月时一起爬过的一座山，然后又折返了，现在她觉得自己是个失败者。不是的，她们都说，你是成功者，因为你尝试了。一个人说，她不确定她应该待在那里，因为他们还没有结婚。

我是寡妇吗？杰伊想知道。我可以向谁倾诉？

她看着她们手挽手离开。她们告诉彼此，不要担心自己的睫毛膏，它看起来已经很可爱了。她背靠在平板玻璃窗上，不确定自己还是不是人类。

她们一个都不适合他。

外面有个看起来像《埃及艳后》里的克利奥帕特拉的女人。她的皮肤呈古铜色，显然是全身上下都化了妆。她站在一根扭曲的天鹅绒绳子后面，正在暴躁地抽着烟。她黑色肩带在她窄窄的肩膀上交错，高跟鞋很高，黑色超短裙紧紧地裹在她的小屁股上。从她的一举一动都能清楚地看出，她并不认为自己站在绳子旁边、被人耽误时间的这件事很妥当。

他们当然不合适。你不希望他们成为一对。她不想看到拉斯穆斯和克利奥帕特拉一起翻云覆雨，啃咬她浓妆艳抹的肉体，呼吸她浓重的人造香水味，或者和任何这些完美的女人在一起，放纵他一生中从未表现过的欲望，在一个和他妻子完全不同的女人身旁入睡。

也许他会想要发疯。也许他想要独处。也许他不需要保护。也许这不关我的事。

不，这就是我的事。

在车站里，她飘过人们身边，穿过各种物品。这是一种神奇的VIP铁路卡，她想。现在你死了，就可以免费旅行。她很高兴可以有自己的卧铺，还有格子呢的毯子和小梯子。

他可能会离开这个岛，然后在某个阶段，遇到另一个女人。这会是一件好事。他们会在一起玩游戏，一起开那个……玩笑，当然。这真的算是她写给他的一封情书。那时，她会在脑海里思考自己身边的朋友，无论是过去的还是现在的，然后猜想他可能会对谁心动。但是，他并不愿意玩那个游戏。他只是说，不要。他看不到其实对她能够起到安慰，只要她知道他能够回归到正确的道路上，能够被一个好女人爱着，不再孤独地沉浸在悲伤之中。他们最接近争吵状态的时候，就是为了那件事。好吧，她其实已经在对着他大喊大叫了。那并不是最值得她骄傲的时刻。

她不想要一个正在寻找新伴侣的人。她不想让他被吓跑。她不想自己不小心把他介绍给一个拜金女或者跟踪狂。以前也有过这样的情况：有人看过他的照片之后，给他寄了一条内裤和一件白色T恤，似乎是觉得他看起来好像没有好的内衣可穿。回忆起这件事的时候，她紧闭着双唇。可笑！当时他打开了包裹，赫然发现在T恤的心脏位置上，有一个猩红色的口红吻痕。"上帝啊，"拉斯穆斯说着，将衣服丢到一旁，仿佛碰到了一只蛞蝓似的。杰伊说："这看起来就像一次衣物修复的惨剧——不得不处理各种被弄脏的婚纱。"他说，"至少不是在内裤上。"他们一边自嘲着，一边用火钳把那两样东西放进了垃圾箱,但毫无疑问,这是他们唯一可以做的事情。所以应该不会的,没有人可能因为他的古怪名气而来勾引他、榨取他的钱财。

但这一切都没有阻止她在脑海中思考着各种可能适合他的女性:住在胡希尼什那边的长发诗人?太神经质了;拥有一艘船的中提琴手?很可爱;脸红扑扑的、幽默风趣的爱丁堡出版商,还有个在乌伊格的兄弟?爱丁堡应该不错。他需要摆脱我的疾病,远离令他失落的地方,逃离这一记忆。

离开我。

爱丁堡够远了吗?

现实生活中认识的话最好。进入了熟人网络里的某个人,或者已经成为熟人的某个人……

旅行使得时间的变化成为了注意力的焦点。有那么一段时间,她似乎并不存在。只有当她已经意识到了自己的存在时,她才能会想起并且知道,那个时间或者地点发生了变化。就像入睡了一般,却没有真正入睡。在那段时候,她不知道自己去了什么地方,也不知道她去的地方是否真实存在。到达伦敦似乎并不需要很长时间。

在国王十字车站,她微笑着爬上一辆公共汽车的车顶,跟着车开进城里。她喜欢她现在拥有的这种身体上的自由。是的,她不能真正影响物质实体,但影响自己却非常容易。

我可以回加纳的家了,她想。我可以和黑蝴蝶一起,在卡库姆的森林里飞来飞去,偷偷摸摸地骑在大象身上……去见夸梅……

还没有时候。

火车早到了，所以在大理石拱门①，她跳上拱门的平顶，在上面环顾公园巷，然后从一座雕像跳到另一座雕像，然后跳进海德公园②，再高高地翻了个后空翻，跳到光秃秃的树梢上，她的脚和手完美地找到了每个树枝上的落脚点。她一直在徘徊：在蛇形湖里小鸟筑成的泥泞小岛周围，那里到处都是树枝和鸟粪，根本没有脚可以踩的地方，鸬鹚和鹅在那里生活，留下了许多爪印和羽毛。它们死去的鬼魂在哪里呢？在南肯辛顿，博物馆的地下室里，有脆弱的手稿和被虫蛀的毛绒玩具熊——熊的鬼魂！——乱糟糟的想法吸引了她的注意力。

杰伊，他不会想要一只毛绒玩具熊。

不，他想要我。他却不能拥有我。

她沿着鸟笼道一路侧手翻，一直翻到了女王的阳台上，然后在白金汉宫的私人寓所里消磨时光。在所有的地方之中，这里肯定会有鬼吧？她站在前往格林威治的泰晤士快船的船头，躺在伦敦最昂贵的草坪上。她探查了伦敦塔桥③的下方，观摩了大本钟的上方，视察了唐宁街10号④的内部。

也许你是在用这些慷慨的概念来欺骗自己，把他交付出去，希

---

① 大理石拱门（Marble Arch）：一座19世纪的白色大理石面凯旋门，位于英国伦敦，是伦敦的标志性建筑之一。

② 海德公园（Hyde Park）：英国伦敦最知名的公园，位于伦敦市中心的威斯敏斯特教堂地区，占地360多英亩，原属威斯敏斯特教堂产业，有著名的"演讲者之角"。

③ 伦敦塔桥（Tower Bridge）：又称伦敦桥，是从英国伦敦泰晤士河口算起的第一座桥（泰晤士河上共建桥15座），也是伦敦的象征，有"伦敦正门"之称。该桥始建于1886年，将伦敦南北区连接成整体。

④ 唐宁街10号（10 Downing Street）：传统上是唐宁街10号是第一财政大臣的官邸，但自从此职由首相兼领后，就成为今日普遍认为的英国首相官邸。

望他被爱。也许你只是喜欢这个完美的、爱他的女人的形象,即使在坟墓的那一边,也如此忠实而慷慨。天哪,那首歌是什么?《永不安宁的坟墓》。

"如果你亲吻我泥土般冰冷的双唇

你余下的日子就不会太长。"

多么浪漫!多么有自我牺牲精神!

如此未经进化、令人绝望,具有强烈的中世纪风格……

不过,歌曲真的很好听。其中一首歌的歌词像一条闪闪发光的鱼一样,在她的脑海里游来游去,在它的背后拖着一段可能的旋律:"在泰晤士河边,有位亲爱的杰伊小姐,杰伊小姐,亲爱的杰伊小姐。她只有一个真爱,她把他送走了……"

她从没听说过有鬼魂会写歌。不过,它肯定发生过。哦,她多么想和拉斯一起玩那个关于播放列表的游戏。她会带来民谣和乡村音乐——莱德·苏文[①]的《幽灵309》;德怀特·尤卡姆[②]的《约翰逊的爱》。《长长的黑面纱》!这是当然——现在有鬼魂在唱歌了。那张令人惊叹的尼克·凯夫[③]专辑《死后世界》。他会带来——好吧,她从来不知道他会带来什么音乐。那是属于他的快乐。他的其中一种快乐。

啊,杰伊,做个正经的鬼魂吧,他妈的赶紧去吓跑任何靠近他

---

① 莱德·苏文(Red Sovine):原名 Wooodrow Wilson Sovine,美国乡村音乐唱作人。

② 德怀特·尤卡姆(Dwight Yoakam):美国歌手、演员和导演,以开创性的乡村音乐而闻名。曾出演《战栗空间》《婚礼傲客》等影片。

③ 尼克·凯夫(Nick Cave):澳大利亚歌手、词曲作者、编剧,音乐通常以强烈的情感、广泛的影响和对死亡、宗教、爱情和暴力的抒情为特征。文中提到的专辑英文名为 Ghosteen。

的女人。继续啊，这会很有趣的。把苏琪吓得头发都竖起来——

她停在了大街上，跺了跺脚。

拜托，她告诉自己。我来这里是有目的的。在生活中，你总会选择你的目的。我选择了音乐，然后选择了医学。我选择了拉斯穆斯，以及我无法选择其他一些我想要选择的东西，如果情况有所不同……但如今我在这里，可以再次选择。谁又有这个机会呢？

我们的故事没有结束。

太阳升上天空，她飘向伦敦苏活区，到达了她的目的地：变调夹乐队的唱片公司的办公室。罗伊辛来到接待处，等待卡罗拉进来。她躺在橙色的胶布面沙发上，盯着投影的大屏幕，上面播放着唱片公司的乐队的影像。

声音关闭了，只有视频在循环播放。在众多男人之中有几个女性面孔。一个非常年轻、用力撅着嘴的金发女郎，黑色浓眉就像两撇时髦的小胡子，抬起头来向上看，就像在自拍。一个看起来是肤色较浅的黑人，体格健壮，有点像超级女英雄，用气笔整修和图像处理软件处理之后，她整个人变得跟计算机生成图像似的。一个脸蛋圆圆、眼神忧郁的哥特风女生，肤色比她原本的肤色还要苍白，无力地弹奏着一把原声吉他，大概是为了表现出某种有着超凡魅力的怒气。就像在线个人简历，杰伊想。如此多的呈现内容，却让你对它底下的人性一无所知。完全不知道这些人是谁。

接待员长得很漂亮：漂白的金发，灰色的眼睛，高贵的轮廓，T恤下面的肌肉很发达，即使是对待电话里明显不高兴的人，也显得彬彬有礼且非常友善。杰伊不认为拉斯穆斯有想要探索双性恋的一面。她认为他根本不想探索太多新的领域。他宁愿和一个人在一起一百次,也不愿和一百个不同的人在一起一次。他的探索是深入的,而不是广泛的。你不会想到,随着这个世界不断发展,还会有这样的人存在着。

不管怎样,她一直在寻找卡罗拉。无论在任何情况下,总会有一个人,知道是什么事情、什么时候、什么地点。这个人从来都不是音乐人,而且通常是一个女人。在这家公司里,这个人过去是、而且一直都是卡罗拉。她就在这里,正在推开旋转门,手里拿着电话。当然,她变老了一点。戴着大大的激光切割的耳环——这真的是个错误。脸上带着同样的笑脸和眼线。上了年纪的好人卡罗拉。

杰伊跟着她走到办公桌前。有那么一瞬间,她绝望地期盼着,她们俩可以去喝杯咖啡,聊聊天,谈谈近况。只要正常人之间的相处就好。她一直都很喜欢卡罗拉。但所有那些事情,都是活着的人能做的,她告诉自己,我还有别的事。找出变调夹乐队在哪里,找到乔治。她坐在高处,偷听、窥探和侦察着这个宽阔的房间。

卡罗拉戴上了耳塞式耳机,准备进入 Zoom 的线上会议室[①]。杰伊听不见声音了,但她的目光扫过屏幕。和卡罗拉会面的是一位名叫 Ayesha@ConstantEyeFilms 的女士,她似乎总能把卡罗拉逗笑。杰伊趁着卡罗拉全神贯注的时间,查看了放在她办公桌上的大日记本。开始吧:变调夹乐队的录音棚,TrackShed。她知道 TrackShed,在麦尔安德。太棒了。

她的目光又回到了屏幕上。电子邮件,联系人,啊——恒眼(Constant Eye)公司。

---

① Zoom 为一款视频会议软件。

啊。他们要拍摄变调夹乐队的演出。

杰伊看了一眼地址,又看了看那个有趣的女人。黑色的头发,直挺的鼻子,很健谈,很精明。嗯。

＊＊＊

乔治并不难找到。他就在那里,在 TrackShed 的展位上,一身黑色衣服,一双瘦腿,有点大肚腩,扎着马尾辫的头顶有点儿秃,穿着一件非常漂亮的外套。就像一支怀孕的铅笔,她想,中年摇滚明星的风格。他看起来很健康。他和一位制作人以及其他几个人站在一起,正透过玻璃,意味深长地盯着一个吉他手。对方正抱着一把帅气的格雷奇牌"乡村绅士"[①]十二弦电吉他(唔,她想),看上去已经被乔治所说的话弄得一头雾水。杰伊笑了。在过去,她也经常被乔治的话弄糊涂。

她靠在展位的后墙上,倾听着,等待着。那个吉他手很好,但不如拉斯穆斯。人们进进出出,乔治和制片人喃喃细语,或是笑着,或是皱眉。没有女性在场。一切都没有变。但是,乔治彬彬有礼,神志清醒。气氛是积极欢乐的,没有人从绅士们中走出来,一边抽着鼻子,一边擦着鼻子,目前来说一切都好。

制片人叫了暂停,吉他手带着一包香烟出门,乔治从他昂贵的口袋里掏出手机。她继续看着,很感兴趣。

乔治露出灿烂的笑容。"伙计们!"他喊道,声音里洋溢着真正的兴奋劲儿,"拉斯入伙了! 他说他会来的!

[①] 格雷奇牌"乡村绅士"(Gretsch Country Gentleman):由格雷奇公司(一家生产乐器的美国公司)制造的电吉他型号。

什么？

拉斯穆斯有没有听到她的声音？他这么快就做出了决定吗？是在她的影响下，还是他自己的意愿？

都是幻想！别以为你可以控制任何事情。

乔治正在敲字回复。她越过他的肩膀偷偷看。

天哪，好的。好吧，我们有继续了，不管怎样。

本能在告诉她：回家吧。但本能随后又打断自己说：但先去看看那个女人。

***

当杰伊溜进屋里时，Zoom 电话中那个有趣的女人似乎不在恒眼公司的办公室。小小的房间里摆放着本世纪中叶的家具，装修风格很优雅。房间一开始看起来像是空的，但是其实里面有人。杰伊能听到她在浴室里哭泣。

这令人无法忍受。等她出来吧，杰伊对自己说，怜悯地靠在小隔间的门上，无比关心。上帝啊，她真是个可怜的女人。杰伊却无法对她说：出来吧，发生什么事了，我该怎么帮助你？

因此，当杰伊第一次见到她时，罗伊辛在坐便器上被水淹没了。杰伊从门里溜进来时，几乎落在了她的腿上。

罗伊辛打了个嗝。

杰伊赶紧道歉，并很快意识到，她的确不需要这样做。她站起身来，看着罗伊辛。

那个女人留着像小鸭子一样的碎短发，穿着白衬衫，额头高高的。她的眼睛看起来很聪明，因为眼泪而变得通红。她的脚踝陷在破烂的厕纸里。她直勾勾地看着杰伊的方向，甚至让杰伊在一瞬间有种错觉：她可以看到我。

但事实并非如此。

"什么人？"女人问，好像听到了什么声音。她说话带着爱尔兰口音。

杰伊被惊呆了，无法将视线从罗伊辛身上移开——她很可爱。她哭泣的脸，带着柔和阴影的眼睛，瘦削的脸颊、咬过的指甲和骷髅戒指。当然，认为一眼就能看穿一个人是愚蠢的。哦，亲爱的，杰伊想，但不知道为什么会这样。这只是她不由自主的行为。她知道，就像你在小学时就知道：这个女孩是属于我的。

起来吧，她说，洗洗脸，喝杯茶。

罗伊辛站起身来，打开隔间门，走到水槽边，以一种毫无用处的方式往自己身上泼冷水。把它拍干，没有检查镜子。办公室里的电话响了起来，她去接了。

"当然，"她说，"是的"，然后对一个似乎不明白钱是真的东西的人表现出惊人的耐心和安静的效率。

杰伊专心致志地看着她。她办公桌上有一张系着挂绳的工卡。上面有一张她的照片，笑容灿烂而自信，一头乌黑的卷发在空气中跳跃。

"你为什么这么难过？"杰伊说，"你和我一样悲伤，和拉斯穆斯一样悲伤。"

在这个工作日结束的时候，她跟着她。

8　煮鸡蛋

四月

小岛

　　那天清晨阳光明媚,他煮了一个鸡蛋,却没有煮成全熟。就目前而言,这并不是最糟糕的一天。
　　令人不解的是,他确信自己想和乔治一起做这件事。这很奇怪,因为他昨天对这件事还颇为反对,而且并不确信。

　　亲爱的乔治,

他不假思索地写道。

　　我并对此不反对。告诉我更多情况吧。

　　他眯着眼睛看着它,他靠在椅子上,伤心,嗯。十分困惑。
　　不过,这就是我的想法吗?我真的想知道更多情况吗?我想,我必须这样做,在某种程度上。
　　他加上了自己的名字,然后点击了发送。

嘿，拉斯，

很高兴收到你的来信。让我们谈谈吧！我好像没有你的电话号码？

乔治

亲爱的乔治，

没有再谈的必要，我会参加。只在阿尔伯特音乐厅，不参与巡演。我可以伴奏、独奏、演奏新歌，最多半小时。不要媒体，不要麻烦①。演出日期是什么时候？

拉斯穆斯

拉斯，

听到这个消息，我们真的太高兴啦。如果你不愿意做，我不会强迫，伙计，我真的很感谢你愿意参与，但选择的大门永远为你敞开，如果你想改变主意，也没问题。我可以把你的详细信息给卡罗拉安排相关事宜吗？

不过，还有一件事：灌木丛音乐厅有一场行业热身演出。还记得以前，"牧羊人的灌木丛"②里有个卡尔顿俱乐部吗？我需要来问问你——那场活动你也愿意参加吗？届时会有拍摄团队。

---

① 原文为No press, no fuss，化用一张摇滚专辑名《不要混乱……不要麻烦（No Muss...No Fuss）》，由美国摇滚歌手唐妮·艾莉丝（Donnie Iris）于1985年发行的第五张录音室专辑。

② 音乐厅的名字为Shepherd's Bush，直译为牧羊人的灌木丛，文中将这个厅称为Bush Hall。

你的复出表演肯定得要记录下来,让那些后辈看一看。如果你不太能接受的话,我完全理解。我们不想给你带来太大压力,因为你愿意参加,就已经很棒了。我们都很高兴。

祝好,兄弟!

乔治

亲爱的乔治,

接受拍摄大概也算那种很麻烦的事情。

但是,我没问题。只是不要告诉任何人我会和他们交谈,因为我不会。

拉斯穆斯。

嘿,拉斯,

我似乎记得你以前很喜欢卡尔顿俱乐部。现在其实也是一样的,只不过你是和乐队一起表演。那里的装潢,包括精致的石膏板和大吊灯之类的都还在,真的能唤起很多回忆。这个场地很小,也很棒。我想你会很喜欢的。它大概能容纳300人。我在想,我们应该会为重要的客人准备好小桌子和其他东西。不过,台球桌已经不在了。那是很久很久以前了,嘿?

乔治

我觉得可行。

拉斯穆斯。

听着,拉斯,你还好吗?

> 乔治

亲爱的乔治,

那么就把我的电子邮件地址给卡罗拉吧,让我知道日期。

一切顺利。

> 拉斯穆斯。

9　强大

四月

伦敦

　　尼科一直待在公寓里。尽管他仍然不知道自己为什么会这样，或是如何变成了这样，但是当他在公寓里时，至少能知道自己在哪里。他感到有些震惊，因为他才刚刚开始学习如何控制自己现在的状态。这与他这辈子所知道的一切都背道而驰，无论是别人教给他的东西，还是他自学的一切。他曾经是一个暴躁易怒的少年：他是靠着关乎尊严的训练，才让自己摆脱了这种性格。他的父亲说做文身师（"文身艺术家"，尼科无数次指正过）"对于像你这样聪明的孩子来说，这不是一个适合成年人做的工作。"嗯，最后，是的，他收敛了锋芒，将自己训练成为一名医疗护理人员。正如他母亲所说，他"深受女士们的欢迎"。"你就是拉丁情人，"她总会一边说，一边对他咯咯笑。虽然她一点儿也不知道，他其实通过训练让自己摆脱了这一特质。或者更确切地说，是罗伊辛的存在让他脱胎换骨。如果这就是拥有她所需要付出的代价，干杯吧，这完全没问题。就这样。他生前是一个事事都基于科学和证据的人。他习惯于弄清楚自己该做什么。在工作中做你的工作，在家时照顾罗伊辛，尽你所能让她开心。但现在……

你怎么能这样度过你的一生呢？成年了之后，你一直在拯救生命，为了拯救生命而战斗，因为无法拯救生命而痛苦，训练自己摆脱这样的痛苦，学着理解我们活着然后死去的事实，好吧，仿佛我们只是装在骨头做成的笼子里的肉罢了，这就是交易结果，足够公平，好好接受吧——然后，等你失去自己的生命的时候，却留在了这里？

对他来说，这就像一个糟糕的笑话，或者一种人身侮辱，虽然这当然不是针对他个人的。但是，如果这件事发生在他的妈妈玛丽娜身上，她就不会为此烦恼——好吧，好的，他想，她会烦恼的，但是方式不同。她会非常高兴，拜访每个人的房子，然后告诉他们：她是对的，他们是错的，哈哈。因为她相信鬼魂的存在。尼科似乎很清楚，那些相信鬼魂的人会看到它们。她说，她看到了她的父亲。他在雅典的旧公寓的阳台上，坐在一把藤椅里。她说，她闻到了他的雪茄味。而爸爸说，可能隔壁的卡苏卡基斯先生在他的阳台上抽了同样的烟。她说，卡苏卡基斯先生抽的是卡累利阿牌香烟，而她闻到的不是卡累利阿牌。那么就是卡苏卡基斯太太，爸爸说，他从报纸后面狡黠地偷看了她一眼。每个人都笑了，因为卡苏卡基斯太太一直在给卡苏卡基斯先生喷空气清新剂，打开窗户和空调，在阳台上朝着脸扇扇子，因为她实在无法忍受烟草的味道。

那么如果是他会怎么样？如果他去看完妈妈，她会闻到他的味道——她当然会！你知道妈妈们的——如果爸爸没有先去世的话，她会因为这件事把爸爸逼疯的。她一直感觉到，爸爸无处不在，在伦敦，在雅典，在伊萨卡，到处都是……

他现在可以想象到她的样子,喝着她的咖啡,说:"现在不行,小尼科(Nico-mou),伊安尼斯正和我在一起。"

或者,我可能无法靠近她,越过她隐藏在各处的所有蓝色mataki眼睛。她在他的每一件制服里都缝了一只,因为她不相信他不会脱掉他他戴在脖子上的皮绳。

在他16岁时,她在他的那条皮绳上缝了一只mataki。上帝啊,她真的很爱迷信。

它还在戴在脖子上。鬼魂也可以戴首饰;谁知道呢?他可以触摸它,感受它。

所以他坐在公寓里,神经紧张,不停把玩着他那该死的mataki。

有时,他觉得罗伊辛能听到他的声音。有时,只是一丝丝回响,一点点回应——不是现在。但她可能感觉到了他。或者,他也可能根本不在那里。他们之间的交流一点也不顺利,似乎没有任何规律。不管他怎么呼唤她,都无法得到足够的回应。这一点令他无法忍受。该死的,她不知道!

他不介意触摸一个无生命的物体,比如他的项链。

他观察她,他数她的饮料的数量,他一遍遍地躺在她身边。他在她的柜子里坐了一会儿。如果他突然能够被人看见了怎么办?他隐隐约约能在镜子里看了自己。他看起来就和生前的自己一样,只是少了点儿什么。他的小胡子还在,漂亮的棕色眼睛也在,头发依然很茂密,向后梳起来,还有美人尖……但是——如今的他像个幽灵。如果生前的他是一张普通的厚纸,那么现在的他更像是一张卷烟纸。像是打印机中墨水不足的产物,一张褪色复印件的复印件。如果她看到我,应该会歇斯底里吧。

我应该出去，他一遍又一遍地想，但他没有。外面有太多未知的结局和未知的规则，对于像他这样的人来说，谁知道外面会发生什么。他还记得自己六岁时来到伦敦的情景，当时他一点英语都不懂。现在，外面对于他来说，就相当于那时的学校操场。

而这个四月，真他妈的侮辱人啊。只是看着窗外就这么觉得了，他妈的开花，他妈的黑鸟。

后来的一天晚上，她红着眼睛，早早地就下班回家了，换了衬衫，出门准备去开车。他不知道她要去哪里。

去他妈的。只是进到汽车里而已，能弄出多大麻烦呢？于是他和她一起去了。

* * *

他坐在她身后，而她坐在那个并不舒适的、靠背直立的车椅上。她没有选择那个低矮的、带扶手的皮质车椅，他知道这会使她感到脆弱。他探查了一下为她买杜松子酒和汤力水的人。在这样的地方，总会有不少有些小心思的人。好吧，她会没事的，有他陪在她身边。

他不喜欢她在这里。他不喜欢她和其他活着的人在一边，而他在另一边，而他们甚至都不知道这一点。他想让罗伊辛看着他的眼睛，喝他给她买的杜松子酒，抚摸他，抬头看着他微笑。他想要这样，仿佛这是他一生中最想要的东西。更多是因为，在活着的时候，他一直很擅长获得自己想要的东西，而现在他却感到无能为力。

有一个女人站在人群后面，就像他一样。她个子很高，头发像是一朵黑色的蒲公英，颧骨很宽，唇型很清晰。很美。也许罗伊辛会喜欢她的长相。她们年龄相仿，她可能略微年长一些，但是对于这个场合来说，还是太年轻了。他冲她笑了笑，甚至没来得及注意到她的身体边缘是模糊的，像是被打印了太多次一样。

她脸上的表情变成了那种彻彻底底的震惊，她大声地喘息着。

没有人转过头来，也没有人抬头。

该死！

什么？

"你能看见我吗？"她喊道，周围是一群完全没有注意到的活人。她忽闪着眼睛，迅速地巡视着房间——没有人注意到他们，一点都没有。她的目光又回到了他身上。

"是的，"他不由自主地说道。

"我能看到你。"她说。

他们面面相觑。

"该死的。"他说。

"是的。"她说，"你是不是？"

"什么，死了？"他说，"是的。我是。"

这只是一个同情的微笑，但当她的脸舒展开时，房间似乎被照亮了。她走向他。"我知道没有人能听到我们的声音，但远远地喊话似乎不太礼貌。"她说，"我一直想知道每个人都在哪里。因为我曾经在书里读到过，每当一个人活着，就有15个人死了。我不可能是唯一的，我为什么会是唯一的？"

"是的。"他说。

他们互相看了一会儿。

"这很奇怪。"她说。

"是的。"他又说。

'你到……这里……很久了？'

"我不知道，"他说。"我对时间不敏感。或者说，我对时间的认知已经不同了。几个月的样子？"

"我也不知道，"她说。"我到这里不久。我还没见过其他人……像我们这样的。"

"我也一样。"他说，"但我还没有真正出去过。"

"你觉得会有更多的同类吗。"她说，"我的意思是，如果有的话。"

"你觉得这里会有一些人，正在寻找他们的……"

"他们的寡妇，我猜。"

"谈论你自己的遗孀很奇怪。"他说。

"虽然这不是最奇怪的事情，"她说，"是吗？"

"不，"尼科说。她的话让他感到安慰，同时又有些吓人。在他们周围，像他们一样失去亲人的人，正在交谈，或者没有交谈：亮堂的谈话，冰冷的礼貌，热情的尝试，不由自主的拒绝。

"你——知道些什么吗？"女人问，"以及为什么？"

"我们为什么在这里？"

"是的。"

"不知道。"

她似乎放弃了追问。"你的遗孀在吗？"她问。

尼科低下头，对着罗伊辛做了个手势。他的眼神变得更加清亮了，表情虽然带着怀疑，还有些心烦意乱，但还是接受了。

"哦！"女人说，"对了。当然。"

"什么？"他说。"什么当然？"女人回头看着他，微笑着伸出手。

"我是杰伊。"她说，"我是一名全科医生，住在赫布里底群岛，祖籍加纳。

"尼科,"他说,"很巧,我是护理人员。来自伦敦北部。祖籍希腊。你好。"

"我喜欢希腊,"杰伊说。他们的手直接穿过了彼此,于是都发出了一声遗憾的笑。

"我们——"他说,然后停了下来。他不知道该怎么说。

"我们应该谈谈,"杰伊说。

"是的。"他说,"之后你想跟着我们回去吗?"

"我愿意。"杰伊说。

那个加拿大女人站起来发表演讲了。

* * *

罗伊辛开车回家时,尼科坐在她旁边的座位上,静静看着他。从汽车的车载音响中传来芝加哥乐队那首《如果你现在离开我》的低沉吟唱。路过的车头灯掠过她的脸,还有她像鸭子一样毛绒绒的脑袋。后座上坐着一个新人——新鬼。这位美丽而颇有名气的大夫,似乎并没有像他那么害怕。他扭过头看了她一眼,坐在后座上的她镇定自若,像乘坐出租车的女士一样,看着窗外。

风向变了,他想。她可能会知道什么呢?现在又要怎么办?

"你坐在后面还好吗?"他喊道。

"我还好。"她说,"谢谢。"

一个很酷的乘客,简称"酷客",他想,因为这个老式的叫法笑了。这是他母亲刚来的时候学过的英语俗语。罗伊辛的母亲克莱尔则不同,她从都柏林来到这里时,总是不忘说一些最地道的都柏林俚语。她想让所有人都明白,自己并不是英国人。

他和杰伊似乎无法在车里当着罗伊辛的面说话。那样也会显得很粗鲁。

罗伊辛继续开着车。她的眼里噙着泪水。

上帝啊,他想要安慰她,想要吻她。没什么好问的。想要影响她,想要……做些什么。

他也希望这位"酷客"看到,他也是有点东西的,他是有能力的。

他想,音乐总能传递力量。

《只是因为你很坚强》,他想。变调节乐队的歌。他对着口型唱这首歌时,总会引得罗伊辛发笑。他们用这首歌表达爱意时,总会让她哭泣。这是属于他们的歌。

她的手机就放在她面前的仪表板上。解锁——她刚刚查看了她从会议中传来的消息。他多么希望自己可以轻点一下屏幕,然后把歌调出来,为她播放。他多么希望……

奏效了。芝加哥乐队的温柔的小号声和沙球声逐渐消失,然后——

"仅仅因为你很强大,并不意味着它很容易……"

尼科高兴得叫了起来——正中靶心!

罗伊辛泪流满面。

亲爱的!天啊……

接着,有人追尾了她的车,罗伊辛跳下了车,引擎还在运转,车门敞开着,歌声还在缓缓流淌——"仅仅因为你哭了,并不意味着你很虚弱"。

他跟着她跳下车去,呼唤着,像《莉莉·玛莲》^①这首歌里唱的那样,无助地站在灯光下。

---

① 《莉莉·玛莲(Lili Marlene)》这首歌原名"路灯下的女孩"(Das Mädchen unter der Laterne),但后来以莉莉·玛莲而著名。这首歌在第二次世界大战中被交战国双方所喜爱,甚至出现了战壕里轴心国和同盟国的士兵同时哼唱此歌战斗的场景。此处作者使用了"路灯下的女孩"的意象。

10 龟背竹

四月

伦敦

  杰伊弓着腰坐在车的后排。汽车追尾,乔治的声音,拉斯穆斯的歌词和吉他,她自己的和声,很多年前的和声。虽然她时常想起自己人生中的那段时光,但她已经很久没有听过那张专辑了。拉斯和她的生活中发生了太多的变故。歌曲的和弦,也触动了她的心弦……

  她看到手机掉在了在尼科坐的座位上。快停下。令她惊讶的是,它确实没再响了。片刻的沉默。她很想知道这是为什么。

  她飘出了车外。

  另一个司机也从车里走了出来,是一个心烦意乱的年轻人。"你没事吧,伙计?"他说。

  尼科现在隐身坐在罗伊辛身边,将手放在她的手臂上,试图将她拉回地球,不要继续颤抖。

  他抬头看了看杰伊。"你还好吗?"他问。

  "你害怕我会死掉吗?"她问。他确实笑了。

  "这是她最喜欢的歌曲之一,"他说,"我从来没想过……"

"也是我最喜欢的。"她低声说。

杰伊走过来,蹲在罗伊辛的另一边。他们三个人排成一排,坐在被雨淋湿的汽车保险杠、垃圾箱和公共汽车站用色块标记的混凝土底座之间。在他们的头顶,白蜡树酸绿色的新叶在夜空中飘舞,远处的红绿灯无情地变化着:深红色,琥珀色,青绿色,映衬在雨幕中的黑色马路上。杰伊靠在罗伊辛身上。在悲伤之外,在悲伤之内,在悲伤之后,是力量、幽默和快乐的可能性。暴风雨过后,总会有阳光,她想。在这寒冷和黑暗之中,藏着一个不屈不挠的春天……

"有什么能安慰到她呢?"她问。

"活着的我,"他说。

"说点儿可以实现的吧?"

尼科没有回答。只是把手臂搭在罗伊辛的肩膀上,像一条看不见的毯子。"我不知道——或许是她的妈妈?"

片刻之后,罗伊辛打了个嗝,颤抖着、深深地吸了口气。她轻轻地笑了笑,站起来询问另一个司机,他的车是否有问题,并在他提供电话号码时没有拒绝。杰伊喜欢她现在的样子:平淡、直率、善良。

尼科的脸色有些凝重。杰伊不知道那种表情是愤怒还是痛苦。"这些亡命徒,"他说。"当他刚刚追尾她时,简直是直接撞上去的。"

"他不是故意的,"杰伊说,"可怜的男孩。"

那个可怜的男孩正对罗伊辛礼貌地微笑。"那就上车吧。"她说。

"你离她远点。"尼科喃喃自语。

"但真的,"杰伊说,"他其实挺好的,没有路怒症。而且他表现出的友好，并不仅仅因为她长得好看。我的意思是，她如今满脸鲜红，涕泗横流。

"她很美，"尼科说，"她总是很美。"他不再想打那个男孩了。

"是的，她的确如此。"杰伊说。

"我受不了了。"尼科说。

"因为不能帮助她？"杰伊说。

"因为我什么都做不了。"

"我们可以帮助他们，"杰伊说。他们都因为"我们"这个词而微笑。

"不，我不能。别以为我没试过。"

他们溜回了车里。罗伊辛花了点时间调整呼吸，尝试吞咽，然后开车下山。

杰伊低声说："为什么在她面前说话这么难？她明明听不见我们说话啊。"

尼科抬头看了她一眼，脸上带着一种滑稽的表情：一半是感激，一半是宽慰。"那是另一回事，"他说，"我找不到可以谈论这件事的人。"

***

这是一间非常好的公寓，是位于上世纪 30 年代的街区的楼房高底层，面积不大，但户型很好。屋里装修得不错，铺着镶花地板，放着漂亮的小沙发和侧灯，窗边的龟背竹向上生长。如果房间里没有到处乱放的空杯子，没有碗里腐烂了还没吃的水果，没有看起来闪闪发光的床单，也没有像婚礼上的五彩纸屑一样扔在地板上的纸巾的话,这个地方应该会很有吸引力。

罗伊辛进了洗手间。

杰伊说:"我知道这么说很荒谬,但我们这样做似乎很粗鲁。"

"你习惯一下,"尼科说,"至少——我经常跟她说话。"

"好吧,这是因为你认识她。"

"我需要介绍你吗?"他说,这个想法让他们俩都默默感到满意。

"我觉得不错,"杰伊说,"只是这样做会更荒谬。"

尼科坐在沙发上,双臂放在靠背上面,显得悠然自得。

"我觉得我应该拿点儿东西来招待你,"他说,四处张望,仿佛能找到一杯茶或是一杯酒。

"你能吃东西吗?"她急切地问。

"不能。"他说,"为什么这么问,你可以吗?"

"我也没有这样的运气,"她说,"那你能做什么?"

"什么都不能。"他说,"你呢?"

"我可以爬上建筑物,"她说,"也可以穿墙而过。还可以沿着树干爬上去。"

"我似乎能穿墙。"他半信半疑地说。

"我敢打赌,你也可以爬上建筑物。"她说,"要试试吗?"

"当然。"他说,"但不是现在。"

他们同时开口:"你怎么——"她说。而他说,"你去过别的地方吗?"

"苏格兰,"杰伊回答,"那里有我的——"

"你的鳏夫?"他说。

"是的。他住在那里。"

"但你去过任何，任何——来——来世之类的地方吗？"

"没有。"她说。

"我也没有。"他说。这令人失望。

冲水的声音从浴室里传来。打开水龙头的声音。洗手时，搓手的摩擦声。罗伊辛敲着门。杰伊瞟了一眼自己的手。她无法用手来吃东西、举叉子、上厕所、擦屁股。她无法洗手。真的，当我们拥有身体时，我们很少会想到它。我们总是被教导，要学会挑身体的毛病，并把它当作是理所当然。

"为什么没有呢？"杰伊问，"我们为什么还在这里？"

"我也不知道。"他说。

罗伊辛从浴室里出来了，穿着T恤和短裤。她走进厨房，打开烧水壶。

"罗伊辛，亲爱的，这是杰伊，"在罗伊辛经过时，尼科转身说道。杰伊笑了。"她是另一个鬼魂！我希望你不介意我把她带回家。我有点兴奋，因为我之前从来没有遇到过鬼魂。我希望她知道些我不知道的东西，也许能够把我引导到正确的方向，教我好好做一个鬼魂……"

"我确实有一个想法，"杰伊说，然后不做声了。这一切发生得太快了，各种形式上的。她仔细地看着他。研究罗伊辛的感觉不错；那么他呢？他看起来很坦率——皮质细绳项链虽然常常是那种讨厌的家伙会戴的，但挂在他脖子上却很适合他，就像他的长头发和穿旧了的亚麻衬衫一样。她在壁炉架上发现了一张他的照片，穿着医院的护理人员服装：头发向后梳，包在一个类似发网的东西里。嗯，这发型需要对自己的相貌有一定信心。他长得很帅。他看起来像是个对任何事都很确定的人,如今他的心灵却受到了巨大的冲击。那么,这一点还有些像我,她想。他看起来很害怕,不过他看起来应该没事。

在他们两人之间的桌子上,罗伊辛的电话响了起来。罗伊辛一手拿着杯子,一手拿起电话,坐到了沙发上。杰伊不得不赶紧将躲到一旁,以免罗伊辛被坐到身下。

"嗨,内尔,"她说,"不,抱歉——我只是准备去睡觉了。是的。好的……没有,"她说,"还没有。是的,我知道。我知道……是的,我会的——哦,亲爱的,拜托。他告诉过我,他有的,所以他肯定写过,而我会找到的。也许他找的是别的律师……是的,我要去——哦,上帝啊,你能不能……"

杰伊盯着尼科。

"你没有,"她说,"告诉我你没有。"

"没有什么?"

再说下去就变成双重否定了,于是杰伊切入正题。

"你没有立遗嘱。"

"我当然立了遗嘱,"他说,"我只是没有告诉她遗嘱在哪里。"

杰伊盯着他。"请原谅我提出这个问题,"她说,"但你为什么不告诉她呢?"

"我本来打算的。"他说。

"你不知道你会死吗?你没注意到,人们会突然死掉吗?

"我当然注意到,"他说,"我——曾经——非常实际。但我当时还年轻。死亡来得很突然。

"年轻到可以长生不老,"她说,"你以为自己会永远活着吗?我们不知道丧钟什么时候敲响,尼科!看着她!"

电话一响,罗伊辛又从沙发上站了起来,低着头朝卧室走去。尼科的视线跟随着她。

"她会失去这个公寓吗?"杰伊问道,"在她试图整理你生前遗物的过程中,人们总会对她说,"你能寄一份遗嘱的副本吗,你是遗嘱的执行人吗?"她将不得不承认,自己并没有遗嘱,而他们会叹叹气,接下来的每件小事都会变得很困难。

尼科双手抱头。"我以为她会找到遗嘱的,"他嘟哝道。

"它在哪里?"杰伊问,"你有孩子吗?"虽然从这间公寓来看,很明显他们并没有。

罗伊辛回来了,身上裹着一条毛巾。就连她白皙的手臂也显得很悲伤。淋浴的声音从大厅里传来。

"没有。"他说,目光追随着罗伊辛。

"你的父母还活着吗?"

"我妈妈还在世。"

"如果遗嘱没有找到,那么一切都归你妈妈所有。她会和罗伊辛分享吗?"

"她不需要这一切,"他说,"至少我认为她不会。她很喜欢罗伊辛。

"哦,天哪,"杰伊说,"因为这是和谐的秘诀。"

"有些放是在联名账户里的,"他说,"建房互助协会^①。"

为了让罗伊辛安安稳稳的,她必须找到它。"遗嘱执行人是谁?"

"是她,"他说,"我的意思是,我做了正确的事,我只是没有——"

"你只需要告诉她。"

"不想让她难过。"

"那她现在有多难过?"杰伊无情地说。

他们沉默地坐着。

"那么你的死是预料之中的吗?"他问。

"是的,"她说,"就像每个人的死亡一样。但我的确事先收到了通知。好吧。"

罗伊辛回来了,她的皮肤现在是粉红色的。当她躺下时,他们听到了床轻柔的嘎吱声,还有当一个人试图保持静止,并且绝望地想要睡着时,发出的那种轻柔而吃力的呼吸声。

"该死,"尼科说,"我能做些什么吗?"

"你必须告诉她遗嘱在哪里,"杰伊说,"它在哪里?"

"我怎么才能告诉她?她听不见我的声音!我不能给她写便条,也不能给她发一封"——他忍住了咒骂的冲动——"一封电子邮件。"

"你不能进入她的梦境吗?"

"什么?"他说。

"你没试过吗?"

---

① 建房互助协会(Building society):亦称为建筑协会,存在于英国、澳大利亚和新西兰,提供银行和相关金融服务,尤其是储蓄和抵押贷款。建房互助协会的目的是向会员提供住房抵押贷款,借款人和存款人是协会成员,在一人一票的基础上制定政策和任命董事。

"要怎么做?"他说,"你可以吗?"

"我做到了。"她说。

她把那件事告诉了尼科。没有说全部,省略了细节。但说了最重要的事情:叫来了道吉。让别人感觉到她了,然后和他说话了。

"他听见了吗?你们——是不是,在互相交谈?"

她无法向他信誓旦旦地保证。

"来吧,"他喊道,本来想牵住她的手,把她拉起来,然后带她穿过卧室,结果他的手穿过了她的手,他们俩都只是盯着自己无力也无用的四肢看了一会儿。他们穿过了房间,站在罗伊辛躺着的床尾旁边。

"你是怎么做到的?"他急切地说。"我在她身边躺下。经常这样做。我尽量不去触碰她,因为我不想吓到她,但有一次我们跳舞了——我是说,她哭了——但是你是怎么——"

杰伊坐在卧室的小椅子上,举起手。"等等。"她说。

他等了一会儿。

"这与情绪有关,"她说,"我是这样觉得的。他当时病得很重。"

"我必须等她病得很重的时候?"

"我不知道,"她说,"我不知道它是如何发生的。但它已经发生了几次。它主要是……很显然是……在他昏迷的时候。不,我并不是说它不能在其他条件下发生。我也是新手。"

"如果我进入她的梦境,我可以告诉她吗?"

"我觉得可以。我曾经告诉过他一些事情。"

"比如呢?"

她抬头看了他一眼:眼神中带着微笑,又有一丝责备。

"对不起，"他说，"我扯远了。"

"别担心，"她说，然后，"所以当你跳舞的时候，你感觉到了她？你觉得到她感觉到你了吗？"

"可能是我一厢情愿吧。"他说。

"好吧。"她说。

尼科在罗伊辛身边小心地伸了个懒腰。她仍然盯着天花板。"我会等她睡着。我会考虑的，然后尝试一下。"

杰伊不知道自己要做什么。"我去隔壁等吗？"她说。

"不用拘束！"他回答说，她抱以微笑。真是个有趣的家伙。好家伙？她想躺在沙发上，试着思考它是如何发生的。

* * *

黎明时分，他出来了，看起来很忧伤。

"什么都没发生。"他说，"一开始，她几乎睡不着，我觉得是我才让她保持清醒的，然后我有些恍惚了，我不知道——但我们不在同一个地方，哪怕是片刻都没有。"

"我很抱歉。"她说。

罗伊辛也出来了，穿着睡裤和背心，她的黑眼圈比以往任何时候都更深，耷拉着肩膀。她打开了烧水壶，然后颓然坐在厨房的凳子上。

"你真的认为，如果你不在，她会睡得更好吗？"

"我不知道。"尼科说。

罗伊辛不停地用手摩擦着自己的脸，叹了口气。她将手背搭在眼睛上。

"跟我来苏格兰吧,"杰伊出人意料地说。"换换环境。见见我的鳏夫。为什么不呢?"

"我不能离开她!"尼科说。

杰伊和善地看着他。"你已经离开了。"她说。

"我想继续尝试潜入她的梦,"他说,"这是恶性循环,不是吗?当她知道遗嘱之后,她会睡得更好,但是在她睡着之前,我无法告诉她遗嘱的事。我甚至不知道我是否可以做到。"

"也许休息一下,会有所改观。等你回来时,就可以精神焕发了。"杰伊说。

"休息一下?"他说,"这并不像是说:哦,我有点累,加班太多,需要个假期,周末就去他妈的布拉格吧。"

然后他就后悔了。杰伊知道。而他知道她知道。

"好的。"他说。

* * *

他们在苏格兰夜车①舒适的铺位上躺着,上铺是杰伊,下铺是他,藏在黑暗中,带着被鼓舞的信心。英格兰的景色在车外掠过,火车在铁轨上轰鸣,空荡荡的车站在灯光中忽隐忽现,呈现出类似于爱德华·霍普绘画的景象。当然,他们俩都没有睡觉。

"那么,你们俩是怎么认识的?"尼科问道。

"嗯,"她说,"你们俩又是怎么认识的?"

---

① 苏格兰夜车(Caledonian Sleeper):英国伦敦和苏格兰之间过夜卧铺列车服务的统称。从周日到周五,每晚有两趟列车从伦敦尤斯顿出发,经西海岸干线前往苏格兰。

"在格拉斯顿伯里。"他说,"一见钟情。虽然那段日子,我确实不止一次对别人一见钟情。到你了。"

"在纽约,通过我们在的乐队认识的。"她说,"我曾是乐队里的一位歌手。后来,他被那辆倒霉的黄色出租车撞倒了。"

"纽约,嗯?"尼科说,"歌手!但你不是美国人……"

"我是加纳裔英国人,"她说,"我父亲被派往各地工作。但是,作为一个在美国的非洲人,却不是非裔美国人……这种感觉很奇怪。人们会假定你就是非裔美国人,而且有着类似的故事。拉斯穆斯出事之后,我们回到了英国,我去读了医学院,成了一名全科医生,他……对他来说,这是一个漫长的康复过程。至今还没有完全康复,真的。我的意思是,他一直在工作,但对于这件事——或者对他自己——完全释怀。"

"所以我们都从有趣的工作中抽身,转而去做了严肃的工作。"他说。

她思考了一会儿。关于她做过的严肃的工作,以及她没有做过的更严肃的工作,因为她已经放弃了。关于一位雄心勃勃的年轻女医生,在选择成为偏远小镇的全科医生,没有专攻产科时放弃了什么;关于一位黑人医生,离开黑人经常居住的地方时放弃了什么。这并不是说当全科医生不严肃,或者去苏格兰不严肃,或者这个国家不严肃。她想说的是,如果是专攻产科的话,她应该会取得很大的成就。哦,闭嘴吧。你做出了你的选择,而且有着充分的理由。一切都结束了。

反正她从来没有谈过这件事。甚至对夸梅也没有——尽管拉斯穆斯是知道的。

"是吗？"她问，"放弃一份有趣的工作？"

"我打算成为一名文身师。"他说。

她笑了笑，然后说，好吧，那的确有趣。

"你有没有想过，"他说，声音从下铺飘过来，"关于我们所做的工作，实质上都是，拯救人类？"

"是的。"她说，"我想过。这是人类的伟大礼物，不是吗？这样我们可以忽略终归会死亡的事实。"

他笑了。

杰伊问："你本来打算结婚吗？"

尼科愣住了。然后，"是的，"他说，"非常想。只是，你知道的，没来得及。"

杰伊没有回答。她无法想象一个人没法解决某事，如果这是重要的事情。她正在考虑小包装的酥饼，以及铺在床铺上的礼品袋。她记得学校里教的一首诗是这样说的：有个有趣的小盆，可以用它来洗脸，还有一根曲柄，在你打喷嚏时，可以用它把窗户关上。

没有酥饼。没有打喷嚏。

没有婚礼。

* * *

"没有孩子吗？"尼科随后问道。

"我们还在考虑这件事，"杰伊撒了个小谎，"当我生病的时候。但我热爱我的工作。这个岛是我的家。你呢？"

"她想要孩子。但我拒绝了。你是怎么死的？"

他的唐突并没有冒犯她。如果是在她活着的时候，可能会这么觉得。但是现在,这就如同打开了一扇窗户,或是脱掉了一只很紧的鞋子。

无论如何,你当然不能问活着的人他们是怎么死的。

"结节病。"她说,"你呢?"

"愚蠢的心肌梗死。"他说,"可以算得上是滑稽了。"

"差不多吧。"杰伊说。

"这不是最糟糕的方式。"他说,"我只是感到很抱歉,她当时不得不待在现场。"

"好吧。"杰伊说。

"我们笑得很开心。"他说,"你知道想要变得有趣总是需要两个人吗?"杰伊确实知道。"我们在一起时很有趣。然后我就有些记不清了,当时过于兴奋,我不知道她对这一切的回忆是怎样的。"

"我为你所失去的感到抱歉。"杰伊最终说道。

* * *

他们从斯托诺韦走到了拉斯肯太尔。他们一路上跳跃、旋转、侧翻。当他们到达时,日出的光芒模糊了海面到塔兰赛的距离,海水在发光。潮水涨上来,慢慢掠过了苍白而平坦的沙滩,拍打着他们的脚。那是一个美丽无比的早晨:火红的晨雾散去,一切都变得明亮、干净、神奇。

当他们穿过沙地来到那栋房子时,拉斯穆斯正在演奏。他们在看到他之前,就听到了他的乐声。他坐在棚屋边的长凳上,弹着吉他,沐浴在清晨的阳光里。他正在进行一段即兴演奏,并且低声地哼唱;他背靠在院子的墙上,双脚搭在一辆破旧的黑色摩托车的车座上。摩托车的电池被丢弃在铺路石上，小猫正在闻它。

"这是一首快乐的歌，小鸟在唱歌，"拉斯穆斯轻声低吟，却找了一对异常悲伤的和弦——D小调和A小调。"这是一首快乐的歌……"

"不，这并不是，"尼科说，感到有些困惑。但杰伊却在微笑。

"苍白的月亮，在开阔的田野上升起，"拉斯穆斯唱道，"我在想你，我们过去的生活，以及这种孤独，这种孤独的真实感受……'

这首歌里有一个垂死的秋天。

她闻不到春日清晨的含盐土地的气味，也闻不到每次尝试修理文森特牌摩托车时，车上WD40润滑剂的气味。她感觉不到脚上露水的冰凉，也感觉不到清晨阳光下的温暖。她不能凑到他的耳边，亲吻他的颧骨，给他一杯新煮的咖啡，换掉在他身边放冷的那杯，也不能让他吃点东西，因为上帝啊，他还是那么瘦。但她能看到他，也能听到他，然后看呐，他把摩托车拿出来了。而且还写了一首新歌。

"真的很不错，"尼科一边说一边点头。

"不是吗？"她说。

他们坐在石头上，背靠着墙，听着拉斯穆斯的弹唱。

"可爱的吉他演奏。"尼科说，"那是他擅长的——算是，他的工作吗？"

"是的，"她说，作为鬼魂的心脏突然揪了一下。"他在一个乐队里，写歌、唱歌、弹吉他。他和他们一起做了一张专辑，做了一次巡演，然后摔断了背。不能再演奏，也无法巡演了。"

"这太糟糕了。"尼科说。

"是的。"

"乐队成功了吗?"他问。

"是的,"她说,"在没有他的情况下。"

"我听说过乐队里的任何人吗?"

"是的,"杰伊再次说,跳了起来,向着潮湿的岸边做了十次后空翻,翻呀,翻呀。错失的机会。从未实现的潜在未来。人们可能会认为我在炫耀。令人沮丧。

但是,后空翻是真的有快感!

"在我活着的时候,永远不会做这种事的。"她一边说着,一边往回走。"我根本不是运动型女孩。身体僵硬,弯不下来。"

尼科站起身来,越过墙壁,看着潮水涨上来。"你是怎么做到的,麻烦详细地告诉我。"他说,"你是怎么做到的。"

她知道他指的是什么。她尽力向他描述。看起来不太奏效。似乎找不到恰当的词汇。

"我要回去了。"当她的身体不再湿漉漉时,他说,"我得试试。"

"我能一起来吗?"她说。

"为什么?"

"我不知道。"

* * *

杰伊和尼科陪着罗伊辛度过了无数个不眠之夜。有很多个晚上,她睡了一小会儿,然后他尝试了,但没有奏效。他越来越沮丧,杰伊也变得心灰意冷。她的理论似乎是错误的。夜复一夜,他们三个人一同坐在厨房的桌子旁:杰伊和尼科试图捡起一个记号笔,却失败了（他们能给她写张便条吗？不能）；罗伊辛听着国际广播，把水壶煮干了。

也许她在工作时会睡觉？于是他们去了她的办公室。

她工作时也没有睡觉。

他绝望了。

"集中注意力。"杰伊说。

某天早上，罗伊辛穿好衣服，准备泡茶，但她又回到了卧室。不一会儿，他们听到了轻柔而又沉重的呼吸声——几乎可以算是鼾声了。

杰伊看着尼科，他的眉毛竖了起来。

"这是一种需求的感觉，"杰伊说，"去感受它。"

他直接穿过墙壁，冲进了卧室。扑到她身上，让他的幽灵般的自我填满了她，仿佛她是一个岩石垒成的池塘，而他是上涨的潮水。他来到她的身体里面，感觉到她的皮肤，她的心脏，她的血液，她的思想。冷静点，他喃喃自语，对自己，也对她说。他停了下来，然后抱着她。"嘿，"他说。她动了一下。"我爱你，"他说。他说的是希腊语。他能感觉到她的微笑。

不要逗留。或者，稍后再逗留。

"我的遗嘱，"他说，"就放在在我的《古希腊航海史》里面。希腊语的那本。遗嘱塞在了书后面。我很抱歉。真的抱歉。真他妈的抱歉，亲爱的，因为我没能一开始告诉你应该怎么做……"他哭了。

她在尖叫中醒来。

而他蹲在床尾盯着她看。

"什么鬼！"她大喊。她直挺挺地坐起身来，失声尖叫。

"操！"她气喘吁吁，四处张望。"该死的，尼科，怎么——"

他蜷缩起身体,而她从床上跳了下来,泪水顺着她的脸庞滑落,胸部不停起伏。她大步走进另一个房间,来到书架前。那本书就放在书架底部,远处的那个角落。那是他八岁时在学校获得的奖品:《古希腊航海史[1]》。

对她来说,这完全是希腊语[2](根本看不懂),他想,那是个被用过太多次的老掉牙笑话。长长的白色信封从书的背后掉了出来。

她坐在地板上,穿着背心,盘着腿,眼泪掉了下来。她不住地颤抖。

* * *

内尔让罗伊辛再休息一周,然后去和她待在一起。"我们会一起开始做遗嘱认证,"她说,"来吧。"

杰伊让尼科回到苏格兰。"你也没有休息,"她说。你不能真的说一个鬼魂看起来面无血色,但他现在的样子就是如此。

* * *

"好的,"第二天早上,尼科坐在拉斯穆斯的长凳上说,"谢谢。如果你没有告诉我这可能办到,我是绝对不可能做到的。"他脸上的表情既尴尬又谦逊,让她看得想哭,或者想要拥抱他。"鬼魂联盟!"他说,"我欠你一个人情。"

---

[1] 书名为希腊语:Σε λατρεύω, Τριανταφυλλακι μου。

[2] 这完全是希腊语(All Greek to her):也有"一窍不通"的意思。由于许多人认为希腊语难学难懂,所以,这一习语就表示"为某人所不理解""不懂"。由于这本书是希腊语所写,此处为双关。

"没关系，"她说，"我喜欢帮忙。罗伊辛她人很好。"

"可不是吗？"尼科说。

杰伊笑了。

"拉斯穆斯也是，"尼科说，转身看着他。他在菜地里除草，轻声歌唱。杰伊跟着他哼着歌。

"我担心他，"过了一会儿，她说，"我的意思是，我知道他现在一切都好，至少身体上是这样。但是当他在医院时，他其实并不好，而且他讨厌医院，因为那里是我死去的地方。但我又能做些什么呢？"

"是的，"尼科说，"我担心她。"

杰伊想知道她将如何表述这件事。她站起来，凝视着大海。海浪在更加猛烈地冲刷着岸边，来来回回，层层叠叠，形成一条卷曲的蕾丝，这是世界变化的皮肤。

"尼科，"她用一种温和的询问语气说道。

"什么？"他说。

"我认为他们可能真的合得来。"

她说这句话的时候，感觉这句话如同巨石般坠落下来。

他什么也没说。

"他们有很多共同点。不只是丧偶的这一方面，还包括创造力和承诺，他们都不是英国人，而且都很有趣……我只是觉得他们可能……如果……"她停了下来。

"不行。"他说。

"什么不行？"

"你要说的事情。"

"我要说什么?"

"你知道你自己要说什么。"

"我不知道你知道我要说什么。"

"我知道我自己知道你要说什么。"

"我要说什么?"

"你会说,我们为什么不让他们在一起呢,一切都会变得如此愉悦而美好。"

一阵寂静。

"你不是想说这个吗?"他说,倾身向后靠去,带着一种危险的眼神。

"是的。"

"除非我死了。"他说。

"事实上,"她说,但他脸上的痛苦神情阻止了她继续说下去。"你不觉得吗……我知道这对他们来说还为时尚早。但他们可以慢慢来。"

"不行,"他说,"想都别想。"

* * *

后来,杰伊盯着在厨房里做汤的拉斯穆斯。他只是把汤从罐子里倒进锅里,然后烤焦了一些吐司。

"你在做什么?"尼科问她。

"只是在思考,"她说。

"你不能进行干涉,"他说,"这就像时间旅行。祖父悖论。你不能随意改变事情的走向。

"我没有,"她说,"只是提个建议。"

"通过盯着他看么?"

"上次就很容易。"

"好吧,你很了不起,"尼科说,想起罗伊辛穿着背心,裸露的肩膀在颤抖。"你建议了什么?"

你应该看看电影公司的网站,杰伊在想。看看你可能和谁一起共事。看看有没有你喜欢的类型。

"没什么,"杰伊说,但她不能说谎,尼科也不是白痴。

"我说了,不行,"他说。

"他们可以成为朋友,"她说。"难道我们不是都需要有相同经历的朋友吗?联盟?"

"不需要,"他说。

"当这对你有帮助时,你并不介意我进行干涉,"她说。然后希望她没有说过这句话。

"仅仅因为你提供了帮助,并不意味着你可以拥有她,"他说。"你觉得这算什么?某种交换吗?或者是什么,现在她得到了我的钱,你就撮合他们?是吗?"

"尼科!"她说。"不是这样的。"

"别说了,"他说。

他看向她的眼神很痛苦。

然而,这并没有阻止她跟着拉斯穆斯。他随后走到笔记本电脑前时,喃喃地说,名叫"恒眼(Constant Eye)"的电影公司。继续,看一看,我听说罗伊辛·肯尼迪还不错。看看罗伊辛·肯尼迪。那里!她!看看她!

11　入海

四月—五月

岛屿—伦敦

　　尼科径直走入大海，漂浮着，直到海水深到能够漫过他的头。他向下游进冰冷而流动的黑暗中，对于凡人之躯来说，那种黑暗似乎是固态的。我的身体就在那里的某个地方，他想。沉在海底下。

　　他看着自己倒悬在喧闹的水面下，像是超现实的镜面一般，又像破碎后重组的水银。除非我死了。真好笑。过了一会儿——他出来的时候，天已经黑了——他任由海浪把自己抛回了陆地，就像一个古老的生命体似的爬上了海滩。他仿佛一根干枯的骨头，躺在白色的沙滩上，看着星星变得愈发清晰。但你不是一个生命形态，尼科。你甚至没有那种无法呼吸的感觉。因为你连呼吸都没有。你死了。

　　他很孤独。绝对地孤独。

　　他在岸边徘徊。怒火笼罩着他，他不喜欢这样。他几乎觉得自己是喝醉了。如此不受控制。他跺了跺脚，皱着眉头。他往旁边走了走，避开水坑，虽然这毫无意义，却是他本能的动作。

　　然后他又跳过了一两个沙丘，差点踩到一只小螃蟹。它本来在小步快跑，突然就僵住了，仿佛一动不动就可以隐形似的。

把你的头埋进沙子里吧，为什么不呢，他想。

他看了它一会儿，想知道它还能这样保持多久，接着他突然有个主意，他想为螃蟹做点好事。他不知道螃蟹想要做什么。被他放到海里？还是放在别的地方？老实说，他对螃蟹所能做的事情，就是把它放在某个地方了（但其实他办不到，因为他无法把东西捡起来），或者，好吧，什么都不能做。

于是，他决定把自己放在别的地方。这对螃蟹来说，可能是最好的。

那么，如果今晚在地球上行走的死者只有他和杰伊，那该怎么办呢？他不在乎，什么都不在乎。去他妈的杰伊，去他妈的拉斯穆斯。他只想回家，他只想回到家去，陪他的女孩睡觉。

但他没有。他回到了拉斯穆斯的小屋，整夜躺在屋顶的横梁上。尼科思考着，希望自己能可以抽烟，因为此时此刻，他在等待，这会是抽烟的最佳时机，而且他死了，理论上他应该可以抽烟，而且可以抽到心满意足为止，完全不会伤害自己的身体。只要他可以抽烟，但他办不到。他停下来想了想，当年他在工作太累时，因为抽烟就能得到满足，这真是奇怪。他想：对于我来说，抽烟不是爱的表现，戒烟才是爱的表现。他想到了他的母亲和卡苏卡基斯先生的雪茄，想到了雅典、水磨石地板、用纸卷起来的希腊烤肉串、灰扑扑的栏杆上的茉莉花、茴香酒和他亲爱的老父亲，还有蓝蓝的、咸咸的爱奥尼亚海，海浪在小船的船头下方高涨着、翻滚着。

有那么一会儿，他想到了失去，他失去了那么多。

他在初升旭日的晨光中醒来。黎明时分的那种惊艳的美好，蔓延在他周围：灰色、玫瑰色和淡紫色的水面，海角、大海和天空在明暗、闪光和阴影中交错。在此之前，他从未来过苏格兰。他完全不知道会有这番景色。罗伊辛，宝贝，你如今生活在一个多么美好的世界里啊！多么美好的世界……

小灰猫正从烟囱旁边盯着他。"你好，"他说。

猫眨了眨眼。

"你能看到我吗？"尼科问。

猫又眨了眨眼，转过身溜走了。

"你可以，不是吗？"尼科喃喃道，"该死的猫。"

很快，他就落到了院子里，仍然对自己的这种敏捷感到惊讶。不知道我能否像杰伊所说的那样爬上墙去。他坐在黑色的文森特牌摩托车上，双手搭在把手上，好像要准备起飞似的。他在等待醒来的声音、厕所冲水声、咖啡壶的碰撞声。他不想打扰他们。他们应该得到隐私。"呜呜——。"他低声模仿摩托车的声音，带着一丝悲伤。

煮咖啡的声音传来，他在一旁徘徊着，努力记住咖啡的香气。

一串琴音从屋内荡漾开，让他一时愣住了。他知道那段旋律。当拉斯穆斯用沙哑而仿若晨光的声音开始唱的时候，尼科认出了这首歌：《爱没有在听》！罗伊辛喜欢那首歌。变调夹乐队！就在他和罗伊辛最初在一起时，这首歌正好在播放。他跟着哼了起来。如此甜蜜、欢快的情歌，带着悲伤的底色。从他们的第一张专辑《坚强》开始。拉斯穆斯唱得更慢、更悲伤——还唱了女声的部分——

哦……

天哪，我真是个白痴。拉斯穆斯，就是拉斯的全称，拉斯·萨多利斯。

他想起了那个故事。类似于里奇·爱德华兹、西德·巴雷特的那种故事，不同的是，那个故事里没有毒品和自残，而且——或者，也许有一些心理健康问题。

这个音乐人，在他即将被众星捧月的时候，突然消失了，"多灾多难的摇滚乐手"拉斯·萨多利斯，有人说他是被忘恩负义的乐队从背后"捅了一刀"，有人说他逃离了被恶魔追逐的聚光灯，成为了一名隐士。各种各样的解读。

尼科靠在摩托车上，把脚放在车把上，听着歌。屋内，拉斯穆斯换了一段旋律，哼唱着，低语着，暂停了一会儿，调整了一个和弦，又回到了前一段。清晨的阳光从屋顶的一角照射下来，轻轻地照在从混凝土裂缝中发芽的小小的蒲公英上。

所以，这就是杰伊希望罗伊辛能够交往的人，尼科在想。该死的俄耳甫斯，他无法跟随妻子进入冥府。

不过，他会弹奏和唱歌……

接着：

而我因为她贪图我的钱而大发雷霆。

该死。

杰伊？

杰伊不在。

他看了又看，找了又找。房子周围，院子里，海滩上，马路边。她都不在。

他又盯着拉斯穆斯看了会儿。

该死的，他想。

然后他放弃了，回到他的女孩身边。

12 真正垃圾的质量

五月—六月

伦敦

也许是因为那场车祸，也许是因为时间的流逝，也许是因为又要开始工作了，却不知道该做些什么。也许是因为寻找遗嘱。她在房间里无数次翻找，拉出所有抽屉，找到各种她不需要和不忍心看的东西，却没有找到能够让她的生活变得轻松一些的东西。她不得不作出妥协，（对她自己，对他妈妈，对所有的那些权威人物）承认，他甚至没有把他们共享的东西留一半给她——而如今，遗嘱就在那里，就在它很可能在的地方。她以前找过一百遍的地方：书架上。你明明已经把房间里里外外都找了个遍——但她实际上并没有打开书架上的每一本书，而他们的书可不少。他为什么把它放在那里？她到底是怎么做到，一醒来就知道它在哪里的？

但它就在那里，就在它应该在的地方，日期是 18 个月前。上面写着，"期待结婚"。还有他的信。

亲爱的罗伊辛，

签名见证，为了不太可能发生的情况——即我可能会在某个时候一命呜呼。我当然不会撒手人寰,因为我怎么可能离开你,我的爱人?我爱你[①],我的宝贝。我爱你,我的小玫瑰[②]。

你的尼科

另:你现在也去给自己立份遗嘱,好吗?

她没想到会有这样的礼物,这样的甜蜜。他们在一起这么久,一直都平平淡淡,普普通通。得到那个声明……和那个提醒,仿佛一个沉重的打击:"不太可能发生的情况——即我可能会在某个时候一命呜呼。"

无论如何,在悲伤和死亡之间,罗伊辛在某个瞬间恍然大悟。她一直表现得好像死去的人是她一样。仿佛她与活着的生命隔绝,与自己的生活脱轨。而这对她来说是不必要的、浪费的和损人不利己的。罗伊辛,他死了,但你没有。你还活着。你悲痛欲绝,精神分裂,但你也是成年人,健康,有偿付能力——感谢上帝——而且孤独。你是生活在 21 世纪的自由女人。你 33 岁,丧偶,陷入困顿。罗伊辛,没人关心你做什么,你不需要许可,每个人都希望你没事。

罗伊辛,你可以——事实上你必须——去做你想做的事。

你想要什么?

四个月,没多长时间,一生的时间。

她设法读了点儿书,作者和她一样,也是寡妇。书上说:"在一年零一天里,不要做任何你无法撤消的事情。"但她想去做,她真的很想做一件大事,而且是无法撤销的那种。她真的,真的很想——

---

① 此处为希腊语:S'agapo。

② 此处为希腊语:Σε λατρεύω, Τριανταφυλλακι μου。

为了报复这件大事对她做过的无法撤销的一切。

"也许我得辞掉工作了。"在沿着摄政街行驶的公共汽车上,她大声地说。

"好主意,"她旁边的女孩真情实感地说,朝她笑了笑。"祝你好运!"

"对不起!"罗伊辛说,"我的男朋友——未婚夫——死了。我有点头脑不正常。"

"我妈妈去世时,我也快疯了。"女孩说,但她正好到站了,所以当她穿过人群准备下车时,她们俩对彼此充满同情的微笑,在两人之间建立起某种羁绊。罗伊辛将那微光聚拢到自己身上,她再次开始思考,他不在了之后,她到底该做什么事情。

任何事情!

一切事情!

哦,闭嘴吧。

我必须抓住我曾经否认过的一切,她想。开始新生活的决心。无需再等待,假设有一天我会有自己的孩子,它会证明我的价值,并且赋予我意义。不再浮于表面,不再让自己失望,不再无法承诺。不再贬低我所取得的成就,认为它没有——或者看起来没有——其他人取得的成就那么好,不再以其他人在照片墙[①]上发布的内容来评判我的生活,不再教导自己应该做什么或者成为什么……

这种讽刺的感觉依旧困扰着她。

这是一个简单的事实:与每天都在拯救生命的人在一起生活,并不会让你关于自己对世界的贡献感到完全满意。她知道自己的主

---

① 照片墙(Instagram):一款图片分享应用。

要贡献，并不是她为那些来自匈牙利的可爱的死亡金属音乐家伙所拍摄的精彩镜头。而是她一直在照顾尼科：保护他、哄着他、安抚他、慰藉他、爱着他。每天都让他保持健康和冷静，让他得以完成令人惊叹的工作。他让多少颗心脏重新跳动？他为做紧急气管造口术切开了多少个喉咙？他阻止了多少血液的流失？他评估了多少可怕的健康状况，却预料不到自己身上会发生什么？

他固定了多少根破碎的骨头，又用薄膜包扎了多少处可怕的烧伤？他抬起了多少具脆弱的尸体，又安抚了多少个惊恐的人？他给多少人输过液，写了多少份报告，又清洁并收好过多少架仪器，又消毒过多少辆救护车？参与了多少回犯罪，在多少架直升机上握住过多少人的手，又有多少次来不及做任何好的事情？

她对这种"暴殄天物"感到非常生气。他所有的技能和经验，已经准备好并随时可以根据需要来使用，如今却已经从人类有用技能的"银行"中消失了。

闭嘴吧，罗伊辛，你不会为了弥补他而受训成为护理人员，你会成为一个糟糕透顶的护理人员，你会哭个不停，你甚至无法做到帮病人清理身体。

她本来打算在工作上投入更多精力的——更有野心，更有创造力，参与专题节目，做自由职业……但是，有那么多雄心勃勃的男人，在她的可靠支持下不断前进，有那么多充满渴望、更爱说话的女孩，在她集中注意力之前，就抢占了通往雄心壮志的道路。每一个人都超到了她前面，而她，罗伊辛，却发现自己身材越来越走形，变得没那么渴望，也没那么爱说话，也不那么咄咄逼人了。她真的已经退出赛场了，她只是没有注意到。

也许在家里照顾那个感情脆弱、反复无常的尼科的习惯，也表现在了她的工作中。"把你那个有缺陷的男人带给我，我会支持他的"，这也许被我当做信条文在了额头上。请让我来收拾残局，并且做跑腿工作吧。

不，他并不是有缺陷的。虽然很显然他并不完美，但是……

嗯，爱一个人会消耗很多能量，消耗很多时间，不管你爱的是谁。

我的希腊大胖子，她曾经这样称呼他。当时他正在吃猪肉卷饼，也就是早上吃全英式早餐，睡前吃冰淇淋。令人舒适的食物。我的小姑娘，我的爱尔兰玫瑰，他会用这样的称呼来回应她。而且是用世界上最糟糕和最尴尬的都柏林口音，天知道他说过了多少次。

你不要一直想着他，继续向前，想想别的事情，看看你能不能办到。

她伸手去拿手机，浏览照片墙。发现自己这样做了，她笑了。天哪，他曾经多么讨厌她刷照片墙。"离开那该死的东西，来跟我聊天，"他会这样说。他是对的。在这种事情上浪费我的才能，以及我生命中宝贵的时间——但是拜托哦，有谁可以建设性地利用好他们独一无二的、上帝赐予的宝贵生命中的每一分钟？没有人可以。我喜欢我的工作。只是……

我想成为一名艺术家，罗伊辛想，但我不想成为那种仅仅想要成为艺术家的女人。我不会搬到威尔士去，根据诗歌制作糟糕的短裤。我不会在照片墙上放一堆名人名言，仿佛那是对人类文明的巨大贡献。

但是我想，我想。

她曾经答应过——威胁过？——尼科，她将在当地社团中朗读她写的一首诗。我肯定会的，她现在想。或者，我会写一本小说。两本小说！我可以加入作家社团吗？

或者——蛋糕！我可以去参加一档电视节目。我可以开一家公司。比如《英国烘焙大赛》的试镜！我可以……

放弃公寓，搬到柏林！

扔掉我所有的衣服——完全是"收纳女王"近藤麻理惠的风格！

这么多的可能性，就要被这些选择压得喘不过气了。

别胡闹了——但我不知道怎么胡闹。死亡当然教会了我不要浪费时间？我以前难道不是充满渴望又爱说话吗？

她决定离开，去布拉格生活。

或者纽约。

或穿越到1957年。

那天晚上，她给内尔打电话说，"我想要拍一部浪漫爱情喜剧——在希腊拍的那部电影叫什么？不是有Abba歌曲的那部[①]。另一部。你要来吗？"

"你喝醉了吗？"内尔问。《赢家通吃》节目的背景声很大。

"是的，"罗伊辛说，"我正在厨房里跳舞。我在想，也许可以接受训练成为一名水手，然后我可以担任船上的厨师，就像环球游艇上的一样？或者去照顾有厌食症的孩子。"

"需要我过来找你吗？"内尔说。

"是的，"罗伊辛茫然地说，"我真是太他妈的难过和孤独了，我不知道该怎么办。"

[①] 指的是《妈妈咪呀》，里面有许多ABBA乐队的歌曲。

***

在内尔到达之前,罗伊辛已经睡着了——晚班列车,溢价车票,这是必要的开支。内尔自己进了屋,轻轻推开罗伊辛卧室的门,查看她的情况。罗伊辛翻了个身,睡着了。她叹了口气,内尔也叹了口气。这些天的叹息,可能都要把房子吹走了。

在她姐姐看来,罗伊辛非常漂亮。"你对他太好了,"内尔低声说,"但我确实想念那个老混蛋。"

她在床上坐下,轻轻抚摸着妹妹湿漉漉的额头。"你只是不知道,没有人爱你了该怎么办,是吗,亲爱的?"她低声说,"而且死亡,对男朋友来说,是一种非常糟糕的品质。"

***

尼科眨了眨眼。

不过,这是事实。

每个人都对了,我错了。

***

罗伊辛在办公室里看着一则委托,关于拍摄一个有趣且重要的前卫乐队,制作一部关于他们的有趣而重要、100% 没有资金支持的纪录片。她想知道如果是她死了,尼科会如何接受这件事。

估计他会喝得酩酊大醉吧。如果她的死亡也是突然的,就像他的一样。但也许他不会喝醉,也许他会像在酷暑中跑下码头的狗一样,全身心投入到工作中,也许她可以全身心投入工作,思考如何为有趣而重要的纪录片项目筹集资金。她可以努力弄清楚，明明她现在几乎无法完成任何事情，为什么她仍然在这里工作。如果是他想直接回到工作岗位的话，她希望他的同事们能把他的手绑在背后——但话说回来，也许他不会。当应急小组在处理危机时，他们有办法来切断（哈哈）自己情绪化、有人情味的、敏感的那一面。因为一个情绪化的人，一个双手颤抖或是眉头紧皱的人，是无法完成他们所做的事情的。也许尼科悲痛欲绝的那一面，即使是关于她死亡的悲伤，也会被归入情绪化吧。或许她的死亡对他来说，只是另一个日常的创伤罢了，他可以将自己从创伤中分离出来，让自己能够继续工作。他的手，能够让心脏重新跳动的手。他的手，曾放在她的脸上或腰上的手。

他在信中说，他永远不会死。他说：我爱你，我爱慕着你。期待结婚。我的小玫瑰。①

是的，悲伤如潮水般涌来。有时是潮汐。有时是海啸。

谢谢你，尼科，她在自言自语，很抱歉我对你说过那些粗鲁的话。正想着，她的老板兼合伙人阿伊莎把她叫到了办公室。阿伊莎是一个已经到了绝经期的美人，在独自与世界战斗的过程中，证明了女人可以同时做到所有事情。

罗伊辛满怀期待地坐在橄榄色的天鹅绒沙发上，背后是多窗格的克里托尔窗户，面前是一张丹麦柚木做的咖啡桌，上面放着一盆虎尾兰，种在一个粗糙却又精美的陶瓷花盆里，以及最新一期的《好莱坞报道》。她的头发已经长到了四号长度（大约13毫米），脖子很容易就会裸露出来，很方便让她被"斩首"。也许阿伊莎准备解

---

① 此处为希腊语：Σε λατρεύω, Τριανταφυλλακι μου。

雇她。她甚至对此并不介意，真的。只有那句书中的睿智话语萦绕在她的脑海中：不要做任何你无法撤消的事情。

阿伊莎放下了手机，罗伊辛想知道她是不是刚刷了交友软件。上周，她主动提出为罗伊辛在那个应用上开设了账户，"既然……你知道的……"她是这样说的。令人惊讶的是，罗伊辛并没有顶撞她。其实上周她的心情非常糟糕，因为律师再次催促遗嘱的事了。

我永远不会打击阿伊莎。阿伊莎很棒。不过，现在，她露出了那种典型的羞怯表情，仿佛在说"我想要你为我做点什么，而你不会喜欢的"。罗伊辛利用了自己新寡的"自由行使权（carte blanche）"，没有必要对她微笑。

"好吧，"阿伊莎说，"我想和你聊聊。最近有一个活儿，实际上，非常好，确切地说，是太棒了——变调夹乐队！

变调夹乐队？

所以，这并不是那种"我想要你为我做点什么，而你不会喜欢的"的羞怯表情。这种表情的意思是："我想要为你做一些特别好的事情，因为你的未婚夫死了，但是我有些尴尬，不愿意承认这样做的原因"。

我一定是脑子不清醒，所以弄错了吧，罗伊辛想。

"他们准备在灌木丛音乐厅（bush hall）开始他们的周年纪念巡演，"阿伊莎继续说道。"很私密，规模很小，而且是独家的！与此同时，还有助演——嗯，特邀表演嘉宾是——你永远猜不到……"

"谁？"罗伊辛礼貌地问道。

"我记得你和尼科，"阿伊莎说，"啊，在几年前的圣诞派对上，跟着《爱没有在听》跳舞。"她做出了一个奇怪的感伤的嘴型，罗伊辛甩过去一记"眼刀"。

"很可爱，也很甜蜜。"阿伊莎说，似乎对她的这杯咖啡感到有点困惑。"简直太……是的——是拉斯·萨多利斯。"

这个名字戳中了她。

"但他是个隐士。"罗伊辛说。

"在7月17日那天，他并不是。他会做开场表演，而我们的任务就是录制这场演出，你将会负责拍摄。

罗伊辛内心的某种东西苏醒了。不管怎样，仿佛回到了是就算。

"你想让我上场，"罗伊辛说（她显然没有这个打算）。

"不是我，"阿伊莎说，"卡罗拉点名要你。很显然，是歌手本人听说你还不错！"

罗伊辛惊呆了。拉斯·萨多利斯听说我还不错？这怎么可能会是真的？

"真真切切的哦，"阿伊莎说，"如何？你愿意参加吗？"

"好吧，"罗伊辛说。她的脸微微皱起。"那就参加吧，"她说。她是愿意的。她能感觉到，就像滑进水里一样。滑进了能力和能量池里。耶稣啊，玛丽和约瑟夫，是的，我愿意参加。

"谢谢你，"她说。我可以做尼科会去做的事，我可以全身心投入工作，我喜欢这件事，我可以做这件事。

"那么就去开始做你的家庭作业吧！"阿伊莎轻声说，"如果你需要什么，我就在这里。"

罗伊辛很感动，也很惊讶于自己体内的能量，她出去的时候，轻轻拍了拍龟背竹。

***

她在谷歌上搜索他的信息，身旁放着一杯茶和一块纯巧克力杏仁糖。她找到了不同语言版本的推测的只言片语，大家都在猜测他在哪里，讨论他的退隐有多么遗憾，以及事故之后发生了什么。她发现了一份外赫布里底群岛的当地报纸，报道了当地广受欢迎的全科医生的死亡。她叫贾斯蒂娜·阿库福·萨多利斯，医生，38岁，死于结节病。

她的丈夫叫做拉斯穆斯·萨多利斯，读者无疑会记得，他是南岛社区合唱团的前合唱团长，以及著名乐团变调夹乐队的创始成员。报纸上有一张那位医生的照片：虽然分辨率很低而且有些失焦，但可以看到她的颧骨。

她检查了一下登报日期。

耶稣，才过去没多久！这么快就上台了，他到底在干什么！这个男人是个疯子！他的朋友在哪里？他就不应该离开家啊。

而如今的我，却不知道自己是否能胜任拍摄他的工作。

他的照片都是他在年轻时拍的，穿着黑外套，又高又瘦，身材像煮过头的意大利面，一双汤勺大小的苍白眼睛，瞳孔外侧是闪亮的一圈银色。真是个长相很吓人的家伙，但又一副被吓坏的样子，两者其实没什么区别，很美丽。她很熟悉那双眼睛。事实上，多年前她的钉板上就有一张变调夹乐队的照片，尽管她的朋友都喜欢乔治，但拉斯·萨多利斯始终是她的最爱。这是一些她不会提及的事情。

他听说过我吗？

她真的无法想象他在合唱团的样子。

但是管理合唱团！这听起来真的很棒！

实际上，最好的地方是没有关于它的电视连续剧，可能只是时间问题。

像他这样的人似乎是濒临灭绝的物种。

嗨，阿伊莎，

简而言之，有什么指示？

罗伊辛

后辈（Posterity）！迄今为止。但是很明显还有更多。这次录制是唱片公司委托的，这将会是一部纪录片，或某种形式的经典回顾。所以是拍摄很多生活镜头，很多环境音乐，还有一次采访——我正就此事与卡罗拉保持联络。唱片公司对这件事非常兴奋，还有单独的录音。虽然他们没有明说，但我感觉他们在考虑为萨多利斯制作一张专辑。不过据我所知，他并没有和他们签合约。所以我们看看事态会如何发展吧。

顺便说一句，他坚持不要媒体。

x 阿

罗伊辛拍摄过许多音乐人，深知他们是什么样的人：由50%的专业和50%的混蛋构成，只对自己的乐器、地位和酒精感兴趣。假如他们对她这个人感兴趣，那么就会变为纯粹的"现在就和我上床，而且再也别联系了"的类型。根据她的经验，音乐本身就占了音乐人最好部分的 99%。音乐就像香肠一样：品尝起来很美味，但你并不想近距离观看它的制作过程。罗伊辛以前也参观过"香肠厂"。

毫无疑问，与变调夹乐队的相处，将会和之前的采访一样，留下不太愉快的回忆。如果他们的主要阵容都在，她还是会为能到那里去拍摄镜头而感到高兴，但不会比任何其他乐队更激动，只是因为她有机会走出办公室，做点什么事情。无论如何，她并不会担任那期节目的编导，她只负责萨多利斯的拍摄。他是个谜，而且身上有一种纯洁的东西，这种东西她甚至在多年前就喜欢了。他写了这个乐队的所有最好的歌曲，并在首张专辑中演唱了其中的好几首。她现在脑袋里总是萦绕着《爱没有在听》的旋律。嘟嘟，嘟嘟嘟，嘟嘟，嘟嘟嘟。还有女声二重唱——她叫什么名字来着？听着整首歌，就会让你想在春天的早晨转着圈跳舞。在灌木丛音乐厅（Bush Hall），罗伊辛在声音检查开始之前就已经做好了一切准备，这样他们就可以拍摄到额外的氛围感拉满的镜头素材。舞台的设置很简单：舞台上站一个人，头顶上是高高的天花板，装饰风格像是维多利亚时代的舞厅，还有枝形水晶吊灯和被啤酒弄脏的地毯。很迷人。

哦，他在那里。她在房间的另一端看到了他，忍不住微微一笑。她低头看了看鞋子，然后直接站起身去介绍自己。

"嗨，我是罗伊辛，"她说，"罗伊辛·肯尼迪。我是今天的编导。"

"你好，"他说。他的脸色苍白，看上去很空洞：空洞的眼睛，空洞的脸颊。这是她从镜子里经常看到的自己的样子。他好像只是靠着韧带而把身体各部位连接在一起，肩膀也好，修长的腿也好。他看起来就快要散架了。

"你有什么需要我提供的吗？"他礼貌地问。

我什么都不会问你要,她想。你现在看起来,仿佛我如果呼吸用力一点,你就会散架了。

"在声音检查期间,你可以接受我在这个地方拍摄吗?"她问。悲伤灼烧着他。他对它如痴如醉。

"我可以。"他说。

"谢谢你。"她说。希琳(Shireen)的团队已经拍了不少的画面——拉斯穆斯和乔治·维克腾(George Vechten)互相打招呼(拉斯穆斯出奇地安静,乔治介于精神饱满和受到责备之间,就像一条内心知道这一切很糟糕的狗),拉斯穆斯在等待的时候,就会坐着看会儿书,与似乎正在设置某种多轨录音设备的年轻人,进行简短而坚定的讨论。"那太好了,"罗伊辛小心翼翼地说,"而且,鉴于今天我要采访你——"

"你要采访吗?"他说,"我知道这件事吗?"

不好,翻车了。

"哦,该死,你不知道吗?"她问,"我……"

他怀疑地看着她,说:"我也许知道。我没有好好阅读我的电子邮件。"

没有翻车,在一定程度上。

"应该是一切都准备就绪的,"她说,语气变得平静。"可能是交接的问题。我也许应该直接和你联系——"

"不,别担心——"

"我不想打扰你,我想——"

"这就是我会成为一个糟糕的流行歌手的原因之一,"他说,移开了目光。"我不能忍受这种事情。"

她认为他指的是采访。

"让我们暂时忘记它吧,"她说,"绝对地,先不去想这件事。不能有任何你不能忍受的事,尤其是当你要表演的时候。"

"说得对,"他说,"谢谢你。"接着有,什么事需要他去处理,于是他轻轻点了点头,就离开了。

* * *

几个小时后,罗伊辛坐在桌前,看着监视器上的拉斯穆斯。他正坐在高凳上,为演出进行设备调试,黑色的扬声器高高地堆在他身后。当他给吉他调音时,手显得惊人地大。他的手指不停地转动,调音,校准乐器的各种需求。"二号机位,很棒,拍一下手部特写。"她的手很小,如果要弹奏乐器,她需要用到整个手臂。而他只需要用手掌就可以盖住音孔。

当他修长的手指从调音和轻弹,逐渐过渡到拨弦和演奏时,她有些猝不及防。"切到三号机位……"她说。就像是越过他们的肩膀观察他。"二号机位,又到你了",就在镜头转向他的时候,拉斯穆斯也轻轻地转向摄影机,憔悴的脸上露出清冷的表情。他那双外圈是银色的苍白的眼睛,直直地看着她,带着一丝优雅和悲伤:"我为我的妻子写了这首歌。她刚刚去世了。这是一个艰难的时期。你们中的有些人可能对此有所了解……"

接着他的脸色变了,低头看了一眼,咽了口唾沫,又看了看镜头,对未来的观众,对这个世界,对任何觉得这件事有意义的陌生人,悲伤地说:"如果你有所了解,亲爱的,我同情你。"

罗伊辛眨了眨眼。

她抬头看了一眼舞台：现在，他眼睛闭上了，手指在琴弦上游走。他开始唱歌了：如同午夜无法入睡时的低沉嗓音，笼罩在痛苦的阴影里。就像是关于它的一场对话。他只是在告诉他们这种感觉是怎样的。

> 我一直都知道在你怀里我会很安全
> 我一直都知道恶魔将受到他应得的报应
> 但是今天你似乎永远消失了
> 我不知道该怎么办，
> 我不知道该怎么办

罗伊辛的动作僵住了。她不能——

> 如果它不能杀死你，它只会让你强大
> 所有人都这么说，但是哦，他们错了
> 它让你难过，它让你生气，它让你离开
> 我不知道我在哪里，
> 我不知道我在哪里

她想要走到房间后面，尽可能地蜷缩在角落的墙边，坐在一堆椅子后面，将头靠在石膏线上。

"二号机位……保持下去……很好。"她说。

> 一个再见太多了，

>一个你好太少了
>
>我很抱歉并不够，
>
>还缺一个我爱你
>
>还缺一个我爱你
>
>这怎么可能是真的？

罗伊辛知道，非常安静地哭泣是有可能的。"机位保持。"她说，喉咙滚动，眨了眨眼。

>我一直都知道在你心里我会很安全
>
>除了你，我从不想要任何人
>
>我迷失在时间里；情况并没有好转

她不能不这样做：她站了起来，目光再次从监视器上移开，抬头看着他的身体。他怎么会唱出这些话？这哀伤的旋律？为什么他没有淹没在洪水之中？

他带着那个淡淡的微笑，他正在用手指弹奏着我的命运。

她又坐了下来。"四号机位，"她说。镜头拉远到能拍到乐器。虽然依旧能看到他的脸——那种专注……

>我不知道该怎么办
>
>我不知道该怎么办
>
>一个再见太多了，
>
>一个你好太少了

> 我很抱歉并不够,
>
> 还缺一个我爱你
>
> 还缺一个我爱你

他突然停了下来。手停止了动作,他眨了眨眼,抬起头来。

房间里一片寂静。

罗伊辛坐在桌子后面的地上,把头埋在臂弯里。

* * *

第二天,罗伊辛给拉斯穆斯发了一封电子邮件。

13　迪斯科球灯下的古巴式高跟鞋

六月

伦敦

　　拉斯穆斯在整个参与过程中都是冷冰冰的。他拒绝告诉任何人他将要演奏什么，只说这是新歌。他也没有参加乐队的任何排练，甚至没有和他们见面。这一定激起了人们的好奇心，因为当他在当天两点左右开始进行声音检查时，本想这在任何人出现之前尽快完成，并且给他们足够的时间来完成整个乐队的调试，却发现小小的大厅里并非空无一人。变调夹乐队的现任成员都在，穿着紧身的黑色牛仔裤坐在那里。他们看起来还和以前一样，但是年纪更大，也更疲惫了。他礼貌地朝他们点点头，接受他们同他打的招呼，然后继续往前走。接着乔治——哦，上帝——走上前来，拍打着他的背，给了许多男人之间才会有的拥抱，还表示很高兴见到他。你认为自己被原谅了吗？拉斯心想，并且在乔治的拥抱中瑟缩了一下。这才让乔治意识到，哦，是的，也许对于脊椎上打了许多金属钉的男人来说，拍背和熊抱是不恰当的……

　　他们之间仿佛隔了时间的长河。拉斯认为他甚至可以看到这条仿佛一张银色的帘幕，泛着靛蓝色的微光的长河，我不会再做你的朋友了，但我不会如此刻薄地告诉你这件事。

他不知道在那里的其他人是谁。毫无疑问，有几个唱片公司的面孔，还有音乐厅里的好奇的工作人员。摄制组——显然他们需要八台摄影机、两名音响人员和一个桌面监控器，仅仅是为了记录这场不插电演出。有一个女人似乎在负责这个团队——她长得很美，剃了个寸头，有着大大的黑眼圈，就像被沾满烟灰的手指涂过一样——黑眼圈是从哪儿来的？他没有立即认出她就是网站上的那个女人。当时他因为喜欢她照片上的模样，就莫名其妙地给卡罗拉发了电子邮件，指名要她过来。她的卷发不见了。他正盯着她看的时候，一个长着红胡子、露着脚踝的年轻小伙热切地走过来，和他讨论多轨录音的麦克风放置问题。

什么多轨录音？

这个地方已经挂满了麦克风。一队穿着黑衣、精神饱满、训练有素的技术人员听从小伙子的指示，偷偷瞥了拉斯穆斯一眼。

"不。"他说，然后闭上了眼睛。没有人提到这一点。他没有与这家公司签约。这并不是为了他们所做的演出。

"噢，伙计！"乔治叫道。拉斯穆斯只是转身看着他。拉斯穆斯很清楚，拍摄是没有问题的：此时，音乐的存在处于一个更容易的水平，它是作为整体的一部分，只用扮演着属于它的角色，所以允许可能存在的缺陷和不完美。如果是录像的话，记录的是整个场合，音乐只是其中一个组成部分。但是，如果是单独录制的话，音乐就必须是国王或英雄，具有终结性和完整性。然后，那个邪恶的、善妒的、年老的维齐尔——完美主义，就会偷偷溜进来，暗中破坏、蓄意捣乱，并试图控制一切。不管怎样，他们想要它来做什么？没有人会将这个作为音频来发布。

　　他离开了他们,欣赏着天花板。他恍惚地想,自己只是因为场地而同意做这场热身演出的。这里地方不大,又很漂亮。他在这里度过了很多个夜晚——嗯,还有白天——当他和杰伊来到伦敦时,当时这里还是斯诺克台球俱乐部。他们在这里消磨时间,打着台球。他试图向她隐瞒自己现在可以依靠的其实很少,而她总是善解人意地把手放在他的后腰上。他觉得每当他坐在那里唱歌,就好像是在自己的房间里唱歌一样。钢琴和他,吉他和他,几百人和他。就像从前一样,就像他年轻的时候一样。开放式麦克风和小型节日,萨福克的田野,岛上的海滩,没有什么花哨的东西。在观众中,总会有那么一个人,让他的目光追随,让他将歌曲全情倾注。

　　他很清楚人们对自己的好奇心有多少价值——也许这些人来到这里,都只是为了看看那个死而复生的人。他带着自己的死亡而来,但是他并不会担心或是害怕,这种悲伤会影响到他的表演,他从来没有想过这种情况。这些年来,他并没有无所事事。当他沉浸在自己的音乐里时,就会感到完全自在。

　　那个剃了寸头的女人害羞地走了过来。她很有礼貌,还带着一点儿爱尔兰口音,而且据她所称,她准备要来采访他。当时有一瞬间的尴尬,但她对于他不接受采访的这件事表现得很冷静,尽管他可以看出这对她很重要。一旦人们放弃对他提任何要求,声音检查就变得很酷,技术人员很酷,乐器装备也不错。

　　他停了下来,又看了她一眼。他希望他当时说的是"好的"。

　　他想起了自己拒绝她时,她脸上的表情。她的眼睛是蓝色的,真正的蓝色。

她为什么会剃寸头？

他不喜欢让任何人失望。

* * *

拉斯穆斯像猛禽一样上升到演出台上。这个漂亮的音乐厅是他的全部，它昏暗地等待着他；观众们已经做好了准备，并为能够来到现场感到很幸运。他的呼吸深沉而平稳，就像他喜欢的那样，他不会再重写歌词了。专业精神使他的声音变得高涨，但情感却打破了它。他本来并不确定自己是否能够完成《一个再见太多》，但他的确做到了。站在台上，他瞥见了观众眼中闪烁的泪光，灯光将其点亮，让他感到一种苦涩的自豪。

数三个数字，闭上眼睛，杰伊出现在他的脑海里。亲爱的，你为我骄傲吗？

他提醒自己：这些人都只是普通人罢了。不要仅仅因为他们是伦敦人，因为他们在这个行业中幸存下来，因为他们很时髦，就去怨恨他们，他们只是弱小的人类。水晶吊灯高高地挂在上面，每一盏都和他家的天花板一样高。舞台的光线很美，随着镜子的闪烁和折射，迪斯科球灯在中间缓慢旋转。一个迪斯科球灯。他深情地笑了笑。他又一次来这儿了，在迪斯科球灯下穿着古巴式高跟鞋，给予他所拥有的一切。

在表演最后，他点点头，说："谢谢。"——又难为情了，还有点害羞。他把吉他放在架子上，走下了舞台。

"好啊！"其中一名技术人员喊道。当他穿过大厅走向后面的酒吧时，一阵掌声响起。或许有人可以给他倒杯茶。

观众在热烈地鼓掌，他不得不回到舞台上，而乐队不得不跟在他身后，有点尴尬。但并不多。

变调夹乐队一共唱了四首歌——两首新的和两首旧的，都不是他写的。他一个人待在像是翅膀的地方，有兴趣去听听看。作为一个乐队，他们已经变成了最好的那个自己的化石版本。就像是把他们23岁时创造的魔法，用3D打印完美再现了一般。像一个中年妇女至今还穿着豆蔻年华的衣服，画着少女时期的妆容，仿佛以为五十多岁的脏兮兮的金发女郎，有着玛丽安娜·菲斯福尔（Marianne Faithfull）[①]的刘海和历史，在她性感的红唇周围，有着吸烟产生的皱纹。还有杰伊所说的"有经验的腿"。身材匀称，皮肤被日光晒伤，小腿肌肉发达，穿着高跟鞋。不过，他爱那些女人。面对年纪的增长，其实还有更糟糕的方式。对于这个乐队来说……更像是经过了防腐处理。伙计们，他在想。在过去的十五年里，你们有没有想过创造什么新东西？

如果有什么不同的话，观众现在非常专注和尊重——不可否认的是，他们都很感兴趣。

他以最快的速度溜走了。他不想显得自己很粗鲁，或是伤害任何人的感情，但人们想和他说话，他觉得他可能如同自助餐一样。

---

① 玛丽安娜·菲斯福尔（Marianne Faithfull）：英国歌手和演员，生于1946年，在20世纪60年代走红，曾和滚石乐队主唱的罗曼史备受关注，1979年以一张高口碑的专辑《破碎的英文（Broken English）》重返乐坛被列入"100位最伟大的摇滚女性"名单，在2009年世界妇女奖中获得了世界终身成就奖。

***

第二天，这封信到了：

亲爱的拉斯穆斯，

很抱歉昨晚我因为其他事情，没能再见到你，当面感谢你的精彩表演，以及在拍摄过程中对我们的耐心，并且为关于采访的误会而道歉。希琳告诉我，拍摄到的素材很棒，我们很快就能有一版视频给你看了。

事实是，我是昨晚与你境况相似的少数人之一。不要笑我。当我未婚夫的父亲去世时，我参加了马斯韦尔希尔区的诗歌之夜，并且站起来大声朗读了我写的两首关于这件事的诗。那对于我来说已经够难了。不过，其实没什么可比性。当我的未婚夫在二月去世时——即使用键盘敲下这几个词对于我来说都很难——我根本无法站起来，更不用说站在公共场合，或者是站在舞台上了。

现在你是一个已经习惯并且付诸实践的创作者和表演者，而我还处于业余水平，但要我要站起来，因为你知道你不得不这样做，因为生活必须要继续，因为你曾说过你会，或者你觉得你应该，或者你觉得他们会希望你这样做——这并不是毫无意义的。正如一位聪明的词曲作者曾经写的那样，只是因为你很坚强，并不意味着它很容易。无论如何，我恐怕是被这首美好而华丽的歌曲打败了。这场表演本身把我融化成一个泥水坑，里面有太多我无法对任何人说的哭泣和伤悲。但我想对你说些什么，凭借我对你短短六周的接触经验，我可以把它传递下去，仿佛自己是一个聪明的女人。就是这样：现在不是对自己苛刻的时候，也不是做任何你无法撤消的事情的时候。另外：上帝啊，她一定是个可爱的女人，所以才让你有灵感创作出那些歌曲吧。

致以所有美好的祝愿，

罗伊辛·肯尼迪

14 密谋

六月

伦敦

我不应该去的,杰伊一直在想。我应该放手让他们去做。这取决于他们,我不应该去。

但我想去。我怎么可能不去?拉斯穆斯的复出演出?我当然要去。

于是她去了。

水晶吊灯悬挂着枝条装饰,水滴吊坠与黑色横条相间排列,她在灯下看到了发生的一切,她看到那个年轻女人和他的相处。你是多么强大啊,我的丈夫,她低声说。你在讲述我们的故事的时候,是多么的美好啊。

但是她很高兴,她是对的。她总能看出他是什么时候开始喜欢一个女人的,他的眼神中透着温柔。他对影星丽塔·海华丝[①]有着不

[①] 丽塔·海华丝(Rita Hayworth):美国女演员、舞蹈家和制片人。她在20世纪40年代成为那个时代的顶级明星之一,在37年间出演了61部电影。在海华丝成为20世纪40年代最迷人的银幕偶像之后,媒体创造了"爱情女神"这个词来形容海华丝。在二战期间,她是美国大兵的头号女郎。

一般的喜爱。如果那个场景与舞蹈和紧身手套同时出现的话——都是曼恩的错，伙计们——他会得到所有……她想到了一个让她发笑的英语短语：他所做的完全没有必要。最好带着滑稽的北方口音来说。他很容易被人识破，她非常了解他。

她看到的另一个人是尼科。他站在罗伊辛身后的桌子旁，注意着他们的每一个反应，泪水正从他苍白而模糊的脸上滑落。

最后，随着人群开始散去，或是一边高声说话或喋喋不休，一边纷纷走向酒吧和能够吸烟的阳台的时候，她从天花板上滑了下来。

"嗨。"杰伊说。

"嗨，"尼科说，"我本来不打算来的。"

"我也一样。"她说。

"你在这里的事情办完了吗？"

"一点都没有，"她回答说，"他们见过面了，但他们都不是主动型的，甚至都没有往那方面想。他们沉浸在悲伤之中，而且都专注于工作，并不会陷入彼此的怀抱……"她环顾四周。拉斯穆斯消失了，罗伊辛一边与希琳交谈，一边整理设备。

"我不喜欢这种感觉。"尼科又说。

活着的人从他们身边蜂拥而过，他们的肉体和温度，呼吸与声音。

"我知道，亲爱的，"她说，"但他们可能会。让他们彼此喜欢。就让他们去吧，拜托了。"

"我不知道该做什么了。"他说。

"我也不知道，"她说，"我们应该去别的地方。要不要假装喝醉？想不想弄乱塔桥的电缆？还是去看看能不能飞？或者，我不知道，比如去任何我们喜欢的鬼地方，来一次自助游？

他笑了笑。"你不用在这里密谋些什么吗？"他低声说，"趁他们还在同一栋楼里的时候？"

"不，我不用，"她说，"如果真的会发生，那么我希望由他们自己来实现。我真的这样想，如果他们愿意的话。"

他耸了耸肩。

"我们去坐东方快车①吧。"他说。

"真的吗？"她说。

"天啊，我不知道，"他说，"我只是觉得，她为了另一个男人抛弃了我。我冰冷而死去的心正在破碎。"

"他们只交谈了五句话而已，"她说，"但是，的确如此。我也是。有点。"

---

① 东方快车（the Orient Express）：比利时公司 CIWL 于 1883 年创建的长途客运列车服务，一直运营到 2009 年。该列车穿越欧洲大陆和西亚，终点站设在巴黎西北部的伦敦和东南部的雅典或伊斯坦布尔。

15 你爆发了吗?

六月

亲爱的罗伊辛,

谢谢你的来信。

自从她死后,我发现很多人都不敢跟我说话了。你发现了吗?

致以所有美好的祝愿

拉斯穆斯

亲爱的拉斯穆斯,

是的,我发现了。我觉得,他们之所以会害怕,是因为谈论这件事可能会让我们想起不好的记忆。仿佛知道我们可能已经忘记了。我试着提醒自己,他们并不引人讨厌,只是没有用处罢了。你有麻烦吗?

最好的祝福

罗伊辛

亲爱的罗伊辛，

今天早上我忘记了，忘记了大约八秒钟。我知道有什么事情出了问题，但当我意识到，我并不确定它是什么的时候，这种感觉又回到了我的身边。

如果提前六周会更好吗？

最好的祝福

拉斯穆斯

亲爱的拉斯穆斯，

不会。

但也不会更糟。甚至没有什么不同。尽管我觉得。事情确实发生了变化。有人告诉过我，总会改变的。当然，也必然如此。毕竟，谁能一直保持这种状态呢？我们会爆发的。

最好的祝福

罗伊辛

亲爱的罗伊辛，

你爆发了吗？我有过，好几次。

最好的祝福

拉斯穆斯

亲爱的拉斯穆斯，

我记得有一次是因为一个小伙子追尾了我的车。还有一次是我在厨房里，跟着收音机里的音乐跳舞。事实证明，辛蒂·劳帕的歌总能触动我敏感的神经。另一次是我在塞恩斯伯里因为圣培露矿泉水而"破防"的时候。你都是在什么时候爆发的?

最好的祝福

罗伊辛

另:我可以感谢您在写我名字中使用了重音符号[①]吗?这是一种罕见的礼貌,我很感激。当然,人们总是会把我的名字读错(比如读成 ROsheeen),但是正确拼写我的名字,其实只需要花点时间注意一下,不过很多人都懒得这么做,所以谢谢你。

亲爱的罗伊辛,

虽然没有必要告诉你,但是我还是想说,只要按住键盘上的字母直到出现重音符号,然后就可以点击选择正确的字母,这对我来说是一个惊喜发现。

我的爆发点:我的自行车被一只死鹿撞倒了,我想知道自己是否以某种方式邀请了它。

而且,在某种程度上,在15年后没有上台表演的情况下就同意参加这些演出,也算是一种爆发。但是你说的很中肯。我确实觉得杰伊会希望我答应。

我也对于自己放任她的植物死去而感到难过。

最好的祝福

拉斯穆斯

---

① 罗伊辛的名字是 Róisín,其中字母 ó 和 í 都是带重音符号的。

亲爱的拉斯穆斯，

这很有趣，但是也——天哪，你受伤了么，到底是怎么发生的？我的意思是，这不是一件正常的事情，一只死鹿袭击了骑自行车的人。不用为植物而感到不安。每个女人都知道，自己的男朋友会让植物在某个阶段死去。

最好的祝福

罗伊辛

亲爱的罗伊辛，

我当时正准备骑自行车去商店，就在我在岛上的住址附近的地方*，欣赏到一只可爱的小鹿。它在我身边奔跑，突然转向冲上马路，结果被从对面开来的汽车撞飞，然后砸到了我身上。我没有受伤，但我的脚踝还是有点痛，所以也许我应该去检查一下。

关于植物的事情，谢谢你。

最好的祝福

拉斯穆斯

* 这家店不在我的住所附近。我只是正好骑到了离家不远的地方。

亲爱的拉斯穆斯，

你就没想过把它带回家，剥了皮，然后大快朵颐之类的吗？鹿肉的味道很不错。

最好的祝福

罗伊辛

亲爱的罗伊辛,

　　是的,我想过。不过,如果要用已经被撞弯的自行车把它拖回家,应该有点困难。而且我觉得,处理一个死物,可能已经超出了我的接受范围。杰伊病了很长一段时间,这意味着我不得不进入我以前从未涉足的领域——照顾别人。不过,当我再次经过那里时,鹿不在了,所以应该是其他人也产生了同样的想法。是你吗?

　　最好的祝福

拉斯穆斯

亲爱的拉斯穆斯,

　　我以前在别无选择的时候掐死过一只鸡,但屠宰一只雄鹿是我力所不及的。我觉得是这样。我至少需要看一下视频网站(YouTube)上的剪辑。我没有长期照顾病人的经历。我的未婚夫是意外死去的。虽然我们的确知道,每个人都会死。

　　最好的祝福

罗伊辛

　　对于这些电子邮件,罗伊辛有一种奇怪的感觉。两人仿佛照镜子一般,映照出彼此的模样。她保持着一开始使用的那种稍显正式的称呼和落款方式:亲爱的拉斯穆斯,最好的祝愿。他也是如此,每次都完全一样。为什么他们俩都没有放松下来呢?尤其是当谈话本身是如此容易,如此突然,如此直接。

亲爱的罗伊辛,

　　你要来阿尔伯特音乐厅的演出吗？我相信它将会由你的团队来拍摄。或许，就是你？之后你会带我去什么地方吃饭吗？不然的话，其他人也会尝试这么做。你那边有空闲的房间或沙发吗？在伦敦我可以找到人借宿，但很高兴能和你聊聊。我讨厌住酒店。

　　最好的祝福

拉斯穆斯

　　她对他的来信感到受宠若惊——甚至十分荣幸，毕竟他历来有着反社会的名声——她也有些惊讶，因为他希望被她邀请留宿。但为什么不呢？他给出了很好的理由。

　　也许他们可以成为朋友，即使是隐士也需要朋友，寡妇朋友。

　　但他在自己的名字后面加上了句号。每一次都这样。谁会在电子邮件落款的名字后面加上句号？

　　她觉得自己像个观鸟者——不能有突然的动作，否则这种稀有生物会振翅高飞，即使看起来有些犹豫，实际早已下定决心。然后，它就会飞走了。

亲爱的拉斯穆斯,

　　是的，我们也会在阿尔伯特音乐厅拍摄，我还会做你的拍摄片段的编导。我很高兴能带你去吃饭。你是素食主义者之类的吗？我觉得应该不是的，因为你提到过，你想要吃那头死去的鹿,但也许你是野生食客的一员。他们乐于享用路毙的动物,但不会去碰养殖的畜禽。是的,我有一张沙发,现在上面堆着膝盖那么深的一团团克里奈克斯面巾纸(它的复数是那样说吗?听起来应该有一个特殊的复数,比如希腊语之类的)。我相信公司会为您提供的那种热水和冷水充足、摇滚风格的酒店,但如果你确定你不喜欢奢华生活方式,也许我们应该交换。我喜欢住酒店房间,也喜欢那里的各种毛巾。

也许这有点太过了。他会认为我在刻意接近他,就好像我在毛遂自荐一样?无论如何,在酒店房间里发生最好的事情之一,就是酒店的性爱了。不用担心损坏什么,也没有人会偷听,如果真有人这样做了也无所谓,还有那些枕头和镜子,还有用托盘端上来的早餐……

她停下来,思考了一会儿关于性爱这件事。而事实上,她再也不会有这种体验了,因为尼科已经不在了。她想到了他的手、他的脖子、他的胳膊,还有他在海滩上散发出的香甜气味,还有相处时他说的希腊语。他会在咖啡馆里用希腊语对服务员大喊,想要希腊菠菜馅饼①和西洋双陆棋的棋板,还会到岩石上寻找海胆和章鱼来给她吃,不过她并不想吃它们——一个太奇怪,另一个太聪明,不希望等某一天它们成为地球霸主的时候会怨恨于自己。

每次他拿出护照,就意味着他准备把自己晒得黑黑的。如果无法踏上回家之旅,他的身体就会变得有些干涸。你必须把他放归大

---

① 希腊菠菜馅饼(spanakopita):一种希腊风味的菠菜派(希腊语:σπανακόπιτα),通常还含有奶酪(羊乳酪)。

海，然后把橄榄油倒在他身上，他就能再次变得光彩照人以及无比快乐。

他们曾经在一棵橄榄树上做过爱。那次可真的是太搞笑了。

无论如何，让我知道你预计入住的日期吧，我会找到备用的羽绒被。

一切顺利

罗伊辛

亲爱的罗伊辛，

我现在坐在这里，猫趴在我的膝上。这是非常糟糕的一天——当然，我们经历了很多这样的日子。我在羽绒被套上夹了18个晾衣架，看起来，它应该能在半小时内变干。无需熨烫。

我在想是否要出去打理一下菜地。在过去的一年里，除了给它除杂草之外，我什么也没做。它真的是属于杰伊的菜地。我只会做那些她告诉我需要做的事情。最初主要是收集海草灰，把泥土变成真正可供种植的土壤。这里的土地很贫瘠，作物的生长季节很短，但是我们学会了依靠天气的变化来种植作物。几年前，我们刚刚种下了些卷心菜，结果突然刮起大风，它们被狂风卷到了天上，像是绿色小行星一样，在轨道上一圈又一圈地疯狂旋转。今天也是大风天，当我抬头望向天空时，竟有些希望可以看到它们在窗边飞翔。如果风向合适的话，羽绒被套可能会"抓住"它们。可是，今年我什么都没种。

我并不是素食主义者。在岛上生活，我们有太多需要做的事，所以种植有趣的新鲜蔬菜通常不是优先要做的事项。另外，对于为准备我吃食的人来说，这样会很麻烦（自从杰伊生病以来，我已经成了一名能干的厨师，但在那之前我几乎不做饭，而且不期待能获得什么奖章）。我敢说苏格兰有素食者，但应该是那种爱丁堡的漂亮女孩，只爱喝馥芮白之类的东西。当我离开这座小岛时，我更想去吃在这里吃不到的食物：越南菜、日本菜、中东菜。

我不会和她谈论加纳菜。无论如何，我现在都不想和任何人一起吃加纳菜。除非夸梅在我身边。他曾考虑过是否要在伦敦期间与夸梅和埃弗亚以及他们的女儿们一起共度夜晚。如果他们都在的话，他会去找他们的。不只是因为他们会为他烹饪孔托米尔炖肉，检查他家里有没有足够的石托酱，宠着他，非常友善地招待他。但是，失去一个人给予你或介绍给你的一切，与此同时，他们自己也失去了那一切，这是非常不公平的。他不想失去她的家人。他很伤心，因为没有了她，他就不再是加纳的兄弟，也不再是加纳的养子。人们看着他的时候，永远不会知道他就是这些小女孩的叔叔，或者是夸梅的兄弟。

他和杰伊建造了一颗两个人的星球，虽然这还不错，但是当它变成一个人的星球时，可能就不怎么样了。

我越来越寂寞了，他想。不只是想念她的那种寂寞，而是纯粹的寂寞。

当我也过来的时候，会尝试去拜访我的姐夫和他的家人。

你曾经答应过尼科会照顾好自己吗？还是你没有机会这样做？我曾向杰伊许诺过，但我发现这个承诺很难兑现。

最好的祝福

拉斯穆斯

亲爱的拉斯穆斯，

不，我未能拥有那样的机会。不过，我不知道这是否会有多大的影响，因为众所周知，在护理行业工作的人往往会出现这种情况：当他回到家时，已经没有多少精力照顾别人了。所以一般都是我来帮他准备洗澡水，为他煮蔬菜汤，问他是否需要一次舒服的背部按摩。不用说，他每次都会需要的，谁又能责怪他呢。我现在有很多空闲时间。你也是吗？不同的是，他没有再在这里陪我聊天了。我现在在一边看电视，一边自言自语——哦，看呀，那个人是在某某电视剧里面的家伙吧——没有人告诉我那个家伙的名字，或他曾在什么地方出现过。没有人会再抱怨我正在看的节目很垃圾，或者请求我调小音量。毫无疑问，我很快就会对着自己大喊大叫，只是为了让生活保持正常——

最好的祝愿

罗伊辛

亲爱的罗伊辛，

他的工作是什么？

拉斯穆斯

亲爱的拉斯穆斯,

　　他是一名护理人员。整天都需要接打999急救电话。也会做一些文书工作。

罗伊辛

亲爱的罗伊辛,

　　杰伊是一名全科医生。我觉得,这两种职业在参与度和责任感方面是类似的,但是运作方式有很大差异。在这个社区里,杰伊几乎与每个人都成为了好友。这和牧师的感觉有点像。因为她永远都在处理出生和死亡的事情,而且总是被邀请参加洗礼和葬礼。而在我看来,尼科的工作只是为了应对各种危机(危机的复数[①],是你想的那种听起来像希腊语的复数吗),使用的是不同的能量和情感技巧。他做了很久了吗?我不知道他的年龄。

拉斯穆斯

亲爱的拉斯穆斯,

　　他36岁。他做这份工作已经十年了,正处于一种两难的境地,因为他知道自己所受的培训和经验的价值,但同时他也的确知道,这份工作给他带来的紧张和压力——当然也包括奖励。我这辈子从来没有生过孩子,但他已经接生了好几个,然后每次回家时,脸上总是带着特别的光芒。同样,他也见证过生命

[①] 这里罗伊辛用了crises这个词,是crisis(危机)的复数。

的逝去。尤其是成为团队负责人后，会真正感受到这一点。所以他有点想离开，但他的确不想离开。他不想浪费自己所接受的培训，再加上他不知道还有什么工作能够比这更令人兴奋，与此同时，他也为自己的兴奋而感到羞愧。但他喜欢成为英雄，真心喜欢。他喜欢这套装备：这让他成为"前来挽救局面的尼科"……

哦，我不应该嘲笑，我也不是在嘲笑。我爱他，我仍然爱他，我会永远爱他。上帝啊，他只是一个有趣的人。又有趣，又特别。不过也挺搞笑的。但他是很多矛盾的集合体，即使当你见到他时，可能会认为他有点油嘴滑舌。但他肯定是迷人的。而且和妈妈们相处得很好。当然，也很会自我保护，永远都不去想消极的那一面。你可以想象得到，他讲的故事很棒。每周都会有一个新的故事，比如"你永远猜不到这家伙的生殖器被卡在了什么地方……"从前，树上有一只宠物猴子；那个女人在电话里说，那是她的孩子……不管怎样，你应该可以想象得到。对不起，我继续之前的话题。没错，全科医生肯定是不一样的，尤其是小地方的医生。你会一遍又一遍地看到相同的病人；会对他们增进了解，也会对他们产生感情。而他每天地看到的病人，都是些酒吧里打架和酗酒的家伙，他们的邻居一直在帮忙打999急救热线。还有一个可怜的癫痫病患者，他们永远无法找到能治疗他的药。在我看来颇具讽刺意味的是，他拯救了很多人的生命，他的同事却无法挽救他的生命。我不能也不会因此怨恨他的同事。我怎么能这样做呢？因为我知道他们是如何工作的,也知道他们自己对这份工作的感觉?上帝啊,瞧瞧我在这里胡说八道。

我们现在该如何写落款呢?我真的不知道如何"致以最美好的祝愿"①,仿佛是在祝你新装了一个锅炉。我告诉你的这些事情,甚至都没有和我的姐姐分享过。

此致

罗伊辛

亲爱的先生或女士,

"一切顺利"是个好说法,我觉得。当然,这不可能实现,但是个不错的观点。

一切顺利

拉斯穆斯

备注:你和尼科是怎么认识的?

亲爱的拉斯穆斯,

在格拉斯顿伯里音乐节,他看到一个醉醺醺的家伙在泥地里朝我走过来,对方挥舞着可乐罐拉环,问我是否愿意嫁给他。这听起来有点好笑,但其实并不好笑。尼科只是不停地在那里大笑。后来,那个撒酒疯的家伙想和他打架,尼科便对他说了一些非常有哲理的话,比如,"我认为你之后发现,无论是你的情绪或者是你所服用的药物,都无法否定你现在的反应是不合逻辑的",我觉得这很有趣。然后这个酒疯子的朋友把他带走

---

① 英文信件在落款时经常会加上"best wishes",字面意义是"美好的祝愿"。

了，尼科只是站在那里，看起来很可爱，他说："你总归是可以嫁给我的。"于是我说，"当然，为什么不呢？"当时弗雷泰利斯乐团正在表演，然后我想——就这件事而言——对我以后的孙辈们来说，会是一个很棒的故事："我第一眼看到他，就知道他很特别"之类的。我觉得他以某种方式保护了我。这真是女人的可笑逻辑啊……于是他去给我拿了罐可乐，然后把可乐的拉环送给了我。

无论如何，第二年他给了我一枚钻戒，我现在仍然戴着它。你和杰伊是怎么认识的？

一切顺利（好的，先生）

罗伊辛

亲爱的罗伊辛，

我们是2001年的时候在纽约认识的。当时我和乐队第一次去美国旅行，也即将开始我们的第一次在英国以外的巡演。当时，我们的首张专辑刚刚发行，销量还不错。我们四个小伙子格外兴奋，跑去参加了一个我甚至都不知道是谁举办的屋顶派对。而她就在那个派对上，轮廓映衬着天际线。有人说她要加入我们的巡演。我想，谢天谢地，我还有时间，我不必在派对上就让她一夜之间爱上我。这是我无法办到的。她说，我当时告诉她的是，她看起来应该和雷·查尔斯一起唱歌，但我希望我没有对一位黑人歌手说出如此陈词滥调的话，尽管她当时穿的是一件非常时尚的连衣裙，裙子的缝线就像装饰艺术电影一样，呈现出旭日的形状，剪裁非常合身，相当有60年代的风味。

她告诉我,这个颜色叫作焦橙色。她的声音像是由一半笑声和一半音乐调和而成。我们乘着旅游巴士从布鲁克林到旧金山然后再回到布鲁克林,途经纳什维尔、新奥尔良、西德克萨斯和拉斯维加斯,一路上我都在努力给她留下深刻印象。

一切顺利

拉斯穆斯

另那一年?我们在英国格拉斯顿伯里音乐节表演过三次。

亲爱的拉斯穆斯,

那真是又美好又浪漫。映衬着纽约的天际线!有趣的是,我想我知道你说的那条裙子。是凯伦·米伦牌[①]的吗?有相配的外套吗?

一切顺利

罗伊辛

另我知道,我见到你们了。你们当时很棒。

亲爱的罗伊辛,

它确实有一件相配的外套!

我把它捐给了斯托诺韦的一家慈善商店,也许因为当时的我很疯狂吧。后来我就想把它取回来。我花了两天时间来思考这件事,却毫无头绪——但是为什么要取回来呢?我拿它来做什么?它为什么很重要?我拥有的每一件东西都会让我想起她,

---

① 凯伦·米伦(Karen Millen):一家英国在线女装零售商,专营剪裁、外套和晚装,前身是一家高街连锁店,门店遍布欧洲。

从我的脚趾甲，到我家的屋顶。她仿佛无处不在。我告诉自己，不要变得这么可笑。接着我就去把它买了回来。你还能做什么呢？我们就是很可笑啊。至少，我们缺乏起码的逻辑。尤其是现在。

一切顺利，

拉斯穆斯

另她的医学期刊摆满了我的三个书架。

亲爱的拉斯穆斯，

我无法找到尼科的遗嘱，而且已经有一段时间了，我想我可能不得不放弃公寓。橱柜中还放着他的衣服，我试图计算出我为它支付了多少百分比的抵押贷款。将他的这些东西搬去一个更小、更远的新公寓时，我在经济上以及情感上又能承担得了多少。但这一切都发生得太快了，真的太快了。现在我知道公寓是安全的，只要我愿意，我甚至不会考虑整理他的东西。不过我把他的遗物给了他妈妈一部分。她是个寡妇，爱自己儿子的程度甚至可以算得上疯狂。

祝一切顺利

罗伊辛

另哦，上帝，好吧。前几天我给他买了一双袜子。是的，我知道。但他会喜欢这双袜子。因为上面有多莉·帕顿[1]的图案。

---

[1] 多莉·帕顿（Dolly Parton）：美国歌手，生于1946年，是美国乡村音乐的常青树，获得"乡村音乐女王"的头衔。

亲爱的罗伊辛,

　　我很想放火烧掉一切。

拉斯穆斯

　　(不过不是多莉·帕顿的袜子。它们听起来很棒。我猜想,你有借他的袜子穿的习惯?我一直在给自己买杰伊过去从上网买给我的巧克力。我是在假装她在寄给我吗?也许吧。我会给自己一个她送的生日礼物?谁他妈知道呢。)

亲爱的拉斯穆斯,

　　我很确信,放火烧掉所有东西是一件你无法撤消的事情。

罗伊辛

亲爱的罗伊辛,

　　确实如此。

拉斯穆斯

亲爱的拉斯穆斯,

　　我想,听到别人和我一样痛苦,这很好。

　　我觉得。

罗伊辛

＊＊＊

嗨,罗伊辛

　　仅供参考:报告都很好,我正在转发它们。做得很好!他们想知道采访的情况——经历了最开始的不顺之后,采访又重新开始了吗?

阿耶莎

嗨,阿耶莎——

你想让我直接联系他讨论这件事?不是通过你和卡罗拉吗?我感觉,他似乎把采访归类为"媒体",这是他不太喜欢的。如果我们要走那种路线,我会很高兴和他联系。

罗伊辛

我会和卡罗拉谈一谈。看看他们是否能让我们参与到他的阿尔伯特音乐厅演出之旅中去。

阿 x[1]

她对此感到很宽慰,抑或是不太厚道?事情突然开始对我"两面夹击"了。他要来睡在我的沙发上。第三方正在申请允许我与他交谈。这有点奇怪。

* * *

亲爱的罗伊辛,

很抱歉我花了几天时间来回复。我一直在考虑。

我很清楚你的意思。另一个人可能会认为这是一个无情的评论,我不得不再次审视我自己,我并没有自欺欺人地认为,

---

[1] 此处为阿耶莎(Ayesha)的简写。

你是发自内心这样认为的，也就是说，破碎的心需要悲伤的陪伴，而不是以任何无情而陈腐的方式。但很明显，你并不是一个无情而陈腐的人。

是的，很高兴知道我们并不孤单。尤其是当我们，比如你和我，真的孤单到难以忍受的时候。如果我们知道有什么方法，可以让我们摆脱必须这样做的现状，就再也无法忍受了。

拉斯穆斯

啊，拉斯穆斯

解决这个问题的唯一方法，就是时间（我不确定这是否有效，不管他们怎么说）和超越自我。这是我做不到的，因为家庭的缘故，还有残留的天主教思想，我也没有太强烈的下地狱的愿望，即使我并不相信它的存在（不要告诉上帝我说过这句话）。如果你能看出我不是陈腐而无情的（我想应该为此谢谢你？），我也可以看出，你并不是那种自以为是的人。你可能会打扮得像这样的人，但我见过你抱着吉他弹奏的样子。

还有你承受痛苦的方式。我对你遇到的意外事故而感到遗憾。再次表示遗憾。

罗伊辛

亲爱的罗伊辛，

同样，我平淡无奇、满心真诚而且目光炯炯。我不是那种自以为是的人。虽然表面上看不出，但我其实无法忍受关于摇滚的那套刻板印象。这是我并不摇滚的原因：昨天晚上大概有三个小时是黑暗的，如果你可以称之为黑暗的话——北方夏季的午夜拥有的那种令人震惊的苍白的黑暗。我在斯卡利斯塔外面的沙滩上散步，然后在沙丘中发现了一个羊头骨。它一定在那里待了很长一段时间，因为它已经被海水冲刷得那么薄，那么光滑。它就像丝绸一样坚固，带着丝绸般柔软的色彩。我在似乎永恒的黄昏中拍下了这张照片。它似乎在闪闪发光。

拉斯穆斯

亲爱的拉斯穆斯，

  关于不自以为是的回复：很好。

  关于照片的回复：真漂亮。

  关于对摇滚的刻板印象的回复：你并不需要我告诉你的长期就业前景很糟糕。

  我的姐姐让我出去走走。她认为我需要同情和陪伴，所以她把我送到了一堆寡妇和鳏夫那里——上帝，这样说真是又长又拗口，不是吗？也许如果文字能更简单一点，谈论这些事情可能也会变得更容易——你不能真的把鳏夫称为寡妇，对吧？反之亦然——尽管使用了所有不分性别的语言和提供给你的代词，我依旧可以看到一个瞪大了眼睛的女人，戴着黑色面纱和可疑的珠宝——无论如何，对我们来说，这就是个在酒吧上方的房间里举办的社交之夜。理论上，我可以理解这件事，毕竟当你们的生活中拥有这样可怕的共同点的时候，也许就足以建立起友谊了。但实际上，我环顾四周，却为他们所有人都感到非常难过，包括那些看起来很开心的人。他们可能已经来这里很多年了，已经忘记了他们死去的伴侣，也许他们从来没有那么爱过对方，来到这里只是为了杜松子酒和派对罢了。我的意思是，这么多人聚在一起，却还是很孤独——上帝啊，现在我在想象，他们根本没有丧偶，只是在观望着，伺机而动，也许这是属于"寡妇和鳏夫社交之夜"的热辣约会游戏——也许他们中的一些人是寻找合适的对象，让他们以后可以蹭吃蹭喝——无论如何，那里什么人也没有，我甚至想坐在校车旁边，更不会将我的悲伤全盘托出，也对别人的悲伤毫无兴趣。后来，在回家的路上，收音机里传出了《只是因为你很坚强》的音乐、虽然这么说有点不好意思，但我得承认，这首歌总是会让我感到心碎。尼科也是这么觉得的，他说这首歌让他想起了他的妈妈，尤其是在他父亲去世之后她的样子。还有一次，我试图和尼科分手的时候（我的确这样做了，说来话长，不值得骄傲，与不忠有关，但与我无关），这首歌触发了他的崩溃情绪。无论如何，收音机里之前播放的是芝加哥乐队的歌曲《如果你现在离开我》，那已经足够糟糕了，但当《只是因为你很坚强》出现时，我猛踩了刹车，跟在我的车后的那个可怜的家伙就直接撞上来了，然后我出现了某种不知道是不是被称作"惊恐发作"还是其他什么的症状。我坐在路边，那个可怜的家伙试图安慰我。然后我妈妈的气味就从雨中来到了我的身边。就像在你小的时候，她靠在你的床边说，亲爱的，你刚才只是做了一个噩梦，现在一切都过去了。突然之间，一切真的就都过去了。所以当我回到家时，我想，该死的，万一我的妈妈死了怎么办，所以我打了个电话，但那时候已经是十点三十分了。所以很显然，任何在十点三十分之后给她打电话的，都会让她认为肯定有其他人死了——长话短说，不，她没有死。她还活着，不，她也没有想我。我闻到的气味，只是山谷里的一朵飘散的铃兰花香，和弥漫着整个伦敦北部的烟味罢了。

  一切顺利

罗伊辛

16 更诚实

七月

伦敦

杰伊仰面躺在亚历山德拉宫的屋顶上。在这无尽的仲夏天,望着天空,吹着风。她睡在玻璃上面,却一点儿也不害怕。她不必担心风、玻璃或高度。

当心吧,因我无所畏惧,故而强大无比——这句话是从哪里来的?有人把它放在徽章上。是出自《弗兰肯斯坦》[①]的吗?

她不觉得自己强大无比。她觉得——

放过他们吧,她想。不要去打扰他们,不要去阅读他们的电子邮件,不要。

他对着什么东西笑了笑,看着他的笔记本电脑,而她越过他的肩膀看到了"多莉·帕顿"和"一双袜子"这两个词组,这是友好交流的明确证据,这就是她需要知道的一切。

一队绿色的小长尾小鹦鹉吱吱叫着,从空中掠过。她离得很近,甚至可以看到他们绿叶般的小脸儿的粉红色的双颊,感觉到他们小

[①] 《弗兰肯斯坦》(*Frankenstein*):英国作家玛丽·雪莱在 1818 年创作的长篇小说,被认为是世界第一部真正意义上的科幻小说。

翅膀的快速扇动。

在她眼睛的余光中,白蜡树依旧在傍晚的天空中,挥动着手指一般的叶片。一场夏季的风暴刚刚过去;如今天已经放晴,小小的云朵正在天空中飞舞,飘得飞快而且很高。她无所事事地想,她是否可以去到天上去,并在云朵上面蹦来蹦去。不行,它们太小太快了。你需要许多的积云才能做到,成堆的奶油般的云朵,就像那些油画里描绘的那样,天使在云朵的周围翻飞,穿着蓝色斗篷的玛丽正在飘向天堂……

听我说!把注意力放在哪些云最适合弹跳。

放过他吧。

但我是唯一说过我必须离开他的人。如果我——要是——

她的眼睛里充满了幽灵般奇异的泪水。

她凝视着树梢、停车场、建筑工地和有着红星标志的起重机,以及最先亮起的灯光和远处的河流。夜幕降临了,圣母的披风的颜色,夕阳的颜色,内格罗尼酒①的颜色。她从来没有喝过这种酒。她上一次出现在可能会供应内格罗尼酒的地方时,这种酒还没有被发明出来呢。他们过去几年所过的生活并不是这样的。他们的生活里,充满了迷雾和潮水,四处游荡的羊和其他人家里流着鼻涕的婴儿,山脉、苔藓和音乐,以及坚持拯救有自杀倾向的患者。令人沮丧。这不再是他的生活了,感谢上帝:空气、海洋、光线、宁静和治愈已经驱散了这一切,正如他们所希望的那样。美好的生活。

拜托,一切都结束了,你可以更诚实地看待它。没有人在听。

---

① 内格罗尼酒(Negronis):一种意大利鸡尾酒,由一份杜松子酒、一份苦艾酒和一份金巴利制成,并饰以橘皮,被认为是开胃酒。

我们的生活总是我在学习而他在承受苦难——这种苦难来自于身体的疼痛、一动不动、倍感无聊和接受手术，最后的最后，是治愈所带给他的痛苦。而对我来说，我的苦难来自于做出决定。当我们选择了我们选择的其中一种生活时，就意味着拒绝了其他几种可能的生活。人们都是这样。随着成长和专注于某件事，机会也在自然而然地减少。对伦敦说不，对外赫布里底群岛说好。对乐队说不，对拉斯穆斯说好。对产科和妇女生殖健康说不，对当地全科医生说好。对以黑人女性的身份生活在其他黑人的聚集地说不，对住在适合拉斯穆斯的地方说好，这是为了他的身体，也是因为我爱他。

她仍然不知道他是否真的明白，这种选择对她来说意味着什么。这不仅仅意味着失去了石托酱和理发师，尽管那是其中的一部分。这意味着无法听到夸梅好玩的大笑声，或者街上任何其他听起来像他的笑声。这意味着无法看到在生活中看到小女孩，任何一个小女孩，她们脸颊的曲线，会让她想起夸梅和埃弗亚的女儿阿芙和弗雷迪，以及她的母亲。这意味着没有一个黑人聚集的教堂，在礼拜天的早上路过教堂时，她总会感到有点尴尬，也肯定不会进去，外面的阿姨们都侧着眼看她，把她当作是一个无神论的女人。这意味着没有和伊芙琳和塔亚住在一条街上，在路的尽头也没有地铁可以带她去希思罗机场，带她去阿克拉。这意味着无法再与贾斯汀、索菲亚、马哈茂德、托米瓦和莱蒂西亚一起工作。再也听不到来自西非的沙哑嗓音，见不到棕色的大眼睛，看不到他们。这意味着她只能无奈地阅读最新的报告，报告中称黑人妇女死于分娩的可能性是白人妇女的五倍，可是她却没有一个黑人患者。

是的，他为此感到难过，他对此很清楚。而她，一旦做出决定，就养成了一种让他闭嘴的习惯。别担心，不不不；拉斯穆斯，你是在告诉我，一个黑人女孩不能爱上北极光吗？她简直爱死了北极光。它建立在最简单的情感之上：感激和虚假的内疚。

她想弥补他所受的痛苦，弥补他的无能为力。而她每天都出门学习，与人结识，辛劳工作，在一个光辉的城市里做一个聪明的年轻人。而他却躺在那里做理疗，动作就像老人一样。而且他在为她付出，花钱让她读书。所以当他想离开这座城市时，是的，她当然愿意住在他想住以及他需要住的地方，这样有助于他的精神和身体的恢复。他们在疾病和健康方面相互支持，在无数个夜晚，她阅读了所有她能找到的信息，关于几个世纪以来黑人健康和女性健康如何受到影响，因为默认的人体数值都是白人和男性的标准，她徘徊在想象的禁区之中：可能会发生什么。她后悔的并不是无法喝到鸡尾酒。

接着，尼科来到她身边。她坐起身来。

过了一会儿，他开始向她介绍他们所看到的事物：罗伊辛的办公室，他们所住的街道，他的母校，伍尔沃斯超市，1996年刮掉指甲油的地方。杰伊也指了一些事物给他看：河流，大海，建筑之外带有弧度的地平线。所有人类的经验。宇宙。

"你的死亡是什么样的，杰伊？"他问。

"我不知道，"她说，"我只是这样做了——放下了我一直坚持的一切。我已经死了很久了。"她感觉到这并不是一段非常令人满意的描述。

"你的死亡呢？"她问。

"我不知道，"他说，"我不记得那一刻了。当时情况就像——一场爆炸。突然之间,我像是被撕裂一般,伴着踢打和尖叫,随后被击倒在地……你的葬礼呢?你去了吗?"

"去了。"她说。

"我也是。"他笑着说。

在他们的下方,人们推动旋转门,准备回家;而其他人则像狮群一般,享受着这个夏夜,百无聊赖地打发时间,发出越来越大的声音,音乐的鼓点轻柔地敲打着。这是伦敦炎热夜晚里难得的美景。今晚,有人会在公园里和广场上做爱,杰伊想,但她只想回家。死掉的人是我,悲伤的人也是我——为了那些我没有拥有的生活,不知为何,我还奢望着可以回到他身边,当他足够好的时候,当轮到我的时候。

可现在,她只想回家,吐司和马麦酱①,电视上的节目,拉斯穆斯。

马麦酱,内格罗尼酒,野心。我拥有的生活,我没有拥有的生活。我不后悔。

哦,胡说八道。说不后悔永远都是假话,什么样的变态才会不后悔啊?

"下一场演出后他会留在她家。"尼科说。他的语气谨慎而有礼貌。"我是这么推测的。"

"你在看他们的邮件吗?"她问。

---

① 马麦酱(Marmite):一种基于酵母提取物的英国咸味食品,它由啤酒酿造的副产品(酒糟)制成,由英国联合利华公司生产。一种传统的食用方法是将它非常薄地涂抹在涂有黄油的吐司上。它营销口号是"爱它或恨它",常被用作两极分化的事物的隐喻。

"你没有吗?"

"不。我只是奇怪地看了一眼,因为我——"她本来想说"影响他们"或"引导他们",但这些话现在听起来有点不太对,虽然它们已经到了她的嘴边。"站在他们这边。"她终于选好了措辞。

"我们都站在他们这边,"尼科说,"只是我们中有一个人认为,这件事有些肮脏。"

"听着,"她说,"他请求留宿并不是图谋不轨。他就是表达字面上的意思。他需要一个地方住,而且他宁愿和她待在一起。

尼科看了她一眼,眼神里满是"别胡说了"以及"我懂男人在想什么"的意味。

"真的,"她说,她希望能够清楚地表达一个含义:你可能懂男人在想什么,但我了解这个男人。"相信我,这需要时间。"

"事情是这样的,"他若有所思地说,"我很容易看到这一点,因为你可以把你那迷人的、甜言蜜语的摇滚明星前夫和一个刚成为寡妇的年轻女人撮合在一起,只是因为你可以——"

"不是那样的,"她说,仿佛被刺痛了一样。"我不是在给他找'后宫',或者什么乐队粉丝。老天——顺便说一句,我不是为了你的钱。"

"是的,对此感到抱歉,"他说,"我有点无理取闹。感觉有些激动了。"

"而且他不是我的前任,"她说,只是稍微缓和了下来语气。"我们没有分手。这不一样——你应该知道的。"

尼科也不情愿地承认了。"是的,"他说,"对不起。有人把我称作罗伊辛的前任,她对此很受伤。我的意思是这是一种安慰,不是吗——你们可能没有拥有彼此,但至少你们没有离婚。至少你们还相爱。"

他们默默地思考了一会儿。因为,你知道,爱。他们的爱如今还有什么用?

"说真的,"过了一会儿,杰伊继续说道。"他并不想要为了快感而追求的性爱。他从来没有这种想法。他想要那种认真考虑交往之后的性爱。他喜欢好好了解交往的对象。他的行动很慢。"

"不管怎样,他行动了。"尼科说。

"如果你真的这么想,尼科,"她说,"而不是因为你的悲伤、嫉妒和占有欲而这样说,那你就是个混蛋。我不认为你是这样的人,但也许我错了。"

"你永远不会认为自己错了,"他说,"我注意到了。"

这不是第一次有人对她这么说,她被激怒了。

"好吧,如果我认为我错了,"她说,"我会想点儿别的,不是吗?想想对的事情?每个人都认为他们是对的,否则他们也不会这么想。就像每个人都认为自己是好人一样,我们能做的最好的事情,就是在我们不知道的时候,或者在我们发现自己是错的时候,勇敢承认这一点……但我要告诉你一件事,我敢保证这绝对正确——是有事实依据的——他们会聊到很晚,然后他会睡在沙发上。

他不仅不会碰她,而且不会想到去碰她。不要被流行文化骗了——并不是所有的男人都是用下半身思考的蠢货。

尼科眨了眨眼。现在,城市的各处都亮起了灯火,散落在他们眼前,就像一件镶满宝石的斗篷盖在泥土之上。

"我不喜欢这样。"他说。

"现在,"她说,"我也不喜欢。老实说,我不喜欢其中的任何一件事，我希望我从来没有生病，我希望我没有死，我希望我还活着，并且做着所有我认为理所当然的事情。"

"我也是。"他低声说。

她俯身靠近他，直视着他的眼睛。"我向你保证，尼科，"她说，"他会很好的。而且，就算我改变主意，我们还可以亡羊补牢。"

17 这是一个飞跃

七月

伦敦

罗伊辛这几个周末都躺在床上,从春天一直到夏天。为什么不呢?几个星期过去了,春天里的树叶,是深深浅浅的绿色浓淡相交,现在它们都变成了相同的颜色。郁金香早已凋谢,玫瑰正在怒放。她抬起头来,就能看到欢欣的这一切。嘿嘀。

七月到了。疯狂而漫长的白夜,几乎没有黑暗可言,仍有一种无拘无束的感觉。她会在夜里不眠不休地"翻阅"自己的疑虑和不适:因为身旁缺少他的存在而感到的空虚,羽绒被套缠在脚上的感觉,枕头的热度(把它翻过来再睡),关于双脚发热是否意味着某种疾病或身体状况的烦恼,想知道她、他、他们是否应该、能够、可能已经注意到一些线索,推断了他出现在了我生活里的这件事。此时已是凌晨四点,仲夏的阳光透过窗帘,因为睁开了眼睛,更睡不着了,只能暗暗诅咒自己,重新闭上眼睛,然后将意识转移到那个黑暗的世界,将眼睛重新聚焦在你的前额,提醒自己要呼吸,记住是深呼吸,而不是只使用胸腔浅浅地吸气。翻身下床,把床单拉得更直更紧,因为谁知道呢,这可能会成为一个神奇的细节,足以影响她能否安眠。脑袋里充满了旅行的幻想，想要去到水下。"想想钱的事儿"。遗嘱认证正在慢慢进行。她不得不在某个阶段清理尼科的东西，无论她在对拉斯穆斯说这件事的时候显得有多大胆，这些都是她不得不做的事情。

满是医学期刊的书架！她想到了杰伊：赫布里底群岛的全科医生，来自加纳的妇女。做完手术回到家，阅读书架上的专业期刊。他们俩为什么会去岛上？他们本可以去任何地方。

我可以去任何地方。

有时在清晨，她觉得自己把尼科像一件衣服一样"穿"在了身上，将他裹在她的身体四周。为了安全，为了陪伴，为了舒适。

她又去剃了头，依旧是二号长度（大约 6.35 毫米）。

这个夏天终会过去，而未来会像往常一样，悄无声息地逐渐变成"现在"。但是，谁又能在十二月的时候就预见到七月呢？

她还有要做的事情。生活在不断踢打她，鞭策她：我还在这里呢，好好面对我吧，有工作要完成，有演出要拍摄，还得采访这位丧偶的摇滚明星。

* * *

在阿尔伯特音乐厅演出那天，罗伊辛的情绪十分高涨：也许是因为即将到来的晚上，因为音乐，因为晚餐，还因为那位过夜的客人。因为她做了一些尼科应该会喜欢、但却根本与尼科无关的事情。这和尼科无关。斯人已逝，了无牵绊。如果你愿意这么想，现在就是：后尼科时代。

后尼科时代。腹部仿佛中了一拳。

也有这次面试的缘故吧。她希望这一次能得到他的真正肯定。因为,采访某个人的这件事,总是令人感到兴奋,又倍感责任重大。尤其是当采访对象是你在专业上敬佩的人时,就会产生双重刺激。另外,还有他丧偶的这件事。他向她分享了很多经验。她会把那些用在采访里吗?

不会,因为她不是那种毫无下限、卑鄙无耻的小报记者。

他们写给对方的东西是真实、正确且有效的。

专业和个人,就像分子的双链结构。关于如何尊重它的这个问题,她过去显然没有在意。拥有蛋糕和吃掉蛋糕的欲望,不是她现在能够应付的。

她和尼科就这件事谈了几次——不过只是在她的脑海里。这种方式往往不像一开始她所感受到的那般强烈,仿佛他真的就在她身边一样。现在他肯定离她更远了。或者至少今天是这样。有时他会突然冲回她的身边,把她的心再次搅乱。他的身后拖拽着悲伤,像披着一件银色的斗篷。他们说,这种感觉就像是潮起潮落。有时,潮水会轻咬你的脚趾;有时,则会出现汹涌的海啸,泛起血腥的泡沫。四十天是传统的哀悼期限之一,也是若干神奇的数字之一。七个夜晚,四十天,一百零一天,一年零一天。就像在爱尔兰歌曲和童话中所说的那样。她母亲过去常常用爱尔兰语吟唱的那些歌曲,像是《我躺在你的坟墓上》[1]的那首挽歌。"我躺在你的坟墓上[2]……和你一起躺在你冰冷的坟墓里,我无法温暖地入睡。"然而,没有规

---

[1] 《我躺在你的坟墓上》(*I Am Stretched on Your Grave*):一首 17 世纪爱尔兰佚名诗歌。

[2] 原文此处为爱尔兰语 Táim sínte ar do thuama。

律可循。没有稳定发展。上帝啊,有总有一天,她会来到距离尼科去世整整一年的日子,那时会有一个周年纪念日。即便在脑海中想到这件事,也会让他的死亡变得更加无可置疑。

每次我游泳时,我都是字面意义上地"躺在你的坟墓上"。

向前进吧,罗伊辛。走到外面去,勇敢面对世界吧,这是一个飞跃。虽然方式有些奇怪,但这感觉有点像约会。当然,这不是与拉斯穆斯的约会,而是与——未来的约会?拥有续写未来的可能?拥有重新生活的可能?

18 我不知道该怎么接电话

七月

亲爱的罗伊辛,

我已经向所有人解释过,你将被允许进入后台。我只希望人们都充分理解了我的意思。我的确有一部手机,这是我的电话号码。但我不能保证自己会接电话,因为我以前从来没接过,也不知道该怎么接电话。发短信的话会更好,因为我更容易注意到它的存在。但不管怎样,作为重要的电影导演,你肯定会在我的关注名单上的。或者如果你把我们吃饭的地点告诉我,我可以在那里和你碰面,这样可能会更简单一些。

另外,我不确定你是否知道,我确实同意接受你的采访,而他们——伟大的"他们"——则是希望在这次巡演过程中安排采访。所以,我们需要找找办法,完成这项任务。

致以拉斯穆斯的美好祝愿。

亲爱的罗伊辛,

实际上,我可以在演出前去你家一趟,然后把我的包留在你那里么？我不需要去演出的场地做声音检查[①]。

致以拉斯穆斯的美好祝愿。

亲爱的拉斯穆斯，

你当然可以，但我不会在家里。说来好笑，我家的备用钥匙就放在花盆下面，任何坏邻居都可以看到。

我知道他们正在尝试安排一次采访，但最好是放在同一个频道，而不是开设另一个频道，把事情搞得乱七八糟。

罗伊辛

亲爱的罗伊辛，

行。我们的采访可以安排在演出之后，或者是第二天？

拉斯穆斯

[①] 声音检查（soundcheck）：在音乐会、演讲或表演之前进行的准备工作，以调整场地扩声或公共广播系统的声音。声音检查对于摇滚音乐表演和其他依赖扩声系统的表演尤其重要。

19 沙袋

七月

伦敦重要的电影导演！从地铁站出来时，罗伊辛还在思考这个问题。它有很多种解读方法。是直接承认了她的角色和重要性？不太像。她不是D.A.尼贝克，也不是佩内洛普·斯菲里斯[①]。是傲慢的笑话？也不是这样——尽管其他男人很可能这么说。是讽刺？不是。

不过，她确实感觉，自己可以问问他。这是她会做的。就在面试结束后。关于他的某些东西使她保持行为合宜。他可能还是会"飞走"的。

在过去的几天里，她一直在看所有她能找到的变调夹乐队的视频，无论是以前的还是最近的，无论里面有没有拉斯穆斯。略显天真的早期采访，视频网站（YouTube）上的失焦片段，用手机拍的潜水酒吧的视频，在冰岛火山和香港鸡尾酒会拍摄的超专业视频，电台的现场表演，在爱达荷州、佛罗里达州和德克萨斯州的奥斯汀举行的见面会的视频，乔治穿着衬衫、打着领带，与想要合影的粉丝

[①] D. A. 尼贝克（D. A. Pennebaker）和佩内洛普·斯菲里斯（Penelope Spheeris）都是美国著名导演、制片人。

调情,鼓手奈杰尔穿着卢勒克斯牌运动服,不苟言笑。

贝斯手科尔在顶部音品上方的琴弦之间夹了一根香烟。21岁的拉斯穆斯咧着嘴笑,在舞台上阔步走着,把头往后仰,像个恶魔一样玩耍。乔治·维克腾看着他,笑了。那是什么感情?钦佩?友情?嫉妒?他看着乔治。那个优雅的、双腿修长的女歌手——哦!就是她!那一定是她——看着他们俩,眼睛闪烁,左右晃动。当她唱歌时,哇哦。

一切都恰到好处。这头母狮子——穿着那件小皮裙——她就是他娶的歌手。这就是在赫布里底群岛成为全科医生的人。这就是死去的那个人。

看着她!

罗伊辛一遍又一遍地观看那个片段。那段视频感情是那样的充沛——他们每个人身上都散发出饱满和活力,是那样的年轻,那样的英俊,那样的杰出,那样忘情地演奏。字面意义上的。画着眼线,都是筷子腿,还有蓬松的头发。她打赌他们举办了一些很棒的派对。

关于谁唱哪些歌曲,似乎没有太多规定——有时是乔治,有时是拉斯穆斯,他们经常合唱。在为单曲制作的MV视频中,乔治往往会更出风头,而拉斯穆斯总显得犹疑退缩。乔治爬上一棵树,瘦瘦的腿晃来晃去,拉斯穆斯躲在树干后面,害羞地露出笑容。她试图回忆她在现实生活中看到他们的样子。奈杰尔戴着一个动物头,拉斯穆斯拖着长长的奇怪的身子,走到前面来,他总是在好奇地注视着什么,好像他并不能完全理解人类。他像抱着自己心爱的人一样抱着他的吉他,以一种吸引你的方式唱歌,然后和乔治一起随心所欲地发挥——像野火一样的男人。

然后是另一个现场视频片段:《爱没有在听》,肯定是在美国巡演那次。拉斯穆斯和杰伊唱着二重唱——就像一对咕咕叫的鸟。他们共享着麦克风,目光无法从彼此身上移开,只能通过移开视线让自己收敛一下笑容,就像他们无法相信自己的运气一样,他对她微笑的方式。她几乎把头靠在他的肩膀上,抬头看着他,他俯下身,

与她额头相触。声音缠绕在一起。该死的。嘟嘟嘟,嘟嘟嘟……

那个视频,她没有再看一遍。因为看起来有点儿,你知道的,就像贸然闯进了他们的私人余兴派对。

看到后面一段时期的剪辑,没有拉斯穆斯的变调夹乐队,她无法真切地分辨出他们。乔治还是那个乔治,乐队仍然是那个乐队,新吉他手是一个优秀的演奏者(实际上是好几个不同的优秀演奏者),老歌仍然是那些老歌,但新歌一点也不有趣。这就好像一个充满艺术、有趣、不寻常和性感气息的乐队,本应该继续做更艺术、更有趣、更不寻常甚至更性感的事情,却变成了陈词滥调的存在。变成了一个"哦,是的,他们就是那种乐队"的乐队,一个典型的男子乐团。在拉斯穆斯离开之后,变调夹乐队的命运就是一种古老而流行的熟悉配方:拥有男子气概和忧郁氛围,作品适合在电台收听,而且旋律和歌词与大多数的摇滚歌词一样愚蠢。仅仅是存活而已——没有拉斯穆斯的变调夹乐队,就像是没有放盐的肉。

他们也太傻了,居然还失去了杰伊。他们没有聘请另一位歌手来代替她,也没有伴唱,一切都变成了很直接的摇滚风格,都是些大小伙子。《爱没有在听》是唯一的二重唱,在第一次巡演之后,再也没有出现在演出的歌曲列表中。

她真的很想知道,拉斯穆斯这些年来一直在苏格兰做什么样的

作品。她也想听听听看。

* * *

伟大的"他们"已经发送了一份他们想要的问题清单,说拉斯穆斯已经同意回答这些问题。好的!她很紧张,很紧张,虽然是以一种很好的方式。紧张的神经像是火箭燃料。

* * *

她从阿尔伯特音乐厅出来,呼吸新鲜空气,也能收到比较好的信号,试图确定当晚变调夹乐队的音量到底有多大,以便决定她是否需要带沙袋,给楼梯顶部的四号和五号摄像机的三脚架用。就在那个时候,他出现了。他正在路上蹒跚而行,背着一把吉他。她假装没有发现他,从而避免那种令人苦恼的时刻:因为远远地被人认出来,而不得不微笑示意/他们真的能看到我吗/现在他们会认为,我只是在看着他们走路/我应该挥挥手什么的。

要么他也在假装,要么他真的只是凝视着自己的靴子并陷入了沉思,与此同时,他离她越来越近。然后他确实抬起了头,向她挥手,然后挂断了电话。

"是你,不是吗?"他说,"我不确定我会在里面的人群中找到你。有人群吗?

"是的。"她说,突然产生了一种感觉,他们这是在第一次约会,他身上披着某种罩衫,遮挡住自己的魅力。这种魅力强烈到女人们会为之倾倒,而且如今的他——并不是易碎的,也不虚弱,甚至没有受伤——却仿佛正处于危险之中。

最终，他们差一点拥抱在一起——她，不知怎地，感到头晕目眩，身体突然摇摇晃晃，他抓住她的肘部，等她站稳后，微笑着对他表示感谢。他们一起走了进去，绕过了希琳的桌子，她正在上面仔细检查所有东西。他放下了吉他盒，打开它，从里面取出一只有些被压坏的奇巧巧克力。

"补充血糖。"他一边说着，一边把它递给她，然后缓步离开了后台。

沙袋，她想。这是给我的，如果不是给三脚架用的话。

太多事情发生了。祝我好运，尼科。

集中精神。

***

那天晚上，当拉斯穆斯走上舞台时，他的心是宽广的：正确和脆弱、神经和爱、安全和恐惧，在那颗大大的心脏里强有力地流动。他喝了一小口道吉自制的威士忌，这对他很有效。他的成套乐器装备全都摆好了：架子上的吉他，各自调好了音；格雷奇牌吉他背在背上，他的听众坐在黑暗中，就在他的面前。他感觉他们身处于在巨大的拱顶里面，一排排坐在天鹅绒座椅上的观众，一排排坐在高处镀金的弧形阳台和包厢。在巨大的空间中，闪烁着金色和红色的光芒，如此宏伟，就像是回到了维多利亚时代。从很久以前，他就很清楚这一点了。维多利亚女王建造这里，是为了纪念她英俊的丈夫，她数百个后代的父亲。这是个潇洒的举动，他觉得。

哦。

当他登上舞台，面对他们，这么多的观众，这么多的期待，整个礼堂开始闪烁……

是照相机吗？他想。

但这不是记者偷拍的那种侵略性的闪光灯。而是……

哦，摇晃着的光源（过去大家会用打火机）——五万部手机自带的手电筒灯光，每个人都伸长手臂举着，闪闪发光。像是一群电子水母，一种散发着冷光的神秘的水下千足虫。所有这些人的甜蜜的支持，无声无息地蔓延到他的身上。他们所传递出的欢迎。

他站在麦克风前，咬着食指的指甲。

"谢谢你们，"他喃喃道，"你们真的是太好了"，观众席响起一阵热烈的欢呼。这让他无比感动，也无比惊讶，所以他做了一个大胆的决定。曾经有那么一刻，他想过这可能会很难：他即将要做的，终究可能是一件困难的事情。

他这样想着，直到欢呼声和掌声平息下来。

于是他再次倾身，靠近麦克风，将声音传进他们的耳中。

"我的妻子死了，"他轻声说，"你们可能已经知道了。这些歌曲就是关于——那个，关于死亡的东西。"人群中传来一阵轻柔的低语。"它们是新歌，"他说，"我希望你们会喜欢。"

观众就像是一头巨大的野兽，许多颗心脏在齐齐跳动，许多只耳朵将所听到的吸收到同一个意识当中。你可以从它的呼吸声和头的角度看出它的心情：这是一头平静而沉思的野兽，而且充满期待。这是一头准备好去爱的野兽。而且它确实做到了。他带给观众七首歌：四首吉他曲，三首钢琴曲，没有"安可"[①]，故事也讲完了。当他

[①] 安可（Encore）：意为要求返场再唱。当最后一首歌完毕的时候，大家会一起喊"Encore，Encore"，就是指在演出之后应乐迷要求而返场的意思。

弹唱时，抬起头向场外看去，好像是在期待着，看到杰伊身处其中一个镀金的包间里，或者就在神圣的拱门的拱肩上，懒洋洋地躺在主梁上，或是照明装置上，或是在枝形吊灯向前伸出的枝条，以便更好地触碰到他。他为她歌唱，他知道观众明白这一点，因为他的观众才是窃听之人。

* * *

杰伊和尼科一起坐在皇家包厢的前面，就像一对不怎么传神的女神像柱。杰伊安静地唱着和声，尼科看了会儿，又听了会儿，决定不再看拉斯穆斯的表演了。不是因为他表现得不好，而是因为离得太远了。

杰伊在想，也许我应该留下来，永远缠着他，看看他，我美丽的丈夫。

* * *

中场休息时，罗伊辛走到外面，那时拉斯穆斯的演出部分已经结束了。她凝视着梦幻得令人咋舌的阿尔伯特纪念馆，顶部哲学家的石刻肖像，底部还有各式各样的动物石雕——亚洲的大象、欧洲的公牛、非洲的骆驼和美洲的某种水牛——都是维多利亚女王在她亲爱的丈夫去世时为他建造的。她的脑海里不停回荡着拉斯穆斯纪念他的妻子时，发出的嘎吱声和低语声。

尼科，我能为你做的不多，她想。连一块墓碑都没有。该死的海葬，你这个自私的混蛋……我甚至不能种一棵该死的玫瑰花……

哦，别说了，她心想，拿出手机，想要转换心情，继续浏览一下照片墙（Instagram）。然后她就看到了他们俩。她和拉斯穆斯的照片，在网络上到处都是："变调夹乐队里隐退的摇滚歌星与剃寸头的神秘女人"，有很多评论，以及很多很多点赞。

她没想到会是这样。但显然，人们的兴趣如今变得如此小众，以至于连拉斯穆斯都可以在互联网上的名人大杂烩中成为一款美味佳肴，供某个年龄的充满诗意的男人和《摇滚背页》订阅者所享用。有人颇为热心地找到了她的信息，所以她已经不再被人称为"剃寸头的神秘女人"了。这让她几乎没有时间享受这种感觉。她咯咯地笑了起来，仿佛能听到尼科在她的脑海里说："是的，剃寸头的神秘女人——我怎么没有看到他们在1998年在格拉斯顿伯里音乐节支持碾核奶奶[①]？"这是老笑话。几乎和廉价音乐一样强大。

她在下面发帖说："没什么可看的，伙计们。剃寸头的神秘女人只是为变调夹乐队里隐退的摇滚歌星拍摄拍摄演出，仅此而已。"

演出结束后，是有组织的混乱场景。成群结队的兴奋的人群来往穿行，穿着黑色牛仔裤的技术人员正在拖着巨大的、哑光黑的装备离开。希琳和伙计们在收拾行李，看起来很开心。"我会在明天早餐前和你分享工作样片的链接！"希琳喊道。罗伊辛走下楼梯，经过安检，沿着走廊走了一会儿，余兴派对的喧哗声从远处的房间传来。罗伊辛悄悄地穿梭在人群中，微笑着，融进了欢笑之中，周围都是人们的颧骨，飘逸的头发，相碰的酒杯。名人的面孔。她很确定，他不会在这里，如果他在的话，肯定会被围得水泄不通。

[①] 碾核奶奶（Grindmother）：加拿大一支小众的碾核乐队的主唱，凭借其高龄和尖叫在国际乐坛引起关注。碾核（Grindcore）属于一个音乐流派，与死亡金属相似，它带起了重金属乐器风格上噪音演奏的潮流。

她准备给他发短信:没有信号。

她又想去找找试衣间。那里有一个保安,沉默不语,身材像驼鹿一样高大,让她的计划落空了。

她后来在一条挤满了人的走廊尽头发现了他。他穿着夹克,站在角落里,肩上挎着一个吉他盒。一位有着一头秀发的女人正在对他说些什么,显然是她认为非常重要的事情。另外五个人充当了认真倾听的观众。他的表情介于焦急和绝望之间,眼睛闪闪发光。罗伊辛朝她挥手,她感觉自己像个白痴,然后又挥了挥手。

他看到了她的眼睛,却无法动弹。她一路冲了过去。

"非常抱歉!"她用近乎啼叫的标准播音腔大声喊道。当尼科憎恨这个世界时,她曾经用这种声音来逗他发笑。"非常抱歉,我们需要拉斯穆斯,非常抱歉!马上回来,但如果你不介意,拉斯穆斯请这边来——"

当她闯进来时,他有那么一刻看起来很惊恐。当她抓住他的手臂将他拖走时,他试图将自己的笑声伪装成咳嗽。他们像两个顽皮的孩子一样侧身穿过人群,躲开一切请求和关注,以及对他的名字的呼唤。

"后台入口,"他嘘声说,"这边走,"然后带着她转向另一条走廊。很快,他们就有一点迷路了。等他们爬上一个小楼梯,突然之间,拥挤的人潮在他们身后消失,世界在他们前面展开:他们站在了舞台上,气喘吁吁地望着观众席,那里空无一人,只有几个清洁工在后面干活儿。

"谢谢!"他说。她还在为自己的大胆行为而咯咯大笑。他抬起头,转过身,又看着她。

"你最喜欢哪首歌?"他说,把吉他从肩上滑下来。

认真的吗?

"不是指新的那些歌,"他说,"旧的。"然后他突然感觉有点尴尬。"我以为你知道……"他说,话到嘴边却噎住了。

"我确实知道啊,"她说,仿佛这是不言而喻的。"实际上,熟悉得不能再熟悉了。我有那张特别版的黑胶唱片,歌词插页就钉在我卧室的墙上。"就放在你的照片旁边,这一点她没有说。

"放在我的照片旁边吗?"他说,纯粹是开玩笑,却害得她脸色煞白,只好说:"呃……"他说,"不是吧——"她答道,"是的,的确如此——我是说,乐队的照片,不仅仅是你。"然后他笑了起来,银色的眼睛看着她。

"这要么很搞笑,要么很尴尬,"他说,"虽然我不确定说的是我们中的哪一个。"

"都是,两个都是。"她说,没想到他现在会为我唱歌,该死,该死!但他说,"所以?"她脸红了,做了一个"不行"的手势。接着,她开口了:"《爱没有在听》"。

所以,就这样,他拿出吉他,调音,弹奏——为了她,为了清洁工,他们来到前面,笑着鼓掌,一起合唱:"我在公共汽车上很开心,我在门口跳舞……嘟嘟,得嘟嘟嘟,嘟嘟,得嘟嘟嘟……"每个人都有属于自己的记忆,伴随着歌曲在脑海和心灵中起舞。在那几分钟里,他们都因为一首歌曲的力量而感到高兴。这种喜悦来自于出乎意料地获得了一些本不属于自己的"奢侈品",而且它们更多时候是留给那些更富有、更幸运的人的。

***

尼科坐在红色天鹅绒座椅后面几排,虽然这座椅对他来说明显太小了。他平静地说:"我知道她喜欢他们,但她从未告诉我,她还挂着一张他的照片。"

杰伊突然不知道说什么。她想说一些令人安心的话,但她已经说过了很多,而且真正看到这个场景的话的确很难开口。

***

歌曲结束后,清洁工跟罗伊辛和拉斯穆斯指了一扇通向后台的防火门,这样他们就可以完美躲过摄影师和人群了。

***

在傍晚的蔚蓝天空下,出租车呼啸而过,阿尔伯特纪念碑若隐若现。

"我们会放他们走,对吧?"尼科说,看着他们离开。

"对。"她说。

这就像第二次死亡,于是他们站在那里,突然就感觉自己无关紧要、毫无意义了。

"我们就像两只'电灯泡'。"尼科说。

"我们不能干站在这里。"杰伊说。于是他们溜进了公园,越过被踩踏过的夏季草地,向蛇形湖走去。

"他们今晚什么都不会做。"杰伊说。这样说是为了安慰某个人,但她不清楚是谁。

"但他们总有一天会做的，"尼科说，"这就是重点，不是吗？"

杰伊继续往前跑，开始后空翻。

"我们去游泳吧！"她喊道，指着那些幽灵般蓬松地垂下来的柳树。柳枝垂在熟睡的、苍白的天鹅以及闪闪发光的冰凉湖面上。"最后一个到的是小狗！①"

* * *

罗伊辛和拉斯穆斯没有去这家餐厅。这一天已经很充实了，已经预定好小工作室，来做明天的采访。她想，当他们结交朋友之后，再转回去做专业的事情，就会变得很奇怪。他们之间的交流，要比期待中的人们在面试里的谈话要开放和个性化得多，而且进展得如此迅速，最奇怪的地方是，他们的交往都是通过电子邮件进行的，保持着某种距离。而他们在今天才算是真正的相遇。

当他为她唱歌的时候。更令人奇怪的是，这些对他来说一点都不奇怪。我将不得不在这里找到一个平衡点。

地铁很拥挤，谈话不自然。回到公寓，等待外卖（泰式绿咖喱鸡、茉莉香米、炒青菜），她给他看了她手机上的照片墙帖子。他看了帖子，又看了评论，喃喃地说，"哦，维也纳。"她笑了，因为她妈妈过去也这样，当事情对她来说毫无意义时，就会这么说。他表示喜欢她的书架；而她表示喜欢他的夹克，但只是为了礼貌这样说，因为它的确是一件非常普通的夹克。她只是想礼尚往来，表达对他的东西的喜爱，最好的选择就是衣服，因为她无法继续谈论演出到底有多棒。当然还有他的吉他，但那看起来像是"钓鱼"。

---

① 原文为 Last one in's a sack of potatoes!

他们一边吃饭一边谈论歌词；所以根本不需要"钓鱼"，他就给她唱了一首最近在创作的新歌，她对此非常满意，于是用真正的巧克力给他做了杯热巧克力。他真是太瘦了。他们谈到了关于"失去"的话题。关于它如何影响你的注意力，当你因悲伤而发疯时，却总会出现非常好笑的笑话，真的很奇怪，失眠，关于很疯狂又很现实的梦；切特·贝克与本·韦伯斯特，艾拉·费兹洁拉与科西·范妮·图蒂，如果你把酒精从西方文化中去掉会发生什么，为什么海明威没有到那种程度，标题作者在描述一个女性却不能使用头发颜色来作为她的定语时是多么地混乱，人们通常认为，如果你不持有当前的两极分化的观点，那么你必须默认持有当前被认为与之相反的、同样两极分化的观点，以及拉斯穆斯不会游泳的这件事。他谈到了杰伊14次，她谈到了尼科12次。

拉斯穆斯在沙发上躺了很久，直到深夜，他的脚悬在沙发尾部。罗伊辛睡得比她几个月来都好。清晨，他起床做了煎饼，而罗伊辛惊讶地发现，在外赫布里底群岛是买不到枫糖浆的。

"我很好奇你为什么要接受这次采访，"她对他说，"以及为什么他们要付款给我们做这一切。你准备和他们签约吗？"

他盯着煎锅。"采访开始了吗？"他笑着说。

"不，不！"她说，"我没有在拍摄！"她举起双手：天真无邪、手无寸铁。

"我还不知道，"他说，"他们已经在同我接触了。但我不能做任何我无法撤消的事情。在他们来看，这一切从理论上讲都是为了支持变调夹乐队的周年纪念日。你知道——市场营销、历史，等等。我想这是他们向我表达诚意的一部分。"

"令人兴奋吗?"她说。

他不知道。

然后她去上班了,她的心情变得很奇怪。如今的情况显而易见:世界上还有其他男人,活生生的男人,其中至少有一个是善良有趣、英俊可爱的,而且他才华横溢,我还可以和他说话,这只是一个事实,我刚刚得到了证据,这有一些令人欣慰。

* * *

在她离开后,拉斯穆斯在她的公寓里住了一段时间。白天,他独自一人在屋里观察她漂亮的靠垫,挂在架子上的五颜六色的衣服,碗里的水果,装满纸巾的垃圾桶。搁板上的圣诞树小彩灯,厨房水槽里的橡皮鸭。还有相片。这应该就是他吧,他想着,一边看着照片里面带微笑的黑皮肤男人,旁边是身材娇小的罗伊辛,留着长长的卷发,外套束在腰间。她很漂亮。他眨了眨眼。背景是类似于花园的地方,看起来很正式。也许是一场婚礼。在另一张照片,尼科穿着他的护理人员制服,戴着发网。真了不起,拉斯穆斯想。

拉斯穆斯已经有十年没有交到新朋友了,他不需要朋友,友谊是严肃的,一旦有人成为你的朋友,你就承担了责任。

他叠好了羽绒被,把沙发上的靠垫放正,然后躺了回去,不知道他到底要做什么。

"你怎么看,杰伊?"他低声问,"你喜欢她吗?"但杰伊不在这里。

20 炼金术

七月

伦敦

"我不会出现在影片里,"罗伊辛说。他们一边说着,一边穿过旋转门,沿着灰色走廊进入工作室。"这是常规的处理方式,拍摄到我的部分会被删掉,所以你能用完整的句子表述你的答案,假装你不是在回答我的问题吗?"

"不。"他说。

诶?

他接着说,"对不起,虽然这听起来很唐突,但是,不,我不能。"

"哦。啊——为什么不呢?这是很正常的方式——"

"因为除非有人问我,否则我不会说出这些话。"

很公平。从某种角度来说……

"每个人都会知道你是在回答问题。"她说。

"他们会吗?"

"大多数看过这种东西的人都会知道,他们会——"

"我对另一部分人很感兴趣,那些不会知道的人。"他说。

她有些困惑。

"无论如何,你应该参与其中,"他说,"以谈话的方式更好,不是吗?"

罗伊辛说:"是吗?"

随后是一段沉默,漫长的沉默。

"当然是,"他说,"这样更诚实,我也会更放松,听起来不会显得做作。现在没有在摄像,对吧?"

"没有,"她说,"当然没有。"

他在思考,她看着他。她为他安排好位置,调整好灯光,这样既不会直接照射到他的眼睛,又可以捕捉到他眼睛中的闪光。

"很幸运,我们今天并不是第一次见面,"他说,"因为如果是那样,你肯定会觉得我很不配合,是个刺儿头。你是对的。我的确会这样。如果我不相信你的话,我会变得更难搞定的。"他抬头看着她。

他刚才是在说,他信任我吗?他不太信任人,但他信任我。我想,他刚才是这样说的。

"而且我的态度已经够糟糕了,"他说,"对此,我很抱歉。我们只需要戴上不同的帽子,不是吗?专业的帽子。我刚才是想知道,那样是否看起来不诚实,但我认为没关系。"

"好吧,"她说。她不想让他感到紧张。利用你所拥有的技能。"专业的帽子。"她说,一边压低了想象中的帽檐,让它遮住一只眼睛。

"很适合你,"他说,"我喜欢帽子上时髦的羽毛。"

* * *

从灰色的地毯到小型饮水机,再到丑陋的桌面和低矮的天花板,这间小小的工作室都显得极其普通。拍摄要求周围环境要尽可能避免过于具体,这样镜头就不会与他们最终剪辑产生冲突。

这并非她的选择。

"所以,"她从镜头后面和上方问道,她旁边的桌子上有两份问题清单,一份是她自己的,一份是唱片公司提供的。"我们来测试一下声音。你早餐吃了什么?"

"美味的煎饼,"他说,"我昨晚住在一个朋友家,这是我作为一个不太糟糕的客人的提议。"

"太好了,"她说,"我觉得你不需要麦克风的帮助了。准备好开始了?"

他准备好了。

第一个问题。"所以,距离你上一次登上舞台或者出现在公众视野,已经过去了很久。这段时间你一直在做什么?"

"音乐!"他说,"当然了。乐队、作曲家、历史、兔子洞、未来主义、乐器。我已经学会了踏板电吉他。一种漂亮的乐器。我在当地做了一段时间的合唱团团长,直到……上周我和一位小提琴手交谈,他的个人目标是实现有史以来最长、最慢的弓杆击弦。我学会了读写音乐,学会了编排乐曲。我正在尝试用电子乐中的自然或机械声,代替古典音乐中的传统乐器。"

"真的吗?"她说,"这是怎么操作的?"

"好吧——啊,在这个问题上,我还没说过这么多。耐心一些。"

他停下来思考。那是一个相当长的停顿,因为她可以生动地看到,他脸上的想法仿佛在相互追逐。"几年前我买了一台费尔莱特电脑乐器[①],"他说,"任何声音,一旦被它记录下来,就变成了可以被

---

① 费尔莱特电脑乐器(Fairlight):全称为 Fairlight Computer Music Instrument,简称 CMI,一种高端计算机型数字合成器、采样器、音序器系统,曾广泛用于 20 世纪 80 年代的音乐创作中。

操控的电子噪音。那么，是由谁来决定什么是乐器，什么是只能发出噪音的物品呢？你知道路易吉·卢梭罗和他的噪音机器吗？他是意大利人，可以算作是对发条装置痴迷的技术极客和未来主义者，活跃于20世纪10年代和20年代——令人遗憾的是，他还是个法西斯主义者，但那是另一个故事了。他为工厂的警报器和汽笛写了一首协奏曲，还制造了这些底下带有轮子的噪音机器，然后在街上推着它们滚来滚去。它们看起来像是伸出了烟囱的盒子。他称之为'扩展复调'。没有一台机器保存到现在，尽管人们又重新制造了它们。但关键是，这个问题仍然存在：音乐和噪音之间的界限在哪里？"

她看着他想，不，我不能打断他，并且还要求他重新构思。他说话的速度实在是……没关系，我应该可以剪辑的，或许吧。

"是谁来决定？"他说，"两者重叠的部分是什么？所以，为了不把人们吓跑——不是任何人都听过——我没有选择创作我自己的怪异音乐，至少在现在，我一直在制作人们已经知道的作品，使用他们原来的管弦乐编曲，然后利用非乐器所发出的声音，来重新演奏它们。在某种程度上，算是翻唱版本。例如，找到一首独奏曲：比方说巴赫的大提琴组曲之一，这是人们熟知并喜爱的曲子。除了大提琴，我可以用冰山在深海中发出的嘎吱声和噼啪声吗？是的，我可以。实际上，这听起来很神奇。我使用水下引擎的声音作为伴音的音符。从技术上来讲，这很容易。或者，比如说,《魔笛》中的《夜后的咏叹调》[①]。我利用鸟鸣来演绎了整首曲子，因为它是乌鸫的远方表亲。我可以为你演奏。我还曾用我的摩托车的引擎声为《黛

[①]《夜后的咏叹调（Queen of the Night）》是歌剧《魔笛（The Magic Flute）》中的经典名曲。《魔笛》是莫扎特晚期创作的一部集古典歌剧之精华的精品。

朵的悲歌》制作了笛音旋律，目前我正在使用酒杯来制作人声，效果还不错，因为它的声音就像铃声那样清晰，而且音色具有多样性和丰富性，不过我也会尝试其他一些选择。《鲸歌》，实际上——我的意思是，这是一首挽歌……我们到时候再看吧。或者，不必是经典的曲目。我改编了《永远》——来自墨水点乐队——你知道的，我会爱你，永远……使用的是鸽子的咕咕声，鸽子风格的嘟哇和声[①]。是的，很显然，整个想法听起来非常古怪且花哨，我无法否认的是，这种潜力是绝对存在的。这很容易变得很荒谬。我尝试过的一些事情已经算是完全荒谬了。不过，与做任何音乐一样，对我来说最重要的事情是相同的。就是感动别人。"

让作品变得美丽。如果它不能让人想要哭泣、想要跳舞或是想要性爱，如果它作为音乐无法起到任何作用的话，就应该放弃。

她正盯着他看。她能想到的只有一件事：天哪，他真的很孤独。只有孤独的人才会说这么多。

然后她想，我完全没有资格在采访时问他关于 20 世纪 10 年代意大利未来主义音乐的问题，还有《鲸歌》，他疯了吗？

"听起来很疯狂吗？"他说。

"呃，"她说，他笑了。

"是的，"他说，"嗯，而且你会注意到，我没有试图把它拿出来展示……"

"这不是你在最近的演出中所做的音乐，"她说。

"不，不是。人们目前想从我这里听到的并不是这种音乐。和变

[①] 嘟哇和声（doo-wop）：由无人伴奏的美国街角乐队组合发展的节奏布鲁斯和声。

调夹乐队一起表演,这种音乐也不太适合,而且也没有做好在舞台上表演的准备。老实说,在过去的几个月里,这并不是我最关心的事情。这是一个非常理智的追求,虽然我希望结果是情绪化的,而且最近,我确实是一个……情绪化的人。有时,你只想弹着吉他,唱着蓝调。"

她停顿了一会儿。她也不想在这里陷入他的悲伤。她不想刨根问底,因为这样可能是在利用他们彼此敞开心扉的事实。让他为自己说话吧。或者不这样做。

他没有这样做。

"你会如何回应关于你消失的传言呢,和我说说吧。"她从列表中选择了另一个问题问她。

"我从未消失过,"他说,"我只是没有去过人们正在寻找我的地方。"

她等着他继续。

"我总是能被人们发现的,"他说,"只不过,不再是通过音乐媒体或小报出现在公众视野。对于我重要的人都知道我在哪里。我、我的妻子。这就是你正在做的事情,然后就是你所展现的。我做了很多事情,我只是有一段时间没有展现出来而已。

"即使有传言说你已经死了?"

"老实说,我并没有关注过人们可能会这么说的那些地方。"

"你没有用谷歌搜索自己吗?"她用近乎开玩笑的语气说,但他并没有笑。

"和大多数人一样,"他说,"当我年轻时,我试图弄清楚自己是谁,不过遇到了一些麻烦。所以现在,我不需要陌生人告诉我关于我自己的事情。我是谁,我在做什么,以及为什么要怎么做,都不需要他们来评说。我需要的是坚持下去，如果你明白我的意思的话。"

"这就是你离开——淡出公众视野的部分原因么？"

长时间的停顿。

他真的很安静，很自在。

"我退隐了，因为我别无选择，"过了一会儿他说，"我站不起来。我有很长一段时间，都处于破碎的状态，从字面意义上也一样，因为我的骨头也折断了，痊愈花了很长时间。远离关注，远离那些实现我无法达到的目标的其他人，是其中的一部分，是的。抑郁，也是其中的一部分，算是自我保护吧。

在这句话之后，画上了一个句号。如此响亮而无声的"不要再问了"。

她接受了他的暗示。"那你现在要向公众展示了吗？"她问。"我的意思是，你如此公开地谈论你生活中的尴尬和困难，但是在舞台上，你确实看起来非常有能力，也很自信……"

"在舞台上时，我知道自己在做什么，"他温和地说。

"那你在舞台之下的时候，不知道吗？"她说。

接着她沉默了。

他停了下来，转向摄像机。"看看这个美丽的女人，"他凝视着镜头说道，"问我这些事情，这叫我这个男人怎么办呢？"

她用恳求的表情看着他。对不起，她用口型说。美丽的！她想。

"真想把镜头对准她。"他说，眼睛又转向她。

她咽了咽口水，眨了眨眼，意识到她正在眨下一滴眼泪。

"那么你会——你现在又开始向公众展示了吗？"她问。

"还没有，"他说，"但我会的。那些演出是我告诉自己，我之后还会这样做的。"

他脸上的光芒似乎变了，虽然这并不可能。她想知道，是不是他脸上的光芒消失了？他很脆弱，她想。已经很久了，他并不是……安全的？稳定的？也不像他看起来那么坚强？

或者我是那样的？

"接下来，应该会做一张相当直接而老派的专辑，"他笑着说。他似乎已经整理好了情绪。"没什么特别可怕的，都是些适合的乐器，人们听说过的那种。"

"是你演奏的歌曲吗？"

"是的。我的亡妻，她非常喜欢我的老派音乐。我们一起写歌，共享我们的作品。我主要负责技术含量更高的部分，但其实也没那么高。她是一个比我优秀得多的歌手，她拥有那种能够现场和声的天赋，是她在教堂里学到的。这看似是一种本能，但其实是从小练习和熟悉才能练就的，不只是平行三度。"他停下来笑了笑，"她喜欢和其他人一起唱歌，那会让她感到兴奋：和弦飞扬，声音交织，达到1加1大于2的效果，就像是魔法一样。而且，她擅长打磨和推敲歌词，所以我的下一张专辑是献给她的。为了告诉她的鬼魂，我有多么的心碎，以免它没有注意到。"

罗伊辛小心翼翼地呼吸着。

"你相信鬼魂的存在吗？"她问道，既是为了掩饰自己的情绪，也是为了其他的原因。

"那个问题在你的采访清单上吗？"他抬起头问道。

"不在。"

"那就是下次再说吧，"他说，停顿了一下，然后说："不，我当然不相信鬼，但其他人相信，我相信其他人，所以我不会发表任何声明。"

说得在理。

"那么就问清单上的另一个问题吧,"她说,"你是怎么开始你的事业的?"

"真的吗?如果你对一个问题感兴趣,肯定知道在哪里可以找到问题的答案,不是吗?"

她什么也没说。采访似乎又出状况了,她不知道为什么,她正在努力挣扎,试图找到一些办法让采访"回归正轨"。他轻轻地呼了一口气。

"乔治和我上了同一所学校,"他说,"当时我正在监护中,我的母亲对我并不算慈爱,精神状态也并不好。乔治的爸爸是这家酒吧的老板,他们有一架钢琴,歌咏会留下的一架旧的立式钢琴,你知道的,'哦,不,多么烂的歌,多么烂的歌,多么烂的歌……'那时我算是某种机会主义者吧,只要看到机会,我就会抓住它。所以乔治和我组了这个乐队,使用的是学校提供的乐器。当时学校里还有音乐老师,而我们遇到了一位耳根子软的老师:拉塞尔先生。他人很好,非常喜欢"感恩而死"乐队[①],也喜欢在非工作时间吸烟。"

"你没有提到你的父亲,"她说,这个问题可能会让她感到难堪,因为他昨晚也没有提到,他应该有自己的理由。

别再想昨晚了。他就是个陌生人,这就是一份工作。

又是短暂的沉默。

该死。

---

① "感恩而死(Grateful Dead)"乐队:1965年在加利福尼亚州帕洛阿尔托成立的美国摇滚乐队。该乐队以其不拘一格的风格而闻名,在滚石杂志的"有史以来最伟大的艺术家"一期中排名第57位,于1994年入选摇滚名人堂。

"所有的问题都是陈词滥调。"他最终开口说道。

时间过去了一拍。

她放弃了这个问题。我的意思是，这句话说明了一切。然后她问："你还记得你的第一次演出吗？"

"那是在乔治的16岁生日派对上，"他说，"我们在酒吧停车场里演奏，贝斯手科尔把衣服脱光了。有人报了警。"

她笑了。他给自己倒了杯水。

"那么你的下一个计划是什么？"

"我需要搬家，找个地方住。我收到了一些工作机会，需要仔细考虑。很显然，在承受丧亲之痛的日子里，我不能做任何无法撤销的事情。"他又抬头看了她一眼，为此她感到很高兴，或许是感觉自己被原谅了，也许吧。

该死，这很辛苦。

"但对我自己来说，我想把这些歌曲献给我的亡妻，算是做一些正确的事吧。她帮我写了其中的几首，我不想在这些歌曲上滞留太久，过度地打磨，让它们变成更易"食用"的甜蜜歌曲。当一件事物被打磨得太过的时候，就不再是真实的了。如果它们看起来有点粗糙，那就很好，悲伤本就是粗糙的。过去的几年里，充斥着痛苦、挣扎、关怀、学习和悲伤，现在正是产出作品的时候。就像其中一株活了一万年的仙人掌，每过一个世纪就会开花一次，现在的我就是这样。"

"那你在下个一百年也会写歌吗？"

"那可说不好，我确实希望某些重新改编的歌曲最终可以发布。我能说什么呢——这是一个长期的项目。不过，它是很独立的项目，而且需要工作室的运作。我在柏林有一个懂技术的朋友在帮助我，因为我的制作技能不是顶级的,但如果要完成这件事,确实需要顶级的技术——但是他比我更反社会。是的,与此同时,我确实发现,自己想要与真正的音乐人合作,我想这只是寂寞罢了。我和我的妻子就是乐队本身,因此,除了个人的孤独感之外,还有职业上的孤独感。所以,是的,很多计划。我想做电影配乐,给年轻人拍摄的艺术电影做音乐,也许还可以为好莱坞大片制作,如果他们喜欢我的话。我喜欢声音设计在电影中的呈现方式,我只是有想出去合作的这种感觉。

"你近期有什么计划吗?"

"还没有,也许在新的一年会有吧。但是你知道的,这取决于你的生活际遇。我想为别的歌手写歌,我的歌声是独特的,而不是"优秀的"。很多歌声都具有自己的个性和风格,我想为我以外的其他角色写歌,让他们去演唱。想要成为讲故事的人,尤其想为女歌手创作。我喜欢看到女性声音能够演绎出的效果。"

"在你看来,与变调夹乐队的交流合作,会帮助你还是阻碍你?"

"老天,这个问题是你想问,还是唱片公司想问?他们想让我说什么?"他停了下来,笑了。

"是他们想问,"她说。他的嘴极其细微地抽动了一下。

"是的,嗯,"他说。"好吧。其一,如果不是因为唱片公司,你现在也不会采访我。其二,我和变调夹乐队当年在一起初试牛刀,学会了演奏和写歌,与他们共同创作,也为他们创作。再加上我们之前取得的成功,的确缓解了我的财务问题,对此我很感激,而且,他们也让我在公众视野中占有了一席之地。在这个贪婪的时代,如果你想要得到任何东西,名气是有用的。"

他直勾勾地看着镜头。他给她的信息很明确：麻烦少一点那种狗屁问题吧，所以下一个问题的走向将会很棘手。她很确定，他不愿意对着镜头说真话，但他又不会说谎，也不会为后辈编造粉饰太平的故事版本，于是她停止了拍摄。

"这不是我想问的，"她说，"不管戴不戴'羽毛帽'，如果这是你不愿揭开的旧伤疤，我很抱歉。但它就在那里。"

"来吧，"他说。

好的，她又开始拍摄了。下一秒钟，镜头对准他的脸。

"你离开乐队时，到底发生了什么？"

他咧嘴一笑，目光垂下去，又重新抬起头。

"我在纽约被一辆黄色出租车撞倒了。"他说。

"我的背摔断了，而乐队有他们必须履行的合约，所以他们聘请了另一位吉他手，然后履行了合约。"

她停顿了一下，看看他是否还有话要说。

他没有。

"没有难过的感觉吗？"她提示道。

短暂的停顿。

"难受并不是重点，"他说。

她回到了她的问题清单。"你是怎么学吉他的？"

"我父亲教我的，他是阿根廷人，所以他教我的是一种非常特殊的曲风。你知道恰马梅[①]吗？科连特斯波尔卡舞曲？"她没有听说过。"这是一种来自阿根廷北部的民间音乐，里面有西班牙吉他、手风琴和小提琴。我给你演奏一下，哎呀，戴错帽子了，你可能也不得不把那一段剪辑掉。"

她想知道他还会要她把什么剪辑掉，寻找一个人畜无害的问题。尽量不让她看起来像是在这样的问题。

"而且，大部分真的很糟糕。Muy folklórico[②]。"他说。

"你会说西班牙语？"她惊讶地说，然后想知道为什么。

"拜托，"他说，"那不在你的问题清单上，回到主调上吧，回到 C 大调。"

她眨了眨眼。

"主调，"他说，"全音阶的第一个音符，在你用等音半减的 Cb7ths 和微音簇"一顿操作猛如虎"之后，C 大调就是一切音符的开始和结束的地方。"

在他的那句话之后，她提的下一个问题听起来就很贴切了。

"你会称自己为怪胎吗？"她脱口而出。

"哦，上帝，是的，"他说，"我对费尔莱特电脑乐器音色的纯度感到痴迷——当然了，因为费尔莱特现在本身就是一种历史悠久的传统乐器，所以我在这方面是一个纯粹主义者，类似于小提琴家看待他

---

① 恰马梅（Chamamé）：来自阿根廷东北部和阿根廷美索不达米亚的民间音乐流派。主要元素包括"亲密拥抱"舞蹈、音乐社交活动以及一种伴随着身体律动来传达情感的别具特色的吟唱。恰马梅音乐和舞蹈常出现在社区和家庭聚会、宗教庆祝活动和其他节庆活动中。该流派在 2018 年被阿根廷提名后，2020 年被列入联合国教科文组织非物质文化遗产名录。

② 此处为西班牙语，意为民谣风格很浓。

们的斯特拉迪瓦里①小提琴或他们的图特②弓的方式，或者喜爱黑胶唱片胜过数字唱片，或者任何让你高兴的东西。如果你愿意，你可以对任何事情都痴迷。嗯，你肯定懂的。你对摄像机痴迷吗吗？

"是的。"她低头看着她的摄像机——或者更确切地说是公司的——PXW-FS7 II 4K，笑着说。

"我对我的美乐特朗电子琴非常痴迷。"他瞥了她一眼，"不止一架。我有一架M4000D和一个带有可更换磁带框架的原始Mk2，但你不想谈论那个话题，对吧？我的意思是，因为如果你这样做的话，你知道整个在线论坛都会把你当作女神来崇拜吗？

"我没有资格，"她说，"抱歉。"

"哦，好吧，"他说，"那聊聊Omnichords③怎么样？"

她摇摇头。"我不知道那是什么。"

"它是非常甜美的东西，"他说，"一种80年代初生产出来的日本电子竖琴，可以发出像羽毛般的彩虹一样的声音。"

她笑了，发自内心地。

"我们说到哪里了？"他问，"哦，是的，我的父亲。"

又是一个长长的停顿。

"你需要用一生的时间，"他最后说，"才能弄清楚你父母给了你什么。"他的眼睛闪烁着光。"以及他们没有给的……听着，"他说，"我们得采访结束了吗？"

---

① 斯特拉迪瓦里（Stradivarius）：指斯特拉迪瓦里及其家族制作的小提琴系列。
② 图特（Tourte）：指法国制弓大师佛朗索瓦·格扎维·图尔特（François Xavier Tourte，1747-1835），被誉为现代琴弓之父。Tourte bows指的是他制造的琴弓。
③ 电子竖琴（Omnichords）：铃木乐器公司于1981年推出的一种电子乐器。

"当然,"她说,"并不都是他们想要的,不,但现在已经足够了,我会看看这个采访是否会让他们满意。"

"谢谢你,"他说,"听着,我们下次可以不要再这样了吗?当我和你说话时,我不喜欢为自己辩护。"

"啊,"她说,"嗯。"

蛋壳,她想。雷区。

要保持专业。

对的。

* * *

音乐会的工作样片送来了。等他离开后,她把它们按顺序排好,然后观看:这个角度的拉斯穆斯,那个角度的拉斯穆斯,他脸上的那种清澈。

然后当她那天晚上回到家时,她发现了一张纸条:

> "这是自她死后,我进行的最长的一次谈话,甚至可能是唯一的对话,我指的是昨晚的谈话。在我写这张纸条的时候,我们还没有进行今天下午的谈话,虽然当你读到它的时候,谈话已经发生了,也许这场谈话甚至会更长。但是有观众在,所以,你知道,这是不同的。"

21　不要提醒我

七月

伦敦

待演出结束,他们在公园游泳之后,已是深夜。尼科表示,他不能回自己的公寓去。

"你没有公寓,"杰伊说,"你死了。"

"不要提醒我。"他说,他们俩笑了。

他们俩都在想,家,这个词似乎不属于他们。

"好吧,我不能去罗伊辛家,"他继续说,"拉斯穆斯还留在那里。"

他们俩极其需要某个地方来接纳他们,这一点是不言而喻的。当你不属于任何地方,或者被困在两地之间,当你总是身处于错误的地方,当没有人能听到你或看到你时,你会感到非常疲倦。

"有些鬼会永远不会离开他们的房子,不是吗?"杰伊说,"我的意思是,这是经典的情形——鬼屋。"

"通常是死亡现场,"尼科说,"鬼魂被困在了他们被谋杀的地方。"

"你相信鬼吗?"她说。

"不相信。"

"你读过关于鬼魂的书吗?"她问,"你喜欢这类书吗?"

"当然没有，"他说，"我为什么会喜欢？"

"那你知道我们现在的情况吗？因为我不知道。"

"我只知道，我们不是维多利亚时代的摄影师玩的把戏，也不是20世纪30年代郊区别墅里，那些穿着毛领的女士们弄的花招。"

"那我们是什么？"

"大问题。"他说。

"我们没有被谋杀，"她说。"为什么我们不能离开？"

"关于这个问题，我想了很多，"他说，"为什么在所有人当中，是我得到了这种祝福。"

杰伊没有说话。祝福？

"鬼是做什么的？"她问道，盯着一直延伸到朗德庞德的宽阔草坪。

"为了报仇？"他说，"纠正那些错误的事情。"

"民谣中那些被谋杀的女孩的鬼魂，会出现在她们的母亲面前，控诉她们的心上人，"杰伊说，"就像红谷仓谋杀案里的玛丽亚·马滕，但我们没有被谋杀。你下决心要进行某种其他形式的残忍复仇吗？"

"我的敌人并不在这个世界上。"他说。

"还有什么？"她说。

"克里特岛有一支幽灵军队。"他们想起了伦敦那个名为物质能量的雕像，那匹巨大的青铜马，高高地站在基座上，马背上的骑手用手为眼睛遮挡阳光。"这取决于天气，"尼科说，"在与土耳其人战斗的周年纪念日，在山下骑着马自由奔驰。"

"但为什么要这样做呢？为了提醒人们？"

"我想是的。不希望你为之而死的东西被遗忘。希望渺茫!"他说,"在希腊,那是长久记忆的故乡。"

"还有什么?"

"奇异的能量,精神错乱的少女——对不起,是的,多灾多难的——饱经折磨的女仆,被谋杀的旅行者……因为还有未竟之事……"他说,"我们在希腊确实有僵尸吸血鬼的传说——叫作"活尸"①。"

"它们是做什么的?"

"我想,它们只是些可怜虫吧。"

"这也可能是为了保护那些被遗忘的人,"她说,"安抚他们,指引他们穿越流沙……"

"因为他们没有被妥善地入土为安,或者没有举行正确的仪式,所以不能去他们应该去的地方……"他说。

"哦,是的——然后如果有人为他们举行了仪式,支付了葬礼或其他费用,他们就会以幽灵的身份回来帮助那些人,满怀感激之情的死者——"

"这就是乐队得名的地方吗?"

"我想是的。"她说。他们思考了一会儿,接着:

"我真的想象不出,杰伊里·加西亚②和一群加利福尼亚的嬉皮士乐师为一个疲惫的旅行者指路,带着一盏神秘的灯笼,帮他穿过

---

① 活尸(vrykolakas):希腊语 βρυκόλακα,也称为 vorvolakas 或 vourdoulakas,是希腊民间传说中有害的不死生物。活尸与吸血鬼类似,但它们一般吃肉,尤其是肝脏,而不是喝血,更符合现代僵尸或食尸鬼的概念。

② 杰伊里·加西亚(Jerry Garcia):美国音乐家,以担任摇滚乐队 Grateful Dead 的主要词曲作者、主音吉他手和主唱而闻名,并在 20 世纪 60 年代的反主流文化中崭露头角,1994 年入选摇滚名人堂。

危险的沼泽。"尼科说,杰伊大笑起来。

他们及时到达了意大利花园。沉睡的天鹅栖在中央水池的边缘,像雪堆一样闪闪发光;主路上的灯光反射在黑暗的水面上,被树叶撞碎成了星星点点。

"我们在岛上没有像马形水鬼①和海怪那样的鬼魂传说,"她说,"据说卢斯肯太尔岛的海滩上有一只巨大的仙犬,但我们从未见过它。本贝丘拉岛上还有一座美人鱼的坟墓,传说她很娇小,有着像孩子般的身体,鲑鱼尾那么大的尾巴。"

"可是,她是个鬼魂吗?"

一想到世上还有个小小的美人鱼幽灵,他们俩都笑了。

"但说真的,为什么没有更多鬼魂存在呢?"他问,"死去的人真是太多太多了,他们应该无处不在。"

"我们为什么把他们称作'他们'?"她问。

"这是个好论点。"

在贝斯沃特大道上,车辆微弱的光冲到了他们的前面。

"我想我的意思是,我们必须承认我们不能待在这里。"她说。

"承认现实?"他说。

"类似的东西吧。"她说。

"但我们与现实并无干系,"他说,"从科学上来讲,我们并不存在。"

"你拥有时间吗,"就在他们离开那个神奇而静谧的公园之前,她突然问道,"当你不在这里的时候……当你真的不在任何地方的

---

① 马形水鬼(kelpies):是苏格兰民间传说中栖息在湖泊中的变形精灵,通常被描述为一种类似黑马的生物,能够化为人形。

时候?"

"我有,"他说,停在了小路上。喷泉的水在他们身后冲上去又落下来,冲上去又落下来。

"你认为这也许就是我们应该去的地方吗?"

"老天呀,"他说,"不。但这可能是向前迈进了一步吧。"

他们走上主干道,看着出租车驶过,闪着暖暖的橙光。他们却怎么也想不出,自己还可以去哪儿。于是,尼科决定去探望他的母亲,而杰伊打算去看望她的兄弟。

似乎已经是早上了,时间过得越来越快了。

22　我的心碎成一片一片[①]

七月

伦敦

  罗伊辛没有注意到。你通常不会注意到那些未曾预料到的事情，除非它像饼架上的小猪一样向你扑来，起码这件事没有。

  演出结束后的那个周末，内尔来到镇上，像往常一样，带来了迷你羊角面包和纸杯装的咖啡，强迫罗伊辛从床上起来。她看着罗伊辛拖着自己的身子站了起来，她说："亲爱的，你明明已经很瘦了，但奇怪的是，你现在看起来有点发福。"

  "你可以麻利地滚开吗？"罗伊辛回答说，正在把一件 T 恤套在身上，然后问，"你说的是什么意思啊？"

  "你观察过自己的身体吗？"内尔说。

  罗伊辛低头看了看自己的身体，然后望向浴室的镜子。她发现自己比以往任何时候都更瘦，但是她从十几岁开始就拥有的曲线、匀称、全身丰满的身体却不在了。取而代之的是，腰更粗了，肚子更结实了，而乳房——

  唔——

[①]　此处为爱尔兰语：Tá Mo Chroíse Briste Brúite。

变得不同了。

她想到了这段时间有多疲惫,以及在阿尔伯特音乐厅感觉到的头晕目眩。她想到了自己的月经,她的生理期并不算很有规律。

在他死后,我来过月经吗?

两种画面正在她的脑海中慢慢展开,阳光和阴影,希望和恐惧,以及可能性。一朵云渐渐飘远,或者也许正在靠近……

在同一天会发生两件这样的事情吗?生与死?

他们俩那天早上发生了性关系,那个慵懒而出乎意料的阳光明媚的休息日早晨。她倒数了一下日期,回忆起他死前的几天和几周。他们又开始使用避孕套了,因为她已经厌倦了备孕的安排,而且很讨厌自己的荷尔蒙一直被弄乱,天哪,宫内节育器,不了,谢谢。她记得准确的时间,最后一次,是那天早上。

自那之后,她来过月经吗?

实际上,没有。她在某个地方读到过,惊吓也会让月经推迟,悲伤也会。

"走吧,"内尔说,"去药店。"

"不,"罗伊辛说。"我需要先喝杯茶,然后坐下来。"让我好好审视一下这种可能性。

这是我非常想要的东西,现在有一种可能,而他没有在我身边。

内尔泡了杯茶。"我会在里面放糖吗?"她问道,罗伊辛笑了。"不是那种惊吓。"她说。

"你还不知道这是哪一种惊吓。"内尔指出。

"我的确不知道。"罗伊辛说。

***

沿着街走到药店的过程,变得有点不真实。她买了两份验孕试纸,回到公寓后,躲进了浴室。她在第一根验孕棒上撒尿,瞧。

"情况怎么样?"内尔在门外喊道,"看在上帝的份上,姑娘,你要把我逼疯了。"

"你要沉住气,"罗伊辛说。"我一会儿就出来。"

"至少你已经完成了撒尿的那一步吧。"

"闭嘴。"

于是她在第二根上撒了尿,哦。

她看着自己的肚子。

念头一旦冒出,现实就一目了然了。她把手放在它的上面——它就在那里。该死,里面的小家伙,你好。

嗨,你自己,她感觉到肚子里的宝宝在说。她不得不坐在马桶上。

哦,亲爱的耶稣,我的小伙伴……

尼科。尼科。

当她出来的时候,内尔看了一眼她的脸,然后发出了女妖一般的尖叫声。"我就知道!我就知道!我一句话都没有说,但是上帝的圣母玛利亚啊我就是知道![①]"

***

内尔想留下来,继续谈论这件事并且惊叹,以及想待在她的身边。

---

① 原文此处内尔完全没有标点和停顿地说:I knew it I knew it I didn't say a word but holy Mary mother of God I knew it!

"我爱你，"罗伊辛说，"回家吧。"

* * *

在度过一个不安的多梦之夜之后，她早早醒来，心脏在一阵阵收缩，一点力气都没有，思绪也变得晦暗不明。

我是说……

她似乎完全无法起床，所以她继续躺在床上。这不是身体出了问题，而是心理问题在身体上的具现。

而这本身又源于身体上的状况，她从没觉得这么害怕过……

哦，真的没那么久。

户外工作太多了，公司的事情太多了。她闭着眼睛，在床上蜷缩着双脚，试图取暖。我做了什么，我到底做了什么才会遇到这样的事情？[①]

她躺在乱糟糟的床单上，苦恼着如何发电子邮件给办公室，说她今天或永远不会去公司了，我是说，为什么？还有，像这样躺在床上，真像个懒鬼啊，而且还不接电话，还有一堆其他的鸡毛蒜皮的事情。

一首老歌萦绕在她心头，是她母亲的歌：罗伊辛的脑海里浮现了一些爱尔兰语的歌词片段，带着沉重的、令人心碎的、抑扬顿挫的旋律。那是一首华尔兹舞曲，就像海浪拍打在海滩上，带着任何事物都无法阻拦的气势：

我的心

[①] 原文此处无标点：What have I done what have I done what has been done to me?

碎成一片一片

眼泪不断地

从我眼中滚落……

我的船夫

再也没有像你这样的人,

我的船夫

再也没有像你这样的人,

我的船夫

再也没有像你这样的人,①

无论你在哪里,致以一万个祝福……

哦,我的船夫,

再也没有像你这样的人,

哦,我的船夫②

  她第一次唱这首歌的时候还是个小女孩,歌词对当时的她来说,并没有多大的意义:她的腰带解开了,不是为了小提琴手,也不是为了竖琴演奏者,而是为了她的船夫,而不是其他人……如果他不回来,她会感到很遗憾。

  嗯,是的,她很遗憾,因为她爱他。

---

 ① 此处为爱尔兰语。

 ② 此处为英语。歌词中为一万个祝福,与29章中的一千个祝福不同,疑为不同语言的版本不同。

因为她怀孕了，他们还没有结婚，而且这一切都发生在过去，所以她会被赶出去，被嘲笑，孤身一人，带着她的宝宝……

但是罗伊辛，你并不是活在过去。你不用依赖他答应给你的金戒指……你不需要被所有人尊重……你不是一只被撕扯到流血的白天鹅，在湖边的草地上唱着你的那首死亡之歌……

那段旋律萦绕在她身旁。

太阳缓缓滑过天空，夏天的所有喧嚣都消失在远处。孩子们去上学了，孩子们放学回来了，冰激凌车的音乐响起。《绿袖子》^①——另一首悲伤的情歌，但女人不可能在撒手人寰时还留下怀孕的男人。虽然有许多女人曾经因为死于分娩，将怀中的婴儿独留于世……如果她们还有机会把婴儿抱在怀里的话。她的思绪飘到了基林，那里有许多胎死腹中的和未受洗礼的婴儿的小墓地。桥边的那个，在芦苇丛生的沼泽岛上，小小的墓碑，到了春天，整个地方都被淹没了……河流中央有着许多小小的黄水仙，在水中轻轻摆动……是在戈尔韦吗？

邻居在聊天，来往车辆，收音机的声音从打开的车窗传来。她的窗户是关着的。

哦，我的船夫，再也没有像你这样的人……

悲伤又回来了，伴随着所有阴险的、令人反感的、不可避免的、永无止境的冷静。匍匐在我面前吧，人类。我是你的王。

他们也会将沉船事故遇难者埋葬在基林，还有自杀的人和疯子。

尼科曾经有一次说："我的船只失事在你的大腿间……"

现在沉船的到底是谁？

---

① 《绿袖子（Greensleeves）》：一首传统的英国民歌。

晚上九点左右,她意识到了一件事。她之前一直在打瞌睡,现在这个念头终于找到了她。我再次感觉到自己失去了亲人,因为我再次失去了亲人。还有什么别的东西也已经死了,我并不知道它的存在,而且它也从来没有机会存在——但它就在那里:尼科和我,还有我们的孩子,那个小家庭,它存活了几个小时。它在那天早上躺在我们的床上,它在二月的阳光下在路上行走,它坐在一张酒吧桌旁,因为愚蠢的双关语而大笑。

她很快看到了那个近乎残忍的景象:那张桌子,还有他们,旁边放着一辆童车,尼科的腿上坐着一个胖胖的黑头发小孩,正用肉乎乎的手拍着他的脸颊。

那个家庭已经死去了。作为父亲的尼科,生命已经逝去。

他曾经是一位父亲,而现在那位父亲死了。

我以前并不知道。

在很短的时间里,她产生了另一个想法,一个更苦涩、更个人的想法。这并不是作为妻子、女朋友或母亲的想法,只是作为孤独的自己所发出的一个她不常听到的声音,因为很少能拥有可以听到这个声音的寂静。

如果没有意外的话,这个声音说,我本来是可以获得自由的。自由是他留给我的一件有用之物,这是离开的男人能够送给女人的礼物,一个新的开始,一个新的生活。

而现在的我,终究不是自由的。这是另一种新的生活,我现在必须把它看得比我自己还重。我再一次立即投入到服务中去,而我自己的新生命,刚刚在树枝上枯萎了。

不是为了我的工作,不是为了提琴手,也不是为了竖琴演奏者。

这是双重丧亲。

到了第二天早上,夜里的思绪开始在她的内心与自己和解,因为这就是发生在女人身上的事情,让女人们好好睡吧,一切都会好起来的。她像暴风雨过后的天空一样醒来:清澈,干净,精疲力尽。

*　*　*

医生说,"恭喜!"以及"这是你的证明",还有"正好赶上拿你的扫描结果"。而且扫描结果是那样的完美而可爱,是很典型的健康结果,大概有四个半月大,晚知道总比不知道好,你的宝宝现在有鳄梨那么大。

我体内有一个鳄梨大小的小宝宝,鳄梨大小,真好。她想象着它蜷缩在它坚韧的绿色果壳里打盹。

她尝试将手放在臀部上半部分,这是"孕妇支撑自己的背部"的传统动作,感觉很好。她的左右移动了一下臀部,这个动作让她咯咯直笑,随后又害她哭了。

23　不完全符合圣经

七月

亲爱的罗伊辛,

谢谢你让我留下来。事实证明,这正是我想要的样子。

我现在回到苏格兰了,乔治一直在给我发媒体评论。你有认识的经纪人吗?看起来我可能需要一个,或者至少需要有人来应付外面的人。

最好的祝福,

拉斯穆斯

亲爱的拉斯穆斯,

有你在真是太好了。

发生了一些很奇怪又很奇妙的事情。我差点儿写下了"实现"这个词,但是,这虽然是一个奇迹,却不完全而且并非绝对符合圣经,所以我最好避免使用这种说法。是的,好吧……令我惊讶的是,我怀孕了,我有了宝宝!我有些无言以对(当然我不会这样,你知道的,你毕竟见过我),而且我处于极度高兴,同时又很震惊的状态，真的，因为首先，你的世界被颠倒了，然后又再次被颠倒，但不是回到原来的位置。这并非是正确的方向，而是另一个方向，就像特别发明了一个新的颠倒的维度，或者身处于《谍影重重》系列电影①之类的……我不知道自己为什么这么说，因为我从来没有看过这个系列……电影的名字就是这样吗？英文名总是男主角"伯恩"加上某个单词……战略？概要？或者是啥？不管怎样，我不知道自己为什么要问你。所以，这绝对算作无法撤消的事情，不是吗？我会痴迷于自己一阵子，然后再痴迷于孩子，我敢说，大概再过去六七年，也许是二十五年，我会变得一点乐趣都没有……而且你可能不再想成为我的朋友，因为我这种生活会非常沉闷。但我觉得，我会需要你这个朋友，因为突然进入了母亲的角色，并不意味着我不再是一个寡妇；我一点也不习惯成为一个寡妇，何况现在还有了新的角色。

很显然，它现在像鳄梨那么大。下周将变成石榴那么大，不过这取决于石榴的大小，网站上有个这样的列表。我有点难过，我错过了它是金橘大小的时期。还有一颗石榴籽和一粒花椒大小的时期！我想，当它只有罂粟籽那么大时，没有人会知道吧。想象一下，一粒胡椒那么大的时候。大多数人都说，这是一个奇迹，确实如此，但是拉斯穆斯啊，我感觉很奇怪。

罗伊辛

---

① 《谍影重重》系列电影是美德合拍的系列间谍动作片，改编自罗伯特·鲁德鲁姆同名小说，总共五部，英文名均为男主名字伯恩（Bourne）加上一个单词，如第一部名为 The Bourne Identity，第二部名为 The Bourne Supremacy，此处罗伊辛记不清具体名称，只记得伯恩之类的，原文为 Bourne movie or something。

另：工作样片看起来很棒。我还没有告诉工作伙伴。①

再另：我是用羽毛体来写这句话的，这样你就可以看到，我为了它戴上了我的专业羽毛帽。可能有助于划清边界？

亲爱的罗伊辛，

这是最奇妙而又奇怪的好消息！它让我忍不住浑身战栗。你准备好给它取一个像古罗马人那样的中间名了吗，比如波斯蒂默斯或者波斯图马？加纳人确实会这么做，我不记得他们使用的是什么名字了，但我会查一下。

婴儿并不无聊，我不这样认为，它们只是很年幼。

你家里面数百个姐妹是否随时为你提供帮助和照顾？

这实在是太壮观了，我会好好思考一番的。石榴籽之后是什么？

拉斯穆斯

另：谢谢你的字体。我很欣赏。

亲爱的拉斯穆斯，

是的，她们陪着我。现在内尔在我这里，其余的姐妹从她们居住的各个地方轮流来到伦敦，命令我、安慰我、批评我、祝贺我、发现我的需求，并且告诉我她们有多爱我。这件事比怀孕本身更好，也可能会更累。你有没有家人？那天晚上你并没有说太多。

一切顺利

罗伊辛

---

① 此句为羽毛体写成。

另：是朝鲜蓟。这就像一个奥图蓝吉食谱。

亲爱的罗伊辛，

我没有。很显然，我肯定在某个地方有一些亲戚，而且我在书中读到，只需要上溯四代人，每个人都可以彼此关联，但实际上我却没有亲戚，一个都没有。我的父母都去世了，两边都是独生子，你的宝宝会有一千个表亲的。尼科的家人对此怎么说？

拉斯穆斯

亲爱的拉斯穆斯

他们还不知道。我想他们也会用关心将我淹没吧，所以，我试图让情绪的浪潮维持在合理的高度，如果你明白我的意思的话。他的妈妈玛丽娜目前不在这边，等她回来时，我会去看望她，能够面对面最好。她会想要"偷走"我的孩子，我不得不在某种程度上允许她这样做。我知道，我会想要并且也需要每个人提供的所有帮助，但老实说，我只想一个人待着。事实证明，我的身体里多了一个人。小岛怎么样了？你怎么样了？

罗伊辛

亲爱的罗伊辛，

在某种程度上，我也被淹没了。一边被淹没，一边又在枯竭。我不能留在小岛这里。就连我也知道，像我这个年纪的男人，如果独自生活在这里，沉浸在悲伤之中，只会日渐消瘦，还会有奇怪的体味吧。

我有没有告诉你,杰伊曾经救过我的命?我知道我没有。

在她死后不久的一段时间里,我没有吃东西,而且身体很不舒服,她通过各种梦境和外显的方式来到了我身边。后来发生了一场危机,导致我最终住院了,那时,她就在那里。她非常清楚地指导我,让我振作起来,并且不断安慰我。这可以解释为我的心理和情感以及过度悲伤而出现的幻觉。然而,我的朋友道吉叫来了救护车,他非常肯定是杰伊告诉他去帮助我的。的确,他没有理由会来找我。他当时一直在做举重训练,身上还穿着运动背心。不过,我无法解释他为什么会这么说。人们对死亡的反应真的很奇怪,而且杰伊很受欢迎。

除此之外,我向她保证我会活下去,但是我不能再住在这里了。

还有个我以前认识的女人威胁说,要来留下来"照顾"我,这是绝对不可能的。

另外,变调夹乐队的唱片公司希望我将新歌制作成一张专辑,这事就说来话长了。他们给我画了各种各样的"大饼",我将会在法国一个相当漂亮的录音棚里度过三个月的时光。录音棚在一座金色的长型建筑里,有着高大的窗户和灰色的百叶窗,屋外还种了冬青树。房子就在海边,还有一架美乐特朗电子琴。

所以我准备去法国了,在那之前,我会在伦敦待几天,签一些文件。到时候我可以留宿在你那里吗?我会自己整理床铺,帮你买吃的,给你泡茶。我这里有一个漂亮的粗花呢垫子,可以拿来给你放脚。你还喜欢什么？

我咨询了我的姐夫——确切的说，是他的妻子——在他们父亲去世后，他们给出生的孩子起的加纳名字叫安托。这个名字的字面意思是：他们没有见面。另外还有一个名字，意思是"我们不想要你"，但你不会需要那个名字的。

拉斯穆斯

亲爱的拉斯穆斯，

关于法国的回复：天哪，那听起来就像天堂。太棒了，涉足新的领域很重要，从来没有去过的地方。我很高兴你的答案是"是"，而不是"否"。

关于留宿的回复：好的。

关于垫子的回复：谢谢。

关于女人的回复：哦，亲爱的。

关于杰伊的回复：

听着。

我听到过尼科的声音，我当时甚至没有在生病，当我醒来时，我知道我曾在他怀里。请原谅我这样问，但希望你能告诉我——这对你来说，是真的吗？我本想和你谈谈这件事，但我权衡再三，觉得如果是写信给你的话，应该会不那么尴尬……她的身体像是一个真实的人吗？我的意思是，在梦中的时候，你通常知道这是一个梦，如果你仔细回想这整件事的话。然而，事情是这样的：在他死后的一个晚上，尼科以相当真实的方式和我待在一起，我是说，他绝对和我在一起了。对不起，我说得不是很清楚。曾经一些瞬间，他是在那里的。在葬礼上，他摸了摸我的后颈。某一天晚上，我在厨房里跳舞时，他拉着我的手，带着我旋转，紧紧地抱着我。悲伤使我们变成了疯子，不是吗？老实说，我不知道也不在乎鬼是不是真的，或者我是歇斯底里地出现了幻觉还是半睡半醒，或者对死者的爱是否在神经系统中建立了某种记忆回路，它能感知到我们熟悉的事物或感觉，即使在他们死去了之后……或者之类的东西。至少在某种程度上，它是真实的。谁知道呢？我们只需要接受它，为此感到高兴，并且承认我们对此一无所知。它在科学或理性上可能不是真实的，但它不正是"我们是谁"以及"我们是什么"的重要组成部分吗？

关于"我们不想要你"的回复：你是对的。

罗伊辛

亲爱的罗伊辛，

一切都是真实的，或者没有什么是真实的。我无法分辨，真的不行。

我很高兴你也同意了。

你的，

拉斯穆斯

另：天气很糟糕，即使是在这里。

亲爱的拉斯穆斯，

我现在已经把粗剪镜头确定了，我不得不说，我们拍到了一些非常可爱的片段。我很想发给你一部分，但现在公司里的每个人都面临着巨大的隐私/安全问题，因为有人入侵了电脑并把一些东西放到网上，现在我们都觉得"世界末日"到了，所以一切素材都被编号并锁定了。虽然这超出我的理解范围，但我的确不想给我们中的任何一个人带来麻烦。如果你愿意，可以随时进入应用程序来查看它，但必须通过那个被我的老爸叫作"黄铜帽"的东西。

罗伊辛

亲爱的罗伊辛，

  我想我现在还不想去看。你的工作被其他人监督视察，其实是一件好事，而且可能会卓有成效，因为它会提醒着你，你存在于现实世界中，并且你正在制作的内容是其他人会体验到的，并且他们有可能会在体验中收获某种东西。不过，在工作时审视自己，则会带来一种完全不同的自我意识——这种自觉意识并不是我想要的，我觉得它可能会阻止我前进。我并没有在双关，你喜欢双关语吗？我真的不太懂，但我知道它们给了很多人带来了极大的快乐。

拉斯穆斯

  另：还有，这样就变成了我在看着你工作时看着我工作的样子……这太魔幻了。

亲爱的拉斯穆斯，

我喜欢双关语，越糟糕的越好。我报名了一个产前瑜伽班。经历了无知无畏的阶段之后，我进入了身形酷似西班牙大型帆船的孕期阶段，内尔指出，我已经错过了几个月的计划和大惊小怪，所以她给我报了名。但等我去上课的时候，才发现内尔没看清楚名字，那实际上是一个父母瑜伽课。所有的父亲和伴侣都在场，与孕妇妈妈背靠背坐着，摆出肘部相扣之类的动作。他们彼此紧紧相连，仿佛融为了一只人畜无害的生物，所以我离开了。在我怀孕的每个新阶段，人们都单纯地为我感到高兴，所以我不愿意扫他们的兴。我曾经有好几个月会和别人解释说"他死了"，如果再继续对无辜的助产士、瑜伽老师和婴儿服装店的店员女孩说这句话，似乎是不礼貌的。想象一下他们脸上的表情！所以我决定把这些话咽进肚子里。毕竟，人终有一死。所以这样可能是更明智的，但是上帝啊，这真是个活着的好理由！从死神的血盆大口中攫取了这般的荣耀！我无法继续下去了……前一刻我还是一个普通的女孩，有着一个在婚育方面表现并不积极的男朋友，下一刻我就成了一个悲伤、勇敢的年轻寡妇，而现在我是一个单身的准妈妈。突然，就像上帝突发奇想，然后把尼科换成了一个孩子。就像……说实话，我无法想象的事情。就像我所知道的这个世界上的任何事物一样，我怎么能用一半的心承载死亡，而另一半的心承载新生呢？

罗伊辛

亲爱的罗伊辛,

你是一个普通人,那是你的工作。你做得很好,请继续保持。

想想看,我们都知道自己会死,但却设法把这个信息隐藏起来,继续去享受咖啡、和朋友聊天、生孩子、刷牙、购买溢价债券,仿佛死亡并不打算熄灭每一份小小的快乐,却随时可能会这样做。杰伊很喜欢圣经中的一句阴郁的名言:"你们要小心,要警醒,因为你们不知道那日期什么时候来到。"[1] 这就是十七世纪的小女孩可能会被要求用深红色线在亚麻布刺绣样本上绣的文字,以吓唬她们要顺从命令并且行为规范。(顺便说一句,这些东西让我感到害怕。每一个针脚都是在为终生的奴役和恐惧而训练。)但我们不会这样做,不是吗?在我的一生中,我从未小心或是警醒和祈祷。至少是一直到死神已经降临到房间,将他的手放在杰伊的喉咙上的时候,而那时我必然无法阻止他。

你只是像一个完全成熟的人一样生活。就像一位在指关节上纹着爱与恨的传教士。

你的,

拉斯穆斯

亲爱的拉斯穆斯,

我已经有一段时间没有联系你了,但我想让你知道,阿尔伯特音乐厅的镜头拍得非常好,再加上布什·哈兰德的采访镜

---

[1] 原文为 Take ye heed, watch and pray, for we know not when the hour is.

头,以及乐队的档案影片,我们已经收集到了一个优秀的材料库作为纪录片的基础。下一步就是唱片公司了,当然你来决定简介怎么写。按照你早些时候说的那样,我现在不会向你发送任何链接,但如果你确实改变了主意,我有很多内容可供你查看。

最好的祝福,

罗伊辛·肯尼迪[①]

亲爱的罗伊辛,

感谢你带来关于拍摄进度的更新。毫无疑问,我们会在某个阶段听到消息。

最好的祝福,

拉斯穆斯

亲爱的拉斯穆斯,

尼科是一名文身爱好者。他很擅长这个,虽然我个人无法忍受这些事情。不过,他说我的皮肤非常适合文身,我们还开玩笑讨论,如果我真的有文身,会是个什么图案。当然我永远不会有文身,我曾想过文上他的名字——他不喜欢那样。他说,他并不想在我身上读到他自己的名字,仿佛我是学校发的袜子一样。总之,他只想给我文上鲜花。我说我唯一能接受文身的地方是指关节,但要有"爱"。你关于刺绣样本的看法是对的,令人毛骨悚然。你可以把它们放在电视节目中,让孩子们用可

---

① 此信为羽毛体写成。

怕的尖利嗓音唱《玫瑰花环》①。

  我今天和我妈妈坦白。她不停地哭啊哭,和我说她要搬进来。她其实不会真的这么做,但这个想法是善意的,只要她不采取实际行动就行。所以,现在只剩下尼科的妈妈了。我需要为此多做几次深呼吸。她非常聪明,非常迷信,也非常情绪化。我知道对我来说,这感觉就像是被生生撕成两半,但是上帝啊,我很难用语言来形容她的感受。总的来说,这算是她死去的儿子以另一种方式回来了。我有告诉你尼科是独生子吗?

罗伊辛

亲爱的罗伊辛,

  这一次,送信之人将会是信件本身。她会好好看一看你的。
  我喜欢文身。

拉斯穆斯

---

① 玫瑰花环(ring-a-ring-a-rosie):一种在欧洲和美国广为流传的童谣、民歌和游乐场歌唱游戏,也称为"Ring a Ring o' Roses""Ring a Ring o' Rosie"或"Ring Around the Rosie"。

24　地球上的生灵

八月

阿克拉①

鬼是为了什么而存在，鬼是为了什么而存在？

我有需要履行什么义务吗？

她需要花时间度过拉斯穆斯之外的生活，在拉斯穆斯的面前，告别她的血肉之躯，告别她的哥哥、她的童年、她可爱的小侄女。

在希思罗机场的时候，她为了不挡道，飘到了人造天花板上无所事事，覆盖在造得像是舞台布景的商店的大屏幕上，还会悬挂在灯光设备上，这些对她来说已经成为了安全之地。当你在天花板上时，没有人可以坐在你身上。毕竟，她还得等广播叫到自己的航班。

她轻松地飘进了飞机，在头等舱找了个空座位坐下。她凝视着云，再次想到了在上面蹦来蹦去。从伦敦飞往阿克拉所需的时间，与从斯托诺韦开车和乘船到格拉斯哥所需的时间一样长。但是，这么多的加纳人在她身边，让她的精神为之振奋。她生前的躯体，音容笑貌。在科托卡机场，加纳向她"袭来"：晚上7点就已经漆黑一片了，炎热、欢快、郁郁葱葱，以及那样的熟悉。在她的一生之中，

---

① 阿克拉（Accra）：加纳共和国首都。

这是第一次没有人来机场接她，没有一帮兄弟等着她，没有鲜花迎接她，没有人抢她的行李，把她送上某个人的车，然后带她回家。

没有血肉之躯，无法感到萎靡不振或是抱怨炎热，无法放松或是放慢速度，也无法感受关节和肺部放松下来的感觉……

她不知道去夸梅现在住的地方该怎么走，所以她就飘到了他们的父母家。那里一个人也没有，她的一个表妹本应该看家的，但她似乎并不在。杰伊以一种她这辈子永远不会被允许的姿势，躺在母亲的沙发上盯着风扇。然后她又躺在花园里的长椅上，盯着棕榈树，把脚放在水池里，和粉刷成白色的混凝土墙上的三色蜥蜴说话。等到星期天，她早早地去了山脊教堂：即使夸梅不在，埃弗亚也会在的。她真的在那里，和她的女儿们在一起。这三个女孩都是那样的时髦和甜美，穿着与彼此相配的印花衣服。如果能够把她们抱进怀里，她该有多么高兴啊：一边抱一个，虽然她们现在已经长得太大了，长长的腿上穿着白袜子。想要逗逗她们，抱抱她们，假装要吃掉她们。

她跟着她们回了家。

当她们吃东西时，她站在她们的椅子后面，看着她们享用馥馥糕、汤和冷冻酸奶。当她们睡觉时，她坐在他们的床上，对着她们唱歌，抚摸她们的头发、她们的小脸蛋。她们近乎荒唐的幽默感。她们一起唱歌的方式：她们特有的那种小女孩的可爱声音，蜿蜒曲折，和声美妙，就像她和夸梅小时候一样。某天下午，她们正在唱一首古老的加纳民歌:《让我们成为，让我们成为玛莫纳》[①]……接着是《奇异恩典》，然后是些她不知道的新歌。

---

① 原文名为 Tuwe Tuwe, mamouna tuwe tuwe。

她看到夸梅和她们坐在一起，和她们玩耍，喂她们吃饭……埃弗亚回到家，洗了洗手，拥抱她们……舞蹈班、泰迪熊。尼特在梳头。小宝贝们、她哥哥的未来。她的照片摆在架子上，挨着妈妈、爸爸和奶奶的照片，以及她不认识的埃弗亚那边去世的亲人照片。

我和亡者在一起，这是我的归属。

周末——她觉得应该是周末——夸梅全家人和几个朋友一起去了"第13英里"，那里的海滩延伸在灰金色的大西洋上，海浪像是一道长长而缓慢的滚轮，沿着广阔的空间卷曲延绵，以这样的长度，跨越这样的距离，从遥远的南美洲滚滚而来。大人们撑起了雨伞和躺椅，女孩们在最浅的水域玩耍。海水只有几英寸深，蔓延、旋转和环绕在她们伸展的腿和上翘的脚趾周围，她们的父母时不时会看向她们。沙滩上的人们按照次序向前移动：拿着小龙虾的人，跟着拿小火炉去煮小龙虾的人，后面是拿着糖面包的人，然后是准备挤甜酸橙的人。夸梅穿着他的工装短裤，保温箱里装满了俱乐部牌啤酒和给女士们的矿物质水。腊吉·杜布[①]的低沉歌声从某个人的平板电脑中传出来。这一切本该是极好的，这真的很美好，一点也不美好，这伤透了她那那颗该死的心。所有的一切，就都在那儿，无法触及。

她觉得她的存在让女孩们感到了不安。虽然还在睡梦中，女孩的脸上露出警觉的表情，微微皱起眉头。一只小手拂过她，仿佛她是一株蔓生植物，或是一只烦人的苍蝇。她颤抖着，目光越过女孩

---

① 腊吉·杜布（Lucky Dube）：南非雷鬼音乐家，被认为是非洲音乐史上最重要的音乐家之一，在25年间以祖鲁语、英语和南非荷兰语录制了22张专辑，并且是迄今为止南非和非洲最畅销的雷鬼巨星。

小小的肩膀，欣赏大人们忙活的凌乱成果。

我很渴望，她想。那些不再属于我的世间万物。

地球上的生灵。

* * *

她乘坐飞机回来了，脑海里却满满是她侄女的脸，不停地想到她未曾孕育的孩子，渴望。

那时我太忙了，他的身体不太好，我的身体也不太好。

如果选择生孩子，她的死亡率会变成五倍——但是不，与这个无关。即使她真的害怕，也不是由于那个原因。

是因为结节病①会遗传到下一代吗？

快停下，现在说什么都没用了。木已成舟。尘埃落定。

无论如何，你不能因为人终有一死，就放弃把新生命带到世间吧。

---

① 结节病（sarcoidosis）：一种非干酪样坏死性上皮细胞肉芽肿炎症性疾病，病因不明，以侵犯肺实质为主，并累及全身多脏器，如淋巴结、皮肤、关节、肝、肾及心脏等组织，临床经过较隐袭，病人可因完全性房室传导阻滞和（或）充血性心力衰竭而猝死，甚至以猝死为首发症状。

25　旅程不要太匆忙

八月

伊萨卡岛

  尼科的妈妈并不在卡姆登镇的公寓里。现在是八月,她当然不在。
  他在伊萨卡岛找到了她。在弗里克斯的海滩边,她歇在德米特里的酒吧外的葡萄藤下。而德米特里待在凉爽的屋内,正在把无线网络的密码提供给几个英国人,其中包括浑身湿漉漉的女人,她显然刚从一条船边游过。太阳已经落至小岛的背面,远处山羊脖子上铃铛,发出并不悦耳的叮当声,似乎在告诉他,当夜幕降临,它们会闲逛到任何想去的地方。他的母亲就在那里,一边喝杜松子酒,一边看着报纸。
  他走到她身边坐下。
  她像触电般站了起来。
  "尼科?"她说,"我的小尼科?"
  他后退了几步。
  "我的孩子,你来了吗?[①]"身高五英尺二英寸(约157.48厘米)的她站在那里,把椅子往后推。她穿着一件土耳其式长衫,戴着尼

[①]　此处为希腊语:Agóri mou, eísai edó?

科的父亲——她的丈夫——送给她的拉洛尼斯①戒指，穿着一双带跟凉鞋，发型很完美。八月，在一个村庄里，丧偶后又失去儿子的她，发型很完美。

"亲爱的？"她说，"小尼科？"

她转了转头，四处看着。

"在这儿，妈妈，"他说着，走到她身边，拥抱了她。就那么抱着她，没有放开。

当德米特里和英国人出来的时候，她又坐了下来。

"我告诉过你，德米特里，"她说，"我告诉过你，他不会跟他的母亲不辞而别的。"

"嗯，"德米特里说，"好孩子，他一直是个好孩子。"

他又给她拿来了一杯杜松子酒和汤力水，还有一碟小饼干。

"我很高兴他来了。"他回来时说道。

"我也是，"她说，"但我现在又感到孤独了。过来和我坐在一起吧。"德米特里挑了瓶珍藏的白兰地，给自己倒了一杯，在暮色余晖中拉过一把椅子，敬尼科，当然也敬扬尼斯，还有玛丽娜。

尼科跑到码头的尽头，一头潜入水中，然后游到了大海里。海水很咸。

---

① 拉洛尼斯（Lalaounis）：希腊珠宝的先驱和国际知名的金匠。

26　地点

八月

小岛

房子坐落在岩石小山上。没有炊烟,院子里没有摩托车,实际上,那里什么都没有。哪里都没有。

屋子里是空的。恰到好处的空旷,即使现在是夏末,还是阴冷中带着一丝潮湿,就像没有开放的度假小屋。空的抽屉,空的书架,窗角结着蜘蛛网,没有钢琴。

杰伊走进他的工作室,没有美乐特朗电子琴[①],没有电子竖琴,没有小风琴[②],没有吉他。

她在炉栏上坐了一会儿,那是客厅里唯一可以坐在上面的东西。

他把所有东西都收拾走了。只剩下一个地点,突然之间,失去了所有意义。

它不在这里了,也没有回来的意义。

[①]　美乐特朗电子琴(Mellotron):一种计算机编程序的电子琴,这种电子键盘乐器的每个键控制一个预录乐音的播放。

[②]　小风琴(harmonium):又称簧风琴,一种键盘乐器,以气流使簧片振动发声。

好吧，重要的并不是地方，而是那个时候，在这个地方的人。

他走了，他把它弄得一团糟。它和他一起走了。

猫去哪儿了？

她知道，他会为猫做妥善的安排，道吉会收养他们的猫。

也许这就是我们所说的昔日美好时光吧，那时，每个人都在那里——合适的人，在合适的地方，未曾分离。

她站着，环顾四周空荡荡的墙壁和裸露的石地板。好吧，你知道终会有这么一天的……

过了一会儿，开始下雨了，尖锐的、刺耳的、斜斜的雨。她很熟悉这样的雨，它可以一直持续几天。当她正要开始感到沮丧时，尼科出现了。她惊讶地发现，自己很高兴见到他。而现在，他是我唯一的朋友了。

"我想看看你是否会在这里。"他说。

"情况越来越糟了，"她回答说，"不是吗？"

"是吗？"尼科说，"我不知道——"

"继续生活吧，"她悲伤地说，"看呐！全没了！这么快！是吗？我不知道是什么时候发生的。"她曾经读过一本书，读了一遍——不，不止一遍——书中有一座城堡，在某个时期，城堡里有国王和王后，然后在另一个时期，城堡成为了被常春藤所覆盖的废墟，就这样存在了几个世纪。那本书叫什么来着……？"

"该死的，这里太寂寞了，"尼科说，环顾四周。"可能有点……你知道的，因为他而闹鬼？某种回忆之类的？"

"是的，"她说，"我想知道他是怎么处理我的东西的。"

那天晚些时候，她找到了答案。在等待飞往格拉斯哥的航班期间,他们在斯托诺韦附近闲逛,最终来到了慈善商店外面。小岛这一端的雨稍微小了点。雨点温柔地穿过了他们,不再像之前那样野蛮地刺下来。

"哦。"她说,凝视着窗户。她不懂他为什么不直接把东西带到另一个商店,那个地方明明离他更近,但后来她知道了原因。他尊重她的隐私。他知道,她并不希望他们的朋友和邻居在商店看到、发现或是认出她的物品。

她的红色雨衣在那里。还有她从来不喜欢的蓝色丝绸衬衫,但它是丝绸做的,所以……

那里——是它吗?是的。她栽在绿花盆里的龟背竹。

她的龟背竹。

好吧,至少他没有养死了那个……

接着,她尖叫道。"我的旧耳环!"两个中心开口的扁平圆盘,由浅蓝色的人造树胶制成,挂在一个小架子上。"我以为已经把它们弄丢了。"她因为它们的存在,而感觉很踏实。她曾经真实地活过。她戴过那些耳环。

"你想要它们吗?"尼科问。

"有点吧,"她说,"但是……"

她伸长脖子,想看看是否能在里面看到自己的其他东西。一无所获。她想,他应该是把东西放在仓库里了,与美乐特朗电子琴放在一起。或者,也许他把所有东西都带到了别的地方。带去法国?肯定不是。她可以看到志愿者戴着发网在店里走来走去。她叫珍妮特,对吧?

她想知道他选择留下哪些东西。他有权利扔掉这些东西。他走了……他不会回来了。

更确切地说,他知道我不会回来了。

但我的确回来了。

"我曾以为事情会变得容易一些,"她悲伤地说,"尼科,你觉得这种情况会持续多久?"

他目光犀利地盯着她看了一会儿。"算了。"他说,然后走进慈善商店。

他回来了。"我试图替你把它们偷出来,"他说,"很明显,我没法办到。"

"哦!"她说,"我是说——谢谢你。"然后,"你妈妈怎么样?"

"很美,"他说,"你哥哥怎么样?"

"活着。"她说。

他们站了一会儿,雨倾盆而下。天哪,怎么会有那么多的雨,它永远都不会停吗?还有大海的声音,清晰的奔流声,从远处传来。

"现在要做什么呢?"她说,"我在想,如果我直接跑去沟渠里躺着,会不会一切都结束了?如果我停止做事情的话。"

"你不想那样的。"他说。

"我想要怎样?"

"去找他们?"他说。

27　柑橘

八月

伦敦

　　伦敦正是缺雨的季节。天气炎热，令人筋疲力尽。草皮枯黄，烟头和薯片包装袋从干燥的排水沟中滚落。傍晚时分，尼科和杰伊站在罗伊辛大楼外，就在那片整洁而干涸的小草坪上，抬头看着公寓的窗户。

　　"所以，她在那儿吗？"杰伊问。

　　尼科说不上来。这让他心烦意乱。他渴望见到她。他需要知道她过得怎么样。"你觉得这种情况会持续多久？"杰伊的这个问题把他吓坏了。一幅景象在他面前展开：永远。罗伊辛就这样过着她的生活，日复一日，年复一年，岁月流转，罗伊辛在他眼前慢慢变老。他不能待在那里，也无法离开。各种各样的鬼故事正在他脑海中浮现，但都是悲剧。

　　或者，这种非自然的情况可能会结束。突然——现在，也许吧！可是他还没有把事情整理清楚。又是这样。"无法言说"和"无能为力"这两个词在他的心里怦怦直跳。

　　接着，罗伊辛出现在拐角处，提着购物袋，里面装满了从集市买来的水果和蔬菜。满满当当的苹果和洋葱。

她停下脚步,将手撑在腰后,休息了片刻。她身上穿的是那条尼科一直很喜欢的漂亮裙子。黑白相间,有一条搭配的腰带。但她没有系腰带——哦,她系了,但却系在了胸下。她——

尼科瞪大了眼睛,皱起眉头,露出了两岁孩子才会有的"这不可能"的表情。

他跟跟跄跄地冲上前去。杰伊伸手拦住了他。

"等一下。"她说。

"等什么,我的意思是这——!"他大叫道,向前倾斜着身体。

"哦,我的上帝,她怀孕了。"杰伊低声说。

"她和他睡过了吗?"他说。

"尼科,他们才刚认识。"

"但她怀孕了。"

"看起来像是。"杰伊惊讶地说。

"是我的吗?"他犯傻似地问。

"怎么可能是别人的?"

"我二月份就死了!"

"尼科,怀孕是需要时间的。"

"我知道!她怀孕多久了?"

"我不知道你们的性生活是什么时候,尼科……"

"那看起来像是几个月大了?哦,天哪,我妈妈要是知道,肯定会心脏病发作的。"

"不管它是几个月大,都很容易引发心脏病吧,"杰伊说,"大概五六个月?当然。有可能。"

"有可能。"他说,盯着罗伊辛。她正在费力地把门钥匙插进锁里,购物袋都散落了在地板上。他甚至不能帮她进门,也不能帮她收拾那些愚蠢的购物袋。袋子刚放下的那一刻,里面的东西就都滚出来,提手甚至都没有竖起来,所以你必须弯下腰去,然而她——

他不能为她做任何事,他也不应该做任何事。不能有惊吓,不能有噪音。

他冲到马路上,拦住了一只"逃跑"的柑橘。他至少可以阻止一个该死的水果吧。虽然无法把它还给她,但他可以阻止它滚得更远,于是他拦住了它。

"好吧,要么就是你在死前那段时间让她怀孕了,要么就是在你死后的几周内她和另一个男人睡了,"杰伊说,"不过,她一直都因为你的死亡而陷于悲痛之中,也没有任何关于她有新欢的证据或线索,所以第二种假设太荒谬,也不符合她的性格,而且你几乎每时每刻都在她身边。对吧?"

"是的。"他说。

"她肯定不是因为在过去八个星期里遇到的人而怀孕的,因为肯定没有那么显怀。听我说,尼科,尼科。"

他没有再瞪着罗伊辛了。

"让我们接受你的寡妇已经怀孕的事实,然后回到现实的物质世界。你死前和她发生了性关系,现在她怀了宝宝。

"她怀了宝宝。"他重复道。

"你的宝宝。"

"我的宝宝。"他说。

"你的宝宝。"

"我要当爸爸了,"他说,"成为一位父亲。"

"是的,至少……"

他变得很安静。他凝视着罗伊辛,然后很快把脸转向杰伊,仿佛是要问一个问题——但他没有。

"这改变了——"他说,"我是说——"

然而,这并没有改变什么,他也不知道自己想说什么。

"她需要钱。"他说。

"尼科,你死了。"杰伊小心翼翼地说。

"我能这样做吗?拿钱给她?"

"不能。她有自己的姐妹和朋友,都是一群活生生的人,很乐意照顾这位身份特殊的人——初为人母的年轻寡妇。毫无疑问,这其中也包括你的家人。"

"不过,我们现在必须做好准备,"他说,"她和我都需要。现在一切都不同了。她有了宝宝。我们不能忽视它的存在。"

"当然,尼科,尼科。但是,这不再是你的任务了。"

一股奇怪的能量流过他的身体。波光粼粼,熠熠生辉。

"也是我的任务,"他说,"必须是。或者,一定有什么是我的任务。拜托。"

他们跟在罗伊辛身后溜上了楼梯。

当他们走进公寓时,尼科开始哭泣。

"我让你们俩单独相处一会儿。"杰伊说。

***

杰伊坐在对面的公交候车亭里,一边摆动着双腿,一边思考。

可怜的家伙。

该死该死该死,她对自己说。至于是为了什么,她并不确定。如果她生下了一个孩子,那个孩子现在就没有母亲了。所以……

* * *

尼科看到罗伊辛脱掉鞋子,收起水果,打开了烧水壶。他看到她瞥了一眼洗过的衣服,它们在早餐之后还一直放在水槽里。他看到她在检查冰箱:六罐打开的果酱、伏特加、腌黄瓜、酸辣酱(至少放了四年了)、烂兮兮的生菜、一块还包在油腻金纸里的黄油,还有被她扔进垃圾箱的色彩斑斓的培根。垃圾桶已经满了。她又瞥了一眼橱柜,从她脸上的表情来看,他知道连垃圾袋也没有了。

他看到她瞥了一眼笔记本电脑,然后选择不理会它,径直进了浴室。他听到她小便之后洗手的声音,看到她走出浴室,坐了下来,闭上眼睛。

我甚至不能去帮她买咖喱,不能。

不能。

不过,他可以躺在她身边,那天晚上他做到了,并且万分小心地把手放在她的肚子上。

它踢了他,用它的小脚或小拳头,也许是小小的肘部。他看到手下面的紧绷的肚皮突然隆起。他感觉到了吗?他不知道。

他颤抖着,不得不转过身去。

他从床上下来,坐在她对面,坐在他们对面。感觉无能为力,而且莫名其妙。他整夜坐着,看着她的每一个翻身,听着她的每一次呼吸和低语。如果你不是我的,那你是什么?如果我不是你的,那我是什么?

所以自那之后，和罗伊辛在一起的时候，他变得不同了。他没有再离她那么近。有什么东西阻止了他。他往往会坐在她的对面，而不是她的身边；他会旁观着她的生活，而不是参与进去。他惊叹于她的状态，也惊叹于它的存在——不管他有什么想法，或是有什么所求，它似乎都离他越来越远了。

她是多么的温柔啊。

他每时每刻都待在她身边，忠诚而恒久。在公司、家里、录音室、编辑室、去商店的路上、公共汽车上、池塘边，以及克劳奇恩德的游泳池……当她去都柏林见她妈妈时，去到"四十英尺"游泳俱乐部，钻进了屎绿色的水池。她的妈妈站在一旁，叫罗伊辛快点出来，说这不安全。她俩还在一起笑话旧时代的绅士，如果他们看到孕妇进泳池，一定会大声尖叫着，声称大着肚子的女人侵犯了他们独占泳池的特权吧。她的妈妈告诉罗伊辛，她在上世纪 70 年代还参加过妇女解放示威游行，当时她还怀着内尔，而正是那次游行使得俱乐部改变了规则。

他看得清清楚楚。他看着其他的母亲，带着年幼的孩子。他以前从未好好看过他们，他现在看到了。

在克劳奇恩德的一家整洁漂亮的小店里，他看了看弹性连裤装和柔软的婴儿包巾，上面绣着一只丝绸般柔软的小象，还有一只小手，正紧紧地抱着软乎乎的象鼻子。

为什么我们身处此地，失去指引，被人抛弃，孑然一身？

有些事实似乎是不可避免的，关于现实的真相。但是，对他来说没有什么是确定的。

他每天都觉得自己在渐行渐远，就像生活正把他挤出去一样。

28　改变一切

八月

亲爱的拉斯穆斯,

　　我和我的妈妈待在都柏林。她是一个可爱的女人,让我没有任何怨言。你能听到"但是"吗?没有"但是"。但是,我需要见她,因为我怀孕了,而她是我妈妈,她知道这一点。她无法过来见我,因为一些未知的原因,或许是太忙了。等我请了一天假,凑出一个"小长假",然后坐飞机过来,以及做完了所有这一切,最终到了她这里,结果发现她还是太忙了。她忙于手头那些重要的事情,所以我甚至不能抱怨什么。她要去参加家庭暴力幸存者组织的早间研讨会,哪个懂事的女儿会抱怨呢?她周六下午要去看望病人和出门购物,也没有哪个懂事的女儿会阻止她去做这些事。星期天她要做弥撒,还要照顾我妹妹索查的孩子,因为吉姆跑路了,而索查要去工作,所以,这很公平。是的,我很理解,也很高兴能看到孩子们。他们很可爱,现在在学校学爱尔兰语。毫无疑问,能够和一些现实生活中的孩子出去玩,对我来说是一个很棒的学习过程。实际上,我妈妈被安排在周日晚上去看望吉姆，看看是否做些什么，能够让他回到家里。这是一种强大的美德，对她来说也是一件充满爱的好事情，可以投入时间去做。我在任何时候都不会否认这一点，也不会让她别这样做——既然谈到了"时候"，不得不说，整个周末，她都几乎没能留出一点儿空档来陪我。尽管我每隔一小时就会泡一杯茶，静静地怀抱着希望，盼着这杯茶能让她坐下五分钟，说出那句不朽的话："所以，我亲爱的罗伊辛，你感觉怎么样？"——在我的童年里，这句不朽的话从未出现过。事实上，我们所有人的童年（此处插入正确的名字）都是如此，也许这种情况发生在每个孩子身上，如果他们也有五个或者更多的兄弟姐妹的话。我的朋友保罗生活在一个有着十四个孩子的家里，他的父亲过去常常对他说的一句话就是："你是哪一个来着？"但是管他呢，我们现在都长大了，学会了独立生活，也不再需要填补这个痛苦的缺口——我的意思是，谁在生活中需要某个人的爱和关注呢？——以及不管怎样，内尔总是在我身边的。有趣的是，我的姐妹们相互分担了属于我们的妈妈的职责：内尔是我的妈妈，索查是内尔的妈妈，凯斯琳是索查的妈妈，诸如此类。男孩们则是见缝插针，总有人揉揉你的头发，让你靠在肩膀上哭泣。不管怎样，内尔确实会和我一起游泳，但主要是为了告诉我，以我现在的情况，我并不应该游泳。不管怎样，我是爱她的。她很好。

"所以，拉斯穆斯，你感觉怎么样？"

罗伊辛

亲爱的罗伊辛，

　　我不得不好好考虑你的问题。这并不是我经常被问到的问题。考虑到我的情况，你可能会认为会有很多人这样问我，但其实，只有为数不多的人会这样问候我。所有这些有关演出的电子邮件，似乎都没有人关心我个人的状态如何。好吧，也不对，这样说不太公平。毕竟，卡罗拉就像个妈妈一样，她人很好，又聪明。

　　我身体很好。我一直在努力思考，自己是否能够给予他们想要的东西。正如你所知，我一直在思考你所说的"不要做任何你无法撤消的事情"以及"不要对自己太苛刻"——我承认，我的妻子刚去世几个月，而且我已经好几年来没有与别人在正式的录音室里录音了。在这种情况下，我同意做第一张个人专辑，这可能被视为一个巨大的飞跃吧。签订合同是我无法撤消的事情吗？是的。但这也是信任自己的表现。所以，我也在问自己，到底感觉怎么样。答案来了：这是一个很好的机会。这些歌曲需要我做一系列工作，我宁愿现在就做，不愿等到以后。我们在采访中谈到了这一点。有人曾告诉我，悲伤会随着时间的推移而慢慢平静下来，但我不想平静地做这项工作。与此同时，我不想操纵这种情绪——不想利用它来攫取创造力。而且我也不希望它永远持续下去。毕竟，我的痛苦如果持续下去，对杰伊来说并不算是一种恭维，也无法展现出她在我眼中的价值。所以，我认为现在就是做这项工作的合适时机。

　　然而，你——你正在执行人类已知的最棒的创造行动，虽然时机可能不是你所选择的，但毕竟，这是唯一可能的时机了。

简单来说：我已经签了合同。我找律师读了这份合同，并接受了卡罗拉的建议。据我了解，她读过了自1999年以来的每一份合同。我感到既惊恐，又大胆。

　　我脑海中还盘旋着另一个问题。你认为，我们必须因为这件事而改变生活中的一切吗？我之所以这样问，是因为我们似乎都在这样做，只是每个人都在以不同的方式罢了。

拉斯穆斯

亲爱的拉斯穆斯，

　　上帝啊，你做得很好，很大胆，真的，做得很好。你是在享受该死的当下，而且这种选择完全正确。待在那间公寓里让我感到精疲力竭。从都柏林回来后，我有一两个晚上感觉很糟糕，昨天，我连续哭了三个小时。我计时了。我真的太伤心了。是的，我知道，其实没有"太"，但你懂我的意思。我知道，任何一个胎儿都不需要这样多的哭泣。很显然，在它们出生之前，这种压力会影响它们的小大脑。我必须用多巴胺和血清素之类的东西来滋养它，而不是用含盐的眼泪。我知道我的家人很好，尼科的家人也会很好，但我始终在为自己是否能做到这一点而感到烦躁，一刻不停地烦躁。是的，我知道我已经在这样做了，而且我别无选择。只是我的勇气突然不见了。它会回来的，我知道！毕竟它存在于我的天性之中。关于唱片公司，你还不知道吧？在丧亲的第一年，你拥有自由行使权[①]，可以拒绝、

[①] 自由行使权（carte blanche）：给予对方全权决定的自由，让其可以做任何想做的事情。

反驳或否认任何事情。你得确保他们知道这一点。或者无论如何,如果他们真的像表现出的那样重视你,就会记住这一切,并且好好照顾你吗?关于创造这件事。嗯,是的——虽然这并不一样,不是吗?当你靠着大脑和心在有意识地做着自己的事情时,你的身体却有着另一整个项目正在进行,而且独立于我的意识之外——在我意识到它正在进行之前,我的身体就已经把这个项目完成一半了。这很明显,也无法否认。在过去的几个月里,在许多次哭泣的间隙,我思考了很多很多,关于如今该怎样处理我的生活——关于工作,关于生活之类的事情——并且已经有一些想法和主意,或许应该辞职,成为自由职业者,少做一些行政方面的事务,多做一些更有创意的事情——我非常认真,擅长组织,阿伊莎想让我坚持做这方面的工作,很少让我做其他更有趣的事情。这种情况不会改变,除非我主动去寻求改变……但是,当然现在这一切都不成立了,因为小安托会比尼科消耗我更多的精力,而我向阿伊莎提的所有要求都是关于产假的,而不是"拜托让我多做一些导演方面的工作吧"。

至少最近的一年里,没有新雇主会考虑雇用我。之后我想要离开岗位去陪他/她多久?我的意思是,如果这个可怜的家伙生长在单亲家庭,那么他们至少应该拥有唯一的亲人的陪伴,不是吗?所以现在一切都是之后而筹谋。字面意义上的"用金钱换时间"①。你准备什么时候去法国?离开你生活的岛屿的话,应该会感觉很奇怪吧。你会把房子租出去吗?还是说留着房子,

---

① 此处原文为 buying time。

以后作为短暂落脚或是休息的驿站?

罗伊辛

亲爱的罗伊辛，

  我已经离开了。我现在在爱丁堡，周二会在伦敦。你的沙发还有空吗？我只住一个晚上。也许我可以请你吃顿饭？或者带点儿外卖？

  上周，搬家工人从家里收拾了最后的一点东西。我又做了一点点整理工作。一想到要把她的东西放下、扔掉东西或是捐给慈善机构，我就丧失了勇气。而把它们存放起来的这个想法，则让我更加怯懦，尤其是想到，终有一天，我必须要把它们拿出来，再次面对它们。虽然这将会发生在遥远的未来，某个难以想象的日子里，等到那时，一切都会有所不同。我为了那些已经捐给慈善机构的东西而感到难过；我希望我能保留它们。但我不能待在这里，我不能放任这栋房子糜烂下去[①]，成为我们生活的玩偶之家——让一对人体模型穿上我们的衣服坐在里面，像在被放置在省博物馆里一样，日复一日，直到布满灰尘。这并不是一个美好的画面。所以，我在最初付诸了差不多50%-75%的努力之后，是的，所有我没有带去法国的东西，都已经消失了。我设法扔掉了一些破旧的床单，还有那些沾着油污的过期罐装香料。还有些未过保质期的罐头，将会被送到食品银

[①] 此处拉斯穆斯也用了罗伊辛使用的自由行使权（carte blanche），只不过主语是房子。

行①。我的朋友们带走了猫、打开的果酱罐、窗帘和自种的蔬菜。除了钢琴需要送去学校外，其余所有东西都被存放在斯托诺韦。这栋房子待售期间，邻居的表弟会租用这里，所以房子并不会受潮。我现在正式成为无家可归的人了。

你的，

拉斯穆斯

备注：你对音乐行业的运作持有一种仁慈而乐观的看法。除非情况发生巨大变化，否则我预计不会得到来自机构的多少同情，尽管他们的员工肯定会对我很友好。

PPS：我留下了橙色连衣裙和外套。

亲爱的拉斯穆斯，

周二晚上的房间已经为你预定好了。我们出去吃吧，因为等孩子出生，我大概就再也不会出去了。我才真正意识到，我将成为一位单身母亲。

你的行动可真是大刀阔斧。我的意思是，我懂你，但是这的确太过于激烈了。它让我想到了你提出的另一个问题，我当时并没有作答，因为它有点太宽泛了。关于那个改变一切的问题。我内心里的一切都在大喊"筑巢、筑巢、筑巢②"：一个声音说"不要因为安全而改变任何事情"，另一个声音却说"改变一切吧，因为有个全新的人即将入侵你的生活（嗯，其实已经入侵了），你需要做好准备"。但从长远来看，我也不知道应该

---

① 食物银行（food bank）：领取捐给穷人或无家可归者食物的地方。

② 原文为 NEST NEST NEST，其中 nest 也有安乐窝的意思。

如何处理我的工作。我很久没有做那些我想做的事了，现在我无法解决这个问题。而且我不能离开这间公寓，因为我需要待在这里，以防他会回来。

我其实就是这个意思。

我是不是无可救药了？

总的来说，我对你充满钦佩。

罗伊辛

29　致船夫

九月

伦敦

　　真正让尼科感到介意的,并不是他们在大英博物馆旁边的韩国餐厅共进晚餐,吃着上面放了煎蛋的麻辣拌饭;也不是看到他们很高兴见到彼此,然后会心大笑;也不是那个可悲的自己,整晚都坐在他们身旁,试图把辣酱洒在拉斯穆斯的裤子上。在工作了一整天之后,罗伊辛其实已经很累了,所以有点心不在焉,但这个事实也没有让尼科感到任何愉悦。而拉斯穆斯注意到了这一点,然后叫了一辆出租车,于是他们在九点半之前就到家了,对此,尼科原谅了拉斯穆斯。尼科看到拉斯穆斯在浴室里刷牙,罗伊辛对他说了些什么,于是他嘴里还带着牙膏就走到浴室门口,试图回应她。这种平凡的相处,让尼科失去了理智。

　　如果我是一个真正的鬼魂,我会整夜拉扯他的脚趾。我会发出各种噪声,把东西都打翻,然后——

　　好吧,你做到了——你把韩国辣酱洒在了他身上,你这个幼稚鬼。那就是你想要的吗?

　　是的,既然你问了。我想把胶水涂在他的胡须上,然后吓得他心脏病发作。

不，你不会。

是的，我会。

反正他没有胡子。

他们在讨论语言的问题。他懂丹麦语、西班牙语和法语。

好吧，他很棒。

她会说爱尔兰语。拉斯穆斯想听她说一些。

"你知道爱尔兰的诗或者什么吗？"他说，"我喜欢听这种语言的音乐。"

"我知道一些歌曲的歌词。"她说。

"哦，那你不唱一首吗？"他说。尼科闷哼了一声，因为如果这世上有什么她不能做的事，就是唱歌了。

她肯定是害羞了。她听过他唱歌，也听过杰伊的，谁不会因此而露怯呢？也许碧昂丝或者阿黛尔不会害怕吧。好吧，她并不是阿黛尔。但他为她唱过歌，她不想失礼。于是她安静地唱着，几乎不会换气，就像任何其他女孩一样。他静静地坐着，听着她唱，这使得她就这样唱了下去，把所有记得的歌词都唱了出来，即使顺序可能不太对。毕竟，她并不擅长唱歌。

我爬上了

最高的山丘

放眼望去

看到这个人

你今晚可以来吗？

或者明天能来吗?

如果你不能

我会很遗憾

而我的心会

碎成一片片

眼泪不断地

从我的眼中滚落……

我的船夫

再也没有像你这样的人,

我的船夫

再也没有像你这样的人,

我的船夫

再也没有像你这样的人[①]

一千个祝福,无论你在哪里……[②]

"你唱的是《船夫》,对吗?"拉斯穆斯说,"她爬上山,隔海望去,等待着他的归来。"

"是这样的。"她说。

"那是我所在的岛上的一个女人写的,"他说,"她叫珍·芬莱森。他确实回来了,他们后来结婚了。"

"真的呀。真幸运,毕竟她怀孕了。"

"确实,"拉斯穆斯说,"我喜欢你唱这首歌的方式。听起来很

---

① 此处罗伊辛唱的是爱尔兰语。
② 此处为英语。

哀伤。"

"不应该是这样吗?"她说着,起身走进了浴室。

尼科只是坐在那里痛哭,像鬼一样放声痛哭。"对不起,"拉斯穆斯对着浴室门说,"我很抱歉。"

* * *

后来,当罗伊辛躺在床上时,内尔打来了电话。

"你说话怎么这么小声?"

"我没有。"

"你明明就有。发生什么了?"

"什么都没有发生。"

"那你为什么不正常说话——你那边有人吗?"

"没有——我是说——"

"谁在你那儿?"

"有一个朋友睡在沙发上。"

"什么朋友?"

"你不认识 TA[①]。"

"我认识你所有的朋友。"

"这是一个新朋友。"

"你没有新朋友。你什么时候交了朋友?"

"我们是通过工作认识的。"

'你为什么称为'TA'?是男人吗?是男人吧。你那儿有个男人!"

"天哪,内尔。"

[①] 原文用的是不带性别指向的 them。

"老天，果然有。"

"他睡在沙发上。"

"他在沙发上做什么"

"在他去法国前，在沙发上过夜。"

"为什么？"

"因为他住在外赫布里底群岛。"

'现在是你在犯傻吧。没有人住在外赫布里底群岛。"

"他的确住在那儿。不过他在搬家了。"

"搬到你的沙发上？"

"暂时搬去法国——内尔，你想要干什么？"

"要知道夜半三更的为什么你的沙发上会有一个陌生男人。"

"你打电话不是为了这个吧——而且他总不能在白天'过夜'吧，不是吗？那有什么意义呢？

"他到底有什么意义？"

"是你想让我交朋友的。他是个鳏夫。

"哦，他是，是吗？"

"内尔。"

一片安静。

"对不起。"

"好吧。"

"保护好自己。"

"我知道。"

"他帅吗？"

"滚吧，内尔。"她友善地说，然后挂断了电话。

* * *

与此同时，尼科在盯着正在睡觉的拉斯穆斯。他不适合当一个小提琴手或竖琴演奏者，也不适合当船夫，其他人也一样。

* * *

拉斯穆斯梦见自己和杰伊坐在一艘驳船上，正驶入一个湿淋淋的黑暗洞穴，四周回荡着摇晃声、嘎吱声、回声和拍打声。他的大脑识别出这些声音，把它们一一记录下来，并且排列整齐。

30 一朵红红的玫瑰

八月

亲爱的拉斯穆斯,

你到了吗?

罗伊辛

亲爱的罗伊辛,

我到了。昨天我入境法国,我的美乐特朗电子琴用卡车随后运过来。我开始展望自己作为一个富裕的法国磨坊主的新生活了,或许还有三个漂亮的女儿。那栋金黄色的房子十分古老,有一座郁郁葱葱的花园,工作室设施也令人印象深刻。那里有一位名叫弗朗辛的身材健壮的厨师,一位名叫埃里克(发音为Erique)的乐于助人的青年,一位出色的音响师佩妮莱,以及我上个月在伦敦遇到的一位制作人。我已经准备好了15首歌曲,也就是说,我非常清楚自己期待它们呈现出什么效果,并且有一大群音乐人排成一排候选,从成绩辉煌的到令人难以忍受的。这是唱片公司建议的名单,显然我需要在这方面下功夫,因为与这些人合作能够把我介绍到新的市场,而公司显然很热衷那种东西,而我则喜欢他们花钱搭建的这个工作室,所以我们就走到了这一步。这意味着我们将会有很多工作要做。我真希望她也在这里。

你现在是什么蔬菜的阶段?

一切顺利

拉斯穆斯

亲爱的罗伊辛

繁重的工作正在淹没我,但这并不意味着我的脑海中没有你。不要不给我写信,两种字体都欢迎。

拉斯穆斯。

亲爱的拉斯穆斯,

一个茄子?

我终于去看望了尼科的妈妈。我没有提前告诉她情况——他们一直在伊萨卡岛,夏天的时候他们家会待在那里。她想让我也出门,到那边晒晒太阳和放松一下,但我没有办法过去。我其实想去,因为我知道她想从我这里得到安慰,也想安慰我,但这只是回忆,关于所有该死的岁月的回忆,还有尼科在希腊的时光,在那个美丽的地方做着他的希腊人,还有那里的船、月亮和大海,空气中的芳香,该死的茉莉花,从雅典来的表亲,每个人脸上的悲伤,黄昏的凉爽,该死的美味的食物,想到这些,我就无法做到。所以当她回来的时候,我就去到了她的公寓。他们一直住在那栋公寓里。那里也是尼科长大的地方，以及他父亲去世的地方。她看了我一眼，然后尖叫起来。在此我想马后炮一句，这可能确实不是最好的方法——但我又怎么能通过发短信甚至写信，或是打电话的方式来告诉她呢？如果真的要说，也需要面对面来进行，不是吗？于是，她尖叫之后就昏倒了。她的个子很娇小，虽然已经75岁高龄，依旧头脑清明，有着最温暖的心和最严格的规则。虽然她总是打破这些规则，而且不管怎样，我当时以为我把她吓死了。后来，她醒了过来，大哭，喝酒，嘴里念叨着Rosaki-mou*，然后又是大笑，哭泣和拥抱——亲爱的上帝，她的手只能够得着我的肩膀，所以她基本上是把头埋在我的胸口，口红全蹭到了我的衬衫上——啊，拉斯穆斯，我让她很开心。如果这个孩子不叫尼古拉斯，我会很幸运能够侥幸跳脱我的生活。或许叫尼古拉就可以了。然后她不得不给整个大家族打一遍电话，从纽约的伊萨卡到澳大利亚的墨尔本，每一个该死的Triandafilidis*和Pappadopoulos，我都会坐下来，与他们每个人通话，其中一些人不会说英语，所以我那可怕的希腊语一览无余。她的爱就像爱尔兰的戈尔韦一周的天气——阳光和泪水，耶稣、玛丽和约瑟夫。然后她把她的一只mataki眼睛缝在我脖子上戴的一根皮绳上，并让我发誓我永远不会把它取下来。永远不会！不只是到我的孩子（对不起——她的孙子，正如现在所知）安全出生的那一瞬间，而是永远不会。所以这就是我了。当尼科和我第一次聚在一起时，他还是一名文身师，她希望他和他们一起给我们文身。我好像跑题了。

总之，就是这样。我完成了任务。我的生命永远不会孤单了，不是吗？如果你永远不会孤单，是否还有可能完成工作呢？我的意思是，艺术这样的真正的工作。这是一个严肃的问题。但我注意到，你确实认真地对待问题，所以我可能不需要提及。

罗伊辛

备注：*Rosaki-mou 是希腊语中的我的小玫瑰。罗伊辛是爱尔兰语的小玫瑰。Triandafilidis 在希腊语的意思也是玫瑰（字面意思是三十片叶子或花瓣）。这个事实始终很有趣，因为如果我真的嫁给了他，并且冠了他的姓，我就变成了玫瑰·玫瑰。

PPS：他有一些伟大的阿姨和叔叔，他们叫奥林匹亚、克娄巴特拉、阿弗洛狄忒、阿喀琉斯、赫拉克勒斯、埃弗罗西尼，还有——最喜欢的——特里安达菲洛斯。就像我这样。玫瑰中的玫瑰。

亲爱的罗伊辛，

这都是一家人。我还不知道你到底有多少兄弟姐妹。这难道不会令人应接不暇吗？光是读起来我就有这种感觉了。

拉斯穆斯

亲爱的拉斯穆斯，

我有很多。你还没有真正跟我说过你的家人吧？

罗伊辛

亲爱的罗伊辛，

　　我想我和你说过，真的什么都没有。

拉斯穆斯

亲爱的拉斯穆斯，

　　我觉得你没有骗我，我也知道你并不傻，所以我将你的回复视为一级自我保护，而且我对此表示尊重。

罗伊辛

亲爱的玫瑰中的玫瑰，

　　谢谢你。

拉斯穆斯

亲爱的拉斯穆斯，

　　我真希望他有个坟墓。葬礼是一个富有戏剧性的美好场合，在各方面都很适宜，特别是因为这是他要求的，所以即使我当时想，我也无能为力，但是亲爱的上帝啊，我希望有一片属于他的地方，可以让给我去到那里，哪怕是坐一坐也好。那里要有绿草、长凳和一些常青树。人们往往会说，为他种一棵树或一丛可爱的玫瑰吧。但是，那棵树或者那丛玫瑰，与他有什么关系呢？难道如果我种下了它，然后去再次看望时，它就变成了尼科的树？

　　在我看来，老实说，如果是从一个人的尸体的血肉中生长出来的树，也许可以勉强算是，但凭空种下的树并不能与之相提并论。我想的更多是那首老歌，从他的心里长出了一朵玫瑰之类的——我尝试回忆起几句歌词，但你应该懂我的意思。亲爱的威廉和芭芭拉·艾伦①。从他的心里，长出一朵红红的玫瑰，从她的心里，生出一株野蔷薇——我以前以为"野蔷薇"指的是荆棘，并不是很美好的生物——尽管我知道如果歌词是那样，她肯定会是一个铁石心肠的人，否则谁想要自己的心中生长出荆棘和黑莓呢？——但我在谷歌上搜索了一下，歌中说的是那些粉红色的野生树篱玫瑰。你看过那部可爱的电影《回归》②吗？电影开头，就是所有的西班牙女在坟墓上做家务，比如打扫和换水。她们都穿着家居服，做好了发型。这很迷人。我只是想坐在他的身边，面对面地和他说话。我有一个愚蠢的想法，觉得他在偶然发现了这件事，或者从别人那里知道了。我说了你可别笑我，有那么几个晚上，我一直走到了河边，坐在那里的长椅上，因为河水会潮汐涨落，所以当潮水来临时，他可能就在那儿了……前几天，我发现自己在盯着一只苍鹭，想知道它是否吃了一条包含了一部分尼科的鱼……生命的循环，对吧？无论如何，我有一种去献花的冲动，我能说什么呢，我有一种说话的冲动。

罗伊辛

---

① 这里指的是英国民谣 Barbara Allen，歌谣中提到了 Sweet William 和 Barbara Allen。

② 《回归（Volver）》：由佩德罗·阿莫多瓦执导的喜剧片，于 2006 年在西班牙上映。该片围绕"祖母"、"母亲"和"女儿"三代女性的生活经历，讲述一位母亲在去世之后，灵魂返回家乡解决生前无法解决的种种纠纷的故事。

亲爱的罗伊辛,

　　杰伊很明确地表示过她想要被火化。她只要一想到自己要被迫装进一个小盒子里,埋在地底下,在黑暗中被禁锢和压抑住,就会变得很焦躁。她担心承办葬礼的人可能会将她摆成令她不舒服的只是。除非能够弯腿屈膝,她并不喜欢仰卧,虽然这当然是最为经典的姿势。她想让我帮她问清楚她是否以侧卧的姿势下葬,但她及时意识到,这可能有点疯狂。因为这意味着需要一个更宽的棺材和一个异型的坟墓。

　　她如今仍然被装进盒子里,埋在地底下。她选择的是被她称作的"化学释放"的方式,这让她可以迅速地融入进这世间存在的一切之中。尘归尘,土归土。

拉斯穆斯

　　备注:我零星地记得,在某种文化中,人们会将鲜花扔到水面上,把蜡烛放在漂浮的树叶上。是印度教的礼拜么?

亲爱的拉斯穆斯,
　　你有没有撒了她的骨灰?

罗伊辛

亲爱的罗伊辛,
　　我还没有。

拉斯穆斯

亲爱的罗伊辛，

抱歉，上一封信回答得太过生硬。我尝试过，但失败了，现在我不知道该怎么处理它们。或者什么时候处理它们。我看着她的骨灰，觉得心像铅块掉进水里一样直直坠落。我把它们收起来，我觉得自己像个蠢货，居然不想把它们留在身边。我有好几个星期都不能碰它们。它们让我感到恶心。或者，更确切地说，我只要一想起，就会感到恶心。它们什么都没有做，也并不是她。实际上，这不关她的事。它们只是每天都在提醒我，我们还没有孩子，而她一直想要有个孩子。那个孩子会拥有她的微笑、她的眼睛、她的基因。这件事本身就是矛盾而复杂的，因为最终杀死她的那个肉样瘤，也存在于她的基因当中。她不想把这种基因传给后代。我没有鼓励她。我觉得自己没有资格。有时候，我又希望我有。但我感到很沮丧。这种沮丧是深刻的，不偏不倚的。我觉得我无法为她提供任何帮助或是支持。她的骨灰让我想起了我妨碍她去做的一切事情。如果不是我，她不会选择住在那么偏僻的地方。她想生活在城市，那里有着各种生活艰难的家庭，急需一名像她这样的好医生。

她想在产科工作，尤其想和黑人妇女做同事，然后晚上去影院看一场有趣或美丽的电影，去吃爆米花机里的爆米花和日本餐厅里的寿司。她想在教堂唱诗班、合唱团或乐队中一展歌喉，与其他令人愉悦的歌声和谐地交融。她是纽约和伦敦出来的那种女孩，她也很容易变成格拉斯哥女孩，她是那种都市少女，是我妨碍了她。她没有提过这件事，她是一个很决绝的人，知道如何放弃那些她无法拥有的东西。她甚至用她的生命做到了这一点。

当她的肉状瘤复发时,我们正在试图要一个孩子。我们意识到了她这次病得有多严重。

这次我的回答一点也不"鲁莽",但它是另一种形式的"鲁莽"。是这样吗?如果它令你感到不安,我表示道歉。在我看来,除非我们开诚布公,否则谈论这些毫无意义。

拉斯穆斯

备注:结节病主要影响的是肺部,所以她不能再唱歌了。

PPS 不论是现在还是以后,我会慢慢告诉你这一切。在第一次巡演结束时,我愚蠢地被出租车撞断了自己的背,花了两三年的时间才康复。而那段时间,无论是对于健康还是经济都是很重要的。乐队没有停留在原地等我,令我惊讶的是,她却没有选择与他们同行。我觉得她这样做有点疯狂,这样是为什么我像用余生来尝试去补偿她,虽然我没能做到。她告诉我,她不想再当歌手了。我想她只告诉了我一半事实,她这样做至少有一部分是因为钱。如果去巡演的话,可以得到每日津贴,而且没有任何花费,所以算得上是一种赚钱和储蓄的简单方式,如果你明白我的意思的话,她正在攒钱读书。我想在自己能够被挪动的时候,尽快回到英国。还有保险、账单等一堆麻烦需要处理。她把自己的积蓄都给我了,让我能够离开美国。所以当我开始拿到版税的时候,我资助了她的医疗培训课程,我们成为了自己的投资项目。

每次有事情不受控制时,我们都会互相确保没有其他事情出乱子。大多数情况下，我们都成功了。

但无论如何，对于年仅 21 岁的女性来说，接纳一个可能永远无法再走路的男人，是一个重大的决定。

亲爱的拉斯穆斯，

我知道有一家公司，他们生产小型的木制维京船——你可以把骨灰放在船体里，在甲板上点上一盏油灯，然后把骨灰送出海；等到船帆着火开始燃烧，骨灰也随之消散。不过，它只携带一定量的骨灰：200 克。对我来说，让我感到有些不适的事情，是让遗体分散各地。把遗体的不同部位放在不同的地方。天主教中有一个可怕的习俗，就是将各个身体部位埋在好几个的地方，这样你就可以为你的身体获得更多的祈祷。所以你越富有、越有权势、越邪恶，你建立的修道院越多，就能把你的手啊脚啊，埋在更多的地方。你会把你的心脏埋在最大的修道院里。这看起来很狡猾，不是吗？如果上帝没有看透它的话，我会感到很惊讶。即使是骨灰，我也不喜欢。这并不合理，是的，我知道，我们人类就是如此。我很抱歉你没能拥有你想要的孩子。关于发生在你和杰伊身上的事，我很遗憾。

罗伊辛

亲爱的罗伊辛，

想要孩子的并不是我。是她。如果我现在有了孩子，我会成为一个非常不幸的父亲，因为我会一直盯着它看，寻找它与母亲的相似之处。谁会想要一个只要看着他们就会哭泣的父亲呢？

我在某个地方读到过,这就是"臭富翁①"一词的来源:富到甚至可以埋在教堂里,做礼拜的每个人都能闻到你的味道。真的是字面意义上的:你离祈祷和礼拜仪式越近,你就越有可能去天堂吗?

拉斯穆斯

备注:你是那种在宝宝出生前就想知道它性别的人吗?

亲爱的拉斯穆斯,

恐怕是这样。这就是我永远不会成为狂热基督徒的原因。我总是感到疑惑,上帝是不是太虚荣了,所以只想一直被夸奖,所以人们就拉着他的袖子,日复一日地向他乞求恩赐……这很累。

我的母亲从小就对上帝非常虔诚,就像那个时代的每个人一样。但是当各种恋童癖的事情开始出现时,她就放弃去教堂了。她说,她会直接与上帝交谈,谢谢。我姐姐内尔说,这使她成为了一名新教徒,这也正是新教徒的意义所在。她说她会成为一名公谊会教徒②。不过,她仍然会去做弥撒,拜访她的朋友,确保老人平安无事,并狠狠瞪了神父一眼,以确保他知道这件事并没有被人遗忘。尼科的家庭情况也类似:他们曾经都是东正教徒,但在他父亲去世后,在雅典发生了可怕的一幕,有两名警察和一名牧师为了他的身体发生了剧烈的争抢——确切地说,是在他弥留之际,当着他的面发生的——争论的主题是雇佣哪个殡仪馆的人,因为他们两方都想要获得佣金。他的

---

① 臭富翁(stinking rich):stinking 指刺鼻的臭,这个词组引申义为富得流油。
② 公谊会教徒(Quaker):属于基督教派,主张废除礼仪,反对暴力和战争。

母亲当时发誓：再也不会信教了。你信教吗？

罗伊辛

备注：不是。在我看来,（提前询问宝宝的性别）有点像是偷偷阅读了它的日记之类的。有点不尊重它。

亲爱的罗伊辛，

不，我不信教。有时候，我觉得宗教很有吸引力，它的戏剧表演和艺术，音乐和熏香，高高的拱门和高涨的情绪，但如果真的信教的话，对我来说就会是一种自我放纵。关于安慰的想法是，嗯，令人安慰的。

这显然是人类需要的东西。我不会嘲笑它。它满足了一些需求，不是吗？我的母亲有时候会去一个并不具有多少正确判断力的低教会派新教教堂，那里有一座破旧的现代建筑，还有很多专横的男人负责经营。他们似乎主要专注于碾碎那些无辜的快乐，尤其是关于女性的快乐。他们花了很多时间来谴责女性具有吸引力的这件事，这让你不禁认为，他们把生活中剩余的时间都花在了手淫上。

我不喜欢通过将别人评判为不如自己，来让自己感觉良好的这种人类习惯。它不会带来任何帮助。

拉斯穆斯

拉斯穆斯

告诉我：在你录音的时候，你希望我不要给你写信吗？如果你需要一些独处的时间来创作,我是完全可以理解的。如果真要说的话,我属于新的生活,你正在注视旧的生活;我不想把事情搅得一团乱。

与此同时:耶稣基督啊,下雨了!

罗伊辛

亲爱的罗伊辛,

对不起,我有一段时间没有回复你了。不是这样的,并不是。我只是工作得很……与其说是辛苦,不如说是全职。我试图在这个地方把心安顿下来,这与我所习惯的状态非常不同。

感谢你的体贴之情,但请不要停止给我写信。

我在想,我可能会因为沉默而伤害了你的感情,我希望没有。

拉斯穆斯。

亲爱的拉斯穆斯,

当发生在我们身上的糟糕事情发生在你身上时,其他任何更微小的事情,都像是窗户玻璃上的苍蝇那样微不足道。只有发生同样糟糕的事情,才有可能再次伤害你。让我们面对现实吧,再也不会发生比这更糟糕的事情了。毕竟失去生命的机会只可能有一次。我曾经在某个地方读到过,疤痕组织是没有感觉的,这就像是对情感的一种隐喻:如果你受到了足够多的伤害,就会变得麻木。当我15岁时,曾经想过这个问题。当时的我,每周都爱上一个不同的小伙子。我讨厌拿这件事来取乐,因为这会刺痛我，很痛。人们会说"有一天你会回想起这件事，然后哈哈大笑"，你简直气得想杀了他们。我讨厌人们嘲笑青少年，仿佛青少年很可笑，而成年人却不可笑似的。我从来没有像小时候那样，有过如此强烈的感情。嗯，几乎从来没有。有时我会想知道，为什么我们的社会如此贬低情感。理由和事实显得如此重要，以及我们感觉它们的方式却是业余、幼稚和可悲的。试想一下：我们会说"我感觉不舒服"而不是"我生病了"，会说"这感觉不对"而不是"这不对"。有时候，这似乎只是一种方式，用来贬低妇女、儿童以及那些在意细微差别的人。这并不意味着我反对理性和事实，但它们并不是花束中唯一的花朵。

人们喜欢确定性，不是吗？即使确定是错误的，大错特错。（她非常肯定地说。）

无论如何，好好工作。

罗伊辛

31 呼吸呢？

九月

法国

拉斯穆斯在他的天堂里不眠不休，音乐环绕在他的周围，从他上一次来到现代工作室到现在的这些年里，音乐界有了不少发展，而初次认识这些新发现，不失为一种乐趣。他不得不努力解释道，他真的不想把所有这些新东西都加进去，事实上，其中有几样东西，他希望它们从未被发明出来。整个白天与黑夜，他都与吉他、音乐人和调音台待在一块，这对他来说很轻松。窗外是法国南方的秋天，这是农作物丰收的季节，所有食物都为他准备好了。这里的海虽然不像赫布里底群岛那样令人沉醉，但也相当不错。沉浸在与他人的工作中，确实是一种幸福。但是，被人以摇滚明星的方式对待，却是喜忧参半的。最重要的是，没有人自然地回应他。所有人都蹑手蹑脚地围着他，把他当成一位优雅的名媛，以及失去亲人的悲惨人物。他和身边的人算不上亲近。也许能称作是同伴吧。

我不知道如何让人们放松下来。那曾经是杰伊的工作，就像很多事情一样。

杰伊会喜欢这里的。她会待在厨房里，以自己的魅力征服厨师，谈论有机蔬菜的种植。没过一段时间，她就会加入摘橄榄的队伍，爬上一棵银色叶片闪闪发光的橄榄树，树干周围铺着网，一直到夜色降临，笼罩了树林。她还会从海里游出来，大海在避风港中泛起涟漪，闪闪发光，就好像有人从傍晚的天空中扔下了金色的亮片。

她确实是触不到他的两只空荡荡的手臂了。

想念一个人的所有方式。

活在当下。

给罗伊辛写信并得到她的答复，会让自己感觉不错。现在，知道如何与人相处融洽的是她。

嗨，拉斯穆斯，

我知道你几乎不会在社交媒体上寻找消遣，毕竟你还有那么多的创造力和之类的东西，但你有没有在新闻中看到那只因为嗅出地雷而获得奖章的老鼠？我很高兴能看到这条新闻，尽管我担心，他们会不会把奖章别在老鼠身上，除非它能得到一件可以在这个场合穿上的特殊的小夹克，我比较期待它能够获得这样的安排，因为当会见女王的时候，没有人想要把别针穿过它们的皮毛。在其他新闻中，水果方面，已经度过了菠萝和哈密瓜的阶段，我肚子里的宝宝现在有蜜瓜那么大。这一点儿也不令人兴奋，是吗？你觉得蜜瓜实际上比哈密瓜还大吗？它会让你夜不能寐吗？恐怕我昨晚在谷歌上搜索了一下，得知他们属于同一个科——也许还是"堂兄弟"呢——蜜瓜是绿色的，更甜一些，热量更高，而哈密瓜是橙色的，并且含有更多的维生素，但没有说哪个更大。不管怎样，现在他们的水果类词汇已经用完了,进入了"沙拉"环节——上周说的是:婴儿有生菜那么大。我比较关心密度的问题。我的意思是,我肚子里的"小宝石"是相当实心的,

但罗马生菜?叶子太多了!我突然意识到,我正在和你分享我会和尼科分享的那种笑话。我希望你不要介意,我知道你不是孩子的爸爸,但这对它有帮助……

xx 罗伊辛

天哪,我居然用了亲亲的表情。是不是有点前卫了?或者,你知道我们可以做什么事情吗?我的意思是,在邮件上。哦,我的上帝啊,你知道我的意思,对不起,真是乱七八糟的。

亲爱的罗伊辛,

我一点也不介意。无论是分享笑话,还是发亲亲的表情。它会让我感到心痛——你的怀孕,你的笑话和你的放松,你的悲伤;你的勇气。我喜欢看这朵花在黑暗中绽放。

拉斯穆斯

哦,是的。X。你是这样做的吗?Xx?

亲爱的拉斯穆斯,

谢谢你。我是一朵花,周围都是堆肥,我是一朵花。不,等一下,我肯定是一棵树吧?即将开花结果的书……La Ficelle 怎么样?你的工作怎么样?我的意思是,你上周发给我的那首歌,我一直在循环播放。当我肚子里的小家伙不安分时,这首歌能把它哄睡着,所以很感谢。我会在它出生后,把这首歌作

为摇篮曲。我不明白为什么你觉得它不够完美,你是那种因为一遍遍地重写而永远无法完成作品的完美主义者吗?我无法相信你是那样的人。但我知道什么?我得走了,去洗手间啦![*]

xx 罗伊辛

[*] 我总是想去洗手间。我什么时候能不这样?

亲爱的罗伊辛,

呼吸呢?你的肺有足够的空间能舒展吗?

拉斯穆斯

备注:真诚地问。

PPS XX

亲爱的拉斯穆斯,

我希望你一切都好,事实证明,你的录音时间是富有成效的。

我写信来只是想确认一些我希望你已经知道的事情。唱片公司要求我们提供更多的镜头,包括你与录音室中的音乐人一起工作的场景。他们建议我们尽快完成,因为我将会从月底开始休产假。当然,会由我们来找你。

在这种情况下,拍摄团队只有我一个人,请知悉。我会尽可能地让我的拍摄不引人注意。我不想以任何方式打扰你的工作。

我正在等待正式确认,但我也想直接告诉你这件事。

最好的祝福

罗伊辛

罗伊辛·肯尼迪[①]

亲爱的拉斯穆斯，

我想说，虽然很明显我戴着我的"羽毛帽"写下了这封信，但我本来不想这么说的，不要觉得你是必须要怎么做。在很长一段时间没有产出之后，你如今有了很多产出——我喜欢这个词，不是吗？就像青少年初尝禁果一样——好吧，这个说法并不适用于这里，但你懂我的意思——你如果答应的话，就相当于交付了自己，而在此之前你一直都不受打扰。虽然说，能够拍到工作室镜头和可爱的法国外景，肯定会很棒的，但它并不是必要的，如果您想专注于工作或者只想安静地坐在树下，请拒绝他们吧。人们往往会忘记，悲伤是一份全职工作。

无论我们的思想、世界、生活和心灵中发生任何其他的事情，都无法改变它的地位。但我知道，我想说的是，不要忘记。

x 罗伊辛

亲爱的罗伊辛，

我坐在窗前，翘起双脚，喝着咖啡，享受秋日的阳光。空气很清新。

很高兴能够邀请你来到这里。不过，你肚子里的"生菜"愿意和你一起旅行吗？不算太晚吗？这里仍然阳光明媚，有很多房间，还有性格好、会做饭的年轻人。你可以在这里待上一段时间。我对社交并不算感兴趣，不过，当你的拍摄工作告一

---

① 这封信是用羽毛体写的。

段落时,你可以在海里消磨下时间。你应该喜欢在淡季时去游泳吧,不是吗?他们还准备了老式的亚麻布床单,上面绣着复杂的字母组合;这种感觉有点像睡在麻袋上,不过是很奢侈的那种。我会为你征用一辆汽车。他们在这里有很多车,可以提供到机场和车站的接送服务。如果他们可以为我最喜爱的来自乌克兰的泰勒明电子琴乐手这样做,自然也可以为你做相同的事。

xx 拉斯穆斯

备注:送你一首赫比·汉考克[①]的《甜瓜岛》[②]。

罗伊辛在家里读这封信时被逗得放声大笑。

"你在读什么呀?"内尔抬起头来问。她正坐在沙发上,织一对毛线短靴。(它们非常可爱,是淡黄色的,与父权主义的粉红色或蓝色形成了鲜明对比。罗伊辛很喜欢它们,并暗暗希望内尔能再织一件小开衫来和它们搭配——她肯定会这样做的。她也在教罗伊辛学习编织。"这可是葡萄酒的绝佳替代品,"罗伊辛说,"这与你的手巧不巧有关。")

"我在读一个可爱的邀请,"罗伊辛说,"来自,嗯,拉斯穆斯。我有告诉过你拉斯穆斯的事吗?"

"你还没有……"内尔说,再次埋下头去,认真地第十三排针上

[①] 赫比·汉考克(Herbie Hancock):美国键盘手、词曲作家和乐队指挥,主流爵士最具代表性的音乐家之一,12 座格莱美奖获得者,全球发行专辑达 65 张之多。

[②] 《甜瓜岛(Cantaloupe Island)》:赫比·汉考克的作品,此处拉斯穆斯提到这首歌是因为罗伊辛之前说到,自己肚子里的婴儿有哈密瓜那么大。

织了两圈。

"他是个音乐人。我在拍摄节目时和他认识的。我们已经成为了某种，嗯，守寡的笔友。"

"哦，"内尔意味深长地说，"原来是'沙发先生'，然后呢？"

"他现在在法国录音，而我会去找他，在那边待一阵子，直到完成拍摄工作，"罗伊辛说，"这个计划很完美。只需要一周左右，在一切变得迫在眉睫之前……"

"挺好。"内尔说。

"所以，你并不反对？"罗伊辛问道。

"你要和他上床吗？"内尔尖声说。

"不，我不会。这是哪儿来的建议。而尼科还尸骨未寒……在他的海床上……"毫无疑问，他其实早已变得冰冷。笑也好，泪也好，像硬币一样在水里翻滚。

尼科站在厨房门口，闭上了眼睛。痛苦和愤怒充满了他的全身，却找不到途径表达。他靠着墙壁滑下来，坐在地板上，双手交叠在膝盖上。

罗伊辛抬起头来。"刚刚是怎么回事？"她说。

"什么怎么回事？"内尔问。

"没什么，我想。"罗伊辛停顿了一下，说道。内尔看起来有些疑惑，于是罗伊辛改变了话题。她只是时不时会有那种奇怪的感觉罢了。像是打了个趔趄。

"我的意思是，我想我应该开始存钱了，"她说，"我会努力为孩子存教育基金，但老实说，我很确信，在你小的时候，和你妈妈待在一起，就像读大学一样宝贵。"事实证明，在某些方面，金钱可以买到幸福。

"它可以买到内心的平静和时间,当然,"内尔说,"你什么时候下班?"

"越早越好。作为孕妇。"

32 很高兴看到

九月

伦敦

那天晚上,稍晚些的时候,罗伊辛孕吐了。

尼科坐在浴缸边上,看着她一边干呕,一边吐口水,徒劳无功地伸手去拿水龙头漱口,他却无法给她端一杯水。因为角度不太好,水龙头卡住了,他甚至无法伸出手为她疏通。她转身回到饭桌旁,然后又吐了。只好回到卫生间,再次尝试漱口。

他直截了当地问杰伊:"你觉得我让她失望了吗?"

"有些时候,似乎确实是这样,"杰伊在卫生间门口说,"当我们离他们更近时。当他们几乎意识到我们的存在时。在生与死的关键时刻。在那些时候,我们之间的那层纱好像变得更薄了。"

"那么,怀孕可能会这样吗?"他想知道。

"是的,我想是会的。"杰伊挪到一边,让罗伊辛通过。

"我不想让她感到恶心难受。"他说。

"你当然不想,"她说,"你当然不想。这可能只是所谓的晨吐。是完全正常的。"

杰伊的声音中的善意让他想哭。不仅是这个,还有其他的一切,他想。罗伊辛放在水槽旁边的牙刷。她那天关上门，然后让恐惧浮出水面时，她脸上的表情。

"但我们没有别的地方可去了，不是吗？"杰伊说。

他没有考虑这件事。

"他们相处得怎么样，你觉得？"他说。他没有去查看电子邮件。他太骄傲了。不过，他可以……想知道。他停顿了一下。"还有电子邮件吗？"他问。

"有的，"她说，"我从不读它们。当他阅读邮件的时候，我总是会看着他。他们相处得很好。我很高兴看到。"

他很欣慰她没有再说什么，也很欣慰她没有偷听他们的对话。

罗伊辛回到卧室躺下，浑身湿冷，筋疲力尽。她在被汗浸湿的床单上，焦躁不安地试图找到一个舒适的姿势，想要入睡。

"我不能留在这里。"他说。

他只是需要再去看看拉斯穆斯。

"你要一起来吗？"他问杰伊。

"上帝啊，我不知道。"她说。

33 一部精美的大型专题纪录片

九月

亲爱的拉斯穆斯,

　　你确定你乐意让我大着肚子跑来跑去,与此同时还要给你拍摄吗？我的意思是,我肯定不会到处乱跑的,我会非常自律,举止得体,而且尊重你的工作。我很感激你对我也是这样。但不可否认,我会孕态十足。

　　顺便说一句,现在是"红卷心菜"阶段。虽然这听起来很荒谬——我是说,人类胎儿最重的记录是27公斤,也就是说,大概有——4.5英石那么重？虽然我的肚子很大,但我觉得那里面应该不会有一个4.5英石那么重的胎儿。不过,它的味蕾现在已经完全发育了,而且已经可以听到声音了。我一直在播放你寄来的格里莫·瑞维尔的《昆虫音乐家》CD,为此我表示谢谢！这非常疯狂,非常舒缓。还有一种令人愉快的老古董的味道。是的,我确实有一台CD播放器。虽然有些落灰了,但擦过之后就很好。

罗伊辛

亲爱的罗伊辛,

  我觉得都很好。只要你坐着不动,不要撞翻任何东西。我已经告诉他们,你可以有三天的时间来拍摄我们。正如我所说,不必戴羽毛帽子,只要你感觉舒服就可以。这会很好的。我指的是,这对我来说很好。对你来说可能会很无聊。虽然大海仍然温暖,天空很高很蓝。让我知道你过来的时间吧。

拉斯穆斯

亲爱的拉斯穆斯,

  我应该会更早一点过来,不会更晚。我会再确认的。

罗伊辛

亲爱的拉斯穆斯,

  听着,关于拍摄——我来这里的任务只是为你拍摄。(亲爱的上帝啊,拼写检查把我写的"拍摄"自动改成了"修复"。别担心!我不再是一个试图修复别人的人。)但是,不,我的想法是这样的,如果觉得我僭越了就叫停我。我不想在工作上利用我们相处融洽的事实。但是。到目前为止,在我的职业生涯中一直是组织和安排的角色,支持他人发挥他们创造力,包括拿咖啡和整理电子表格,也包括拍摄镜头(也就是编导),然后让更伟大的人发挥他们的魔力,制作出杰出的作品,并在标题里写上他们的名字。很长一段时间以来,我都想改变这个模式,但我从来没有办到。但是。我从你身上学到的东西真的很好。

面试很棒。你的正直简直快要跳出屏幕了,而那些我们情绪激动的时刻,就像是——

她已经看了好几遍了。

老实说,当时的气氛如此剑拔弩张,她不确定能否将它用在任何平铺直叙的纪录片之中。这让她感到很不安。

——给三明治撒上的适当量的盐。如果我也准备在La Ficelle拍摄你,应该拍摄到有更多的好东西。但是,如果想让每个镜头都有意义,就必须有一个主题和基调。到目前为止,我还没有找到,因为这将在剪辑的过程中慢慢体现出来……不过,这段视频不适合我。这是给别人的,我甚至都不知道是谁,他们甚至没有作出决定。如果你愿意看的话,这只是未剪辑过的采访镜头。我只是……好吧,去他妈的,我想成为这一切的导演。我想制作一部精美的大型专题纪录片,主题就是所有的这一切。我希望你可以让我去制作。我知道这是一个莫大的请求,尤其是在这样的时刻,你a)处于悲伤之中,并且b)开始将这种悲伤变成美好的事物。我真的真的不想如此僭越,但与此同时,我真的很想这么做。我只是觉得,你是我见过的最了不起的天才,而且这是一个非常特殊的时刻,我也想从自己的悲伤中,创造出一些美丽的东西,不只是腹中的胎儿,当然也包括它,可能就是这样。这也许不仅仅与音乐有关,而是关于激发它的爱与悲伤,关于必须填补的那个该死的巨大空洞,关于过去和未来——我希望它是关于你和她的故事、爱与死亡,以及累累硕果。最后，我没有向任何人提及这部片子，因为它很可笑，因为，好吧，宝贝，这需要数年时间来制作，而且你可能会讨厌它，再也不想和我说话，但我现在不仅仅是"放弃"梦想了。如果我不这样做，什么都不会发生，就根本不会存在任何梦想。

她没有把这封信发送出去。

有时，一个人想同时要两样东西，却完全没有意识到这一点。有时候，这两样东西可能是相互排斥的，但却可能永远不会知道它们是否如此，因为他们已经觉得四肢离自己太远了，而且也不可能把脖子伸出去。

有时候，把你的脖子伸出去可能是个好主意。

34 爱与爱

十月

法国

如果拉斯穆斯穿过走廊，走过整洁的三叶草草坪，经过赤土色花盆中栽种的成排的橙树和柠檬树，以及与他一起工作的人所开的路虎揽胜和雷克萨斯，他就可以漫步在尘土飞扬、柏树成荫的车道上，然后左转来到公共汽车站。当地的公共汽车，蓝色车身，摇摇晃晃，将会带他到马赛去。车上满载着清洁工和戴着棒球帽的园丁，他们都是结束了对完美的海滨别墅的维护工作后准备回家的。在马赛，没有人认识他，也没有人想从他那里获取任何东西。他可以在无人注意的情况下，呼吸新鲜空气。没人关心他是鳏夫还是迷路的摇滚乐手。他在法罗花园漫步，那里的树叶因漫长的炎夏而枯萎了。他凝视着旧港口，对着大卫的雕像微笑，观察着醉酒的水手们在勒帕尼尔的酒吧周围漫步。某天晚上，他来到一个风景如画的小广场上，那里有郁郁葱葱的观赏橄榄树，以及特别优惠的法式鱼汤和尼斯沙拉。他看到一群摩托车爱好者，都是些年轻的男男女女，聚集在一辆带有音响系统的摩托车周围。

他们在跳舞。他一直无法想象在摩托车上的安装响系统——你怎么能在机车的轰鸣声中听到任何声音？——但无论如何，这就是原因吧，便携式迪斯科，可以随心所欲地跳舞。他们正在跟着一首听起来像摩洛哥嘻哈的歌曲跳着华尔兹。他们不是法国人，像是挪威人，也许是荷兰人——都是"冷血"的北方人，需要一个借口来触碰彼此。他想知道自己是不是这样。

他继续往前走。空气中透着一丝凉意，但仍然散发着夏天的气息——迷迭香、香烟和汽油的气味。他不知道自己在期待什么。他应该给予她更多，或者不让她给予自己那么多。他让她的生命变得如此"渺小"。现在杰伊无法拥有法国南部，没有教授职位，没有拯救生命的研究，没有孩子。

是的，我需要东西，但你也需要。

他走得更快了一些，并未感到遗憾。但是，没有遗憾的是自己，你不能替别人说没有遗憾。

文身店外坐着一个穿着灰色西装和紧身T恤的男人。拉斯穆斯注意到了他，因为他看起来既狡猾又悲伤，一个不寻常的组合。拉斯穆斯发现自己给了这个男人一个豪爽的点头，这不太符合他的性格，但他仍然不确定，在这个充满其他人类的广阔世界中，他究竟想要如何表现。这么长时间以来，他一直如此注意隐私。他已经得到了他想要的一切。

别再这样了，别再这样了，你需要别的东西，他告诉自己。继续，要一些其他的东西，要一些全新的东西，活在当下，活在你所拥有而她所没有的日子。

但根本就没有时间，我不想要任何新东西。

爱与爱，文在了指关节上。他笑了。

他经过了那个狡猾而悲伤的男人,走进一家挂满渔网和漂亮玻璃球的酒吧。他想到了在遥远北方的大海,有一天他会去那里,撒下她的骨灰。

还不到时候,酒吧的特色供应似乎是热香料朗姆。好吧,入夜了,季节晚了,他点了一杯。朗姆装在一只白色锡杯里,杯子是上釉,镶着蓝边——酒很美味,他喝了四杯。哈!嗯,这是不同的。他以前从来没有尝过香料朗姆,现在他突然就喝得醉醺醺的了。

走到外面,街道变了样,路上的行人也十分神奇,每个水手都是吉恩·凯利,每个女孩都来自明尼哈哈[①]。

为什么是明尼哈哈?他不知道。

他盯着文身店橱窗里的图样。

[①] 明尼哈哈(Minnehaha):美国南达科他州东南部的一个县,东邻明尼苏达州和爱阿华州。

35　他不是故意的

十月

马赛

尼科一直在跟踪拉斯穆斯。

天哪,他喝醉了。

而现在喝醉了的拉斯穆斯,正靠在这家三流文身店的柜台上,询问着什么。

哦……

尼科那只有着文身的手在抽搐。他内心最坏的自己开始大笑。这将是多么该死的美妙机会啊。这个男人很可能要和我的女人和我的孩子建立关系,并且享受着我无法拥有的一切天伦之乐。现在是一个绝佳的机会来搞砸这个男人的生活!

他想象着会在拉斯穆斯皮肤上出现的字母:

"尼科比这个混蛋更爱你"

"罗伊辛,我的宝贝,永远不要忘记"

"尼科永远不会停止爱你"

或者是可爱的死神头颅,眼窝里绽放着暗夜玫瑰……那首爱尔兰歌曲,罗伊辛·杜夫,暗夜玫瑰。

多么美妙的机会啊。

他停止了自己的想象。

幸运的是，你并不能这样做，不是吗？鬼孩子。

拉斯穆斯问纹身师是否会说英语，纹身师会说。从他的口音来看，应该是新西兰人。

"我想在我的背上文点东西，"拉斯穆斯说，"我的背上有伤疤，我想……让文身从那里开始，把它来变成美好的东西。"他的声音低沉而有礼貌。

尼科笑了。

"当然！"纹身师说，"没问题。手术是多久前做的呢？"

不要叫他脱掉衬衫，我真的不需要看到他那骨瘦如柴的胸膛，因为它以后可能就会压在罗伊辛美丽而柔软的乳房上了。如果还没有的话，它的确没有，因为她还在伦敦。而且她是一个体面的女孩，正如她自己所说的那样，在怀孕时不会和另一个男人上床。上帝啊。

"哦，是的，看得出那是很久以前的疤了，"纹身师说，"所以——顺便说一句，我叫马特——那么，你的想法是什么？鼓励人在逆境中迎难而上的励志话语？最喜欢的歌里的歌词？像电影《纽约大逃亡》里的演员库尔特·拉塞尔那样文一条眼镜蛇？拉链形状很受欢迎……还有订书钉……以及内部骨骼结构……"

不，不，不，尼科喃喃道。

"某种藤蔓吧，"拉斯穆斯说，语气非常礼貌，几乎带着歉意。"或者，就文一只鸟，坐在伤疤上？用爪子抓着伤疤，仿佛它是一根小树枝——你觉得呢？"他说着，脱下了他的衬衫。尼科觉得，衬衫材质是相当不错的亚麻布，可能不是他买的，因为他不是那种时髭的人……那么罗伊辛已经和他走到了"帮他选衬衫"的阶段了吗？这是拉斯穆斯赤裸的背部呈现给尼科的信息。蜡质的白皮肤；纤细的肌肉，脆弱的肩胛骨，就像初生的天使翅膀。脊椎上有一道长长的、干净的疤痕，就像古书上的一排缝线，雪地里鸟的脚印。皮肤就像羊皮纸一样。这具身体是那样的脆弱。那样的鲜活。

"你脑海里浮现的是什么样的鸟？"马特问，指着挂在店内墙上油污的框架中的各种20世纪50年代的画样，上面是各种燕子、北美秃鹰和神秘的猫头鹰。他伸手去拿了一张画。

"夜莺，"拉斯穆斯说，"看起来没什么特别的，但具有象征意义。"

马特在半透明的纸上简单地画了一只普通的小鸟，把它举在拉斯穆斯的伤疤上，大约在他背部上方的三分之一处。他举起了一面镜子，这让尼科和拉斯穆斯都瞪大眼睛，皱起眉头。"很显然，我会去查一下夜莺是什么样的，"马特说，"这只是为了看一下位置。找找整体的思路。"

那只小鸟看起来好像在狂风中降落，并且正在为宝贵的生命而努力坚持，它仿佛要被吹飞了似的，不过，画得还算不错。

拉斯穆斯说："它看起来好像不太舒服，是吗？"

我来告诉你吧，尼科说。要不就画一根藤蔓，缠绕在伤疤上，就像是立体的一样？仿佛这个伤疤是一根杆子？

拉斯穆斯看着这只鸟，陷入沉思。"你能在伤疤周围画一根藤蔓吗？就像三维的那种？仿佛伤疤就是一根支撑它的杆子似的？

"当然，"马特说，"你想要的是一根真实的葡萄藤吗？或者是某种攀援向上的花——牵牛花很流行，其次是百合，当然还有玫瑰……"

尼科仔细观察拉斯穆斯的反应。他大概不知道,罗伊辛的名字含义是玫瑰……他们的对话还没有触及这部分。或者也许有过。

"你可以给我看一些图样吗?"拉斯穆斯非常小心地说。

他真的醉了。

马特确实可以。"你看,"他说,指着墙上一些布满灰尘的画框。"这个是哥特风格的,不过我自己不会文,星期三会有哥特风格的文身师过来。这个也许有点女性化……"它看起来像一个由彩虹小马[①]狂热爱好者所经营的廉价妓院的浴室。泛着泡泡糖的鲜粉色和淡紫色。

在柜台后面的架子上放着一本厚重而老旧的设计目录,尼科小心翼翼地将手放在上面,看着拉斯穆斯。拉斯穆斯转过身,指着那本册子问:"那是什么?"

"十九世纪的植物学画册,"马特说,"它们感觉会更高级一些?"

拉斯穆斯浏览这些图画时,尼科微笑着:蕨类植物和蘑菇、当归和冷杉树、明暗描绘、交叉影线,以及细小而精致的根系。还有可爱的藤蔓。

"好吧,像那样吗?"马特说,"我可以调整一下,让它卷起来……"他又画了一张速写来演示,尼科把手放在马特的手上——轻轻地,他感觉不到。

拉斯穆斯笑了。

---

① 彩虹小马(My Little Pony):由美国玩具公司孩之宝开发的玩具系列。这些小马的特点是色彩缤纷的身体、鬃毛和侧面或两侧的独特符号,以可爱的特征而闻名。

"你需要多大的文身?"马特问。

拉斯穆斯用手臂扫过头顶。

"好吧……"马特说。

"但是要具有音乐性,"拉斯穆斯说,"不是笨重的一大块,它必须如同潮起潮落一般,就像在风中一样,比较瘦高,不是……灌木的那种。"

"我想我可以做到,"马特说,"你想到工作室里来吗?"

"是的。"拉斯穆斯说,然后大步走过去,坐了下来。

马特拿起一根记号笔,快速地在纸上勾勒出一个设计。尼科站在他身边看着。有那么一两次,他伸出手来引导着马特的手。

"如果想让鸟能够站在上面的话,它现在有点太垂直了,"马特说。

"我正在进行一项新奇实验。"拉斯穆斯爽朗地说。

"你想明天再来吗?"马特问。

"不。"拉斯穆斯说,将苍白的、长长的身体平躺下来。

"我需要设计一下,"马特说,"你不想徒手——"

"徒手,"拉斯穆斯像是做梦般地说,"徒手文身听起来不错。开始。让它生长吧。"

"你喝醉了,"马特说,"我们在这方面有规定。"

"没那么醉,"拉斯穆斯说,"求你了,"他瞟了一眼那张纸。"很漂亮,"他说,"仿佛我的皮肤就是天空。"

马特看着草图,这看起来与他平时的作品略有不同,老实说,更好。

"嗯。"他说。

没问题,尼科说,触碰了马特的手,还有他的绿笔,然后开始引导他：画下环绕着伤疤的藤蔓茎秆，从拉斯穆斯布满疤痕的脊椎底部，一直向上延伸到肩膀，让它盘旋着在风中摇摆。随后，蔓藤的花纹逐渐消失，叶子和分枝出现了。

马特的心要融化了。

来点葡萄？尼科问道。还是只要叶子和卷须？

"葡萄、树叶和卷须，"拉斯穆斯趴在文身床的软垫头说，"摇晃着，蔓延着，这些藤蔓有花吗？"

是的，有着小尖刺的白色花朵，尼科说，他想起了祖父在伊萨卡的那座石砌的葡萄园，但是你可以拥有你想要的花朵，尼科已经知道该给他什么了。在尖尖的藤花和光滑的小葡萄之间，拉斯穆斯会拥有一朵盛开的红玫瑰，就像尼科自己手腕上的那朵，深红的玫瑰。在他的心脏背后，还有一朵更苍白的，在它旁边，也许是一个花芽，寥寥几笔。

好好照顾它们，否则我会回来找你索命，在你睡着的时候，给你文上巨大的幽灵蜘蛛……文在你脸上……如果你伤害了她哪怕一根头发，或是让我们的孩子感到片刻的悲伤……当拉斯穆斯知道它的存在时，已经太晚了。除了拉斯穆斯，还有谁会在意？

还有罗伊辛，她会知道的。人们总是知道的：一首歌响起，楼梯吱吱作响，一只蝴蝶停在杯子或棺材上，一只知更鸟看向你，或是一根羽毛掉下，或是一只无精打采的苍鹭，疲惫不堪地飞走，直至再也看不见。

这只鸟可能正在降落，双爪前伸，翅膀展开。或者它是在起飞。那个怎么样？

"让那只鸟飞向天空，还有一片叶子正在坠落，"拉斯穆斯说，他开始轻声唱了起来。"当我飞起时,让我像鸟儿一样快乐地飞向天空;当我坠落时,让我像叶子一样优雅地坠落……"

马特的手开始画一片正在坠落的、卷曲的叶子。他小心翼翼地架起文身枪,校准机器,将深绿色墨水和深红色混合起来。他轻轻地擦拭着即将要文的部位,迅速地在上面涂抹凡士林,开始在疤痕周围蚀刻绿色的圆环。他只给出了自然看起来和谐所需的不规则性。这里没有人为的那种完美。擦去血迹,安抚肉体,保持注意,轻轻擦拭,开始着色,然后描绘。照顾好脊椎部位的脆弱易痛的突起,让藤蔓自然地生长。尼科非常小心。坐起来,他会说。看。他没有说的是,我要让我的寡妇欣赏它的美丽。不再哭泣。举起镜子。我不是盲人。

马特在文身的不同部位分别拍了照片,警告拉斯可能出现的红肿情况,并对文身的进展表示钦佩。

拉斯穆斯并不想看。

尼科和马特的动作稳定而优美。藤蔓在他们的手下生长、开花,线条和阴影都如此精致,即使是更复杂的部分,也没有花费太长的时间。他们整个晚上都在工作,赋予它恰到好处的深度和动作。

"你确实需要再来一次,"马特说,"对于一次文身来说,有点太多了。你会感到满意的。"

"我很享受这种痛苦,"拉斯穆斯说,"它是对平时的那种痛苦的改变。"

好的,尼科说。

"我的妻子死了。"拉斯穆斯说。

尼科说,我也是。

有相当长的沉默。

"你必须做点什么。"拉斯穆斯继续说道。

"很抱歉听到这个消息，伙计，"马特说，"伙计，这太糟糕了。"

尼科正在悄悄地蚀刻一根卷须，形状是卷曲的大写字母 J。他不是故意的，但落叶引出了关于它的灵感。

是的，他说。

一些奇怪的事情发生了，他现在喜欢拉斯穆斯了，他手下的肉体，这就是属于人类的东西。

夜莺很容易栖息在其中的一根茎秆上，他说，有足够的空间。我会为你寻找一只不错的夜莺，也许来自古尔德或奥杜邦。明天晚上再来吧。

"我想要一只夜莺，"拉斯穆斯对马特说，"我明天再来。"

* * *

那天深夜，尼科抬头望着月亮，想知道从上面看到的景色和下面看到的景色是什么样的。

* * *

拉斯穆斯在第二天进来时，发现马特很困惑。夜莺已经画好了。马特想，他昨天一定是患了偏头痛之类的。他的记忆像是被"枪杀"了。也许止痛药不应该和别的东西混合——尽管他昨天没有喝过酒。无论如何，也许他应该放轻松。他说，这个作品和他以前的完全不同——很狂野，褒义的那种。

夜莺的文身很顺利——他的手再次以一种他从未有过的方式自

由地移动。

之后,拉斯穆斯、马特和尼科走到当地的一家酒吧,买了些糕点和淡菜[①],继续他们起了头的谈话,讨论关于音乐的真正含义。马特告诉拉斯穆斯,这是他做过的最好的文身。这场谈话奇怪地跳脱,但拉斯穆斯感觉很高兴。

拉斯穆斯喜欢马特的陪伴,每隔几天,他就会去城里喝杯咖啡,或喝点小酒,当录音室的工作太紧张时,他想要保持头脑清醒。马特并不知道自己是谁,这真是太好了。

---

① 淡菜(moules):贻贝肉或贻贝煮熟加工制成的干品。

36 你现在的身体状况

十月

途中

　　罗伊辛准时到达了。在火车上每一位风度翩翩的乘客的协助，无论男女。她的容貌有一种惊人的魅力：皮肤像一片不沾尘埃的木兰花瓣，卷发又长了出来，看起来又厚又柔，有些不整齐。一路上，她几乎没法把自己的行李向前推进十码的距离，同时也是因为在她肿胀的手上，戴着尼科戒指周围的肉已经鼓了起来，它和手提箱的把手一样，似乎都要嵌进了肉里，像是一口咬住了她。即使她想，也不太可能把戒指摘下来了。她差点儿就这样做了。

　　在她的对面，有一个特别可爱的小女孩。罗伊辛简直无法将目光从她身上移开。她大概六岁的样子，穿着一件小小的运动服，头发扎在脑后。还穿着一双条纹袜。我以后真的要照顾一个像她这样的孩子么？这个女孩似乎觉得周围的一切都很有趣！当她看到罗伊辛时，害羞地笑了笑。对她来说，巨大快乐的源泉包括：在窗户上呼气，然后在上面画一张小脸，向妈妈展示她将脸颊靠在玻璃上后感觉有多冷——"快来感受一下，妈妈！真的很冷哦！"，设法在拥挤的火车上独自挤过人群，一直走到厕所然后再回来，挠她妈妈的脑袋，和她一起做鬼脸，讨论她们刚才吃的糖果有多恶心："你讨厌这些糖果，不是吗，妈妈？""是的，它们太可怕了""是的，我也讨厌它们。我可以再来一个吗？"她的脸颊像苹果一样，圆润通红。而她妈妈身材丰满，喷了美黑喷雾，一头染黑的头发，指甲涂成浅绿松石色，眉毛像是乌鸦的翅膀。"在今天之前，我从来没有坐过火车！"小女孩激动地宣布，"这真不错。妈妈，你看，有四栋建筑长得一模一样！"

"它们是塔楼，"她妈妈说，"人们住在那里面。"

罗伊辛非常希望她和自己的孩子，也能像她们一样相处融洽。她想起了自己的妈妈。与我们所有孩子进行漫长的谈话，一边搅拌锅里的东西，一边打开水龙头，一边安抚婴儿，一边大喊大叫，让他们不要做这件或是那件不应该做的事情。我可爱的家人——如今我却要远离他们——因为有时候他们有些让人喘不过气。

"看看那座超大的房子，你看那边那个，看呀，窗户还开着！那里有一个人，妈妈！两个人！还有一条狗！"女孩知道这很有趣，于是看了一眼罗伊辛，想知道她是否笑了。

我的孩子将会是尼科的一半，罗伊辛在想。我的孩子将会长大，我会照顾它，喂养它，并被它逗乐。我将负责它穿什么袜子、吃什么午餐、喝什么茶以及拥有什么样的道德观。我的男孩或女孩。不仅仅是一个胎儿。而是它的一生。

女人看向她。"预产期是什么时候？"她问道，而小女孩的目光，仿佛要透过肚子看到里面的胎儿。

罗伊辛的眼泪就在眼眶中打转，像宝石一样。如果她移动的动作太快，眼泪就会溢出来。

内尔和每个人都认为,她去法国的决定很疯狂。

他们都同意她应该"筑巢"。"你现在就像是站在高高的梯子上,而我们在告诉你快从从梯子上下来,"内尔说。

"我就是在筑巢,"她说,"只是方式不同而已。如果尼科在这里,情况会有所不同……"

"嗯,还用说么。"内尔说。

这个拉斯穆斯是谁,在内尔把消息散出去之后,他们每个人都想知道。这个人是谁,竟然值得你跑去国外见他,而且你现在还怀着孕。

他只是一个朋友。这是工作!为什么,你怎么想?

家族里的几个姨婆啥都没有想,却让一大家子人都知道了这个消息。她的妈妈和内尔安抚住了他们,并"严厉打击"了WhatsApp①的家庭群。她是个成年人。而且只是去法国。孩子至少要再过一个月才出生,不,她当然不是坐飞机,她买的是火车票。这是为了工作!

罗伊辛一点也不担心。她只是超级超级不安分罢了。反正她也没法做到坐着一动不动,所以她还不如坐着做一些有趣、刺激和好玩的事情。她很高兴自己可以不在家。尼科的思绪和记忆如此强烈地围绕着那栋公寓……不,她会很高兴能够躺在被薰衣草和橄榄包围的蜜金色的法国庄园的新床上(她看过工作室的网站——哦,我的上帝),当拉斯穆斯没在工作的时候,可以一起聊聊天,还有人为她做饭。不再没有人告诉她各种消息,让她去做什么各种事情,而且不准吃奶酪。她只要安心拍摄,储备镜头素材就好了。只待上一

---

① 一款面向智能手机的即时通讯应用程序。

个星期，然后她就回家了，然后一辈子都会成为一位母亲。

我是圣母玛利亚，她想。圣母玛利亚，我理解你的感受了。我有没有准备好我的马厩。我和我肿胀的脚和手，和发热的笨重的身体。

她从车站走出来，沐浴在十月温暖的阳光下。

海洋的气味钻进空气中，她尽可能大口地深呼吸。

所以，面前的这些好车，哪一辆是我的座驾？

* * *

来接她的车是一辆矮矮的皮座雪铁龙，后座的架子上里放着杂志和几瓶巴黎水。司机是个二十来岁的中国小伙，留着长发、穿着牛仔裤和伊基·波普牌的T恤，显得极度放松；英语水平很糟糕，有法国口音。他叫埃里克。空气中弥漫着木烟和薰衣草的味道，汽车擦得锃亮，装了空调，显得十分贵气。这趟旅途很短，金色的石头门柱之间的自动大门非常宽阔，地面清扫过了，树木充满诗情画意。这座建筑低矮而华丽，就像午后阳光下的慵懒猫咪。当埃里克关掉引擎时，她能听到大海的声音。该死，这里太美了。

窗户的拱廊，种着柑橘树的巨大花盆，长满红色苔藓的瓷砖，秋天最后的玫瑰，像小星星一样点缀在枝条上。一切都在开放，宁静，温暖。在英格兰，任何的温暖都是在炫耀：看，我在这里！我很特别，感恩吧！而这里的温暖一点也不在意，它只是仅仅躺在周围，她的肩胛骨耷拉了下来，她颤抖着。旅途、日子、月份、烦恼，纷纷开始从她身上滑落。她甚至不知道自己这么紧张，你当然很紧张，笨蛋。

她看了一眼太阳,觉得还有时间。"如果可以的话,我就去游一下泳?"她说,"拉斯穆斯在工作吗,你知道吗?"——埃里克表示他应该在工作,所以他把她带到了属于她的房间,告诉她海滩就在草坪的尽头,穿过大门就可以看到,晚餐是八点半供应。罗伊辛想知道,她是否已经死去并且去到了幸福的天堂。当她挣扎着穿上加大的孕妇款坦基尼时,思考了这个问题。

她将这件和服式衣服尽可能地裹在自己身上,然后赤脚踩过深色的木地板、破旧的楼梯、凉爽的石板、矮矮的草丛和有些扎脚的沙丘,走到海滩上,在那里,岩石和落日在她面前展开,海湾和地平线迎接着她,仿佛一个美好和热情的拥抱。

哦天哪天哪天哪,她向前走进了温柔的傍晚海浪中,感觉有些冰凉,但并没有那么冷,从脚踝,到膝盖,溅起的水花,哦,从大腿到腰部,这总会逗得她咯咯笑。当她把自己交给了大海,重量仿佛离开了她。她的皮肤在颤抖,双腿飘了起来,她进入了海中。她将头向后仰,四肢漂浮着,头皮感到有些刺痛,因为海水包裹着她邋遢、凌乱、因为旅途而疲惫不堪的头发。哦天哪天哪天哪。她的肚皮漂浮着,停在了她的眼前,就像小孩子画的荒岛。还差一棵从我的肚脐里长出的棕榈树。她闭上了眼睛。海水拥抱着她。

足足过了十秒钟,她才想起了尼科。她想到,如果她是一个很厉害的游泳健将,或者是一头鲸鱼,她如何能够一直往南游,直到绕过意大利的最南边,然后回到另一边,越过爱奥尼亚海,一直游到伊萨卡岛,也许他就会在那里,在弗莱克斯海湾的开口处,从岩石上跳下来,像海豚一样穿梭在酒红色的海水。

在最后一束阳光投下来时,她从海水中走出来,坐在一块黑色的岩石上，裹着各式各样的衣服和长袍，试图伸长手臂去擦干脚趾，但没有成功。这时，拉斯穆斯也走出来了。他来到海湾这里，看到了她——这条好奇的美人鱼，刚刚来到这种特殊的环境中，如此轻松愉快地就适应了。突然之间，一个记忆闯入了她的脑海：他设法把杰伊从病房里带了出来，来到了工作人员经常去抽烟的那个荒凉而难看的院子里。她坐在轮椅上，看着那些细长的树、混凝土和灰色的、保鲜盒般的①天空，说，"看外面！看看它！真的太奇妙了！永远不要忘记，拉斯。"

罗伊辛抬起头，挥了挥手。他已经好几个月没有见到她了。她有头发了！虽然头发蜷缩着，试图变成卷卷的，但还不够长。它们因为海水的盐分而直愣愣地竖着。她的身形显得很巨大，看起来就像是从罐子里溢出的浓稠的奶油。

"嘿！"她高高举起手臂，喊道。她的笑容是那种纯粹的快乐。这并不意味了悲伤不存在了。只是为快乐挪出了一点空间。

* * *

她和拉斯穆斯坐在长长的餐厅里的一张长长的餐桌旁。外面，最后一朵玫瑰从栏杆上掉下来，柏树高高地映衬着正在褪色的蓝天。她感觉大海仿佛在天穹下闪烁。在他们面前的深色木桌上，只剩下大餐被风卷残云后的残渣。晚餐开始前，那里放着一大盘烤鸡、白色亚麻餐巾、绿色沙拉和长长的青豆；如今只剩下其他人吃完后留下的的空盘子和玻璃杯。以及黄铜烛台。罗伊辛正在用一块面包擦拭桌子上撒的烤鸡汁水和新鲜的青绿色橄榄油（前一天刚榨出来的，

---

① 原文为Tupperware（特百惠），储存食物用的、带很紧的盖的一套塑料容器。

因为才收获了满满的橄榄）。拉斯穆斯挥舞着小鸡腿，询问她母亲的童年故事。一瓶黄酒哀悼般地躺在多莱斯牌①玻璃杯中。一些玫瑰耷拉在一个粗糙的蓝色罐子里。空气中弥漫着木烟和蜂蜡的气味。

"嗯，她是关爱我们的，"罗伊辛说，"当我们还小的时候，她也是这样。但她有很多很多个孩子。

"而我的……"拉斯说，然后沉默了。

罗伊辛突然想起了二月份在酒吧外他们吃的那顿饭。只过去了八个月。整整八个月。仿佛已经是永远，而且根本没有时间。而现在，我沉浸在物质的完美之中，沉浸在生者所拥有的所有美好事物中。

埃里克端来一盘覆盆子和一壶奶油，开始悄悄地清理桌上的盘子和残羹剩饭。

"到了在'磨煤机房'里迎接佩妮莱的时间了。"他说。

"好吧，"拉斯穆斯微笑着。"抱歉，"他对罗伊辛说，"我不会每晚都工作的。但是你看，这里有你需要的一切。图书馆、游泳池、吊床、小电影院。沃立舍牌钢琴。不过，所有的美乐特朗电子琴都被我占用了。你可以去任何地方，除非门上有一盏红灯。我们可以明天来安排拍摄。你会没事吗？

她的房间朝西，里面有一张四柱床和一个爪形足的独立浴缸，床头柜上放着十二本书，炉火也准备好点燃了，她已经和厨师弗朗辛交上了朋友，她会没事的。

那天晚上，她凝视着美丽的浴缸，但一想到要躺在里面，感

---

① 多莱斯牌（Duralex）：一家法国钢化玻璃餐具和厨具制造商。Picardie 玻璃杯和 Gigogne 玻璃杯是该公司最著名的两种产品。

觉虽然很诱人，但又有些紧张。万一她没法自己爬出来呢？一个可笑又尴尬的场景在她脑海中展开……人们叫来了法国消防员把她抬出来，于是就有一个怀孕的女子懒洋洋地躺在半空中的吊索上……不行。

于是，她选择在隔壁的浴室里洗了个漂亮的淋浴——嗯，事实上，那是一间防水淋浴室，至少她认为那就是传说中的防水淋浴室，尽管她以前从未真正见过。无论如何，没有人要求她让浴室的任何地方保持干燥；它就像瀑布一样，华丽而宽阔，水流敲打在肩膀和背部，给予她有力的按摩，热气蒸腾，温度刚刚好。有人帮她把浴袍放在外面的毛巾加热器上，所以穿起来很暖和。她像一个体型巨大的电影明星一样，回到了走廊上，把她能够到的身体部位擦干了，然后钻进了豪华的粗麻布床单。你看看呀，有人进来燃起了炉火。

她将周围的圆鼓鼓枕头和靠枕拿过来，将自己的身体支撑起来。她有点想读几章书的念头，但她没有。她就像灯熄灭了一般睡着了。

37　这会导致什么？

十月

法国

拉斯穆斯醒来时，想到了《距离伯明翰错误方向的 83 英里》那首歌里的低音旋律。无论佩妮莱怎么想，它都需要更加坚韧。它需要听起来像焦油一样。他实际上有一些小样，里面有热焦油被挤压到道路上的声音，但这听起来不像他想要的焦油的声音。

罗伊辛醒来时，想要去小便（再一次），并思考起她真正想拍的电影，她来这里要进行的拍摄，他们两人之间的隔阂，以及她多么庆幸自己没有发送那封电子邮件。

拉斯穆斯直接进入主录音室，并且开始工作。

罗伊辛走到她的相机包旁边，打开了 PXW–FS7 II 4K 的包装，阿伊莎真的很好，让她把这个价值 1.1 万英镑的设备带来了。在男性摄像师看来，她在这里的拍摄方式是"跑轰战术[①]"，再来一点 Dogme 95，她决定让这次拍摄不要那么有侵入感。也许有一天，她

[①]　跑轰战术（run-and-gun）：指的是以高速流畅的轮转运动为主要战术特点、强调攻防转换的速度而部分牺牲半场阵地攻防能力的一种篮球战术思想，尽可能的发动快速的进攻，尽量在 7 秒内向对方篮筐迅速的进行攻击。

可以拍出她梦寐以求的电影,这些天的拍摄将会提供有用的素材。

但是,那不是利用他们的友谊吗?利用他?就因为他有名?

她无法确定自己是不是个笨蛋。如果拉斯穆斯知道她在想什么,他会失望、受伤或是生气吧。但他并不在乎我做什么,他为什么会在乎呢?

  因为你们成了朋友。

  但我不会做错任何事。

  你害怕对他诚实,因为你喜欢他。

  是的。

  这会导致什么?

  逃避。操纵。缺乏信任。

  你不相信他吗?

  到目前为止,是的——

  所以慢慢来——

  但如果你对人诚实,开始信任他们,接着是喜欢他们,然后……

  然后呢?

  他们死了。

她下楼来到铺着石板的餐厅,蘸着纯黄油和自制果酱吃了一个羊角面包,又喝了点咖啡。她现在的胃几乎没法装多少东西了,所以她在口袋里放了两根燕麦坚果能量棒,因为她知道,再过一个小时,她又会饿的。弗朗辛正在把西红柿装进瓶子储藏。"你只要过来问我就行,"她说,"不管你需要吃什么,都可以告诉我。"她们交谈了一会儿,比如:这是不是你的第一胎,预产期是什么时候,弗朗辛有四个孩子,她并不知道尼科已经死了,也不知道罗伊辛为什么大着肚子,孩子的父亲却不在身边,她也没有问。她说:"厨房一直开着,那里总是会放着点心——"她指了指摆在狭长房间另一头的桌子。"埃里克总能帮上忙。"

罗伊辛有些想哭,她喜欢被人帮助的感觉。

原来你真的可以有那么一两分钟,放弃自己骄傲和独立,可以接受一杯茶,或是在有工作人员的地方待上一周。

她走到外面,走着,坐着,看着美景。高大的日本金松,银色的橄榄叶闪闪发光,人们在树上攀爬、呼唤,把摘到的橄榄扔到下面的网中。声音不断传来,空气中弥漫着秋天和木柴烟的气味。她架起了摄像机,这是属于当地的颜色,一分钟的静止镜头,她有备用电池。

那天下午和第二天早上,她在主工作室拍摄了拉斯穆斯和佩妮莱的镜头:那是一个巨大的房间,布置得像一个绅士俱乐部,到处都是抛光木材,巨大的沙发,以及书架。甚至连混音控制台——显然这是21世纪的东西——都嵌进红木和皮革制成的框架中,散发着19世纪的光芒。感谢上帝,空间真的很大!她如今的体型令她的行动非常缓慢。拉斯穆斯、佩妮莱和音乐人们没有在意她,只是露出了奇怪的笑容。她感觉自己就像是从日本动画里钻出来的:一个巨大的、缓慢的、仁慈的怪物,静静地滑行和观察着。

她喜欢这种平衡。他们两个各自工作着,又一起工作着。她不得不提醒自己,不要只拍他一个。有那么一两次,他抬头看了眼摄像机，就好像他抓包了她一样。

他让她在办公桌前排队等待声音。偶尔他会过来，给她戴上头戴式耳机。"给你。"他说，把两边大大的耳罩盖在她的耳朵上。很舒适。他没有问她有什么看法，也没有告诉她听的是什么。她闭上眼睛，聆听无实体的声音所织成的网：框架和填充物，独立的线条、人声和独奏，不同的层次孤独地静静地悬挂着。就像观赏一幅画时逐一分辨它的颜色，就像从定格动画中看到随机的静止图像。那天下午，泰勒明电子琴的琴手来了，罗伊辛拍摄了她用双手从空气中弹拨出声音的样子。一个苏格兰籍的加纳人也来了，他开着一辆装满非洲鼓的面包车，摇晃着肩膀，把脸朝向太阳。

集中注意力很累。当她躺下时，影像在她眼前飞来飞去。

她渴望仰面躺着，但她相信，如果这样做的话，肚子里的孩子会被挤压甚至窒息。她不再查看它有多大了。她知道它有多大。它就像婴儿一样大。

她想要拍一整天，但身体不允许。她害怕自己不专业。怀孕是不专业的。这就是你说的意思吗？

怀孕很累。在我的身体里有一份全职工作，在全力制造这个不可思议的东西。

每次它踢她的时候，她都仿佛听到它再说："嘿嘿。我在这。我存在着！"

晚上他们一起吃饭，说着英语、法语和丹麦语，拉斯穆斯与佩妮莱说的是丹麦语，罗伊辛很惊讶。

但他为什么不说呢？他的母亲是丹麦人，他在说另一种语言时，看起来就像是另一个人，我几乎快不认识他了。

38 着迷

十月

法国

  杰伊正在留意罗伊辛。她对自己的这种强烈的感情而感到惊讶。她设想自己披着一件天鹅绒的保护披风,头上有一个蓝色和金色的光圈。当他们到达时,她将罗伊辛的幸福交给了埃里克、弗朗辛和拉斯穆斯。杰伊和罗伊辛一起游泳,在罗伊辛周围的水面和水下盘旋,像一只海豚、一圈螺旋、一个意图。她坐在潮湿的房间门口,倾听着她的屋内是否有危险。在罗伊辛上楼梯,她会跟在后面,下楼梯时又会飘在前面,像一个无形保护的茧。到了晚上,杰伊则会躺在罗伊辛床边的椅子上,除非尼科过来——那么她就会离开。

  看到尼科沉迷于拉斯穆斯的工作室,她感到很开心。尼科以前从未见过泰勒明电子琴,更不用说非洲阿散蒂的那种会说话的鼓了。他伸长脖子,目光越过人们的肩膀,看着那些新奇的东西。

  "那这就是你过去的生活吗?"他问杰伊,"我只能说:酷毙了!"

  "算是吧,"她说,"那是很久以前了。"她很庆幸自己曾有过选择,而且并不后悔自己做出的选择。

39　纪念长凳或是坟墓

十月

法国

每天晚上,她都很快入睡。

像新教主教一样的黑暗,尼科想——这是他从罗伊辛那里学到的说法,准确地说,是来自她的祖母。这是帮孩子关灯时会说的话。

他没有和罗伊辛一起进淋浴间,那样会很诡异。为什么?我们以前有很多次都是一起洗澡的。但如今不同了,因为她不知道我在她身边。他没有看着她脱衣服,尽管这是他多年来的特权。在这里,在这个新的地方,感觉似乎不一样了。这个地方是她的,而不是他的。

我不属于这里。

他坐在床沿上,辨认她沉睡的气息,他只是想看看她,睡美人,他想,并不是第一次这么想。

如果我可以告诉她,在不给她带来惊吓的前提下,我会对她说:

罗伊辛,我的爱人。

我很高兴,真的为你高兴。

你可以随时跟我说话,我就在这,你不需要纪念长凳或是坟墓。

今晚我没有和你一起去洗澡。我会尊重你所拥有的生活，即使我没有。我正在考虑这个问题。我不知道现在会发生什么。

我觉得……自己还有未竟之事。

如果我有自己的愿望……

好吧。

亲吻她似乎是没问题的，她不会醒来，这不是童话，他不在那里。他可以——

她动了动，发出一点声响。

他吻了她，吻落在了她的脸颊，没有落在她的唇上。

我可以躺下，她不会醒来，她一直都睡得很熟，我可以直接躺下。

他把手放在了她的肚子上，他的手臂似乎有电流通过。

一切都在黑暗之中。

他在她身后躺下，将手臂毫无重量地搭在她隆起的腰身上，感受着她体内的生命。

又将手臂撤了下来，快停下。

＊＊＊

当尼科出现时，杰伊正静静地飘过海湾，又原路返回。她先是俯冲到水下，再无声地冲出水面。

"看看那些美丽的橄榄园，"她一边喊道，一边在黑色水面的银色波浪中仰泳。"在夜空下，那些树看起来就像大脑一样，四处张开自己的网。这太神奇了。"

他脸色苍白而严肃。

"不过，我好像没法游得太远，"她说，"我不确定为什么。明明我并不会淹死啊。"

"我吻了她。"他在夜色中喊道。

"什么意思?"

"我在她睡着的时候,吻了她。

杰伊迅速游回了浅滩,站起身,水从她身上流下来。"尼科。"她说着,走到了他面前。

"在她睡着的时候。"他再次说道。

"哦,尼科……"她说。

"我不能,"他无奈地说,"我知道我……我想要……但我不能。我无法承受。我把手放在她的肚子上,她几乎快要醒来了,而我……这一切太梦幻,就像奇迹一样。或者是一场噩梦。我分辨不出来。"

杰伊试图说些什么,但他制止了她。认真地,恭敬地。嘘。

她低声说:"我会搂着你。"

他闭上了眼睛。过了一会儿,他说:"我会把头靠在你的头上。"

她让他坐在自己身边,就在罗伊辛之前坐过的岩石上。她抬起手臂,好像要把它搭在他的肩膀上。

"我会抚摸你的头发。"她说。

"谢谢你。"他喃喃道。

唯有大海在不停地冲刷着沙滩,一切只剩下寂静无声。

40　无耻的家伙

十月

法国

　　这个夜晚逐渐变得喧闹而不安。梦和风暴都在酝酿,凹凸不平的月亮起航,风带着下雨的预示,来了又走了。罗伊辛梦见尼科抱着她,亲吻她,和她躺在一起。拉斯穆斯也梦见他醒来了,再次发现自己处于那种奇怪的心境中,令人愉悦又有些邪恶——你清楚地知道自己处于无意识的状态,但与此同时又有很多事情在发生。快到早上的时候,杰伊来了。

　　杰伊坐在床上,蜷缩在他身边。如此真实,迷迷糊糊,似醒非醒。不,这是另一种。

　　"这是梦吗?"他问,她告诉他,"算是吧。"

　　半睡半醒?

　　"和上次一样吗?"他说,她轻笑着拥抱了他。"因为你之前说……"

　　"别管我说了什么,"她喃喃道,"如果我们学到一件事,那就是事情总会变化。"

　　不要醒来,他对自己说。不要太警惕,留下来。

过了一会儿,他坐起身来,拿起吉他,给她唱了几首新歌。

"要和声吗?"他问道,她闭上眼睛笑了,和声从她身体里传出来。接着她对歌词做了几句评论,让他笑得像南方的天空。风吹得窗户嘎嘎作响,把长长的窗帘都弄开了。

"你最近怎么样?"她说。

"我可以靠酒精和杏仁糖活着,"拉斯穆斯选择了被他们称为詹姆斯和塞巴斯蒂安的和弦,用简单的曲子唱着,没有停止弹奏。"呃……我可以靠着放了一周的咖喱肉——生活——'

"是啊,你再也不要这样做了。"她说。他为此不满地哼了一声。

"……我可以靠承诺生活,我绝对可以,"他继续说道,并用小七度的爵士来弹奏。

"哦,太好了,"她说,"和杏仁糖押韵。帽子。[①]"

"……但我——没有你——就活不下去……"

他们的目光交汇。

"到你了。"他说,仍在弹奏。

"第二节,"杰伊一边说,一边数着:"好吧……我可以靠希望和梦想生活,嗯,还有妈妈的祈祷……我也可以靠着耶稣;我可以靠着——哈哈——咖啡和小熊软糖,但我——没有你——就活不下去……"

---

① 这里杏仁糖(marzipan)和帽子(Chapeau)押韵。

"第三节[①]！"他喊道，用口哨吹起了尼尔森乐队[②]歌曲的旋律。她加入了进来："你是我的……呃……维他命，我贪婪的罪恶——可以说维生素而不是维他命吗？[③]——啊，我的诗，我的散文；我内心深处的幸福，我的……呃……蝴蝶？不——黄水仙！——我的玫瑰……这听起来像是她在他的黄水仙深处吗？这听起来不会有点粗鲁吗？"

"亲爱的，你在我的黄水仙深处。永远。合唱？"

"你是我的一切，"她唱道。"没有你我就活不下去；你是我的一切。"

他用几根弦来即兴弹奏，思考着。然后唱道：

"我可以靠氧气和三和弦歌曲生活，"他唱道。"我可以靠着意外的恩典活着……我什么都不靠就能活着，但是……"

她加入了合唱。

"我——没有你——就活不下去……"他停了下来。

"你可以，你知道的，"她说。

"我可以吗？"

"是的，"她说。"你现在就在这么做。"

他的眼里满是泪水，脸上也是。不要睁开眼睛，不要醒来。

---

① 第三节（Middle eight）：在音乐理论中，中间八或桥是 32 小节形式的 B 部分。这部分的旋律与歌曲的其余部分明显不同，通常出现在 AABA 歌曲形式中的第二个"A"部分之后。它也被称为中八，因为它发生在歌曲的中间，长度一般为八小节。

② 尼尔森乐队（Nelson）：由歌手／词曲作者 Matthew 和 Gunnar Nelson 创立的美国摇滚乐队。

③ 这里杰伊问的是 VItamins 和 vittamins，主要是重音不同，译文以"维生素"和"维他命"作区分。

他抱着她，想着她，不要走。

"我不相信你说的任何话了，"他说，"你说过你不会回来的。"

"离不开你，宝贝。"她低声说。

他弹奏着，轻声哼唱："离不开你，宝贝……不行。有点陈词滥调。"

"我很确定这不是第一次使用'我不能没有你'，"她说，"或者'你是我的一切'。"

"不过，我们有我们独有的特殊魔法，不是吗，宝贝？"

杰伊大声唱了起来，有点像摩城音乐："我们带了些我们独——独有的特殊魔——魔法，是的，不是吗，宝贝？

"非常像桑尼和雪儿①的感觉。"他说。

"我爱你。"她说。

"我想你。"他说，好像有点太过了。

他跳了起来。"看！"他说着，脱下他的 T 恤，向她展示他惊人的新纹身，那里仍然肿胀，闪着微光，还结了痂。

"哦，哇，"她一边说，一边追着文身上的卷须看。"它会很漂亮的。哦，看！"

"什么？"他说。

"我在那儿！"她说。

"在哪里？"他说，盘旋着，迷失着。他不停地翻转，快速旋转，时隐时现。她的手抓住了他，他忘了那是一场梦，深陷其中。

---

① 桑尼和雪儿（Sonny and Cher）：Sonny & Cher 是 20 世纪 60 和 70 年代的美国流行和娱乐二人组，由夫妻 Sonny Bono 和 Cher 组成，曾获得了两项格莱美奖提名，并在全球售出了超过 4000 万张唱片。

"你的心脏正后方有一个J。"

"真的吗?"他说,转过头想看看自己的背,但他看不见。"我不知道!"

"纹身师把它放在那里,却没有告诉你。"她说。

"一定是这样!这个无耻的家伙,但是怎么——?"

"他的名字是尼科吗?他的手腕上有一朵玫瑰吗?"

拉斯笑了。"到这里来。"他说。

他的脑海里满是树叶、夜莺和玫瑰。

毕竟这是一个梦……

他醒了过来,心怦怦跳:他又一次把她放走了,又一次失去了她。她在他睡觉的时候溜走了——

但她只是在他睡觉的时候才会过来——

梦中的影像纷纷逃离。

他感到空虚不堪。

他想到那个了文身,她喜欢它。再次闭上眼睛,他试着去想象它是什么样子,并且在镜子里记住了它。但他当然没有看到它。他从来没有看到过它。那只是些图像和倒影。

一首新歌的灵感向他袭来。往日再现……你认为它属于你,但它已经消失了。

他坐起身。D小七和弦?

> 往日再现
> 你认为它在那里,但它已经消失了
> 在你没有看到的时候,它悄悄溜走

你很久都没有转过头

"杰伊,"他说,"我喜欢这个女人。但我需要自己独处的时间,她也需要,她有一个孩子和死去的爱人,而你是我心中的女王。"

没有回音。

41 羽毛帽

十月

法国

"拉斯穆斯，"几天后，罗伊辛在吃早餐时说，"羽毛帽时刻。"

他抬起头来。

"他们仍然希望，由我来跟进采访中剩下的问题……"

之后是长时间的沉默，她无声地坐着。他认为，没有必要为耽搁他的时间而道歉。然后他说："如果我说不，会伤害你吗？"

她已经熟悉了他的习惯，她也一样，在开口说话之前先思考。"如果你答应了，会对我很有帮助，"她说。

"羽毛帽的那种？"他说，"它会成为你帽子上的一根羽毛吗？"

"差不多。"

他又思考了一会儿。忽略了他的咖啡、吐司、盘子里的桃子，他在吐司上把桃子吃掉了。

"我不想，"他说，"不。"

"哦，"她说，"行，嗯，是的，当然。"她感觉自己被打了一记耳光。

"这与个人无关，"他说，"这一切都超出了计划。从没有拍摄媒体，到接受采访，再到你来到这里——"

"你邀请我来这里的！"

"是的，我邀请你来的，而且我希望你在这里。我的确想要你在这里。但我不想让你再采访我了。"

刚刚真的是一记耳光。

她不知道该说什么。

她搞砸了。她做了什么？是以下任何一项，或者全部都占了：不专业，心不在焉，把他当成了理所当然，无法控制自己，缺乏安全感，让他失望，让自己失望，幻想和策划那些没有和他谈过的扰人项目，窃取他的灵魂，癞蛤蟆想吃天鹅肉，碍事，愚蠢的孕妇。臃肿，大脑进水，不值得信任，不值得他的尊重。

"哦。"她说。

"这与个人无关，"他说，"我的意思是，这是的确个人问题。你没有拍摄足够的镜头来供后期处理吗？供他们使用？我的意思是——就告诉他们，是我在为难你。这绝对不是你的错。

"行。"她说，感觉受到了羞辱。

佩妮尔把她精心打理的小脑袋探到门边。"我们准备好了[①]。"她说，拉斯穆斯站了起来。

"我很抱歉，如果……"罗伊辛说，"我——如果我的怀孕打扰了你，或是影响了任何事情。"

他说："为什么不应该影响呢？这是应该的。这件事很真实也很重要。"

"是的。"她说。

---

① 此处为丹麦语：Vier klar。

"但无论如何,它没有影响到,"他说,"我们稍后再谈吧。"

"没什么好谈的,"她高声说,拿起她的羊角面包。"你不想让我采访的话,我就不会来,也不会采访你!没关系的——我会告诉他们,你是一个完全不可理喻的混蛋。"

"好嘞。"他说着,点点头离开了。

罗伊辛放下早餐,蹒跚着上楼。该死该死该死。

即使在这徘徊,都感觉到屈辱。仿佛她来这里是为了寻欢作乐。为了亚麻床单和该死的晚熟的桃子。

每当她的家人或尼科的事情出了什么问题,她都会努力克服。不作任何回应。那是她的习惯。毕竟,事情总会过去。你甚至不需要解决它们。有人说过,不要把你注意力的"氧气"分给他们。但对她来说,那只是一种恐惧,真的。在她这样的大家庭里,吵架没有多大意义,因为总有人会大声喊叫,或者有更激动的言行。她往往更愿意去读本书,然后等到一切都结束。否认它的重要性。舔舐自己的伤口,也许吧。将她对此的感受彻底隐瞒。

回到家,整理视频素材——她拍了很多关于工作室的镜头——产假期间的工资,专注于腹中的胎儿。没关系的。

她看了看时间:10 点 15。检查她的车票:没问题。给艾瑞克发短信,问下午两点是否有人能带她去车站。毕竟她没有理由来这里。

到了最后一次游泳的时间。

在下楼之前,她给在巴黎的朋友塞伦发了短信——海滩上没有欢迎会。天哪,他很想见她,是的,他会在她下火车的时候与她相见,但是老天爷啊,罗伊辛你不是要生孩子了吗?预产期是什么时候?

没有几个星期了,她说,没什么好担心的。

*　*　*

"刚刚是怎么回事？"尼科说，"那样可不好。"

"他有时会很直接。"杰伊说。

他们跟在她身后飘上了楼。

"很显然。"尼科说。

"他只是表达了字面意思。"他并不会常常去想，这些话在别人听起来会是什么意思，但他不知道的是，别人可能会从自己的话中听出了弦外之音。

"真糟糕。"尼科说。

"就像她会认为，他所拒绝的是她这个人，而不是采访本身。"

"是的。"

"他需要把这些事情说清楚。避免出现任何误解。"

"你认为她是在误解他的话吗？"

这会儿，他们已经坐在她的床上了。

"是的。但她是个孕妇，这是他的错，他明明了解了更多情况，但他忘记了，他全神贯注于自己的工作。"

"所以这就是他不想让她再次采访他的原因吗？因为采访打扰了他的工作？因为这件事并不明显。"

杰伊笑了。"不是的。这是因为，他不想把她当成其他人凝视他的窗口，他想要自己在和她一起时感到安全。在采访时，他不得不时刻注意自己，因为即使他信任她，或者想要信任她，他也知道旁边会有镜头，所以他不能随便放纵自己。"

"他应该这样告诉她的。"

"其实他说过了。"

"有些事情你必须说不止一次。"

"我想他打算这么做。"

"可能为时已晚,"尼科说。此刻,罗伊辛拉出了手提箱,开始收拾行李。

"那你不是得偿所愿了么。"杰伊说。

"我现在不再想要这样了,"他说,"我希望他们能够彼此喜欢,做活着的人应该做的事情。就像他们所希望的那样。"

42　像鲸鱼一样柔软

十月

法国

　　她站在齐腰深的水里，面朝温和的大海，用戴着氯丁橡胶手套的双手轻轻抱住肚子，哭泣着。大海啊，支撑我，抚慰我吧——她觉得自己就像一首民歌中吟唱的被抛弃的血腥少女。"当我的心被你深深迷惑时，你为什么从我和孩子身边逃走，约翰尼，我几乎快要不认识你了……"

　　显然，这与拉斯穆斯无关。拉斯穆斯不欠我任何东西，我并没有对他……他只是个路人，我甚至不知道自己在这里做什么，该死的，他们为什么要让我来？

　　很明显，这与尼科有关。

　　他离开了。

　　因为你还不够好，所以他们才无法坚持下去吧。

　　拜托，罗伊辛，说得好像尼科心脏病发作是因为你不够好似的！马上停止这么想。你知道这一切都不是因为你。

　　不过她还是忍不住哭了。她放任自己这么做，为什么不呢？毕竟她真的太他妈伤心了。

那本应该是他和我一生中最快乐的时光。这世界上没有什么是万无一失的。

事实就是，如今只有我一个人在这。独自一人。而我承担着责任。我一个人承担着这一切。

她继续往海深处去，摇晃在温柔的海浪中，指尖在水面上轻轻划着，慢慢地游过去。这就是我喜欢大海的原因，她想。因为水确确实实地减轻了你肩上的重担，它支撑着你，抚慰着你，当你不堪重任时，它可以让你振作起来。紧张的情绪从她身上扩散开来，从她的肩膀和脊椎颤落下来，她几乎可以看到它在水流中摇晃着散开，从她身上以一个个同心圆的形式闪烁着。现在，她的背部处于这个世界上唯一能让她舒适的姿势，她的全身都只剩下一个大大的、舒展的"啊"——然后她翻滚了身体，向下潜去，到达水面之下。她没有用之前经常做的屈体式潜水，而是靠着纯粹的垂直向下的力量，穿过平静而稳定的水，强力的踢水动作和清晰的呼吸，在她身后留下一串珍珠般的气泡。随后，她像一只海豹一样翻身，变成了仰泳的姿势。她如今在另一种自然元素中获得了自由，仿佛重量不再存在，肉体也不再存在。她睁开眼睛，看着咸咸的海水和投射下来的阳光，看到自己倒映在海水的阴暗面，仿佛身处于另一个世界，那里是已经变色的过去，或是超乎想象的未来。她的心跳在她耳边轰隆作响，天空和太阳感觉如此遥远。那一刻，她是幸福的，强大的，柔软的，就像鲸鱼一样，就像一只海洋哺乳动物。

她扭身朝水面游去，心中突然希望，自己能够像鲸鱼那样能喷水。想象一下，你的鼻子长在了头顶上……她身体的动作并没有停止。有什么东西在不停地扭动、翻腾。仿佛在她体内潜水。一种咕噜咕噜的感觉。

哦。

然后有人踢了她——仿佛不是婴儿的小脚后跟,而是一头该死的驴子,狠狠捣在她的腹部下方。

天呐。圣母玛利亚啊。

游回去。

游回去。

有那么一瞬间,她想起了维纳斯的诞生,以及鲸鱼的分娩,它们一直都是这样做的吧。我只是一只动物……海星!与大自然和谐共生。

然后是沙,细菌,37周,胎盘,海藻,寒冷的,呼吸,小小的肺,未经灭菌,紧急情况。

水母。

老实说,这样做的是水母。所有其余的都可以在"鲸鱼一直都是这样做的"下归档。

是时候了吗?

在上周的产检中,婴儿一直头朝下。"等你准备好的时候!"他们兴高采烈地说道。没有人说,"不要旅行"。

好吧,也许他们说了,只是她想不起来了,她不会听的,也许吧。

她的脚碰到了地面,她停了片刻。海滩上没有人。她的电话还装在和服里。

给谁打电话?

家里?

医院？

没有接待处！

车来了——

弗朗辛？

当她走进去的时候，水从她身上流下来。从我身上流下来？还是流出来？或是两者皆有？

她把和服放在一块高高的岩石上，这样她就不需要弯腰才能捡起来了。她脱掉了自己的泳装上衣。太冷了，太湿了。裤子还是穿着吧。这样感觉更安全。

把一张巨大的毛巾裹在身体上，然后外面套上和服。她想起了碧昂斯怀孕时穿着和服拍的那张漂亮的照片。维纳斯的诞生[①]，说的就是我了。她回头看了一眼大海。

她擦了擦咸咸的手指，找到了手机。小心翼翼地靠在岩石上。

她给尼科发了短信。"亲爱的，它要来了。终于开始了。"

* * *

尼科越过她的肩膀读了一遍短信。他将手放在她的头上，十分温柔。然后他坐在她身边，把手搭在她裸露的脖颈上。

"她的羊水已经破了，"杰伊说，"我们必须让她进去，否则会感染的，现在胎膜已经破了。"

[①] 维纳斯的诞生（Birth of Venus）：文艺复兴时期画家桑德罗·波提切利的杰作。该作品呈现了一片大贝壳漂浮在海面上，上面站着纯洁而美丽的维纳斯，根据希腊神话，维纳斯出生即是成人。她没有经历过婴儿之身，生来就完美无缺。

"我知道的。"他说。

"你当然知道,"杰伊友好地说,"那她现在需要谁?一个女人?我要不要去找那个友好的厨师?"

尼科抬起头,点了点头。

杰伊在菜园里找到了弗朗辛。她正在采摘最后几个西红柿,旁边的浅底篮里已经放着许多浅绿色和珊瑚色的西红柿。杰伊站在她面前,尽可能大声、清晰、强烈地说:罗伊辛,罗伊辛,罗伊辛,罗伊辛,罗伊辛,罗伊辛,罗伊辛,罗伊辛,罗伊辛。这种方法曾经对道吉有用,它必须再次起效。但弗朗辛似乎不是那种对鬼魂敏感的类型。

因此,当弗朗辛将手伸到一株高大的番茄植株里时,杰伊把手放在了篮子里那个最大、最好、最光滑的番茄上。通过努力集中注意力,她感觉到了番茄的坚硬。它是活生生的东西,能够帮上忙。我也能帮上忙,加油……

屏障又变薄了,杰伊想,她是对的:她感觉到手指的动作畅通无阻,感觉到动能的增加,当她把番茄从篮子里弄出来时,她如释重负地笑了。

番茄滚上了尘土飞扬的小路,而这条小路穿过冬青树一直延伸到海滩。

弗朗辛瞥见了那个猩红色伴着暗褐色的番茄正在一路翻滚。她愣了一下,怎么会这样?我一定不小心碰到篮子了,真奇怪啊,然后她起身去追番茄了。她弯腰捡起番茄,站起身来,朝海滩望去:罗伊辛靠在岩石上,轻轻地摇晃着,艰难地拱起背,头向后仰着,好像是要对着月亮嚎叫。

弗朗辛是在农场长大的,她以前见过那个动作,羊也会那样拱背,她赶紧往海滩走去。

* * *

和弗朗辛一起向房子走去时,罗伊辛感觉自己的腿好像被拧开了一样。她坐在前门旁边的木凳上,像个笨拙的洋娃娃一样支撑着自己,弯不下腰来。她粗壮的脚踝支棱在小路上。她多么希望她过去的脚踝回来啊,它们是那样修长、能够灵活转动,纤细而漂亮,最终却迷失在一块又一块的肉布丁之中,它们紧紧地包裹在皮肤里,如今几乎变得让人痛苦。浑身上下都是怀孕的样子,我现在就是这样。而且感觉下一秒就要破碎了。

弗朗辛正在给医院打电话。埃里克出现了,嘴里说着,"我的乖乖[①]",逗得罗伊辛笑了起来。

"给她拿点水喝。"弗朗辛对他说。

"不要离开我。"罗伊辛说,弗朗辛说她不会的。

"是时候了吗?"她问。

"是的。"弗朗辛说。

* * *

杰伊把手放在罗伊辛的额头上。

尼科站在一旁。他说:"此时此刻,我比寻常的父亲还要没用。"

"这不是你的问题,亲爱的,"杰伊笑着说,"但你之前已经让自

---

① 原文为 Oh là là,一种诙谐的感叹。

己被感觉到了。就——去做吧。

"我不知道我们是怎么做到的。"他说。

"我也不知道,"杰伊说,"去做就是了。"

尼科溜到罗伊辛身后,把自己裹在她身上,就像一个祝福一样。

***

拉斯穆斯出来了,脸色煞白。"嘿,"他微笑着说,"你还好吗?有什么需要?"

"一位医生,"罗伊辛说。她的呼吸很短促。"他们要来把我带走……"她笑了笑,然后喊了一声——那是一声她试图忍住的高声惨叫。"对不起,"她呻吟着,看起来很惊讶。

"不要道歉,"他说,"你就大声喊出来吧。你就做你需要做的事情就好。"他坐在她身边。"要我和你一起进去吗?"

她又笑了。"他们会认为你是孩子的爸爸。"她说。

"我可以帮你打电话叫谁过来吗?"

"给塞伦发短信,"她边说边把手机递给他,"名字开头是C。告诉他,我今晚没法到巴黎了。"

拉斯穆斯接过手机,让她用指纹解了锁。

"你要去巴黎吗?"他问。

"没关系,"她说,"还有内尔。告诉内尔。"

救护车没有按时来。

"进屋来吧,待着舒服点。"弗朗辛说,他们扶她进去,让她歇息在大厅的长凳上。那并不是合适的地方,所有的木头、石板和音乐行业杂志都放在一张桌子上,所以她绕着桌子,走了一圈又一圈。

弗朗辛抿了抿嘴唇。

拉斯穆斯拿起手机。他打开短信箱,看到了她发的最后一条信息。"亲爱的,它要来了。终于开始了。"

他发出了一声的叹息。

他在联系人里找到了塞伦,看到了他们俩的对话,感觉自己真是个混蛋。消息如下:"塞伦,我是罗伊辛的朋友拉丝穆斯。她早产了,所以不会上火车了。如果你愿意的话,给我打电话。"然后他输入了他的号码。

* * *

杰伊笑了。标点用法一如既往地很完美。他现在正在给内尔发短信,把他的电话号码给她了。

"这个孩子很快就要出生了。"她说。

* * *

罗伊辛,你需要一间卧室,尼科说。

"我想我需要一张床,"罗伊辛说,"我可以上楼去。想脱掉些衣服。"

"或者我们可以上车,然后驾车往医院去,"拉斯穆斯说,"你想要选哪一种?"

"鲸鱼会在海里做这件事,"她说,"羊会在山坡上。把我的亚麻床单拿给我吧。如果脐带缠绕了宝宝的脖子,松开脐带并让它滑下来。把脐带夹在两边,如果你不能把它解下来,就把它剪掉。"她停下来喘了口气,"否则就别剪了。无论你做什么,不要拉它。记得洗手,"她换了一边肩膀,慢慢地、小心翼翼地爬上楼梯,像一艘大帆船驶了上去,消失在视线之外。

弗朗辛跟着她一起去。尼科和杰伊也跟上去了。

"我?还是弗朗辛?"拉斯穆斯在她身后喊道。

"当然是弗朗辛!"她回喊道,"你去写一首歌之类的!"

他站在大厅里,思索着什么。然后在房子里转了一圈,寻找目标中的柜子:一个装满干净毛巾的柜子。

他拿来了一堆毛巾,在她的门前暂停了片刻,然后迅速地走了进来。他没有四处看,只是把毛巾都在了扶手椅上。"祝你好运!"他喊道,移开目光,匆匆跑了出去。离开前,他瞥见她穿着和服式晨衣跪坐在那里,双臂展开,手撑在她身后的床柱上,弓着背。她看起来就像在行驶在狂风中的船上的船头雕饰。

她笑了。"快离开这里,你这捣蛋鬼!"她喊道。

弗朗辛正在电话里接受指导。

"如果你需要我,你知道我在哪里。"拉斯穆斯在门后喊道。他的心怦怦直跳,他笑了笑,觉得自己很傻,于是下楼到工作室去写东西。

* * *

尼科在她床前,凝视着她,近距离地与她对视。"我在这里,"他说,"就在这里。"尼科接生了很多婴儿,有趣的是,几乎从来没有在卧室里接生过,主要都是在路侧停车带,停车区,还有一次在火车上。

"靠!"罗伊辛大叫。

＊＊＊

杰伊站在尼科旁边,计算着每次宫缩的间隔时间。她时不时走到床后,双手捧住罗伊辛的头。她亲了亲她湿冷的额头。你做得很好,她说。你做得很好。你可是特么的女主角啊。不要在两次宫缩之间用力。

罗伊辛吼道。

"你做得很好,"弗朗辛说,"不要在两次宫缩之间用力,呼吸,然后数数,他们很快就会到了。

还不够快,尼科说。

"还不够快。"罗伊辛说,带着兴奋,渴望,混合着恐惧。接着,宫缩有些停止了。

然后又开始了,哦,我的上帝啊。

＊＊＊

尼科像勇士之王一样自豪地站在床头,一个女孩,一个女儿,终究是延续了他的血脉。

他想都没想,就跪在地上,俯下身去,用希腊语跟她说话。你这个小美女,他说,你这个奇迹。她的眼睛缓缓睁开了:直直地看着他。我的女儿,我爱你[①],他说,我爱你,我的女儿。

---

① 此处为希腊语:Κόρη μου. Σε αγαπώ.

她听到了,他看得出来。她在对他眨眼,他们的灵魂有了交集。在他离开时,她到达了。

* * *

轮胎压在砂砾上,刹车的声音。拉斯穆斯说:"她在楼上。"

弗朗辛朝窗外喊道:"已经生了!你们来晚了!"①

拉斯穆斯冲下走廊,踩着楼梯上的脚步声。罗伊辛在笑。她的头发还因为游泳而湿漉漉的,披散在金黄色锦缎的床上,枕头扔到了房间的各个地方,身体像是被虐待了一样,流着血,臂弯里是这个小东西,苍白、温暖而潮湿,看起来如此奇怪,如此自然,如此怪异,如此完美,她们之间连接的青色脐带还在跳动。

"拉斯穆斯,看!"她喊道,"看看我做了什么!"

"装甲部队"蜂拥而至,看了一眼情况之后,决定带她去医院。

"哦,必须去吗?"她像闲聊一样问到,"这里挺好的,"有人小心地把脐带夹住了。

"你想剪吗,爸爸②?"护理人员对拉斯穆斯说。

罗伊辛笑得停不下来。"看吧,我早就告诉过你了!"她叫道,"嗯,继续吧。你想剪吗?"

"你想要我剪吗?"他说,有些震惊。

"总得有人这么做的。"她说,于是他就这么做了,那松软湿润的嘎吱声让他感到不寒而栗。

"我会收拾你的东西。"他说。

---

① 此处为法语:C'est arrivé! Vous êtes en retard!
② 此处为法语:Voulez-vous le couper, papa?

"祝你好运，爸爸！①"护理人员一边说，一边将罗伊辛裹在毯子里，然后把她和宝宝两个安置到椅子上，推下楼梯，然后上了救护车。

拉斯穆斯敲了敲门。

"我很好！"罗伊辛喊道，"走开，我没穿裤子。"

"抱歉，"他说，"你的手机……"然后把它递了过去。

"一切安好！不用担心。②"护理人员兴高采烈地喊道。

等到他们的救护车开走了，站在车道上的拉斯穆斯突然感到一阵恶心。

杰伊就在他身边，靠在他身上，好像要将他吞噬。她知道，他不想再一次看到一个女人被救护车送走了，即使是出于最好的缘由。

"我猜她不想要两点钟的车。"埃里克说。

拉斯穆斯咬着嘴唇说："现在拿来吧。快点儿，弗朗辛。她的包里需要放些什么？"

弗朗辛把她的围裙递给埃里克，然后戴上了她的太阳镜。

---

① 此处为法语：Félicitations, papa!
② 此处为法语：Tout va bien! Ne vous inquiétez pas.

43　黄玫瑰

十月

马赛

拉斯穆斯待在医院的家庭病房里,在手机上打字。医院周围都是些豪华的购物场所。弗朗辛去了童装店,又回来了。已经过去几个小时了,他不知道情况如何了。

"先生?"一名护士走近他,"她准备好了。"她说。招手示意他过来。

拉斯穆斯收起手机,跟了上去。走近房间的时候,他停了下来。"我不是尼科。"他说。

护士有些不解,她说了声"好的。"① 然后回到了屋里。

拉斯穆斯转身离开,背靠着墙,滑坐在地上。护士、手推车、轮床的声音,还有救生机器的哔哔声。各种声音传到了走廊里。双开式弹簧门。

一切都好,他告诉自己。进展顺利,不是每个去医院的人都会死。

杰伊坐在他旁边的地板上。她把手放在他穿着黑色牛仔裤的腿

---

① 此处拉斯姆斯和护士的对话是法语。

上，将头靠在他紧张的肩膀上，泪水顺着她的脸颊滑落。

* * *

"你的丈夫，夫人。"护士说。

"谁？"罗伊辛说，没有抬头。

"你的……丈夫？那个银色眼睛的男人。"

"他在吗？"她说。

"在的。"①

罗伊辛闭上了眼睛。她觉得自己抱着的孩子的重量那么小，陌生得让她震惊，但又已经无比熟悉。医院给了她一些药物来缓解疼痛，但她不知道是什么药。先前那股歇斯底里的能量，如今像打开了水闸一样流失殆尽。

护士现在正在窗边的水槽里冲洗什么东西。"叫他进来吗？"她问，"还是不叫？"

"他想进来吗？"罗伊辛问道。

"我想是的，他想。"护士说。

罗伊辛点点头。"好的，"她说，"他应该进来。"

护士把罗伊辛的床单扯平，帮她擦了擦脸。"多么美丽的奇迹啊。"她说，拍了拍罗伊辛的头发，朝她微笑。

没过一会儿，拉斯穆斯把头凑到门边。"你好，"他说。他的一只胳膊上抱着一束几乎和他手臂一样长的黄玫瑰，另一只胳膊拎着几个白色的手提袋。"你怎么样了？"

"有点精疲力尽，"她说，"谢谢。但我觉得这是值得的。"

---

① 此处罗伊辛与护士的对话是法语夹杂着英语。

"那让我好好看看。"他说着,放下了东西,声音很温柔。他记得她说过的那些关于婴儿大脑中的化学物质、肾上腺素和血清素的事情。所有令人惊叹的一切。

"出生的过程一定很痛苦吧。"他说。

"可怜的小家伙不知道她遇到了什么。"罗伊辛说。

"她?"他说,抬起头微笑。

"她,"罗伊辛说。"我的小女儿。"

他有点目瞪口呆。"我可以吗?"他说,意思是他是否可以看一眼婴儿,但是罗伊辛误会了,说道,"是的,当然可以,"然后用医院的包巾把婴儿裹得更紧一点,然后递了过去。

他接过了婴儿。她对他眨了眨眼,用美妙的、迷茫的、陌生的眼睛,嘴巴像小鱼那样张合,多么精致和新鲜的存在啊。她看起来很瘦,而且不知何故,还有点透明。真的,就像漫画书中的外星人,或者说,漫画书中的外星人就像她一样。

嗯,她看着他,用柔软的小手握住了他的手指。

"你好,小家伙。"他说。我以前抱过婴儿,他想,虽然他不记得是什么时候了。我可以抱好婴儿的。他确实可以。他格外小心地呼吸着,生怕成年人的呼吸对于这么小的新生物来说太多、太强烈了。他的手和她对比起来,显得那么巨大,那么苍老,那么世故。

"实际上,她的体重是七点三磅。"罗伊辛说。

"这对一个早产儿来说已经比较重了,不是吗?"

"很显然,她已经不算是早产儿了,预产期已经过去了。"

"哦,很好,"他说着,坐了下来。他无法将目光从婴儿身上移开。"所以我们一直认为她是西葫芦,其实她已经是茄子……"

"她的石榴时代已经过去很久了……"

"你看看她现在,圆滚滚的南瓜……"

"而且是看起来很有趣的南瓜,"罗伊辛说,"她看起来更像……"

黑头发,棕眼睛,红彤彤的,瘦瘦的四肢,令人难以置信的干净和新鲜。"就像一个新生的人。"他说。她笑了。不停地笑。

"你在用药吗?"他问。

"是的!终于。"

"我家里有一些杰伊剩下的吗啡,可能连我也忘了。"

"幸好你没有给我,"她说,"我一直想这么做,就像白鼬跑进了裤管里……"

"哦,"拉斯穆斯说,"说到药品,巧克力,葡萄。"他把婴儿递过去时,长长的手臂轻而易举地抱稳了包裹。

"你和她相处的时候很放松。"罗伊辛说,有点惊讶。

"这很有趣,不是吗?"他说,"我本以为我不会这样。但看看她有多好!"

他们俩都看了过去,她在吱吱地叫,像一只老鼠躲在橱柜后面发出的微小声音,嘴巴轻微动着。

当你难以置信地盯着新生儿看的时候,就会出现一阵沉默。就像一桌子饥饿的人终于看到食物被端上来时的那种沉默。终于沉默了。啊,这正是我们所需要的。

拉斯穆斯打破了这种沉默。

"不要跑回伦敦去,"他说,"工作室百分百地欢迎你,这样想必会很好,而且你此时也许并不应该旅行。在这里,有人会给你做饭、洗衣服并且陪伴你,还有干净的床单,弗朗辛非常兴奋,还有埃里克，据我所知，他是家里五个兄弟姐妹中的老大，他想要照看婴儿。你就把这想象成是产后恢复吧，不要着急。哦，还有……"他把购物袋递了过去，"弗朗辛给她买了一些东西，包括许多婴儿穿的小背心和一套毛茸茸的飞行员衣服，很显然，尽管我的法语很差劲……"

他们把衣服拿了出来。衣服是白色的，很精致，侧面系带，带有一个小兜帽。

"最好再给她弄一架小飞机，和这个配一套。"他说。

"只是在等待一些检查结果，"罗伊辛说，"确保她全身都发育成熟了，我们明天应该就可以出院了。"

婴儿的吱吱声一直没有停，罗伊辛把手臂举起来，到了喂奶的时候了。

拉斯穆斯知道，母乳喂养是你必须学习的东西。谁愿意和靠在她的肩头却对此一无所知的人一起学习这件事呢？于是他把她递了回去。

所以他说，"发短信给我吧，到时候我会来接你。如果你有什么需要，如果你想让我通知任何人或任何事情……"

罗伊辛对他微微一笑，随即恢复正常。

她现在很忙，而且会忙上一段时间。

"再见，船长小姐①。"他笑着说，然后离开了。

当沿着走廊走时，他想，我可以张开双臂。

那么你在做什么？

我可以。

我还有音乐要创作，有专辑，有巡演——

---

① 此处为法语 Au revoir, mademoiselle la capitaine。

我不是男孩子了,我是一个成年人,我可以。

现在还不是时候。

那应该是什么时候?

杰伊站在他面前。

当他穿过她时,他颤抖着。

44　歌曲

十月

马赛

尼科在医院的停车场里,凝视着一棵耸立着的松树。它看起来十分宏伟,以至于让人觉得,它似乎有什么深意。一阵急风从海面上吹来,吹得树枝嘎嘎作响,松果在停机坪上滚过。

"松子,"他说,"我妈妈会赶紧叫我一起去拾。那是在库库纳里亚,很美味。"

"嗯,香蒜酱。"杰伊说。她在伦敦有个朋友是意大利人,会用罗勒、松子、大蒜和帕尔马干酪来烹饪新鲜菜肴。罐头里的东西与新鲜多汁的食材完全不同。

"有点像,"他说,"只是没有奶酪。加了柠檬汁。不一定用罗勒。"

"我甚至都没有再去想食物了,"她说,"我忘记了。"

"我也是,"他说,"你在想什么?"

"大问题,"她说,"你呢?"

他蜷缩着双腿,将朦胧的头埋在他无形的手中。

"有时候,鬼只是嫉妒罢了,"他说,"嫉妒活人,他们就是无法放手。"

"你说的是我们吗?"

不到十英尺远的地方,拉斯穆斯正在打开车门,迎着风钻进了车,打开引擎。尼科和杰伊看着他。

尼科苦涩的目光从拉斯穆斯身上转向了杰伊。"见鬼,是的,"他说,"不是吗?"

我羡慕吗?她想着,目光仍停留在车上,还有车里的男人。不是,因为我很务实。我不会浪费时间去奢求我无法拥有的东西。

真的吗?我活着的时候也是这样吗?

现在回想起来——我太轻易就放弃了。但我不想觉得,我浪费了任何东西;我不需要痛苦、麻烦和后悔,也不想对自己说:你做错了;你应该采取不同的做法。

我们会被其他人指指点点吗?会有人说我应该采取不同的方式吗?

"我觉得自己并没有羡慕活着的人,"她说。此时,汽车驶离了。"我想我已经准备好了。"

尼科盯着她看了一会儿。"我永远不想离开,"他说,"我的爱永不凋零。"

"虽然这有些病态,也很奇怪,"她说,"你知道那些歌是怎么唱的。"

他不知道那些歌。嗯,他倒是听过一些歌,但他不知道她指的是哪一类。他想到了罗伊辛为拉斯穆斯唱的那首《船夫》。

"《亲爱的威廉的鬼魂》?"她说,"亲爱的威廉死在他的坟墓里,但玛格丽特夫人仍然想嫁给他。或者,威廉与另一个人结了婚,玛格丽特因为悲伤而死,然后来到他的床边。他们在不应该接吻的时候吻在了一起。他们的大厅里放着牛肉或是酒,他们的床上满是血。有各种版本的故事。"

"唔。"

"想听我给你唱一首吗?"

"我们也没有别的事可做。"他说。

于是她用她那福音音乐般的宏亮嗓音,在停车场里为他歌唱:

> 鬼魂来到玛格丽特门前
> 带着许多痛苦的呻吟
> 是的,他一直让门闩嘎吱作响
> 但她没有做出回应。
> "是我父亲菲利普吗?
> 还是我的兄弟约翰?
> 亦或是我亲爱的威廉
> 如今从苏格兰回到了家?"

> "你的信仰,我敢说,你永远得不到
> 而我,你永远不会赢
> 直到你带我去到那教堂墓地
> 用戒指将我娶回。
> "哦,我确实住在教堂墓地里
> 但远在大海之外
> 它只是我的幽灵,玛格丽特
> 现在它在对你说话。"

所以她穿上绿色长袍

长度超过了膝盖

在漫长的冬夜里

亲爱的幽灵跟在她身后。

"你的头顶是否有地方,威利

你的脚下是否有地方,

你的身侧是否有地方,威利,

能够让我可以安睡?"

"我的头顶没有地方,玛格丽特

我的脚下没有地方,

我的身侧没有地方,玛格丽特

我的棺材真的很狭小……"

"嗯。"尼科又说。

接着起身和红色知更鸟说话

又和灰色知更鸟说话,

"是时候了,是时候了,我亲爱的玛格丽特

我是时候走了。

不再有鬼魂来找玛格丽特了

带着许多痛苦的呻吟

> 他消失在迷雾之中
> 把她独自留在那里
> "哦,留下吧,我唯一的真爱,留下吧
> 你确实让我的心碎成两半"
> 她的脸变得苍白,她闭上了眼睛
> 伸长了四肢,喊道——

她停了下来。

"那你是在说什么?"尼科问。

"你知道我在说什么,"她说,"我是说——如果有鬼,那就有问题了。你知道,我觉得它在召唤。有时,活人的呼唤会更大声,就像现在,今天,婴儿的呼唤……我再次感到了力量,我可以和拉斯穆斯在一起,就像过去一样……但随后就消退了,活人的世界消失了,我也消失了——你感觉到了吗?

他有感觉到。

杰伊抻了抻双臂,转了转脖子,虽然她没有任何僵硬的四肢可以伸展。

总有些时候,她想,一个人必须认识到,欲望和真理是不可调和的,它们就是如此。

"你从这些歌曲中学到了什么?"过了一会儿,他说,"如果它们是我们的主要信息来源。"

"地球上的鬼魂,处于一种非自然和不受欢迎的状态,我们无法摆脱这个事实。"

"我们正在摆脱。"

"尼科,"她说,"这个世界上的那些我们最爱的人,如果看到我们之后,会被吓坏的,我们只能偷偷摸摸地和他们在一起。如果我们在他们生活中这样做,他们不会看不起我们吗?我们不会吗?

"然而,我们不在生活中。"他坚持说。

"没错,"她说,"确实不在。然而我们却在这里了,我们来到了错误的地方。"

他沉默了。

"你认为我们可能以他们为食吗?"她问道,这种恐惧是最近才出现的。这让她感到恶心。"就像你们希腊的吸血鬼?"

"不可能!"他说。

"想想看。"

"我们会知道的!"

"但我们会吗?我们什么都不知道!我们从哪里获得生存的能量?如果不是那样,又是以什么为食?

"我们并不以他们为食。"他说。

"好吧。"

"我们是不是处于某种循环之中?"

"没错,"她说,"我们是吗?"

"看看我们,"他说,"两个鬼魂在医院停车场里争论存在的本质。应该有一个词来形容才对。

夕阳西下,云朵飘动,又随风聚集,树木被风吹得飘摇。杰伊又唱了起来,声音纯净而低沉:

"寒风吹向我的真爱,

雨点冷冷地往下拍
我从来都只有一个真爱,
他被杀害在绿色树林里。
我会为真爱做很多事情
就像任何年轻女孩一样
我会坐在他的坟墓旁哀悼
足足十二个月零一天。"

当十二个月零一天过去,
鬼魂爬起来开了口
"为什么要在我的坟墓旁哭泣
不让我睡觉呢?"
"吻在你纯真无暇的双唇,
我所渴望的只有一个吻,
吻在你纯真无暇的双唇,
然后回到你的坟墓中。"

"我的爱人,我的双唇像泥土般冰冷
我的呼吸如大地一般强烈
如果你亲吻我泥土般冰冷的双唇
你余下的日子就不会太长。"
"多少次在那边的小树林里,亲爱的,
那是我们过去常常散步的地方
我见过的最美丽的花

已经枯萎得只剩茎秆。"

"去挖一个又宽又深的坟墓,
尽你所能地快一些
我将躺在里面安眠
十二个月零一天。"
"我们什么时候会再见面,亲爱的,
我们什么时候会再见面?"
"当飘落了秋叶的树上
又重新长出绿色的新叶。"

一对下班的夫妇从他们身边经过,将衣领竖了起来——天气变了。

他说,"所以你是说,我不应该吻她,现在她会死吗?"

"我是说,我们不能继续亲吻他们了,"她说,"如果我们是流浪的灵魂,不应该纠正这种行为么?"

"我想为我的混账行为向罗伊辛道歉。"他说。

"那就这样做吧。我会——听着的,"她说,"也许我们是由活人创造的。我们可能是心理上的,是一种幻觉,或者是梦想,或者是妄想。"

"然后呢?"他说。

"我们是他们悲伤的虚构吗?"她问,"是他们把我们关在这里吗?"

"唔。"

"也许我们需要他们放我们走?"

哦,这真是令人难以忍受的想法。

"啊。"他说。

一辆汽车缓缓驶过他们，积水从它嗖嗖滚动的轮胎下飞溅而出。杰伊低头看了看他，轻轻哼了一声。

"你准备好了吗？"他问。

"是的，"她说，"我们只是我们本体的痕迹，尼科，我们不属于这里。"然后她说，"看着她的宫缩，你知道——这是同一种节奏。用力，然后不用力。与它同频率呼吸，知道它必须要发生。"

他笑了。"听起来有点反生育。"

"没那么血腥。"她说。

"也没有什么奖励。"

"我们不知道。"

"你期待有奖励吗？"他问。

她挥了挥手。"当我还是个孩子的时候，也许会吧……但现在不会。我什么期待都没有，我得到了——这一切。"

他说："那辆停在医院外的车里有我的女儿，但她永远不会认识我。"

"哦，尼科。"她说。

时至黄昏，他们开始动身，沿着返回拉菲塞尔的路漂流。

"让我告诉你我的想法吧，"她说，"我认为，我们必须与他们分手。他们也一样。从我们彼此的承诺中解放。把我们的戒指还回去。"

"哦。"他说。

"我认为我们应该……和他们谈谈，"她说，"下次等我消散时，我想把脸转向那个方向。把自己扔到那股浪潮中。"

"但我们不知道那里有什么。"他说。

"拜托。我们永远不会知道,没有人会知道。"

他点了点头。

"你来吗?"

他又低下了头。"爱情想要发生,而且也会发生,"他说,"我不能留在这里眼睁睁看着。"

45　宝贝宝贝宝贝

十月

法国

　　那天晚上暴风雨袭来，到了第二天，黎明时分的世界潮湿、黑暗而残暴。凌晨，罗伊辛像一个迷失在狂风大作的荒野上的少女一样，匆匆从医院的出口走出来。雨水冲刷着停车场，她把孩子裹进她的外套里。埃里克在雪铁龙里等着她，拉斯穆斯陪在她旁边，手里拿着一把已经被吹翻了的雨伞。

　　"这该死的天气！"她喊道。她爬上车，试图先把屁股放在车座上，结果怀里的孩子在她弯腰的时候差点儿被挤扁了。对于如何把所有东西都放在正确的位置上的这件事，她感到非常困惑。埃里克安装了婴儿座椅，但罗伊辛不想让婴儿离开自己身边。你必须这样做，她告诉自己。你可以把手放在她身上。我想这就是现在的状态吧：大惊小怪，过度关心，永远恐惧。在狂风中，车门"砰"地一声关上，路上的垃圾箱翻滚着，每个人的湿头发都拍打在脸上。那棵日本金松像70年代的重金属摇滚巨星一样摇头晃脑，罗伊辛感觉他们并没有什么不同。回到家，她径直上楼去洗澡，而弗朗辛帮忙在外面走廊里抱着孩子，每隔30秒，罗伊辛就会喊一声"她还好吗？"。

她把所有东西冲洗了一遍，冲洗了一遍又一遍，然后检查了一下自己，她还好好的，几乎吧。她把自己擦干时，血色弄脏了毛巾，感到一阵尴尬。实际上，感觉他妈的棒极了。她待了片刻，凝视着窗外海上的风暴。我不久前也在那里，她想。小小的海滩上，海浪掀起了泡沫。在汹涌翻滚的水中，几乎看不到岩石。宝贝，她想。还有食物，还有宝贝，宝贝宝贝宝贝。

有人在她床边准备了一个摇篮。她想，也许来访的摇滚明星也会带上他们的孩子。多么优质的服务啊，这个地方。

弗朗辛拿出了四片大大的卷心菜叶。"这是敷在乳头上的，"她爽朗地说，"如果它们变得又热又红的话。"

现在一切都不一样了。

罗伊辛和婴儿都回到了四柱大床上，俯瞰着狂野的大海。厚厚的墙壁和闪烁的火光让他们感到安慰。在亚麻布和金色锦缎的深处，平静来到了她身边，他们就这样温暖而安静地躺着，每个人都以自己的方式思考着生命的奥义。当弗朗辛用一个小铜锅盛着汤、牛排、菠菜、薯条、蛋黄酱、水田芥和焦糖奶油[①]端上来时，罗伊辛就着一杯马尔贝克酒[②]吃了起来。

她打了会儿瞌睡。

婴儿醒了。外面已是黄昏，窗帘拉上了，有人悄悄进房间来，把婴儿放在了婴儿床里。她小心翼翼地翻了个身，避开了她紧绷而

[①] 焦糖奶油（crème brûlée）：一种甜点，也称为焦奶油或三一奶油，丰富的奶油冻底和一层硬化焦糖组成。

[②] 马尔贝克酒（Malbec）：一种干红葡萄酒，由于其价格实惠，平易近人，多汁的水果口味，吸引了大众。在法国，马尔贝克作为一种混合葡萄已经使用了一个多世纪。

肿胀的乳房,看着自己的孩子。你叫什么名字,阿佛洛狄忒·安托·南瓜船长?罗伊辛将她抱了起来,放到床上,给她换了尿布,亲吻她,闻闻她,又打瞌睡了,又醒了。她在渗乳:母乳流得到处都是,乳房上的青色静脉很明显。阿佛洛狄忒还在睡觉。罗伊辛给她拍了一张照片,并发给了母亲,也发给了内尔,还有尼科。

你想看到那个,她想,那可不是个好主意。

她现在非常想待在家里,和妈妈还有姐姐在一起。

与此同时,她也不想这样。她想要与现实保持距离,与日常生活保持距离,让我们面对现实吧,它很快就会与你相伴,无论是它的公共汽车站(bus stops),还是它的单调和专有责任。因为你知道的,这一切都很疯狂。幻境。我的意思是,为什么我身边围绕着这些人,在这个国家,在这间房子里,还带着这个孩子?我的生活在哪里?尼科在哪里?

于是她坐了一会儿,又是渗乳,又是流血,于是她哭了起来。

她抱起孩子,不停地哭。

哦,不。都不想要,都不想要。

阿佛洛狄忒又在张着"鱼嘴"了。她不叫阿佛洛狄忒。罗伊辛再次尝试小心翼翼地喂她母乳。她从出生就开始掉体重,这是正常的。即使不相信这是正常的,这种心态也是正常的。罗伊辛撑起身子,在膝盖上放了个枕头,然后学着她看到的方式,把婴儿放在枕头上,小小的粉红色青蛙。把她的乳房挪过去,把乳头摆好。真是无情的小嘴。老天啊,但是你已经决心去做一件这样微小的事情了。

哇,她抓住了。

妈的。

好疼。

像是有人在你的血管里拖拽钢索……

接着……没有了。

一侧七分钟，另一侧六分钟。真他妈的厉害！她的小肚腩顿时像个袋子一样鼓了起来，你几乎可以看到里面的奶，她的皮肤太好了。另外，她的乳房也瘪了下去。她伸手去拿卷心菜叶，在两个罩杯里都塞了一片。

哦，真满足。挺凉的。

这一切都太考验极限了，如今我躺在这里，胸罩里还塞满了卷心菜。

当她躺下时，手机响了起来，在信息四处飞舞的神秘世界里，有什么东西似乎在发生转移，一大堆短信和电子邮件，突然间就涌了进来。妈妈，内尔，阿伊莎——祝福他们，祝福他们所有人。

她想着去查了下电子邮件，看到了一封从拉斯穆斯那边发来的邮件，她笑了。

他是什么时候写的？

哦！还是一封长信。

亲爱的罗伊辛，

你可能有一段时间都没空读这封信，就在你有空的时候再打开吧。

时间。你费尽心力将婴儿带来这个世界，而我坐在这里，感觉自己百无一用。但也许在夜半时分，当宝宝睡着了，而你却没有，你的思绪在飞速运转的时候，也许你会想让它飘到别的地方。如果没有的话，请将这封信放在旁边，之后再读。几个星期，几个月，几年。在我来看，这并没有关系。

罗伊辛低头看了看婴儿。她的眼睑在微微颤抖，很安静。

我很抱歉你想要离开。我想我在表达自己不想接受采访时，一定是太轻率了，没有思虑周全。真的不是在质疑你作为电影制作人的水平。我认为你也许是一个优秀的，而且可能是非常成功的电影制作人——我的意思是，你很有创造性；我对电影的专业领域一无所知，所以没有资格做什么评价。但我看过的你的作品，它们都拍得很漂亮，剪辑也十分巧妙而清晰。你走来走去的方式、你看待事物的方式、你提出的问题以及你找到的角度，都表明了你的方法是具有创造性、原创性和好奇心的。当然，所有这些都是电影制作人所向往的和必需具备的好品质。对于朋友来说，这些品质也同样重要。我的问题是它们之间有重叠的部分。我意识到我想要你的眼睛来观察我，而不是你的相机。我想要你的耳朵来倾听我，而不是你的麦克风。我想要和你说话，而且是在现在，而不是以后才能通过你与这个世界交谈。

我希望你提出的问题和我给出的答案，以及我提出的问题和你给出的答案，都只限于我们两人之间。我希望在我们的整场对话中，我可以提问你，倾听你，看着你，作为这场对话的自然的一部分，与你对我所做的程度完全相同。这就是让我感到困难的原因。

我想告诉你几件事。它们都是我无法对相机说出来的。我以此来向你表示歉意,并证明我对你的信赖。

当那辆出租车把我撞飞,而我身上好几处骨折,躺在大西洋大道中间的时候,前来的救护车需要知道谁来支付我的治疗费用。由于当时我昏迷不醒,医院的账单记在了唱片公司头上。我还躺在布鲁克林医院的急诊室时,唱片公司显然已经在试图对这个责任提出异议。质疑的焦点在于:事故发生时,我并没有在做乐队相关的工作。但事实是,如果不是为了乐队的事情,我甚至都不会来到纽约……事情发展至此,是这般令人反感,这般令人感到威胁和可怕。而我对此一无所知。与此同时,杰伊找到了她的叔叔——他是一位律师。而他找到了他的朋友——另一位律师,他曾在上世纪六七十年代在底特律为音乐人辩护,对付那些卑鄙无耻的无赖唱片公司。这两个人接手了我的案子。打官司花了很长时间,可怕又无聊。但他们拯救了我。

当然,巡演必须还得继续。于是,乐队和公司找来了一位新吉他手,改动了一下歌曲编排,然后头也不回地把我抛下了。一方面,他们的确这样做了。另一方面,我们有着一起长大的矫情,并不是随便可以替代的部分。再一次,我当时并不知道这一切,因为六个月以来,杰伊只会将好的消息告诉我,但其实乔治已经单独找过她三次了,试图说服她不要离开巡演。乔治对于她和我在一起这件事感到很气愤。我知道。我大概也知道,他一开始邀请她参加巡回演出,有一部分原因是,因为他,额,想要她。不过,我并没有告诉她。

女人往往愿意去相信男人没有这么糟糕，上帝也知道她的才华和性格都说明，她在各方面都配得上她在乐队中的位置。他对她这个人的兴趣，只是模糊了这一点。我不确定她是否知道这件事，或者像他们所说那样，他曾经尝试过这么做。在一起这么多年，我从来没有问过她，她也从来没有告诉过我。

乔治从未承认她是乐队的一员。对他来说，她是编外人员。被雇佣来帮忙的人。这是摇滚的传统态度！如此具有革命性——而且令人惊讶的是，她是唯一的女性，唯一的黑人，也是唯一没有签订乐队合同的人。他们曾认为，我提出这个建议很疯狂。

你一些会想知道，为什么我现在要告诉你这一切。

这样的话，你就可以理解我了。

是的，这并不是很好的时机。我知道。现在所造成的误会，与我和我的过去无关，而且很多年后依旧如此。但是，我让你不高兴了，我感到很抱歉。

所以，乔治希望她能选择跟乐队走，选择她的事业，选择音乐，选择她光明的未来，选择他说服经理给她提供的双倍工资。选择和他一起走，而不是留在我身边。而她却留在了我身边。

完全不夸张地说，对于我曾让这种情况发生的这件事，我从未完全原谅自己。在我的脑海里或是内心深处，我仍然认为，当时我应该劝阻她这么选择。应该做一些勇敢的事——我不能假装我不爱她。但无论如何，大约过了两年，我才恢复了能够做事情的身体状态。她一直陪伴在我身边。她努力工作，她真的在努力工作；她支撑着我的生活——直到她叔叔的努力得到了回报,保险赔偿金终于让我们从债务中解脱,而我们也拿到了歌曲的版税。如果没有她,我早就完蛋了。字面意义上的。老实说,我没有父母,没有家人,没有很多朋友。乐队成员本来一直是我的朋友。后来,我就能够支付她在医学方面的培训费用。

我们俩都失去了很多。输掉了很多。或者——这样看:我们两个人都能没有拿到金奖,尽管它曾离我们那么近。

我们没有赢。

但我现在看着乔治,我很确定,尽管发生了这一切,如果说这算是一场比赛的话(也许在他的脑海里比赛还在进行),那么我确实赢了。

但是杰伊没有赢。她很想继续唱歌。她想去外面的世界。她想要一个孩子。如果我的受伤和她的疾病没有影响我们的生活,她本可以把其他的兔子从其他帽子里变出来[①]。

让我来告诉你关于另一只兔子的事。她最主要的那只兔子。杰伊明白,西方社会和西方医学界一直以来都坚持将白人作为默认设置,而这对于黑人是不公平的。她非常想与黑人一起工作,并且为黑人工作——尤其是黑人女性,因为这个社会的另一个默认设置是男性。医学研究很快就会显示出它们之间的差异处、重叠处以及中间的区域。所以,那是她的野心目标,那是她还没有去到的地方,因为我太需要她的陪伴,因为我受伤太严重,心情太沮丧,所以,她选择陪我去一个偏僻的地方,在那里照顾我。后来,她生病了,而且病况不断反复,也彻底

---

① 在西方,魔术师经常变的一个魔术就是从帽子里拎出一只兔子。

阻止了我们生育孩子。然后疾病杀死了她。

　　所以,我现在告诉你这件事的原因如下。

她不得不等会儿再去看他告诉她的原因。因为孩子的尿布又得换了,换完尿布之后需要清洗干净,嗯,然后涂尿布疹药膏[①]。这些都做完之后,孩子又饿了。这一次,心里的弦绷得没有那么紧了,罗伊辛发现她可以让孩子靠在一个枕头上,自己的肘部靠在另一个枕头上,这样就能拿着手机,角度刚好可以阅读。虽然感觉有点狼狈。瞧瞧我,多重任务处理中。在我的四柱大床上。

她继续读了下去。

　　在你出现之前,我一直在思考你在电子邮件中说的那些关于你的工作和挫败感的话,这就是我的想法。不要笑。与以往一样,这个时机很荒谬。但是:你考虑过去读电影学院吗?据我所知,电影学院会给你支持、培训和时间来制作自己的作品,而且与你之前参与过的、没有完全让你满意的电影都不一样。你的专业经验只能算作一道开胃前菜。现在说这些似乎是完全不切实际的,因为你的身边有了一个全新的人类,如今完全依赖着你。在你弄清楚如何去做之前,这一切都是不现实的。如果你喜欢这个想法——是的,很明显,我是说以后——那么我想要帮你实现。在我的一生中,身边认识的女性都曾因为男人而受到伤害和打击,或者仅仅是因为男人总是不假思索地就忽

[①] 尿布疹药膏(Sudocrem):一种非处方药膏,主要用于治疗尿布疹,它还可用于治疗湿疹、褥疮、轻微烧伤、表面伤口、晒伤和冻疮。

略或是离开。我父亲就是这样对待我母亲的，只留下她——一个靠着自我服用药物的抑郁症患者，独自照顾一个脾气古怪的孩子。而我也是这样对待杰伊的。我的确这样做了。尽管我爱她，也无意以任何方式限制或伤害她，但最终的结果却恰恰相反。我弥补了一些，但还远远不够。对于那些她没能拥有的东西，我感到愤怒和悲伤，因为这些都是她应得的。

所以——在你选择的合适的时间。

关于当前项目的回复：

对于这个项目可能涉及到的人——例如唱片公司和阿伊莎——我会支持你的任何愿望，只要它们能够帮助制作你想要的电影。

如果你想把它当作进入电影学校的敲门砖，我会很高兴的。如果你没有能力支付电影学校的费用，或者其他不足为奇的一切，我们也许可以谈谈。该死的，我很富有，我想让自己成为更好的富有的人。我觉得慷慨是其中的重要组成部分。所以你可以帮助我。

这项提议没有时间限制。当你准备好的时候，就考虑一下吧。我们现在需要将眼界放到整个人生来考虑问题。

听着，他们死了，而我们必须活下去。我们必须走出去，好好活着，热爱这个世界，然后去冒险。这只是简单的事实。我被锁得太久了；你从一个极端被扔到另一个极端。我正在制作这张专辑，而且将会做巡回演出；你有了自己的孩子，并且开始了全新的生活。这是最大的冒险。

我的意思是，也许你现在有了自己的孩子。我不确定你那边发生了什么。你要不要全都告诉我呢？很显然，来往通信并不是你的首要任务。我什么时候可以过来？我对于出现在你面前感到有点奇怪的害羞。

我会出现在你面前的。

拉斯穆斯

备注：现在已经过了好几个小时了，我实际上在医院的家庭病房里，等待他们做自己的工作。他们说一切都好。

PPS 我真的不希望你在刚生产完的时候读到这封信。

PPS 产生了一个全新的人。这有点让人难以置信。

现在写信给你是完全不合时宜的。抱歉。我太紧张了！我的感受并不重要。但为了记录——我对你真是印象深刻。我觉得你很棒。

我最好再读一遍，她想，然后再读一次，也许吧。
对于所有的细节和微妙之处，她不确定他到底在说什么。
他喜欢我吗？

46　一杯香槟

十月

法国

现在大概是傍晚六点，还没到午夜。拉斯穆斯把头靠在门边，拿着两个玻璃杯，还有一只装有一瓶瑞纳特①香槟的冰桶。他的头发都竖了起来。

"你想喝点香槟吗？"他问，"我查了一下，如果你每天大约要喂她八次的话，意味着每三个小时会喂一次，所以，假设你刚刚喂过了她，如果你现在喝一杯的话，酒精将会在两到三个小时内代谢出体外，等再次喂她的时候，就不会有什么影响了。不过这得需要她遵循吃奶的时间表。我想她可能并没有那种东西。"

"给我来一杯香槟吧，谢谢，"罗伊辛说，"是的，我想要。你想抱抱她吗？我现在想去小便。"

拉斯穆斯伸出双臂，眯着眼看婴儿。"慢慢来，"他说，把她放在了自己骨瘦如柴的臂弯里。等罗伊辛回来时，他说，"哦，她在我

---

① 瑞纳特（Ruinart）：历史最悠久的香槟品牌之一，自 1729 年以来专门生产香槟。该品牌由 Nicolas Ruinart 在法国兰斯市的香槟区创立，如今归 LVMH Moët Hennessy Louis Vuitton SA 所有。

这儿挺好的。"所以罗伊辛回到了床上。她现在还是会漏尿,并且浑身酸痛,但又感到很幸福。现在她正从那种新的角度注视着她的孩子。

"她被你抱着的样子很好看。"罗伊辛说。

"我和她现在是老朋友了,"他说,"我们刚刚一起度过的时光,大概占了她在这世上存在的时间的百分之十。你冷吗?我可以生点儿火。"

"那就再好不过了。"她说,微微颤抖着。他抱着婴儿站起来,又抱着婴儿走到壁炉前,然后哗啦啦地四处寻找引火物,又重新把原木放好。

以后你也会抱着婴儿来完成这一切。抱着婴儿,就是我们要做的事情。

"我不知道我想的对不对,但你可能需要医生之类的?"他说,抱着婴儿回来了。他身后的炉火开始旺盛地燃烧。"应该把医生叫过来吗?"

婴儿伸了伸懒腰,打了个哈欠,发出了轻微的声响。她看起来再健康不过了。

"我想是的。"罗伊辛说,像是着魔了一样。他站得离她很近,所以她可以伸手握住婴儿的小手,数着皱巴巴的小手指。数了好几遍。

"我读了你发的邮件,"她说,抚摸着婴儿小小的食指。"今天刚刚看到。"

"我还在猜测它是否已经消失了,"他说,"毕竟你没有提到邮件的事儿。但我知道——你忙着处理更大的鱼①。"

"这可是一条相当大的鱼,"她说,"而且是来自不同的鱼群——远在大洋之外。"

"嗯,"他说。随后敲门声响起:是弗朗辛想问问他们关于晚餐的事儿,然后是佩尔尼勒、埃里克、特雷门乐队的演奏者和鼓手,三三两两的人,害羞地敲门,微笑着,惊叹着,表达着祝贺。拉斯穆斯坐在床尾,靠在柱子上,在手机上采购:婴儿衣服、更多的尿布、一条婴儿背带和一辆婴儿车。炉火渐渐平静下来,低沉而芬芳地燃烧着。

"她叫什么名字?"每个人都问了这个问题,但罗伊辛还不知道答案。艾瑞克已经为她画好了星盘。晚饭过后,人们带着乐器回来,弹奏着摇篮曲和年轻时唱过的情歌。香槟再次出现,打湿了婴儿的小脑袋。那时候,罗伊辛已经睡着,所以拉斯穆斯让所有人离开了。

"不过,你留下来吧。"她说,半睡半醒,脸埋在枕头里。

"你确定你不想休息吗?"他问。

"我在休息啊,"她喃喃道。

夜深了,盛放晚餐的托盘放在地板上,婴儿回到了母亲的怀里,拉斯穆斯和罗伊辛躺在床的两端的靠垫上。他打开百叶窗,暴风雨过去了,罗伊辛想看看大海。

"我还以为你是一个无法信任别人的人。"她说。

"不,不是的,"他说,"以前可能是这样吧,但事实并非如此。杰伊就是一个优秀的证明,她获得了我的信任。只不过,当名望和

---

① 原文为 bigger fish,在英文俗语里,bigger fish to fry 指的是还有更重要的事情要办,在这里指的是罗伊辛照顾孩子的事情,孩子就是那条更大的鱼。

陌生人的关注开始介入时,我会变得烦躁不安。这种东西太善变了,所以我必须不允许它存在任何价值。在过去,最简单的方法,就是完全拒绝它。"

"在过去?"

"现在还是如此。但你知道的,可以有一些回旋余地。这取决于对什么人和对什么事物。"

"的确如此。"她说。接下来的一段时间,他们都没有再说话,听着炉火噼啪作响。

"我想,"她说,"尼科死了,我会永远感到难过。没有人能比得上他,也没有人能取代他的位置,所以我怎么会想到和别人亲近呢?如果我怀着那样的想法,谁又会想要我呢?即使他们亲近我了,我怎么能对他们说谎呢?"

"这的确是事实的一部分,不是吗?但与此同时,你和我都知道,什么样的是好的婚姻,以及好的伙伴关系。我们知道想要和需要什么,我们知道如何去爱。这不是比赛,这不一样。"

罗伊辛本想继续这段对话,但她睡着了。

拉斯穆斯也是。

47 坑坑洼洼的大月亮

十月

法国

亲爱的罗伊辛,

我只是在做梦。但是梦真实得令人震惊:就在这里,在我面前。杰伊在这里。她想看看婴儿,所以我给她看了。她抚摸着婴儿的脸颊,眼里噙着泪水。她说祝贺你。所以——这是给你的。她说她希望我撒掉她的骨灰。她说她已经受够了。我告诉她,我曾经如何尝试撒掉骨灰,但它们飘回到了我身上,所以我再也无法办到了;她说是的,她都知道,但现在一切都没事了。事实上,我能感觉得到,当时她就在那里。接着她说她得走了。我问她,你想让我把骨灰带回拉斯肯太尔吗?她笑着说,大海是相互连接的。她说,"我们之间没有那么遥远的距离。"她说尼科也要去,现在是时候了。

这很令人不安。我真心地感觉,她好像一直在等待,直到确保孩子平安无事。当然,这也是我自己的愿望。人们经常说"有些事情发生了变化",但在这种情况下,变化确实发生了,不是吗?如今那个"变化"从你的身体里面出来了。

当我写这封信时,你在床的另一端睡着了。我可以看到你的脚。时间很晚了,或者说很早。我不是故意要在你的床上睡着的,但现在我却这样做了。

暴风雨已经完全平息,天上挂着一个坑坑洼洼的大月亮。它正对着你闪耀。你看起来很美。

也有点心神不宁。也许你也在做梦。

我现在要出去了,按她的要求去做。离开岩石堆,沿着被月光照亮的路,向西走去。这样似乎是对的。

不会有更好的时机了,是吗?如果现在不是,那还需要再等上几年吗?我知道你现在依恋着你的女儿。但我哪儿也不去。

拉斯穆斯

他从床尾滑下了床,走出了房间。在走廊里,他点击了"发送"。完成了。

天啊。

亲爱的罗伊辛,

备注:我的意思是,很显然,我现在要去海滩了。我会在早上回到工作室,而且将在新的一年做巡回演出。你想来吗?你可以给我们拍摄。埃里克可以照顾孩子。

拉斯穆斯

罗伊辛在睡梦中感觉很不安。曾经紧绷的身体部位如今变得松弛,曾经饱满的身体部位如今只剩下疼痛、渗漏和混乱。不一样的大小，不一样的形状，不一样的质感。一个全新的但也更衰老的身体。尼科抱着她，紧紧挨着，但几乎没有接触，动作异常温柔。他的脸颊靠在她的头顶，对她说，是时候了，是时候了，亲爱的……

什么时候？是时候做什么？

放我自由，他说，把我的戒指还给我，放我自由。

尼科？

我也会放你自由，他说。

哦……

她感觉到他的手离开了她的肩膀，她惊醒了。月亮从窗外飘过，月光洒满了整个夜空。

他死了，他真的死了。

就仿佛她以前根本完全不知道，那个男人死了。

那么，时机到了。

她的手机提示音响起。她对着手机眨了眨眼，看着它在床头柜上靠在纸巾、平纹细布方巾和高脚香槟酒杯之间，断断续续地闪着光，就像夜晚的灯塔，耸立在在一堆岩石和水花之上。还有一朵玫瑰，不知为何，被雨淋湿了。

她的脑海里响起了一首曲子：把我的戒指还给我，我会放你自由，让你和他走……

她接起了电话。

又是拉斯穆斯。

她睡眼惺忪地读着这些信息，然后猛地睁开了眼睛。

亲爱的拉斯穆斯,
　　你醒着么?

罗伊辛

亲爱的罗伊辛,
　　是的。

拉斯穆斯

亲爱的拉斯穆斯,
　　你要我和你一起下来吗?

罗伊辛

亲爱的罗伊辛,
　　不用。

拉斯穆斯

亲爱的拉斯穆斯,
　　那你完事之后,过来找我好吗?

罗伊辛

她走到窗边,望着夜幕沉沉。

我想在月光下看到两个人影跟着他,她想。我想让他们告诉我们,一切都没关系。

也许他们已经在那儿了。

婴儿嗷嗷地叫了起来,母亲的本能让她绷紧了弦,于是她走到婴儿床前。"嘿,亲爱的。"她低声说,俯身抱起孩子。当她们俩一起靠在枕头上时,都打起了哈欠,罗伊辛解开长袍,抬起了乳房。这已经感觉很平常。仅仅过了一天半的时间。我如今成为了,母亲。

哦。

她手指上的骷髅戒指捕捉到了月光。她张开手,定睛看了看。

"这是你的,亲爱的,"她喃喃道,然后伸手越过孩子,将戒指从手指上摘了下来。戒指很容易就被摘下了——她肿胀的脚踝和手指,在一夜之间就消退了,她又完全属于她自己了。

与其他一切不同的是,它是完完全全献给你的,我的宝贝。她举起戒指。"它属于你的爸爸,而我永远爱他,"她说,然后把它放在婴儿的手边。她的小手像海星一样张开,贴在她的乳房上。"现在它是你的了。我要把它放在一个盒子里,等你长大了之后给你。"棕色的眼睛一下子睁开,凝视着她,似乎要把她全都喝进去。小小的脸是那样的坚定。

"嗯嗯,"罗伊辛说,"全都是你的,全都是你的。"

她望向窗外,感觉肩上的担子是如此的温暖甜蜜。

"大部分是。"

***

等罗伊辛再次醒来时,已是早上的某个对神不够敬畏的时刻。拉斯穆斯躺在床的另一端,像长颈鹿一样倒在床上,睡着了。

她看了他一会儿,俯身在他耳边轻声说:"听着,我不擅长从文字中揣度深意,但你的意思是,你喜欢我吗?"

还没等他睁开眼睛,他就笑了起来。于是,她吻了他。这不是一个深深的肉欲之吻,但足以说明一切。

"不要醒来。"她说,把头埋在他的颈窝里。

"做梦也想不到。"他喃喃道。

"还没到时候。"她说。

"好的,船长。"他说着,翻了个身。

48　你叫什么名字?

十一月

在途中

"我坚持。"拉斯穆斯说。

"我不可能!"

"我坚持。"

"哦,但我不能!"

"为什么?"

"这太慷慨了。"她说。

他好奇地观察着她。"这听起来一定很荒谬,即使对你来说也是如此。"他说。

"是的,确实如此,但我无能为力。"她说。

他把双肘放在早餐桌上,然后用沉思的目光斜斜地注视着地板。

"我必须做一些类似的事情来说服你,让你相信自己是在帮我的忙,这样才能让你接受吗?"

"人们的确会这样做,是的。"她说。

"行吧。好的,这样如何……有一个美乐特朗电子琴需要送回去,我不放心交给埃里克,所以请你和你的小姑娘可以护送它吗?

你这是帮了我一个大忙，真的！"他的眼睛睁得大大的，显得格外真诚坦率。

她笑了。"我还是不敢相信你真的带了两个美乐特朗电子琴，"她说，"尤其是当这里已经有了一个的时候。"

"对于美乐特朗电子琴，你拥有再多都不够，"他说，"与此同时，你愿意接受我的一个帮忙吗？"

"太多了——"她开始说，而他站了起来，走到她身边说："不，不会的。这是任何一个普通人能够为别人做的最基本的事情了。包括你也是。换做是你，也会这样做的。所以接受我这个该死的帮助吧。"

他们没有吻别。上帝啊，但是他们就这样看着对方。

* * *

回家的旅程令人愉悦，也很放松。坐在宽敞而豪华的雪铁龙后座，埃里克每隔几个小时就停下来休息一次。他们吃得像国王一样丰盛，并在图尔市住了一晚。孩子（你到底要叫什么名字？她想）打盹，醒来，吃奶。法国像是一幅宽阔的画卷，在他们面前徐徐展开。

罗伊辛站在在渡轮甲板上，头发上沾了海风中的盐分。她选择了从瑟堡到朴茨茅斯的路线。她想向外看，向西看。思考一下，紧紧地抱住婴儿。她第一次去他的坟墓，她死去的父亲，在那里建立关系，做出正确的选择很重要。

埃里克给她带来了一杯威士忌。她喝了一口，然后在他们离开港口南端，驶入索伦特海峡时，把酒倒进了海里。

***

"天哪,"内尔说,"你吻了他。在婴儿面前!

"我的下体因为生下另一个男人的孩子而受的伤还没有痊愈,"罗伊辛说。

"思想包袱。"

"的确。"

"那我可以看看他发的邮件吗?"

"不能。"

"哦,所以你们这段关系是严肃的?"

"这是什么鬼问题?当然了,这他妈的非常严肃。"

"他有文身吗?"

"我不知道。"

"啊,所以你们没有……"

"内尔,上帝啊,我们当然没有。不要这么恶心。"

49 象征性的

十一月－十二月

亲爱的罗伊辛[①],

  我想你。

拉斯穆斯

亲爱的拉斯穆斯

  你漏掉了我的重音符号！这是过去从未发生过的。你没事儿吧？

罗伊辛

亲爱的罗伊辛,

  我很惭愧。原谅我。

拉斯穆斯

---

① 此处拉斯穆斯把罗伊辛的名字拼成了 Roisin，而不是往常的 Róisín。

亲爱的拉斯穆斯

  好的。

罗伊辛

亲爱的罗伊辛,

  谢谢你。

  到了通报最新情况的时候……（需要用一种新字体吗？还是之前的羽毛体？我不知道。我会思考一下，但事情正在向前发展，因此需要告知你最新进展。）

  关于乐队巡回演出的回复：我想我会在的。鼓手马库斯·奥弗里，你遇到过的。来自苏格兰的中提琴手凯蒂，我觉得你应该没见过。小提琴手莎朗（她演奏使用的是世界上最长的弓弦），你肯定不认识。贝斯手是我认识了20年的奈杰伊尔·莫里斯。与此同时，我说服了我在柏林的技术制作人朋友丹尼来演奏键盘和合成器，为此我感到非常高兴。还有一位年轻的阿根廷手风琴手，他对戴夫·布鲁贝克很痴迷。他们下周都会回来排练；我们将做一些试演，而正式巡演将于2月初开始：巴黎、巴塞罗那、马德里、米兰、罗马、雅典、贝尔格莱德、布达佩斯、维也纳、萨尔茨堡、布拉格、柏林、布鲁塞尔、阿姆斯特丹、乌得勒支。15个小剧院，15个酒店，11次航班，一些面包车，一些驾车旅行，30场演出，40天。你、我、婴儿、旅行床、埃里克、PXW-FS7 II 4K 和两台美乐特朗电子琴。你可以随时离开。你觉得如何？

爱你 拉斯穆斯

亲爱的拉斯穆斯,

  这太荒谬了。

爱你
罗伊辛

亲爱的罗伊辛,

  是的,我知道。同样的,这至关重要。

爱你 拉斯穆斯

亲爱的罗伊辛,

  有植物开花了,弗朗辛告诉我,那是杏树。出太阳了,请考虑一下我的提议,你可以拍摄。

爱你 拉斯穆斯

亲爱的拉斯穆斯,

  我只是觉得我做不到。我的意思是,我很愿意这么做。但我能想到的只有尿布和睡眠。我该怎么处理尿布呢?我们会在欧洲留下一串婴儿的便便吗?还有洗衣服的事儿呢?她每天起码都要穿三四五套衣服。那些不想在公共汽车上听到婴儿哭声的音乐人呢?还有她和我整天都待在床上或者浴缸里叽里咕噜呢?

爱你 罗伊辛

亲爱的罗伊辛，

　　过来待几天吧。没有人会介意这几天的。

爱你　拉斯穆斯。

亲爱的拉斯穆斯，

　　最新消息：我想到名字了。

　　她叫奥菲。起名很难，要思考姓氏，要思考姓与名的组合，所有的意见都涌过来，但是你又能怎么办呢？一个来自希腊和爱尔兰的女孩，既需要希腊名字，也需要爱尔兰名字，否则她又如何知道她是谁呢？实际上，我被安托这个名字深深地诱惑了。它是如此美丽，单词和含义都很简单。但是最后，我决定不要让这种悲伤永远伴随在孩子左右。她未来将会有自己与这种悲伤的关系。我不会去规定它。或是描述它，或是禁止它，或是任何其他的做法。所以，在签名的时候，她的全名是

　　*** 塔兰塔拉（Tarantara）***

　　奥菲·玛丽娜·特里安达菲斯·肯尼迪（AOIFE MARINA TRIANDAFILIDES KENNEDY）

　　等到她的祖母一来，她的名字，当然就立马变成了Evakimou。顺便说一句，她现在的脖子戴着她的第一条mataki眼睛项链。

　　关于"没有人会介意"的回复：阿伊莎可能会介意。我要在二月份回去工作——我甚至都无法思考这件事。并不是我不想工作，你知道的。我非常愿意回去。我现在能想到两个项

目——嗯，三个（实际上，可能是四个），但我没有一个能够完成。说真的，我几乎不怎么穿衣服——这不值得，因为上面会沾上奶渍、屎迹和牛奶甜酒[①]，以及上帝才会知道我在几分钟之内会弄得浑身都是的东西。所以我在房间里就披着张薄棉布。但是作为女生，我可以在母乳喂养时进行计划，并且我也在做计划。我会在照顾奥菲的间隙，力所能及地进行拍摄：我不得不这样做，因为照顾婴儿是我心中的重要事情之一。时间肯定是最关键的，对于那件事和拍摄你来说都是如此。你是对的：如果我现在能得到原始的拍摄素材，就可以为以后做准备。我一直研究关于电影学院的事！有很多学校明显是彻头彻尾的骗局，只为了寻找那些富有的国际学生，但我找到了少数几所还不错的。九月即将到来，今年肯定是来不及了，但明年的话，我的意思是后年，好吧，我们拭目以待吧，但我想我想要把它安排好。我可以寻求托儿所和亲戚的帮助。她的祖母们简直对她爱不释手。她快两个月了。

爱你
罗伊辛

备注：它的发音是"Eefa"。

亲爱的罗伊辛，

对她来说，那真是个美丽的名字。

我做了一个梦：我在机场，抬头一看，你就在那里，背上背着婴儿。行李手推车横亘在我们俩之间，我说："这还能变得

---

① 牛奶甜酒（possets）：旧时用热牛奶加啤酒或葡萄酒调制而成。

更有象征意义一些吗?"我伸手过去,试图亲吻你,但我够不着你,你说"不"。就像——我想——不,这不能更有象征意义了。

我们一直在讨论这张专辑的标题,我不喜欢他们的建议,他们也不喜欢我的,我很高兴你找到了一个好的项目。

爱你
拉斯穆斯

亲爱的拉斯穆斯,

  我感觉有点像是回到了青少年时期。我不知道你是如何失去童贞的。我本应该和初恋男友一起做这件事的。我从14岁起就和那个男孩在一起了——我知道,这算是早恋——我们在决定什么时候做这件事上十分纠结。因为在你周围,你会看到人们彼此相遇,坠入爱河,然后就会做这件事。但是我们在恋爱后已经会接吻与爱抚,所以这是一种持续的焦虑,因为我不想这么做,但很显然我又想,而他是真的很想这么做,但也没有采取行动。老实说,这样很累。所以最后我们——好吧,我——决定我们会遵守法律,即推迟(人们会说等一等,但对我来说,这听起来就像他们坐在那里,看一看报纸,查一查手机,但是实际上我们并不是这样度过在一起的时间的)到我17岁的时候。不过,老实说,那时候我已经对他失去了兴趣,并且正在考虑如何分手,但他却在为我的17岁生日准备感人而荒谬的浪漫约会之夜——即使我当时还爱着他,都会觉得很尴尬的那种。约会是在海岸边的一家豪华酒吧,里面有紫色金属图案墙纸和银色的镜子。那天他穿着熨烫过的维耶勒法兰绒[①]格子衬衫和夹克。我不知道他有什么计划。我很害怕他会向我求婚——他真的这样做了。他身上突然冒出一种非常老派的爱尔兰传统和受人尊敬的东西,这是我从来都不知道的。我突然看到了我30岁时的景象:和他结婚,有了五个孩子,因为他不想避孕;我会去做弥撒,生活中不再有任何奇怪或新鲜的事情。

所以那天晚上我像个渣女一样和他分手了,他哭着离开了,而我则出门买醉,然后和我朋友的兄弟睡了,而那可以算是一次惨败吧。在那之后,我几乎没有办法露面,因为根本没有人肯跟我说话,所以我搬到了伦敦,上了大学,成为了我自己。无论如何,我相信你不会准备一顿像那样做作的晚餐,我也不打算在我们开始之前就甩掉你,但我……很紧张。我知道,我在你睡着的时候吻了你,但我想我也许是因为生育后的荷尔蒙或是其他什么东西,才会变得这么疯狂吧。但是……

哦,上帝,我不知道。

爱你

罗伊辛

亲爱的罗伊辛,

其实你知道。

爱你

拉斯穆斯

[①] 原文为 vyella,此处可能为 Viyella 的误拼。

亲爱的拉斯穆斯,
　　哦,很好笑。

　　　　　　　　　　　　　　　　　　爱你
　　　　　　　　　　　　　　　　　　罗伊辛

亲爱的罗伊辛,
　　谢谢你告诉我这一切。
　　好吧,这是我的计划。总有一天我会看着你,你会回头看着我,或者你会看着我,而我会回头看着你,那时我们都会知道,你在分娩后身体和情感上的脆弱时期已经结束了,我们对于所爱之人的哀悼期也已经结束(我们将会永远爱他们,只是以爱亡者的方式,而不是爱生者的方式),我们将会默默地、奇迹般地跨过一个无形的边界,进入一个可以彼此相爱的领域。我们甚至不需要谈论它。虽然我敢说我们会的。

　　　　　　　　　　　　　　　　　　爱你
　　　　　　　　　　　　　　　　　　拉斯穆斯

亲爱的拉斯穆斯,
　　听起来不错。

　　　　　　　　　　　　　　　　　　爱你
　　　　　　　　　　　　　　　　　　罗伊辛

亲爱的罗伊辛,
　　对于人们所做的事情,我不是100%了解最新情况的,就是圣诞节了。好像所有的音乐人还有其他人都想要回家。我可以来你家吗？

爱你

拉斯穆斯

亲爱的拉斯穆斯，

这得看情况。你准备好迎接婆婆们的"全面进攻"了吗？希腊人和爱尔兰人就谁能陪奥菲过圣诞节进行了极其激烈的谈判，结果就是我们、玛丽娜、我母亲以及其他许多人都去黑斯廷斯的内尔家。所以我想这将是一场彻底的爱尔兰聚会了。酒饮很丰富，宾客很复杂，食物会很棒——蛋黄柠檬汤①、希腊圣诞小饼②、卷心菜卷③、克莱夫缇可④。不过，幸运的地方是你不用清理羊肠以及火鸡和其他东西（妈妈们基本上把这场聚会变成

---

① 蛋黄柠檬汤（avgolemono）：希腊语 αυγολέμονο，字面意思是鸡蛋－柠檬，是用蛋黄和柠檬汁与肉汤混合制成的酱汁和汤系列，加热至变稠。存在于希腊、阿拉伯、西班牙犹太人、土耳其、巴尔干和犹太－意大利美食中。

② 希腊圣诞小饼（melomakarona）：希腊语 μελομακάρονο，μελο 意思是"蜂蜜"，μακάρονο 意思是类似面包形状的面团，典型的是一个鸡蛋形的甜点，常作为圣诞新年的甜点。

③ 卷心菜卷（lahano-dolmades）：希腊语：Λαχανοντολμάδε，一种由煮熟的卷心菜叶包裹在各种馅料上的菜肴，在中欧、北欧、东欧和东南欧以及西亚大部分地区、中国北部以及北非部分地区都很常见。

④ 克莱夫缇可（kleftiko）：希腊语 Ελληνική Κουζίνα，一种希腊和希腊侨民的美食，内含蔬菜、橄榄油、谷物、鱼和肉类，有时还会加上意大利面、奶酪、柠檬汁、香草、橄榄和酸奶。这个名字来自十五世纪希腊被土耳其吞并后上山坚持斗争的爱国者 Klephts，当时他们把食物埋在地下烹饪，以避免香气或蒸汽溢出来被人发现。

了一次盛大的文化竞赛：以食物为媒介，却与民族认同有关，最终角逐出最持久、最慷慨和最著名的母亲的化身）——我将在下午5点前离开，届时"赛况"会开始变得焦灼。我很欢迎你来。但请注意，会有一连串的盘问，或许还有反对意见，而且肯定有流泪环节。

爱你
罗伊辛

亲爱的罗伊辛，

那么，也许明年会更好。让你接受我是一回事，让玛丽娜等其他人接受我，就是另一回事了。等时机到了，我希望她也会爱我。

爱你
拉斯穆斯

拉斯穆斯

你个多愁善感的家伙！

罗伊辛

罗伊辛，

我认罪。

我的意思是，是的，我想要被爱（乐队中的每个人都想被爱，这是当明星和做表演之后的头号症状吧），但与此同时，更重要的是，我希望你的家人能够对我满意。我无法贸然加入一个会怨恨或拒绝我的家庭。所以圣诞节不合适——这个节日承载了太多的情感。尤其是今年的,第一个有奥菲在的圣诞节,也是第一个没有尼科的圣诞节。

爱你

拉斯穆斯

亲爱的拉斯穆斯,

那么,就让我们尽可能适应吧。

爱你

罗伊辛

亲爱的罗伊辛,

我不能离开这里。此时此刻,乐队正处于创建的过程,而我就是乐队的胶水、园丁和母亲。圣诞节那天,我会去拜访杰伊在加纳的兄弟,然后在29日回到录音室。

爱你

拉斯穆斯

亲爱的拉斯穆斯,

这听起来不错。虽然看起来只是日历上的日期,但是事情可能随时会蹦出来,不是吗?

那么,就在新的一年吧。真正开始巡演的时间是什么时候?

你有乐队名和专辑名吗?好像问得有点晚了……

罗伊辛

亲爱的罗伊辛,

第一次演出在巴黎,2月14日。情人节!也许巴黎有一家酒吧,里面有紫色金属图案的壁纸和银色镜子。过来玩一天吧。我们可以在圣路易岛吃冰淇淋。

哦,我看了下火车的车次;末班车是在晚上8点左右发车。但是最早的一班是早上5点40分发车——你可以和她一起在8点回去吗?

爱你

拉斯穆斯

备注:差不多了。显然,乐队不需要名字。我们只是以拉斯穆斯·萨多利斯的身份出去演出。我拒绝把乐队命名为"拉斯"。"献给她"算是一个好的专辑标题吗?"献给她的歌"?或者这是否让人想起闪亮的黑色钢琴盖上的一朵长茎红玫瑰,以及胡里奥·伊格莱西亚斯?实际上,我对"船夫"这个名字有些心动——死亡,但不是真正的死亡——但是已经有了"船夫的召唤",所以这两个名字太接近了。

亲爱的拉斯穆斯

我们没问题——内尔会过来,留在这边。

爱你

罗伊辛

亲爱的拉斯穆斯,

其实,你知道吗?我们的见面,不能发生在你开始关于她的歌曲的巡演的那个晚上。也不能在情人节。就是不能。而且即将到来的是:去世一周年的纪念日。我不知道这会对我们造成什么打击,但肯定会的。我只是在想——我意识到,我认为这次巡演是为她准备的。在某种程度上,这是你对她的告别之旅。我想我们应该在巡演的尾声再见面。不是最后一天,或是在任何类似的重要节点,只是——在那之后。

爱你

罗伊辛

备注:我可以向卡罗拉询问你的日期/酒店之类的信息吗?我想知道你在哪里。

亲爱的罗伊辛,

你说得对。谢谢你。

"永不安宁"怎么样?还是说,这听起来像恐怖片?

拉斯穆斯

备注:当然。

亲爱的拉斯穆斯,

"杰伊"如何?或者,就用字母J?

罗伊辛

50　没那么远

二月—三月

亲爱的罗伊辛,

　　有一种植物叫含羞草,你知道吗?它的小小绒球在每一阵微风中轻弹和摇摆,狭窄的灰色叶子向太阳慢慢张开,就像猴爪一样。闻起来也很香。

　　我喜欢。

拉斯穆斯

亲爱的拉斯穆斯,

　　我和内尔在黑斯廷斯度过了尼科逝世的周年纪念日。我们吃着炸鱼薯条,望着大海,流连于一家旧衣店。过去了足足五分钟之后,我才后知后觉地意识到,这些衣服的旧主人现在应该已经都去世了。我在海滩上和奥菲说了很久的话,然后我们就蜷缩在内尔的怀里,一起看尼科喜欢的《雨中曲》[①]。你瞧,奥

[①] 雨中曲（Singing in the Rain）:《雨中曲》是米高梅电影公司出品的歌舞片。讲述了好莱坞演员唐与合唱队女孩凯西之间的爱情故事,其中男主角在雨中载歌载舞的片段成为经典。1952年3月27日,影片在美国上映,后被美国电影学院选为"25部最伟大音乐电影"第一名。

菲也喜欢看呢。她很喜欢音乐！她一直挥舞着小手，笑啊笑。不过，她也懂得什么是悲伤。我们点燃了一根蜡烛以纪念尼科，她盯着蜡烛看了很久，完全被它迷住了。我似乎感觉到一点他的存在来，尽管我已经有一段时间没有这种感觉了。外面天寒地冻，狂风大作。我知道，婴儿总会盯着光亮看的。我现在把一切都告诉她了，她已经知道了，不会觉得自己曾有一段时间被蒙在鼓里。内尔也向你问好。

拉斯穆斯，我们只是这样相互写信，是不是有点疯狂？是这样吗？我想念尼科，上帝知道我有多想，但我也想念你，而你是活生生的人，我们也才刚刚开始。

爱你的
罗伊辛

亲爱的罗伊辛，

令我惊讶的是，我也想念奥菲。我一直以为，当你所处的环境里，没有某人日常生活的气息时，你就不会想念那个人。除了在拉菲塞勒的那些美好日子，奥菲并没有成为我生活的一部分，众所周知[①]，2月的柏林与10月的拉菲塞勒完全不同。也许是因为她对任何地方都可以开始产生归属感，所以她的气息依旧弥漫在我的身边。

谢谢你们俩拍的那张老派而有趣的照片。你是在哪里找到了照相亭的——是叫这个名字吗？还是叫自助快照亭[②]？我也非

[①] 原文为as any fule kno，是"any fool knows"的另一种表达方式，意为众所周知。
[②] 原文为 photo kiosk 和 photo booth。

常老派地把照片放在了我的钱包里。

爱你

拉斯穆斯

亲爱的拉斯穆斯,

我们是在一场洗礼派对上拍的!阿伊莎拉着我们去的,因为她想让我认识更多的宝妈。派对特别棒,还有自助快照亭。有人负责把婴儿举起来,同时又不出镜,这样你就可以和你的孩子拍照片了。虽然奥菲到现在一刻都没有离开过我的视线,我还是用这种方式和她拍了照。我完全不介意你把照片放在钱包里。只是,你不要像乡村歌曲里唱的那样,带上我的照片去酒吧,然后对着照片哭泣。我不知道奥菲会不会介意,毕竟她最关心的是牛奶,其次是我妈妈给她织的的毛绒玩具,她总喜欢把它放在鼻子上玩。所以,我想她不会介意的。

爱你

罗伊辛

P.S 莫尔斯沃思!我不敢相信你是莫尔斯沃思的粉丝。

亲爱的罗伊辛,

杰伊的周年纪念日如今也过去了,我写这封信的时候刚过午夜。

我起床,喝咖啡,铭记,我看着窗外的布拉格。我在大教堂附近,那里有精美的古钟,每个都又自己的名字。最大的那个钟也是最古老的,它被称为"齐格蒙特"。我想起了奥菲,但我感受不到她的气息。我仿佛是被人在脸上揍了一拳——海啸。我知道那是什么感觉。它过去了。在一天结束的时候,我在想你。

我有整整一周都在想这些歌,关于十二个月零一天。

今晚的演出场地是一个有着天鹅绒和金色装潢的小剧院,看起来好像是为轻歌剧而建的地方。布拉格很美;负责照顾我们的人总是那么善良。观众一般是变调夹乐队的歌迷和购买专辑的人,以及闲来无事又对我们有些好奇的人。我告诉观众,这是杰伊逝世的周年纪念日,他们中有比平时更多的人哭了。当我们演出结束后,一位女士向我走来。(之前也会有观众过来,但不是太多。我一直在避开展位,也不给粉丝签名——其他表演者在德国的时候,连续几个晚上遇到一些变调夹乐队狂热粉丝之后,就接受了这种事情。)那位女士是美国人,看过变调夹乐队的第一次巡演。她还记得杰伊。她想和我谈谈她;关于她的歌声多么美妙。已经有别的人这样说过了,其实我是接受的。有时候,他们也会告诉我,自己感到多么心碎。

在剧院门口,在雨中,我都听过不少表达喜爱与伤感的故事。不管怎样,这位女士知道这是杰伊去世的周年纪念日。"这就是我今天来的原因,"她说。她有一张杰伊的照片,一张真实的照片,8mm乘以10mm的黑白照片。她想让我在上面签名,她想要拍一张自拍,她、我和照片在一起的自拍照。

我知道这些歌曲会引发这种事,但我不想要它发生。我真的不想。

振作起来,我们没事,现在不会持续太久了。

齐格蒙特仍然像暴风雨中的船一样发出叮当声。很美丽。我现在要去喝点儿威士忌，然后上床睡觉。

拉斯穆斯

亲爱的拉斯穆斯，

上帝啊，我没想到，你可以用自己的悲伤来创作，并将它展示给大众面前，让所有人来审视。你怎么做到的？我甚至都不知道如何控制我的悲伤。

罗伊辛

亲爱的罗伊辛，

我解开了自己的束缚，并且稍稍地拷问了我自己：我欠了她什么，没有欠她什么，我是否信心太过充足，我有什么责任。我最终得出结论是一个毫无疑问的事实：我不欠她任何东西。我的歌曲是我按照自己的意愿、以自己的方式给予观众的礼物，就像是人们会按照自己的意愿、以自己的方式将关注作为礼物给予我。我献出的是我的表演，我没有献出我自己。我在16岁时知道了这件事。当时，十多岁的女孩第一次开始对我们眉目传情，并且在外面等着我们。即便如此，我也知道其中的区别，并且我知道自己将如何处理它。这一切并没有改变，只是因为我们现在都是成年人了，有着属于成年人的悲伤和经历。

爱你
拉斯穆斯

亲爱的罗伊辛，

汇报下我的近况。

由于各种各样的原因，巡演的票销量很好，评论家给出了不错的评价，专辑也受到了好评，现在得到了奖项提名，公司非常确定这次巡演必须延长。他们计划去日本。很显然，我们突然变得大受欢迎，因此必须趁热打铁。如果结束之后还很火，或许还会去澳大利亚和新西兰。9月的美国之旅已经准备好了，除非我们想推迟参加明年的西南偏南音乐节[①]。他们说，等现在的欧洲巡演结束后，会有一个月的自由时间，然后我们一起奔赴地球的另一端。

我拒绝了他们，原因如下：我发现演唱那些歌对我来说更难了。如果这些歌曲是人们想要的，他们以后不会再听到它们了。这至少部分与杰伊的周年纪念日发生的事情有关——当我告诉观众这个日期的重要性，然后看到了他们的反应。我觉得这是我对他们的某种操纵或剥削。至少看起来是这样的。当然，这不是有意识的。但是……

我之前和你说过，我不希望这些歌曲被打磨。而且我不希望我的表演被打磨。但是事情现在正朝着相反的方向进行——观众将开始收获一个新的版本，在这个版本里，诚实的情绪被慢慢磨灭，消失殆尽。如果没有诚实，我就不能唱它们。在某种程度上，这对我来说是不专业的，是的，但我做事情的优势在于它往往意味着某种东西，而这些歌曲现在意味着其他东西。

[①] 西南偏南音乐节（SXSW）：South By Southwest，美国德克萨斯州州府奥斯汀举办的音乐节。

所以如果这次巡演是为了支持这张专辑（目的显然如此），那就会出现问题。

而且那位女士确实让我感到心烦意乱。我不希望这次巡演成为"杰伊和拉斯的悲剧故事"巡演。当你沉溺于悲伤太久，会变成像是恋尸癖。而你所说的话，我一直铭记于心：告别之旅。在之前的演出中——在灌木丛音乐厅和阿尔伯特音乐厅，我觉得我真的是在为她唱歌，而她真的在那里。但是现在她不在。她已经走了。告别的话已经说出口；我如今回到了初始状态①。

所以我们正在努力找到解决办法。我的理想是改变表演的焦点，创作新歌——我已经有了几首新的，而且不需要太长时间就可以和乐队共同演出。我可以改变一些我以前的变调夹歌曲。而且我不介意唱一两首专辑中的歌曲。但是倘若整个巡演里都唱专辑里的歌曲，我便不同意继续。如果他们能接受——他们应该接受——那么是的，四月底我们就能重启巡演。

与此同时，最后的巡演日期是在接下来的两周。在阿姆斯特丹和乌得勒支。可爱的城镇。没那么远。比英国的许多地方都近。还有不错的直达列车。请过来。请过来。已经过去很久了。

爱你

拉斯穆斯

备注：顺便说一句，我希望我们的"热辣约会"适合放在欧洲巡演的尾声，无论巡演之后会发生什么。

---

① 原文为 my tabula is rasa，tabula rasa 的意思是 blank slate，指白板，引申义为初始状态，在心理学上指纯洁质朴的思想状态。

亲爱的拉斯穆斯，

　　我曾经困惑过，随着悲伤的消散，你和我是否还有话要说。如今，我不再怀疑了。但我不知道我对你有什么用处。原谅我，但我觉得自己很渺小。我不会唱歌，我不懂得打磨歌词，我无法挽救生命，我也不能和你一起参加巡演，我现在连拍摄都办不到，我也没有在死后仍然被粉丝怀念——我只是一个对别人有过承诺的打工人罢了。我甚至不能在晚上出去。我甚至不能来找你。

　　对不起。

罗伊辛

罗伊辛，

　　嘿。

　　我不会开车，我不懂如何驾驶船只，我无法抓到章鱼，我不会说希腊语或者文身，我不能让心脏重新跳动，或是给人以"生命之吻"。

　　我不想让你成为她，我希望你成为你自己。

拉斯穆斯

亲爱的拉斯穆斯，

　　我希望你也成为你自己。

　　虽然对于你不能让心脏重新跳动的说法，我持保留意见。

罗伊辛

51 向家走去

二月—三月

黑斯廷斯和布拉格

杰伊和尼科在黑斯廷斯的海面上闲逛,任由海风吹过。风比以往要少了些。

"看。"杰伊说,抬起一只胳膊,指着海滩上移动的人影。他们在寒冷中颤抖着,小婴儿车上堆满了毯子。从体积来估计,罗伊辛把奥菲塞进了自己的外套里,就像第二次怀孕一样,裹着围巾和衬垫。罗伊辛将戴着手套的双手温柔地放在奥菲身上,低着头,仿佛在与她交谈。

海风吹起内尔的围巾角,将明亮的海浪推到卵石海滩上,扬起彩虹般的水花。她转身朝老城走去,说了些什么,然后轻轻地喊了一声,尽管尼科和杰伊都听不清内容。罗伊辛的双臂将婴儿搂得更紧来,她瞥了一眼海峡的对岸,目光扫过湍急而浑浊的大海和模糊的地平线,然后开始在海滩上小心翼翼地行走。不久之后,开始下雪了:只是一阵小雪,又轻又快,小小的雪球盘旋着落下。当人们注意到时,尖叫声和咯咯笑声逐渐响起:有的退到屋里,有的则走出房间,笑着跳着。一片的新生的金色番红花向上伸展,银色的雪花在它们周围落下,花儿闪闪发光,似乎对这阵雪难以置信。原本泥泞的草也变得神奇起来,水坑在慢慢结冰。罗伊辛在黑色的棚屋和小屋之间踱步,向家走去。

杰伊和尼科看到,内尔从美人鱼海滩走出来,洋洋得意地举起一袋炸鱼薯条。尼科跟在她们身后飘了上来,杰伊则有些踌躇不前。在她们拉上百叶窗以抵御冬夜寒气之前,他看到电视屏幕闪烁的光,听到好莱坞电影里音乐和智慧话语的低沉声响,这个曾经"感冒"的家庭,如今开始变得温暖,并且安顿下来了。在后来,透过窗帘的缝隙,他把身体压在自己再也无法穿过的窗户上,他看到了点着的蜡烛,以及婴儿坚定的目光。

他坐在窗台上看了一会儿,然后在飘落下来的卷曲的雪中摆动双腿。

凌晨四点左右,所有人都入睡了,雪已经慢慢变得又厚又重,似乎没有停下来的意思。蜡烛燃烧殆尽,烛泪洒了出来。尼科低下头去,向杰伊伸出手。她倚靠在他的肩上,一言不发。他们没有说话。他试图在自己的内心寻找些什么,但什么也没有找到。就算在那个雪夜,有人在外面抬头仰望,也只会看到一片苍白的雪,窗上的一缕寒霜,还有一只昏昏欲睡的天鹅。

当太阳升起,将金色滴落在白茫茫的世界上时,他已经不在那里了。杰伊偷偷溜进屋子,在奥菲的小床边蜷缩着睡了一上午。

* * *

六周后,杰伊独自待在布拉格一家酒店房间,坐在一张天鹅绒椅子上,她头顶的天花板很高,华丽的灰色百叶窗关上了。她去过演出,她见过那个女人的照片。

她跟着拉斯穆斯一起回去。现在她看着他,而他穿着T恤和裤子站在窗边,手里拿着迷你吧里的威士忌。半夜时分,圣维特大教堂的钟声敲响了。伴随着嘎吱一声,他打开大窗户,然后探出头去,打开他那小型现场录音机来捕捉窗外的声音。当美妙的声响回荡在他周围时,他微笑起来。

他把威士忌留在窗台上,取来了一个旅馆的记事本,开始在上面潦草地书写:降B,降F,然后是(40秒?)听起来像船号声,Turnagain Sound①网站上的拖网渔船的声音,孤独而刺耳的雾角声,盲目地呼唤着旧金山湾的茫茫大海。降E!真意外。

他拿起吉他。弹奏,开始拨弦。降B,降F,降E。"一天结束的时候,"他哼了一声,"我想的是你,"他倾身向前,记了句笔记。"一天结束的时候,我一直在想你。是的,也许这样更好。"

他走到笔记本电脑前,打开它,读了几封电子邮件,然后开始打字。

杰伊从来没有觉得自己离他这么远,这种感觉是对的。

她抬起手。窗户摇晃着。他抬起了头,但杰伊没有回头看他。

当她站在窗台上,看着硕大的广场和寒冷的夜色,她没有看到尼科。但他就在那里,向她举起了手。他一直在等她。她不需要说话。

宇宙的门扉打开,下方是石头铺成的人行道和黑暗的、光秃秃的树木,上方是高高的、冷冷的天空和涟漪般的一条条苍白的云,周围回荡着河流声和钟声。一切都呈现在他们面前:永恒的浩瀚,

---

① 一家提供录音服务的公司 https://www.turnagainsound.com/。

在发光,在回荡,所有的原子都在闪烁,黑暗在闪耀,星辰在闪烁,量子在跳跃,行星在俯冲。在他们身后,地球突然离他们很远。那颗美丽的、小小的绿松石般的星球旋转着,圆滚滚的就像一只蓝山雀在供鸟戏水的水盆里翻滚。

他们不再是活生生的人,他们无法惊讶得喘气,他们无法因为喜悦而心跳加速。钟声沉默了,他们离开了。

52　不要说浪漫已死

四月

伦敦

他的最后一班航班延误了。从机场出发的列车也晚点了。地铁里挤满了人。电梯里也挤满了人。他从车站叫了一辆出租车。所有的交通灯都是红色的。付钱的时候，他弄掉了自己的卡。

公寓的门紧闭着，里面传来吱吱呀呀的声音。他把头靠在门上休息了一会儿，然后按响了门铃。

一个陌生人打开里门，用难以置信的目光上下打量着他。他从她身边溜过，把包放在门厅。他还在倒时差，也做好了被嘲弄的准备，却发现自己的脚踝被小孩子们和气球包围了。他们穿着弹性连裤装、围兜。粗棉布做的裤子。糊着巧克力的脸。还有的在蹒跚学步——好吧，那些都不是奥菲，她不会那样做。

最后的障碍。深呼吸。

罗伊辛位于这片小孩子的海洋的另一边。她抬起头，看到他时的笑容，就像正午时分的太阳迅速将薄雾燃烧殆尽。他朝她挥了挥手。无法将目光从她身上移开。这种吸引力太强了——虽然不能踩到这些孩子……

你好，他默声地说，做了个绝望的手势，于是罗伊辛开始在房间里找可以下脚的路。"在我看来，这一天对于母亲和孩子来说同样重要，"当她走近时，他挥舞着一个包裹说，"我带来了，嗯，好吧，一个巨型塑料寿司。婴儿喜欢巨型塑料寿司吗？我希望它不会变成一次性用品。她在哪里？"请让我来认出她。

"在我哥哥西恩那里。"罗伊辛说。他认出了她。她原本扁平的黑发，如今开始卷曲着竖起来。她的表情和眼睛都像她。她坐在一个男人的腿上，拉斯穆斯感到内心一阵剧痛。

罗伊辛停了下来，就这样凝视着他。"她在那儿一会儿就好了。"她说。走到他身边，抓住他的胳膊，把他拉出房间。在走廊里，她看着他的眼睛。然后将头靠在他的胸口，叹了口气，仿佛这是她几个月来最长的一次呼吸。

一个带着希腊口音的沙哑女声从房间里传出："那个男人是谁？克莱尔？内尔？他是谁？"

罗伊辛直起身子，盯着他，又吸了口气。"准备好了吗？"她说，然后把他领回了屋里。

"妈妈，玛丽娜，"她说，"这是拉斯穆斯。"

一秒凄凉的空白。妈妈们的目光在闪烁。

"在我们失去尼科的时候，他也失去了他的妻子。"她说。

两秒钟。妈妈们的心在滴答作响。玛丽娜说，"我今晚来照顾宝宝。你们出去玩玩，我的宝贝。也许去住个酒店。拉斯穆斯，你照顾好她，否则我们都会杀了你。"

※※※

新的身体，新的领域。肩膀更窄，屁股更小。皮肤干燥，胸膛无毛。新形式的旧乐趣，尴尬，饥饿，笑话，惊喜，眼泪，涌现出一股上升的正义之潮。巨大的解脱之感。

"你觉得你现在是对他不忠吗？"在黑暗中，他贴着她喉咙的曲线，问道。

"当然，"她喃喃道，"你不是吗？"

"不是。她告诉我这样做。"

"你真的很直白……事实上，他也告诉过我。"

"真的吗？怎么发生的？"

"在拉菲塞尔。她出生后的那个晚上。他要回了他的戒指，说我自由了。我醒来时，哼着那首歌：'去他那里'。这听起来也很疯狂，但我认为，他给我留了一朵玫瑰。"

"嗯，"拉斯穆斯说，"不要说浪漫已死。"

"我们在床上的时候，不要谈论他们。"她说，翻身回到他身边。

"而且，嗯，你说的玫瑰就是我。"他说。

※※※

"我想，这是个J，"她说。那是第二天早上，房间里到处都是白色的床单，靠垫和枕头扔得乱七八糟。她的手指碰到了它。"如果我用手指在你的皮肤上写字，你能感觉得到吗？"

他可以。

"或者可能是植物的一部分，花的装饰，我不知道，可能是。"

"这是一个 J。"他说。

"还有一朵玫瑰,"她发现了它,说道,"还有一个玫瑰花蕾!"

春天的日光反射在泰晤士河,又从镜子里反射出来,在房间里跳跃,在天花板上移动和闪烁,似乎穿过了树叶和卷须。

"很奇怪,"他说,"就好像是写出来的……"

"非常奇怪。"她说。

* * *

她窝在窗边的椅子里,在阳光充足的地方,对着早餐发呆。他说:"杰伊给你写了一封信。"

"她现在写的吗?"罗伊辛说,"给我的?"

"无论是谁,最终都变成了你,"他说,"你要看吗?"

罗伊辛想了想。喝了点咖啡,低头望向河水泛滥的地方,潮水要进来了。

"我不确定,"她说,停顿的时间几乎和他的一样长。"如果我说不,你会介意吗?"

"我不会。"他说。

"没有不尊重的意思,"她说,"但我认为,我们走到这里,靠的是我们自己。"

"是这样。"他说,然后敲门声就响起了。她笑了,而他翻了个白眼。

"哦,上帝,把它放在这里吧,"她说,"我的意思是,什么,你会永远不读它吗?还是自己会读,但不告诉我里面有什么?我们都会读它,我们会笑中带泪,然后我们——"

敲门的是服务员，他来拿走他们的托盘。他们庄严地静坐着，直到他离开，然后她说，"还是不要了，保留着它吧。可能有一天会读的。"

"明年这个时候？"他说，"在我们的周年纪念日的时候。"

"你看起来很确定。"她俏皮地说。

"是的。"他说，她朝他投了个微笑。

"虽然老实说，我希望在我们的周年纪念日的时候，也只有我们自己。"她说。

他点了点头。把手伸进包里，拿出一个信封。

"那你就拿去吧，想看的时候再看，"他说，"这是你的选择。不看也可以。"

"哦。"她说，看着这封信，感觉它散发出一种未读的强烈磁性。"你一直带着它吗？"

"不是，"他说。然后，"你宁愿我没有吗？"

"事情太多了！"她哭了，突然感到了无助。然后又突然变得强大而美丽了。"哦，事情总是太多了，"她哭着说，"放在这里吧。我只希望我能够认识她。只有这样……"

"我也一样。"他说。

"这很奇怪。"她说。

"均衡。"

"准确。"

"哦。"他说。

"什么？"她说。

"我给你写了一首歌。"

她笑了。"那就弹弹吧。"她说，他放下信，拿起吉他。

她说："但我想在你弹的时候坐在你身上。"

"这有点不切实际。"他说，在床边调好声音。

她挪过去，爬到他身后，背靠着背，双腿伸向外面。她的头靠在他的肩膀上，鼻子几乎贴在他的头发上。"这这样可以吗？"她问。

"嗯。"他说，调音，轻弹，然后开始拨弦，唱起了歌。

关于歌曲的注释

《船夫（Fhir a'Bhàta）》：18 世纪后期的苏格兰盖利语的歌曲，由桐村的珍·芬莱森创作，讲述的她的未婚夫——来自苏格兰教区威格的年轻渔夫唐纳德·麦克雷的故事。罗伊辛听过的是它的爱尔兰语版本（尼亚姆·帕森斯的版本）。

《亲爱的威廉的鬼魂（Sweet William's Ghost）》：（收录于英国童谣大全 77 节，第 50 首）于 1740 年为人所知，存在多种版本。我喜欢凯特·鲁斯比的版本。

《永不安宁的坟墓（The Unquiet Grave）》：（收录于英国童谣大全 78 节）可追溯到 1400 年左右，它与《唐郡之星（The Star of the County Down）》的旋律相同，尽管前者可能不那么欢快。我喜欢 Karliene 和 The Morrigan 演唱的截然不同的版本。

《离别之酒（The Parting Glass）》：这首歌曲在爱尔兰葬礼中广为

人知，实际上它来自苏格兰。都柏林人乐队曾经唱过，但文中提到的好嗓子的德克兰听起来更像是安德鲁·霍齐尔·伯恩。这首歌至少可以追溯到 1605 年。

那首"关于我给了你玫瑰水的歌"来自米基斯·西奥多拉基斯创作的《塞·波蒂萨·罗多斯塔莫（Se Potisa Rodostamo）》。玛丽亚·法兰杜里演绎的版本很好听。

《请让我们成为（Tuwe Tuwe）》是一首传统的加纳歌曲，内容依旧根据演唱者不同而变化。视频网站（Youtube）上最迷人的版本名为"Tuwe Tuwe 舞蹈表演"。

拉斯穆斯的歌曲《爱没有在听（Love Ain't Listening）》《一个再见太多（One Goodbye Too Many）》《只是因为你很坚强（Just because You're Strong）》《黑鸟（Blackbird）》，《往日再现（There Goes the Past Again）》以及《一切（Everything）》都是由我，路易莎·杨，创作的。有些歌曲被收录在"英伦鸟（Birds of British）"的专辑《你提前离场（You Left Early）》之中，并且可以在 iTunes、Soundcloud 和 Youtube 等平台上找到。遗憾的是，它们并没有被变调夹乐队表演；毕竟我无法让一个虚构的乐队来演奏。我必须自己来制作，亚历克斯·麦肯齐为此提供了帮助。您还可以由伊莎贝尔·阿杜曼卡·杨演唱的有声读物中听到它们。

书中出现的诗歌是康斯坦丁·卡瓦菲的《伊萨卡岛（Ithaka）》和阿尔弗雷德·丁尼生的《过沙洲（Crossing the Bar）》。

致谢

感谢我在联合代理的经纪人阿里拉·费纳和亚斯敏·麦克唐纳;我的编辑苏西·多雷、安比·塞尔(尽管她即将离开我了)和Borough Press 出版社的团队;感谢亚历克斯·麦肯齐让我创作的歌曲变成现实;感谢鲍里斯·罗马诺斯为我提供希腊音乐方面的建议;感谢苏西·博伊特关于希腊音乐与我进行的所有对话;感谢塞伦·鲁阿提供爱尔兰语的专业知识;保罗·格林济公了皇家阿尔伯特音乐厅的摄影计划;夏洛特·霍顿;路易斯·亚乌·阿杜曼卡·杨;感谢伊莎贝尔·阿杜曼卡·杨[①]让我使用我为她写的歌曲。她是我作为一名作家最渴望拥有的那种孩子,因为她具有最优秀的品质,并对我提供了最大支持,而且这一纪录从未被打破。感谢罗伯特·洛克哈特和伊娃·尤伦,还有我亲爱的、最出乎意料的米歇尔。

---

① 这是本书作者的女儿。